U0858147

隋代文学考论

白晓帆　著

山东大学出版社

图书在版编目(CIP)数据

隋代文学考论/白晓帆著.—济南:山东大学出版社,2018.4(2019.7重印)
ISBN 978-7-5607-6050-6

Ⅰ.①隋… Ⅱ.①白… Ⅲ.①中国文学—古典文学研究—隋代 Ⅳ.①I206.41

中国版本图书馆CIP数据核字(2018)第067852号

责任策划:马银川
责任编辑:张　瑞
封面设计:牛　钧

出版发行:山东大学出版社
社　址　山东省济南市山大南路20号
邮　编　250100
电　话　市场部(0531)88364466
经　销:新华书店
印　刷:济南华林彩印有限公司
规　格:720毫米×1000毫米　1/16
16.75印张　289千字
版　次:2018年4月第1版
印　次:2019年7月第2次印刷
定　价:42.00元

前言

隋代(581～618 年)，乃北周重臣杨坚受禅于北周静帝建立，是“五胡乱华”之后汉族在北方重新建立的大一统王朝，至此结束了从西晋末年以来南北对峙长达 270 多年的分裂局面。隋代在中国历史上是上承南北朝、下启唐朝的重要朝代，所以隋代的文学也处于南北朝文学向唐代文学发展的重要的过渡阶段，承前启后，继往开来，其历史地位和文学价值不容忽视。隋代虽国祚短暂，但在政治、经济、文教、文学等方面都出现了新气象，对南北朝文学的融合及唐代文学的兴盛等影响较大。

隋代享国仅仅 37 年，本朝“土著”作家几乎没有，隋代作家大都历经数朝，文学成就相对不太显著。故后人对隋代文学的研究甚少，对隋代文学在中国文学史上的地位和价值认识还不够，对隋代文学进行全面系统的综合研究的专著至今尚未发现。鉴于此，隋代文学的研究亟待更深入、更细致的挖掘和探索。

本文除绪论和附录、结语外，主要分八章。这八章以先考证后论述、考论相结合的方法，对隋代文学展开全方位探析。

绪论首先界定“隋代文学”范畴，其次概述 20 世纪之前及 1995 年以来隋代文学研究状况，最后说明隋代文学与南北朝文学之间的承续关系。

第一章是隋代文学与文化环境。首先从隋代的统一对文学的影响加以论述。自西晋末年以降，南北对峙近 300 年，战争频仍，政权更迭频繁，战乱与分裂是这一时期的显著特征。南北之间虽然也有着文化与文学之间的交流，但由于地域间的阻隔等因素，这种交流及影响十分有限，基本上是各自朝着各自的方向发展。直到隋代一统天下，方才为南北之间文化与文学之间的进一步交流及融合创造了地域上的有利条件，文坛遂出现了新气象。这一令人欣喜的文坛新气象，也得益于隋代二帝在政治、经济、文教上的一系列改革措施。

第二章是隋代作家群考。由于隋代国祚短暂，本朝土生土长的作家几乎没有，大都是南北朝入隋及在隋代生活成长起来又进入唐朝的作家。故若欲研究有隋一代的文学，首先应廓清作家之所属。隋代作家群从地域上大致可分为三部分，即关陇作家群、山左作家群以及江左作家群。

第三章是隋代文学著作考。据宋景昌、王增文指出的隋诗研究应该注意的问题，笔者认为隋代文学的研究应注意：一是应历史地看待隋代文学；二是应全面地看待隋代文学；三是不应把《全隋诗》《全隋文》所收的诗文都看作是隋代的作品，应以目前能够确定的真正的隋代作品为依据；四是不能因人废言；五是不能把隋代的一些爱情诗与齐梁诗风混为一谈；六是不能把隋代文帝和王通的《中说》中的文学主张简单地看作文学复古；七是今天研究隋代文学，应主要以现存作品为依据，不能抽取史家的片言只语就轻易否定了。①

由于政权的更迭，隋代的文士大都历经数朝，所以，研究隋代的文学首先要考证出作家在隋朝所创作的作品。既要考证厘清隋代文人的总集、别集流变、存佚等情况，也要考证隋代的小说及其他著作的存佚等现状。

第四章是隋代皇室文学创作研究。皇室的文学创作其实也属于关陇作家群，但它对整个隋代的文学创作起着导向作用，故单独列为一章。经考证，皇室文学作家有12位，论述了隋代文帝、炀帝的诗歌、散文创作以及在不同阶段的特点，以及隋代二帝的文学创作对整个隋代文人创作的影响。

第五章是关陇作家群文学创作研究。关陇作家除皇室作家之外，据现存的史料典籍暂厘定出93位作家。其中成就突出且具有特色的除了杨广之外，要数杨素。杨素虽为隋代的能臣武将，却有着较高的才情，尤其是他的诗歌创作带有鲜明的刚健质直的风格，实为南北文风交融的产物。其他成员的文学创作，如王绩，其作品也反映了隋末的时代背景及特征。另外，关陇作家群中女性文学创作也别具特色。

第六章是山左作家群文学创作研究。山左作家群是指由东魏、北齐入周、隋的作家。据现存的史料典籍暂厘定出23位作家，其中诗文兼有者有7位，包括卢思道、薛道衡、李德林、辛德源、魏澹、孙万寿、元行恭等著名作家，而其中文学创作成就突出者又数卢思道、薛道衡、李德林、孙万寿四人。

卢思道的诗歌创作和散文创作各具特色。相较之下，散文成就在隋代更为突出，如入隋之后的作品《劳生论》《北齐兴亡论》《后周兴亡论》等。薛道衡与卢思道同在北齐入选文林馆，多次出使南陈，与南朝文学有过密切的接触，所以同样也是融合南北诗风的能手。孙万寿的诗歌也颇具个人特色，其作品大都反映了一生经历的所见所感，感情质实，风格刚健，善用事典，对偶工整，亦近后来的排律，对唐代格律诗产生了一定的影响。

第七章是江左作家群文学创作研究。隋统一全国后，在地域上消除了南北之隔，南朝的大批文人入北，南北文人汇聚京师，为文学的进一步交流和相互渗

---

① 参见宋景昌、王增文：《试论隋代诗歌的成就》，《商丘师专学报》1987年第4期。

透、吸收提供了有利的条件。隋文帝时期,江左作家备受排挤;炀帝时期,多是炀帝身边的文学侍从的唱和应制之作,文风虽有变化,但取得的成就不大。

据史料典籍暂厘定出江左作家群有33位作家,其中诗赋兼有者包括江总、姚察、虞世基、虞绰、王胄、许善心、郑公超、明余庆、何妥、岑德润、诸葛颖、庾自直、虞世南、刘斌等14位作家。其中,虞世基、王胄、许善心的诗歌,在有隋一代创新不大,南北融合的痕迹也不甚明显。

第八章是对隋代文学的评价。隋代文学既有自身独特成就亦有不足,既有继承也有创新。在创新方面,隋代乐府诗有较大突破,具体表现在新曲词调的创制、内容题材的拓展、乐府风格的新变、艺术技巧的创新等方面,直接影响着唐代乐府诗的发展。另外,还出现了像杨广、杨素、卢思道、薛道衡等一批创新南北文风的作家及作品,给隋代文坛带来了新气象。另外,隋代诗歌给唐代诗歌带来了启示及借鉴,使文学更加蓬勃繁荣;隋末的民谣、无名氏的诗歌具有"缘事而发"、反映时事的特征,对唐代及后世的影响亦颇为深远。

隋代文学的不足则是文学理论没能给文学的发展指出一条正确道路,隋文帝"重功利"及王通"形而上"的文学观,其实质是以一种偏颇纠正另一种偏颇,并没有使文学走上正轨,反而钳制了文学本来的发展。尽管这时已出现了颜之推折中、调和南北的文学理论,但直至唐初,绮靡文风依旧盛行,以致引发唐太宗、唐初史学家和以"初唐四杰"为代表的王勃以及陈子昂等人对隋代文学的批判。

隋代文学虽然总体上成就不大,但在南北文学的融合发展方面具有很大的进步。隋代文学在文学长河中淙淙流淌着,滋养着唐宋文学以及后代文学的艺术根基,使得后世文学在此基础上发展得更加枝繁叶茂,其潜移默化的历史功绩是不可磨灭的。

作　者

2017年10月

目　录

绪　论

一、"隋代文学"的界定

本书谈论的"隋代文学",指"大文学",具体是指在隋代产生的一切具有文学性的作品,既包括无韵的和有韵的,也包括只言片语和长篇大论,如敕表诏奏、碑铭书序、诗歌辞赋、书信谣辞等。这里的"隋代作家"是指跨越前后几个朝代而又历经隋代的作家,具体包括帝王将相、文士儒生、宦官僧侣以及皇家女眷等。

众所周知,隋代国祚较短,自建立(581 年)至灭亡(618 年),凡 37 年。本朝"土著"作家几乎没有,大都是南北朝入隋和在隋代成长起来又步入唐朝的作家,他们大都历经数朝更迭,创作的作品也分散在各朝各代。因此,研究有隋一代的文学就亟待廓清作家作品创作的时间,以便突显隋代文学的特征。笔者主要依据《梁书》《陈书》《魏书》《北齐书》《周书》《陈书》《南史》《北史》《隋书》《旧唐书》《新唐书》《先秦汉魏晋南北朝诗》《全上古三代秦汉三国六朝文》《全隋文补遗》《全唐诗》《全唐诗补编》《全唐文》《全唐文补遗》《隋书经籍志考证》(姚振宗本)、《隋经籍志考证》(章宗源本)、《隋代艺文志辑证》、《隋代艺文考》(李正奋本)、《隋书经籍志详考》(兴膳宏、川合康三合著)、《日藏弘仁本文馆词林校正》《文苑英华》等相关资料来详加考证隋代的作家作品。同时,将作者创作于隋代之外的作品作为论述时的参照,与作于隋代的作品相比较,以凸显隋代文学之特色。

二、隋代文学研究概况

由于统一天下的隋代享国仅仅 37 年，诸多方面又百废待兴，所以从整个文学发展史上来看，隋代文学成就相对较小。同时，学界研究者对隋代文学在中国文学史上的地位和价值认识不够，未能对隋代文学进行深入细致的研究。

由季羡林任名誉主编，张燕瑾、吕薇芬主编的“20 世纪中国文学研究”丛书——《隋唐五代文学研究》已将 1994 年之前的隋代文学研究状况进行了详细论述。为避免重复，笔者在这里只进行简单的介绍。

此书对隋代文学的研究分为综合研究和作家作品研究两部分。在综合研究中，该书指出隋代文学无论从深度上还是广度上都无法与南北朝文学和唐代文学的研究相提并论。在其所做的统计中，近百年来涉及隋代文学研究的论文共有 30 多篇，专论隋代文学的只有 10 余篇，专论隋代文学的专著则一部也没有。在这些研究成果中，对隋代文学的评价，大多也只是出现在文学史和少数期刊论文中。前者如林传甲所编的现存第一部《中国文学史》、1925 年徐嘉瑞的《中国文学史》、谢无量的《中国大文学史》等；后者如 1963 年第 1 期《文学评论》所载《隋代文学是北朝文学的尾声还是唐代文学的先驱》。20 世纪 30 年代中期至六七十年代，学界对隋代文学的评价否定居多。如郑振铎的《插图本中国文学史》，罗宗强、郝世峰主编的《隋唐五代文学史》等。其中，罗宗强、郝世峰认为，“这是一种没有个性，没有生气的文学”。与基本肯定和完全否定的观点不同，还有一些学者辩证地考察隋代文学的优缺点，如周祖谟的《隋唐五代文学史》、游国恩等编著的《中国文学史》、刘大杰的《中国文学发展史》、倪其心的《隋代的诗歌》等。

从《隋唐五代文学研究》中可知，从 20 世纪初至 70 年代，有关隋代诗歌综合研究的专题论文一篇也没有；各种文学史中虽有涉及，但大多流于一般性的介绍，而缺少深入的研究，如郑宾于的《中国文学流变史》等。到 20 世纪 90 年代，有关隋代诗歌综合研究的论文逐渐多了起来，并且研究角度与方法都不同以往，取得的学术进展也相对较大。

从以上隋代文学研究统计情况来看，无论在数量上还是质量上，20 世纪隋文的研究都不及隋诗，且大都是有关文体史论的研究，如马积高的《赋史》、姜书阁的《骈文史论》等。20 世纪关于隋代文学思想的专题论文几乎没有，仅是在一些文学批评史、文学思想史、文学理论中涉及隋代文学理论和隋代文学思想的研究，如朱东润的《中国文学批评史大纲》、郭绍虞的《中国文学批评史》等。

在20世纪，学术界对隋代作家作品的研究大多只集中在杨广、卢思道、杨素、薛道衡等作家作品上，不仅研究层次大多流于表面，而且所有的研究作品皆未进行分期论述。

关于1995年以来的隋代文学研究状况，李建国在其2006年的博士论文《隋代文学研究》中曾详细论述过。他所作的研究主要有两点：其一，针对20世纪文学研究丛书中《隋唐五代文学研究》中遗漏的研究资料进行了补充；其二，对这一时期隋代文学研究成果，主要是对研究隋代诗歌的论文进行了分类概述。李建国的博士学位论文题目虽为《隋代文学研究》，但研究的重点依旧是隋诗，其他只是提及而已，并未作详细深入的探讨。

笔者对1995年以来有关隋代文学的研究成果进行了整理（不包括李建国博士的综述内容）。

首先要说明的是《20世纪文学研究丛书》以及李建国博士所搜集的研究资料不包括港台以及日本、欧美的论著。虽然这些研究成果相对大陆的少之又少，但还是存在很多有关隋唐哲学思想等方面的研究。特别要说明的是日本对隋代文学的研究相对多一些，而且大多集中在隋诗的研究上，其中单篇文章包括隋の煬帝について——その詩に関する一考察（1986年）；『隋書』經籍志集部後序の宮體詩觀（1989年）；隋の陽帝と唐の大宗——詩作にみる個性の相違（1992年）；乱世の美学——六朝詩人の群像（7）我れ江都の好きを夢む——隋の煬帝（1999年）；「江南は瘴癘の地」そして故郷は——隋の孫萬壽の詩を手がかりとして（2006年）；水の漢詩紀行（31）隋堤の柳——唐代における水のある風景（承前）（2007年）。专著如1975年日本田清秀香的《乐府历史的研究》。

据笔者统计，1995年以来的隋代文学研究成果相较之前更为丰富，且出现了专门研究隋代文学的硕博士学位论文。如：

徐国能：《隋诗研究》，台湾私立东海大学中国文学研究所硕士学位论文，1998年。

史创新：《隋诗简论》，苏州大学硕士学位论文，1998年。

朱世业：《隋代文学的变迁及其特征》，西南师范大学硕士学位论文，2005年。

高学德：《隋代战争诗研究》，兰州大学硕士学位论文，2007年。

赵宏：《隋代诗歌研究》，上海师范大学硕士学位论文，2009年。

焦海民：《牛弘研究——隋唐士族文学个案研究》，西北大学硕士学位论文，

2009年。

高瑞娜:《隋文研究》,扬州大学硕士学位论文,2009年。

宋文涛:《隋代的文教与文学》,复旦大学博士学位论文,2002年。

王强:《隋炀帝文化政策与文学实践的研究》,首都师范大学博士学位论文,2006年。

于英丽:《隋代诗歌研究》,福建师范大学博士学位论文,2006年。

李建国:《隋代文学研究》,武汉大学博士学位论文,2006年。

唐会霞:《汉乐府接受史论》(汉代—隋代),山西师范大学博士学位论文,2007年。

庄新霞:《汉魏六朝女性著述考论》,山东大学博士学位论文,2007年。

田媛:《隋暨初唐类书编纂与文学》,北京大学博士学位论文,2008年。

杨金梅:《隋代诗歌研究》,中国社会科学院博士后流动站,2009年。

在以上论文中,研究隋代散文的只有高瑞娜《隋文研究》一篇,其研究的重点是诏、表、书信等,对于隋代辞赋的研究略显单薄,还有待于进一步详加探究。除专门研究隋诗的论文外,涉及隋代文学的论文也大多偏重研究隋诗。

就目前学术界已有成果来看,隋代文学的全面研究尚有很大的空白值得我们去探索,如对隋代散文的研究,目前还未展开。

另外,隋代小说畛域的研究成果,目前也很薄弱:要么附带在北朝小说的后面,要么附在唐代传奇的前面,作为铺垫一笔带过。隋代小说对南北朝小说的继承、发展,自身的特点以及对唐传奇的影响,前人的论述大都是粗线条的。至于隋代有多少种小说,亡佚的和现存的小说又有多少种,学界目前还没有详加考证。还有,隋代的佛教和文学的关系以及佛教对隋代文学的影响,前人不仅论述较少,而且论述大都比较简略。

鉴于当前隋代文学研究的状况,目前隋代文学的全面综合研究还有待于进一步深入的审视、细致的阐释与探究。

三、隋代文学与南北朝文学的关系

汪之明在《文学评论》1963年第1期上发表了《隋代文学是北朝文学的尾声还是唐代文学的先驱?》一文,就隋代文学与南北朝文学的关系问题展开了讨论。

不管隋代文学被认为是唐代文学的先驱,还是北朝文学的尾声,隋代文学与南北朝文学、唐代文学之间有着密切的承续关系。它不仅是南北朝文学与唐代文学中间重要的一环,而且在中国文学史的进程中具有承上启下、继往开来的过渡性质,所以不能执其一端而否定另一端。

581年,北周重臣杨坚代周称帝,建元开皇,国号为隋。开皇九年(589年)隋平南朝陈,至此结束了西晋以降南北朝近300年分裂的政治格局。南北一统,天下混一,也使天下"江、汉英灵,燕、赵奇俊,并该天网之中,俱为大国之宝"[①];北周及北齐入周的文人和平陈之后萧梁的文人一并入隋,大大扩充了隋代的作家队伍。因此,隋代的文学与南北朝文学有着密切的承续关系。

自八王之乱,五胡乱华,北方一时刀光剑影,狼烟弥漫。晋室南迁,从此南北对峙的格局形成。南北双方的文学和学术也沿着各自迥异的方向继续前行,成长为南北两朵奇葩,摇曳在南北大地上,呈现出各具特色的风格。

南方偏安一隅,相对安定,文学沿着魏晋以来的传统继续向前发展,文风渐趋华丽,注重追求外在的审美特征,宫体诗的形成以及骈文的煌煌鼎盛就是明证。北方长期混战,民不聊生,生活朝不保夕,文学创作更成为一种奢侈。在局部地域相对安定的政局中,文学创作方有苏醒,渐有起色。在重质轻文的文化传统和北方少数民族勇健尚武、豪放粗犷的风格影响之下,北方文学在总体上呈现出质朴、刚劲的文学特质。

南北文风的迥异为隋唐文学提供了最直接、最宝贵的借鉴。如《隋书·文学传序》曰:

> 江左宫商发越,贵于清绮,河朔词义贞刚,重乎气质。气质则理胜其词,清绮则文过其意,理深者便于时用,文华者宜于咏歌,此其南北词人得失之大较也。若能掇彼清音,简兹累句,各去所短,合其两长,则文质斌斌,尽善尽美矣。

其实,南北文学的交流和南北文风的融合在南北朝时期已开始。南朝与北朝虽然在政治合法性的军事争夺战中为敌对关系,但在分裂期间各种形式的文化交流并没因地域的分割而完全断绝。这一时期文化交流的主要途径大致有三:一是使节的互聘,二是书籍的互通,三是南人入北与北人入南。[②]

南北政权之间派遣使节是南北文化交流的主要方式,也是炫耀国家人才之盛、文教之兴的主要外交渠道。使节选拔的标准除门第、才学和口辩之外,还包括风采仪表。门第高贵且才富学深的使节代表着一国尊严,主客与使节之间的

① (唐)魏徵:《隋书·文学传序》,中华书局1973年版。

② 参见吴先宁:《北朝文化特质与文学进程》,东方出版社1997年版,第47~48页。

往互交锋大多是在文化、风仪、文学等方面，尤其是文学上的交锋甚是激烈，他们往往赋诗作文，相互观摩。

如此一来，使节间的往来交互大大丰富了南北朝文学创作的经验。如《南史·王融传》载北魏房景高出使南齐，向南齐主客王融道："在北闻主客此制(指《曲水诗序》)，胜于颜延年，实愿一见。"[①]王融于是出示之。这说明北方学者仰慕南朝文学，对南朝文人的文学创作甚是关切和熟稔，南朝的新作一出，北朝学人即刻闻知，借出使机会要求欣赏。因此，一些北方文人深受南方著名作家谢灵运、谢朓、鲍照、沈约和任昉等影响。同样，南方朝廷和士族也为北人的雄辩、机智和文学修养所折服。譬如，南朝梁武帝读了由梁史抄写且带回江左的温子升的文集之后，大加赞美，称赞他是"曹植、陆机复生于北土"[②]。再如，南朝梁将军陈庆之在北伐洛阳归来后，对北人倍加尊崇。同僚奇而问之，他说："吾始以为大江以北皆戎狄之乡，比至洛阳，乃知衣冠人物尽在中原，非江左所及也，奈何轻之？"[③]再如《北史·薛道衡传》载："陈使傅縡聘齐，以道衡兼主客郎接对之。縡赠诗五十韵，道衡和之，南北称美。"从中可知，北方作家不输南方作家，其文学水平也相当高。

这些南北朝聘使间的文学创作与交流，不仅开阔了文人的视野，提高了他们的文学创作水平，还在一定程度上促进了南北文风的融合。

书籍的互通也是南北文化交流的主要途径之一。北方五胡乱华，十六国之间多年纷争，使北方的文化惨遭有史以来极为严重的摧残，图籍也不可避免地遭到毁灭性厄难。南方偏安一隅，相对安定，文学活动相对活跃，书籍大大增加。北魏孝文帝迁都洛邑，改革建制，效仿南朝，其中就有向南齐借书之举。《隋书·经籍志》载："孝文徙都洛邑，借书于齐，秘府之中，稍以充实。"后来，宇文泰攻克江陵时，梁元帝并没有一把火烧光江陵的全部藏书。据唐刘知几《史通·古今正史篇》载："……及江陵板荡，其文入北，中原学者得而异之，隋学士刘炫遂取此一篇列诸本第。"《周书·萧大圜传》载："梁武帝集四十卷，简文集九十卷，各止一本，江陵平后，并藏秘阁。大圜既入麟趾，方得见之。"可见，梁元帝并未烧毁全部书籍，而是将其中一部分运往北朝。南朝书籍的北流对北朝文学的影响是不容小觑的。这不仅使北方文人得以亲炙南方文人的作品，而且这些北传的南朝文本成为北朝文人的摹本。

---

① (唐)李延寿:《南史·王融传》，中华书局1974年版。

② (北齐)魏收:《魏书·温子升传》，中华书局1974年版。

③ (宋)司马光:《资治通鉴》卷一五三，中华书局1956年版。

南北文风的融合还与南人入北和北人入南有着很大的关系。尤其是大量的南人入北，不仅给北方文坛吹来了一股清新之风，而且还大大冲击了北朝固有的文风。历史上这一时期大规模的南人入北活动有两次：第一次是北魏初，南平青、齐，迁两地人口往平城。在所谓的“平齐民”中，有著名的学者崔亮、崔光、刘芳等。第二次是“侯景之乱”及江陵之陷导致大批南人入北。如“侯景之乱”时投奔东魏的颜之推、萧慤等；江陵陷后虏入西魏的王褒、殷不害等；之前出使西魏的文人庾信也因战乱滞留北方。除此之外，还有部分如王肃、刘昶等因难逃往北方的学者。

南人入北，给北方带去了政治、文化、文学等诸方面的经验，尤其是庾信、王褒在文学上对北人的影响有力地促进了南北文风的交融。北方文章不仅文辞渐趋华美，而且开始讲究形式上的对仗工整。

北人入南多是云游僧人和商旅，当然也有因战争、政治等逃奔南方的学者。前者如北方僧人释靖嵩，他曾是涿郡固安（今北京）人。“俄属周武屏除释门离溃，遂与同学法贵、灵侃等三百余僧，自北徂南，达于江左。陈宣帝远揖德音，承风迎引，令侍中袁宪至京口城礼接登岸。帝又使驸马蔡凝宣敕云：至人为法以身许道。”[①]释靖嵩由北入南不仅为南方带去了北方的文化，而且受到南陈统治者的尊崇礼遇，在一定程度上影响着南方的文化。后者如北朝学者崔灵恩、卢广、孙祥、蒋显等。在北方战乱之际，他们相继逃奔到南朝梁，并在当地聚众讲学。其中，卢广“言论清雅”，颇受南朝徐勉的赏识。

另外，还有南方僧人云游北方，把北方的文化带回南方的情况。如齐梁时期南方的僧郎就曾到长安学习鸠摩罗什的学说，回乡之后把这一学说传授给周颙，在此基础上周颙完成《三宗论》的写作。这部著作可谓是南北思想文化相互交融的结果。[②]

总之，南北双方在礼仪、典章制度、文学、审美理念以及文人自身的创作修养等方面的互动，直接或间接地影响着南北文学的发展，从一定程度上促进了南北文学的进一步交流和融合。

开皇九年（589年），隋统一全国之后，消除了南北间长期以来的地域限制。南北一统，天下人才汇聚隋都长安。关陇贵族、山左大族及江左士族共事于隋，为南北进一步的交流和相互整合创造了更为有利的条件。至此，文学出现了南

---

① （唐）道宣撰，郭绍林点校：《续高僧传》卷十《释靖嵩传》，中华书局2014年版。

② 类似的文学成果成就最大的要数颜之推的《颜氏家训》，其中《颜氏家训·文章》篇有颜之推调和南北的折中文学思想及文学理论。下文将展开详细论述。

北混一的局面。

隋代文学，可以说是北方文人在质朴刚劲的基础上，吸收了南朝文学之长，两两相结合催生出了文坛独特气象。曹道衡曾说："这种融合是以北为'体'，以南为'用'的产儿，而其催生者则是生长于北方而能真正吸取南方文学英华精粹的北方人。"[①]

南北对峙时期，北方在军事上占据优势，然而在文化上始终是南朝文化占主导地位。这是因为从西晋灭亡后，中原的学者、文人大多流亡至江南，北方则经历了十六国混战，加上鲜卑族拓跋氏早期轻视中原文化，故北方文化大大落后于南方。当然，仍有一部分北方士族保留着世代相传的汉代以来的经术和文学活动的传统，竭力保持汉以来的礼俗。

在当时，南方士族颇为轻视北方的文化和文人。北方经过北魏孝文帝改革以及北齐、北周时期北人向南人学习等，文化水平得以逐步提高；北方文士在南方人心目中的地位也逐步得到提高。如前文提到的温子升就得到梁武帝的赞赏；薛道衡出使南陈，更以一首《人日思归》折服南人。这说明北方文学的水平不断提高，"并且最后赶上了南朝"[②]。然而这种提高，显然得益于向南方的借鉴学习。譬如北齐著名文人刑劭最钦佩沈约，而魏收最爱慕任昉，以至于时人祖珽说："任、沈之是非，乃刑、魏之优劣也。"[③]再如，南朝诗人何逊的文集刚传入北方，便受到普遍赞赏，并且还有人以能背诵此书为荣。

北人在保持本色的基础上，大力吸收南朝文化，开始效仿南方文风。北人学习南方文风并非全盘照搬，亦步亦趋，而是根据实际情况，有所选择地加以学习吸收。由于北方长年战乱，气候苦寒，谋生不易，再加上北人有着尊经重道的思想传统，因此北人创作的诗歌中充满了现实精神。如吴先宁所理解的：北方文学特质的第一个特征便是现实精神。所谓现实精神，就是对社会和政治的强烈参与意识，对人生中广泛而迫切的事件和问题紧张而热烈的关注。……这一现实精神只要一带上功利色彩，就十分容易演化为实用精神。第二特征是它的悲壮苍凉情调，第三个特征是刚劲质朴的风格。[④] 再如《颜氏家训》对士族子弟处世立身的告诫，其经世致用的观念可见一斑。另外，北方的一些文论中也明确提出重视现实的论点。如《魏书·祖莹传》曰："文章须自出机杼，成一家风

① 曹道衡、沈玉成编著：《南北朝文学史》，人民文学出版社，第499页。

② 曹道衡、沈玉成编著：《南北朝文学史》，第499页。

③ 王利器：《颜氏家训集解》(增补本)，中华书局1993年版，第273页。

④ 参见吴先宁：《北朝文化特质与文学进程》，东方出版社1997年版，第173～178页。

骨,何能共人同生活也?"再如刑劭在《萧仁祖集序》中强调文章不要一味模仿,须展现作者才性、学养,成一家之言的文学理论:"昔潘陆齐轨,不袭建安之风;颜谢同声,遂革太原之气。自汉逮晋,情赏犹不自谐;江南江北,意制本应相诡。"颜之推在《颜氏家训》中指出,不仅一代有一代之文学,而且因地域人文的不同,文风也迥异。总之,北方文人强调文章的实用性。

隋统一中国后,隋炀帝感慨道:"自平陈之后,硕学通儒,文人才子,莫非彼至。"[①]隋朝的统治者关陇贵族是地地道道的北方人,同样善于学习,勇于创新。

隋代文人在学习南方文学时,剔除了南朝纤巧、隐微的意境,吸取了精致的艺术技巧,包括练字、修辞以及声律。北方文人在本身擅长的边塞主题上,再辅以南朝文学的艺术表现手法来反映社会生活,从而塑造出迥异于南朝的文学意境;南朝人则是向北方人学习文学意涵,把个人的人生体验从优越的政治、经济的宫廷廊庑下拉出来,和当下的社会脉动进行深入的结合,即在文学作品中,除了保留南朝精致的艺术技巧之外,更渗透着人生体验,同样成就了别样的文学。如北人杨素作了《出塞》诗,北人薛道衡和南人虞世基都进行了唱和,然而诗作意蕴大大不同。再如杨广做晋王时,周围就聚集了一大批文人。这批人大多是入北的南朝文人,历经梁、陈两朝。杨广和他们在一起互相酬唱,为自身文学的创作砥砺了艺术技巧。需特别指出的是,这一时期南朝文人的文学作品突破和创新不大,文学成就较大的是勇于创新的北人。

由于受到当时政治和社会环境的影响,南北融合的步调依然十分缓慢。但"盛唐之音"并非横空出世的,而是经历了漫长的发展过程,而隋代的融合过程则是其关键的一环。

总而言之,隋代统一全国,消除了南北地域的限制,南朝大批文人入北,为南北文学的进一步交流提供了前提。于是在大一统的局面之下,南北文人相互酬唱,相互汲取,为南北文学的进一步融合奠定了基础。隋代文人既学习了南朝的技巧及艺术形式,又配合北方刚劲直率的风格,故能成就独特气象。北人在模仿的过程中,又能剔除纤巧繁复的形象,成其清丽风格。这与隋代诗歌的审美标准趋向一致。至此,南北文学的融合已经初具规模。此时缺乏的文采与体气的合一以及圆融的意境,则是到了唐代才实现的。

---

① (清)严可均辑:《全上古三代秦汉三国六朝文·全隋文》,商务印书馆 1999 年版。以下简称《全隋文》。

第一章　隋代文学与文化环境

一代有一代之文学。隋代文学在南北一统的大环境之下，呈现出独有的特色。这与隋代的南北统一，隋文帝、炀帝的文化政策有着密不可分的关系。其中，隋代二帝的儒学政策、学术研究、选举制度以及对待佛、道二教的态度都影响着隋代的文学创作及文学面貌。

第一节　隋代的文化背景

隋代的建立是历史的必然，虽然国祚短暂，却奠定了大唐盛世的基本格局。隋代的开国皇帝杨坚是北周外戚，其女为周宣帝皇后。据《隋书·高祖纪》《北史·隋本纪》《资治通鉴·隋纪》等载，其家族世系可追溯到东汉太尉杨震。震八代孙杨铉“仕燕为北平太守”[①]。铉之子杨元寿，为北魏武川镇司马；寿之子杨惠嘏，为北魏太原太守；嘏之子杨烈，为北魏平原太守；烈之子杨祯，为北魏宁远将军，祯之子杨忠杨坚之父，即皇考也。杨忠是西魏十二大将军[②]之一，跟从北周太祖起义关西，战功赫赫，官至柱国、大司空、隋国公，赐姓普六茹氏，北周政权之开国元勋。忠死，其子杨坚 14 岁袭父爵隋国公，开始仕途生涯。

---

① (唐)魏徵：《隋书·高祖纪》。

② 府兵制为西魏宇文泰首创，并为八柱国之首，地位早已超越实际职权。元欣因地位尊崇而挂名，实际上为六柱国，符合周礼治六军之意。六柱国又各督统两个大将军，故有“十二大将军”。每个大将军又都督两个开府，每开府各统领一军，故有“二十四军”。这便是府兵制的系统。十二大将军分别为元育、元赞、元廓、宇文导、宇文贵、李远、侯莫陈顺、达奚武、杨忠、豆卢宁、王雄、贺兰祥。(详见《魏书》《周书》《北史》)

杨坚娶北周府兵统帅部八柱国[①]之一的独孤信之女为妻。至此，杨氏家族“为北方的非汉族王朝效劳至少已有两个世纪”[②]。杨坚追随周武帝参与灭北齐统一北方的战争。他的特殊身份更易为汉人和鲜卑人认可与接受，再加上杨坚辅政期间，提倡节俭，革除了周宣帝的一些暴政，颇得民心。因此，在他身边形成了以汉族官僚和汉化的鲜卑贵族为核心主体的强大集团。他不仅是关陇贵族集团强有力的军事统帅，还是皇亲国戚，为完成一统打下了坚实的政治基础。周宣帝病逝，年仅8岁的周静帝继位，北周大权已完全在握的杨坚积极部署力量，并果断铲除北周宗室最有实力的“五王”，镇压了尉迟迥、司马消难等人的兵变。此时，杨坚取代北周已是大势所趋、水到渠成。

581年，杨坚因众望所归，迫北周静帝下诏宣布禅让，代周登基称帝，国号为隋，改元开皇，宣布大赦天下。随后，隋文帝一边消除北周后期积弊，改革维新；一边积极着手准备出兵江南，消灭陈朝，筹备统一全国的工作。

一、革新朝政

隋文帝即位后，对魏晋南北朝以来的政治制度加以改革和整顿，大刀阔斧除旧布新，废除了北周的落后弊端，采用了一些汉魏以来符合实际需要的制度，并有所创新。

三省六部制就是隋文帝对中央和地方官制的重大改革。据《隋书·百官志》载：“高祖（隋文帝杨坚）既受命，改周之六官，其所制名，多依前代之法。置三师、三公及尚书、门下、内史、秘书、内侍等省，御史、都水等台，太常、光禄、卫尉、宗正、太仆、大理，鸿胪、司农、太府、国子、将作等寺，左右卫、左右武卫、左右武侯、左右领、左右监门、左右领军等府，分司统制焉。”在中央机构上，废除了北周仿效周礼的“六官制”旧制，恢复汉魏制度，确立了三省六部制。三省为尚书省、门下省、内史省。尚书省为执行机构，负责执行重要政令，长官为尚书令，副长官为左、右仆射；门下省为审议机构，负责审核皇帝的政令，长官为纳言；内史

---

① 西魏时受封的八位大将军，史称“八柱国”，分别为宇文泰、元欣、李虎（李渊祖父）、李弼、赵贵、于谨、独孤信（杨坚岳父，李世民增外祖父）、侯莫陈崇。魏孝庄帝以尔朱荣有翊戴之功，拜他为柱国大将军，职位在丞相之上。尔朱荣失败后，此官遂废。大统三年（534年），魏文帝复以宇文泰建中兴之业，又开始命之。之后功参佐命，望实俱重者也居此位。从大统十六年（547年）开始，具此任者凡八人。详见《魏书》《北史》。

② [英]崔瑞德编，中国社会科学院历史研究所西方汉学研究课题组译：《剑桥隋唐史（589～906年）》，中国社会科学出版社1990年版，第58页。

省为决策机构，负责拟定、颁发皇帝的诏令，长官是内史令。三省是中央的最高统治机构，三省长官同为宰相，共同负责中央政务。六部即尚书省下属的吏、民、礼、兵、刑、工等。吏部主管官吏的考核任免，民部主管户口、赋税等，礼部主管礼仪，兵部主管军政，刑部主管法律、刑狱等，工部主管水陆工程等。六部长官为尚书，副长官为侍郎。三省六部分权，削弱了相权，改变了以往宰相一人治权的弊端，提高了行政效率，相应加强了皇权和中央的统治力量。

在地方上，改州、郡、县三级制为州、县两级制，合并了一些州、县，裁汰冗员，简化机构，改善吏治，大大节省了财政开支。九品以上的地方官全部由吏部任免，每年考核。州县佐吏必须三年更换，不得连任，且不允许任用本地官员，既防止了当地豪强地主垄断地方政权，又加强化了中央对地方的控制。

开皇十年(590年)，隋文帝对源自西魏、北周的府兵制进行了重大改革。府兵本为职业军人，属军府都统，不编入州县的户籍。其家属也随营帐居住，并编入军户。隋文帝改革后，军人仍保留军籍，隶属军府，并且与其家属共同列入州、县，编为民户。这样一来，府兵有了固定的住所，也可以按均田令分得土地。农闲时按规定轮番到京城宿卫，农忙时从事农业生产。自此，建立了兵农合一、寓兵于农的制度。

科举制的创立代替了魏晋南北朝的九品中正制。命令各州每年向中央选送三人，参加秀才、明经等科目的选拔考试，合格者即录用为官。这样一来，改变了魏晋以来数百年按门第高低选拔官吏，庶族士人难以入仕的“上品无寒门，下品无势族”[①]的士族门阀垄断仕途的局面。

隋文帝即位之后，制定了《开皇律》。据《隋书·刑法志》载：“高祖既受周禅，开皇元年，乃诏尚书左仆射、渤海公高颎，上柱国、沛公郑译，上柱国、清河郡公杨素，大理前少卿、平源县公常明，刑部侍郎、保城县公韩濬，比部侍郎李谔，兼考功侍郎柳雄亮等，更定新律，奏上之。”该新律是为《开皇律》。“后又敕苏威、牛弘等，更定新律。”该律凡12卷，共500条，将刑法定为死刑、流刑、徒刑、杖刑、笞刑等五种二十等级。“又置十恶之条”，这“十恶”[②]之条“多采后齐之制，而颇有损益”[③]，废除了“前代鞭刑及枭首轘裂之法，其流刑之罪皆减从轻”。总之，《开皇律》废除了前代的部分酷刑，简化了律条，成为隋唐及以后各朝法典的

① (唐)房玄龄:《晋书·刘毅传》，中华书局1974年版。

② 十恶:隋代《开皇律》始有“十恶”，唐之后历代刑律皆不变，分别为谋反、谋大逆、谋叛、恶逆、不道、大不敬、不孝、不睦、不义、内乱。详见《隋书·刑法志》。

③ (唐)魏徵:《隋书·刑法志》。

基础。

隋文帝的政治举措影响着有隋一代文学的整体面貌。为加强中央集权，隋文帝把山左、江南的士族迁往政治中心北方，以加强防范。九品中正制废除后，门阀士族进仕之阶受阻，尤其是江南士族的进仕更不顺畅。随着政治、经济优势的丧失，士族的人生仕途便不再顺遂。没有了优越的生活保障，文人在文学创作上便失去南朝时雍容自适的气质，而是流于单纯的刻画或应制之作，作品中独特的融哲理于山水、游宴之中的风格也不多见。

科举制的产生，使得寒族得以借此挤入政治核心。因此，隋代文学中立功扬名、立志塞上的边塞诗作大量出现，并成为文坛中的一道亮丽的风景线。而这种精神又被具有相似背景的唐代边塞诗所继承，遂成就了隋唐边塞乐府的特殊风格。

二、统一全国

隋文帝即位之后，一方面积极进行维新，加强中央集权，巩固统治基础；另一方面则紧锣密鼓筹备南下平陈。

在北周的基础上，隋文帝精简机构，更定法律，严惩贪官污吏，加强中央集权；将均田制与府兵制相结合，改革钱币，统一了南北的度量衡和货币；"大索貌阅"和"输籍之法"①，增加了国家所辖的人口和财政收入，同时也加强了各民族空前的大融合和大团结；还利用佛、儒、道巩固边疆关系，如在开皇元年(581年)、开皇二年(582年)、开皇六年(586年)、开皇七年(587年)连续修筑长城，加强了北部边境的安全保障。为解决边塞北顾之忧，隋文帝数次出兵突厥，并使用和亲政策，恩威并重，解决了塞北之忧。另外，隋文帝"躬履俭约，六宫咸服浣濯之衣。乘舆供御有故敝者，随令补用，皆不改作"②。故隋初，政治安定，经济恢复与发展都较快，社会各方面呈现出欣欣向荣的景象，从政治、经济、军事、思想等方面创造了南下平陈的条件。以上这些政策影响着隋代前期的文学特征，左右着隋代的文学思想及文学理论，影响着隋代前期文学的整体面貌。

本来，这时南北之间力量的对比已是南强北弱，再加上隋文帝初期一系列的改革，不仅发展了经济，而且还强化了权力，国力大大增强。而南陈末年政治腐败，后主陈叔宝荒淫无度，竟日不问朝政。如隋军已临江，陈后主还自信地

---

① (唐)魏徵:《隋书·食货志》。

② (唐)魏徵:《隋书·高祖纪》。

说:“王气在此,齐兵三度来,周兵再度来,无不摧没。虏今来者必自败。”[1]陈后主不仅生活糜烂,不顾民情,而且还大建宫室,日夜在后庭与大臣江总、宠妃饮酒赋诗作乐,即使在末日降临的时刻,还“奏伎纵酒,作诗不辍”[2]。《玉树后庭花》便是后人嘲讽后主的亡国之音。隋王朝政治黑暗,统治集团内部明争暗斗,疏忽边防,其政权的灭亡是历史的必然。

南北朝时期,由于战乱频仍,民多迁徙,相应地增强了汉族与各少数民族的融合。至隋,北方一统,隋文帝“戒奢崇俭,率先百辟,轻徭薄赋,冀以宽弘”[3],大大调动了各族人民的生产积极性,有利于社会的安定团结。这从另一方面也促进了南北文学的相互交流及融合以及隋代文风的形成。

南北实力的对比,已倾向北方。统一全国,乃大势所趋。开皇七年(587 年)隋平后梁,开皇九年(589 年)平陈,同年琉球群岛归隋。至此,隋文帝结束了自西晋末年分裂了 270 多年南北混乱的局面,全国又归为一统。

全国的统一,消除了南北地域、政权的对峙局面,有利于国家的安定,更有利于各民族的融合以及经济文化的繁荣。如《隋书·高祖纪下》称:“仓廪实,法令行,君子咸乐其生,小人各安其业,强无陵弱,众不暴寡,人物殷阜,朝野欢娱。”遂有历史上的“开皇之治”。这一切为隋以及唐的繁荣奠定了坚实的基础,也为隋代文学艺术的发展奠定了环境、物质等前提,并促进了它们的繁盛。

天下的人才也被网罗进有隋一朝,可谓“江、汉英灵,燕、赵奇俊,并该天网之中,俱为大国之宝”,出现了人才济济的空前盛况。关陇贵族、山左世族以及江南士族汇合一处,相互切磋文艺,探讨文学的发展。这些来自不同地域、文学水平参差不齐的文学群体共同开创了有隋一代的文学。

开皇九年(589 年),在平陈的战役中,年仅 20 岁的杨广被拜为兵马都讨大元帅,统领 51 万大军,突破长江天堑,势如破竹,所向披靡。此后,隋炀帝在开皇之治的基础上又多有改革——营建东都洛阳,修通运河[4],开疆拓土[5],东南扩大至印度的安南、占婆(今越南)等地,分裂强大的突厥为东、西两部,并在与东突

---

① (唐)李延寿:《南史·陈后主纪》。

② (唐)李延寿:《南史·陈后主纪》。

③ (唐)魏徵:《隋书·柳昂传》。

④ 隋炀帝下令开挖修建大运河,将黄河、淮河、海河、长江、钱塘江连接起来。如此浩大的工程,劳民伤财,但也惠及千秋万代。

⑤ 据《隋书·炀帝纪》记载,大业四年(608 年),炀帝派军灭了吐谷浑,开始开拓疆域:东到青海湖东岸,南到昆仑山脉,西至塔里木盆地,北至库鲁克塔山脉,并在那里实行郡县制度进行管辖。这些是前代各朝从没设置过正式行政区的地方。

厥的战斗中取胜，西巡张掖[1]，开发西域[2]，开创科举，提倡文化建设，建立天朝体系[3]。

隋文帝的一系列重大举措直接影响了文学的发展。其中，营建东都洛阳，宫城极为奢侈华丽，便有了隋炀帝的以宫廷生活为题材的诗歌。宫廷既是举行宴会、游宴享乐的所在，也是文学集团切磋文艺的场所。这种题材的诗歌在隋代诗歌中占有较大的比重。

大运河是中国唯一的一条贯穿南北的水道，也是世界上航程最长的人工运河，对隋朝以及后世政治、经济、文化的发展影响极大。隋炀帝开凿大运河不仅仅是为了监控江南政治，也有巡游享乐的目的。在运河的沿岸兴起了许多商业城市，这些商业城市因优越的地理位置而繁盛，不仅出现了歌舞升平的景象，还相应地促进了市井文化的发展。

隋炀帝好大喜功，大力开疆拓土。为巩固边防，尤其是为防范北方突厥的侵袭，隋炀帝时还修筑长城。因此，以边塞为题材的作品成为隋代文学的重要组成部分。由于诗人多置身塞外，亲临战场，故边塞诗作便有了真实感。诗人对塞外风景的描摹便不再凭空想象，于是便有了异于南朝"掉书袋式"的唱和诗作。后来，这一特征被唐代所承继。隋代文学气格遂变，一转南朝靡靡不振为意兴昂扬。

隋炀帝大举征讨高句丽后，隋代文坛出现了反映时事的如《征辽东》等一系列"缘事而发"的诗歌。三次征讨，浪费了大量的人力、物力，使得民怨鼎沸，遂爆发了大起义，由此便出现了隋末无名氏的歌谣。这些歌谣真实地反映了当时普通人民的生活以及他们的意志和心声，这也在一定程度上继承了汉乐府的现实主义精神。

隋代国祚较短，又鉴于统治者大力加强中央集权，隋代的文人被帝王笼络在周围，因此隋代的文学脉动与统治者的举动相趋同。

---

① 大业五年(609 年)，隋炀帝亲自率军从京都长安一路开至甘肃陇西，到达河西走廊张掖郡，亲自开通丝绸之路，西域二十七国君主和史臣纷纷前来朝见，以示臣服，西方各国商人也云集张掖进行贸易。

② 大业六年(610 年)正月，隋炀帝在洛阳大演百戏招待西域商人，前后长达一个月。洛阳的商铺为之装饰一新，让西域商人免费吃饭、免费住宿，走时还给予很多赏赐。这是炀帝贪慕虚荣、好大喜功的表现，也表明隋代当时的强大、繁荣，是中国古代典型的朝贡贸易。(参见《隋书・炀帝纪》)

③ 大业三年(607 年)，启民可汗来隋朝贡，并尊隋天子为"圣人可汗"。大业四年(608 年)，倭国国主多利思比孤第三次遣使朝贡。大业五年(609 年)，吐谷浑等西域诸邦向隋朝称臣朝贡。(参见《隋书・炀帝纪》)

第二节　隋代的文学环境

隋代的建立，结束了自西晋末年以来持续了近300年的南北分裂对峙的局面，实现了中国历史上的第二次大一统。为巩固新政权，安定新局面，隋文帝、隋炀帝相继实施了一系列的政治、经济、文教等措施，在文化建设上也进行了改革。

一、隋文帝时期的文教

儒学乃中国文化之命脉，为国家，不可不察。“儒之为教大矣，其利物博矣！笃父子，正君臣，尚忠节，重仁义，贵廉让，贱贪鄙，开政化之本源，鉴生民之耳目，百王损益，一以贯之。”[①]自西汉武帝推行“罢黜百家，独尊儒术”的治国方针之后，就形成和加强了儒学在社会政治层面的功能。以后历代治国者无不重视儒学，加强儒学政策。

(一)隋文帝前期的儒学政策

文帝前期，褒奖儒学，厚赏诸儒，鼓励劝学行礼，把儒学提升到治国不可缺少的地位。京邑四方广建学校，一时形成儒雅之盛。正如《隋书·儒林传序》所言：

> 自正朔不一，将三百年，师说纷纶，无所取正。高祖膺期纂历，平一寰宇，顿天网以掩之，贲旌帛以礼之，设好爵以縻之，于是四海九州强学待问之士靡不毕集焉。天子乃整万乘，率百僚，遵问道之仪，观释奠之礼。博士罄悬河之辩，侍中竭重席之奥，考正亡逸，研核异同，积滞群疑，涣然冰释。于是超擢奇隽，厚赏诸儒，京邑达乎四方，皆启黉校。齐、鲁、赵、魏，学者尤多，负笈追师，不远千里，讲诵之声，道路不绝。中州儒雅之盛，自汉、魏以来，一时而已。

由上可知，文帝初年，致力于儒学教育，统一四方儒家之学说，以“贲旌帛以礼之，设好爵以縻之”来招揽天下诸儒。如《隋书·儒林传》载元善传、辛彦之传、

① (唐)魏徵：《隋书·儒林传序》。

何妥传、萧该传、房晖远传、马光传：

元善，河南洛阳人也。祖叉，魏侍中。父罗，初为梁州刺史，及叉被诛，奔于梁……善少随父至江南，性好学，遂通涉五经，尤明《左氏传》。及侯景之乱，善归于周。五帝甚礼之，以为太子宫尹，赐爵江阳县公。每执经以授太子。开皇初，拜内史侍郎，上每望之曰："人伦仪表也。"①

辛彦之，陇西狄道人也。祖世叙，魏凉州刺史。父灵辅，周渭州刺史。彦之九岁而孤，不交非类，博涉经史……高祖受禅，除太常少卿，改封任城郡公，进位上开府。寻转国子祭酒。岁余，拜礼部尚书，与秘书监牛弘撰《新礼》。②

高祖受禅，除国子博士，加通直散骑常侍，进爵为公。③

兰陵萧该者，梁鄱阳王恢之孙也。少封攸侯。梁荆州陷，与何妥同至长安。性笃学，《诗》、《书》、《春秋》、《礼记》并通大义，尤精《汉书》，甚为贵游所礼。开皇初，赐爵山阴县公，拜国子博士。④

房晖远字崇儒，恒山真定人也。世传儒学。晖远幼有志行，治三礼、春秋三传、《诗》、《书》、《周易》，兼善图纬，恒以教授为务。……及高祖受禅，迁太常博士。⑤

马光字荣伯，武安人也。少好学，从师数十年，昼夜不息，图书谶纬，莫不毕览，尤明三礼，为儒者所宗。开皇初，高祖征山东义学之士，光与张仲让、孔笼、窦士荣、张黑奴、刘祖仁等俱至，并授太学博士，时人号为六儒。⑥

隋文帝不问地域、阶层，凡是能为新朝经邦治国者，皆被征召于中央。被征召的名儒通学来自南北各地，如江南通学鸿儒有元善、何妥、萧该等，山左名儒有马光、张仲让、孔笼等六儒，关陇儒士有辛彦之、房晖远等诸儒。南北统一，儒士也汇聚一朝，文帝对南北儒士视为一同，优待儒生，尊崇儒学。四方诸儒也为新朝修礼制乐，隋代的典章制度、礼仪法令的制定和完善也得益于文帝的儒学政策。

文帝征召四方名儒，除了为新朝制礼作乐之外，还在各州、县建立学校，设置博士，授徒讲学，教化风俗，以达成"行礼劝学，道教相催，必当靡然相风，不远

① (唐)魏徵:《隋书·元善传》。
② (唐)魏徵:《隋书·辛彦之传》。
③ (唐)魏徵:《隋书·何妥传》。
④ (唐)魏徵:《隋书·萧该传》。
⑤ (唐)魏徵:《隋书·房晖远传》。
⑥ (唐)魏徵:《隋书·马光传》。

而就。家知礼节，人识义方，比屋可封，辄谓非远”。[①] 如：

建国重道，莫先于学，尊主庇民，莫先于礼。自魏氏不兢，周、齐抗衡，分四海之民，斗二邦之力，递为强弱，多历年所。务权诈而薄儒雅，重干戈而轻俎豆，民不见德，唯争是闻。朝野以机巧为师，文吏用深刻为法，风浇俗弊，化之然也。虽复建立庠序，兼启黉塾，业非时贵，道亦不行。其间服膺儒术，盖有之矣，彼众我寡，未能移俗。……古人之学，且耕且养。今者民丁非役之日，农亩时候之余，若敦以学业，劝以经礼，自可家慕大道，人希至德。岂止知礼节，识廉耻，父慈子孝，兄恭弟顺者乎？始自京师，爰及州郡，宜祗朕意，劝学行礼。[②]

隋文帝下诏“自是天下州县皆置博士习礼焉”，采取了一系列措施。如山东通学大儒刘焯“为州博士”。[③] 又如彦光做相州刺史时为革除当地不良风气：

乃用秩俸之物，招致山东大儒，每乡立学，非圣哲之书不得教授。常以季月召集之，亲临庭试。有勤学异等，听令有闻者，升堂设馔，其余并坐廊下。有好争讼，惰业无成者，坐之庭中，设以草具。及大成，当举行宾贡之礼，又于郊外祖道，并以财物资之。于是人皆克励，风俗大改。有滏阳人焦通，性酗酒，事亲礼阙，为从弟所讼。彦光弗之罪，将至州学，令观于孔子庙。[④]

以上所述甚明，隋文帝在位前期是崇儒的。他下诏征召南北硕学名儒，设置国子学；又在各州、县置博士，建立庠序。每州县对朝廷的儒学政策贯彻也颇为彻底，当时盛况可见一斑。

隋文帝不拘一格的征召儒学大家的崇儒政策，既为隋代笼络了一大批儒生，更为隋代的教育与文学奠定了前提和牢固的根基，这也使得隋代文学思想及文学具有多元化的色彩。

(二)隋文帝后期的儒学政策

隋文帝晚年，以“国学胄子，垂将千数，州县诸生，咸亦不少。徒有名录，空度岁时，未有德为代范，才任国用。良由设学之理，多而未精。今宜简省，明加

① (唐)魏徵:《隋书·柳昂传》。
② (唐)魏徵:《隋书·柳昂传》。
③ (唐)魏徵:《隋书·刘焯传》。
④ (唐)魏徵:《隋书·梁彦光传》。

奖励”[①]，而“精华稍竭，不悦儒术，专尚刑名，执政之徒，咸非笃好”[②]。

文帝统一全国后，于仁寿元年(601年)六月，下诏废除天下“太学、四门及州县学”[③]，唯留国子学一所，学生70人[④]。同时，于同年七月秋，“改国子为太学”[⑤]。可见，文帝在晚年，特别是全国统一之后，对儒学的热情大为减弱。这主要是文帝的功利性所致，即“才任国用”“唯才是举”，为巩固新政权，统一南北所用。正如隋文帝在开皇二年(582年)颁布的《今山东卅四州刺史举人敕》：

> 君临天下，所需者材，苟不求材，何以为化？自周平东夏，每遣搜扬，彼州俊人，多未应起。或以东西旧隔，情犹自疏；或以道路悬远，虑有困乏。假为辞托，不肯入朝。如能仕者皆得荣位，沉伏草莱，尚为萌伍，此则恋目下之利，忘久长之策。刺史守令，典取人情，未思此理，任而不送。朕受天命，四海为家，关东关西，本无差异，必有材用，来即铨叙。虚心待之，犹饥思食。彼州如有仕齐七品已上官，及州郡悬乡望县功曹已上，不问在任下代，材干优长堪时事者，仰精选举之。纵未经仕官，材望灼然，虽乡望不高，人材卓异，悉在举限。[⑥]

一个新诞生的王朝，急需的就是要建立国家的各项制度，维持朝纲，使整个国家机器正常运转，而这些通学名儒恰恰是新王朝所急需的人才。尤其是在南北分裂多年，北朝政权更迭频仍的状况下，重新统一国家，亟须建立典章制度、礼仪规范来稳定朝纲。

当时，南北力量对比悬殊，形势更加倾向于北方。首先，多年的战乱纷争、南北分裂给广大百姓造成巨大的苦难。其次，由于战乱，人民的迁徙又使民族融合趋势进一步加强，社会也有所发展。社会的发展势必需要一个更安定的环境，所以统一全国也是历史的必然。再次，隋文帝有远大志向，有志于统一南北。笼络四方大儒，最实际的便是使他们制礼作乐，这样既为进一步巩固新政权也为统一全国做好了充分的思想准备。所以，在中央及地方大兴学校，崇儒与兴国安邦紧密相连。

南北统一，国家安定昌盛，此时儒生过剩，从实际出发，文帝一改往昔儒学

---

① (唐)魏徵：《隋书·高祖纪下》。

② (唐)魏徵：《隋书·儒林传序》。

③ (唐)魏徵：《隋书·高祖纪下》。

④ 《隋书·高祖纪下》载：留学生七十人：“于是国子学唯留学生七十人，太学、四门及州县学并废。”(唐)魏徵：《隋书·儒林传序》载留学生七十二人：“遂废天下之学，唯存国子一所，弟子七十二人。”

⑤ (唐)魏徵：《隋书·高祖纪下》。

⑥ 韩理洲辑校编年：《全隋文补遗》卷一，三秦出版社2004年版，第1页。

政策,精简儒生。隋文帝前后的儒学政策实质上是一致的,即皆为经世致用。

隋文帝的急功近利的儒学政策,使隋代的文学多具有经世致用的特色,文学风格也多质朴之气。主观上,其为隋代的文教事业储备了一大批人才;客观上,国家的崇儒政策,更为文学的多元化奠定了思想基础。

(三)隋文帝时期的学术研究与文学

隋代学术研究的基础首先是书籍的完备。图书的汇集与完备使得士人"腹笥"更加丰厚和广博。开皇初,牛弘以"典籍遗逸,上表请开献书之路":

经籍所兴,由来尚矣。……后魏爰自幽方,迁宅伊、洛,日不暇给,经籍阙如。周氏创基关右,戎车未息。保定之始,书止八千,后加收集,方盈万卷。高氏据有山东,初亦采访,验其本目,残缺犹多。及东夏初平,获其经史,四部重杂,三万余卷。所益旧书,五千而已。

今御书单本,合一万五千余卷,部秩之间,仍有残缺。比梁之旧书目,止有其半。至于阴阳河洛之篇,医方图谱之说,弥复为少。臣以经书,自仲尼后,迄于当今,年逾千载,数遭五厄,兴集之期,属膺圣世。伏惟陛下受天明命,君临区宇,功无与二,德冠往初。自华夏分离,彝伦攸斁,其间虽霸王递起,而世难未夷,欲崇儒业,时或未可。今土宇过于三王,民黎盛于两汉,有人有时,正在今日。方当大弘文教,纳俗升平,而天下图书尚有遗逸,非所以仰协圣情,流训无穷者也。臣史籍是司,寝兴怀惧。昔陆贾奏汉武云"天下不可马上治之",故知经邦立政,在于典谟矣。为国之本,莫此攸先。今秘藏见书,亦足披览,但一时载籍,须令大备。不可王府所无,私家乃有。然士民殷杂,求访难知,纵有知者,多怀吝惜,必须勒之以天威,引之以微利。若猥发明诏,兼开购赏,则异典必臻,观阁斯积,重道之风,超于前世,不亦善乎!①

牛弘上表文帝不可马上治天下,须大力弘扬文教。牛弘历数历代"文教兴则国兴,文教衰则国衰"的道理。尧、舜、禹、周武之兴,"曷尝不以诗、书而为教,因礼乐而成功"②,"昔周既衰,旧经紊弃"③等。历代经籍有"五兴""五厄"。其中,"五厄"为秦皇焚书、王莽兵燹、董卓移都、五胡乱华、元帝焚书。北魏、北齐、北周又因战乱不止,日不暇给,经籍残缺尤多。文帝下诏广集遗逸,并令诸儒刊定经籍

---

① (唐)魏徵:《隋书·牛弘传》。
② (唐)魏徵:《隋书·牛弘传》。
③ (唐)魏徵:《隋书·牛弘传》。

文史，正定文字异同，通释古今疑义，开始学术研究。文帝的提倡使当朝文士勇于创作。

有隋一代的文教弘扬，与北朝各代统治者的目的一脉相承，大致都为国家赢得好声誉，巩固新政权，稳定新局面，为国家图富强。隋承北祚。为显示正统的合法性，隋王朝力主以礼乐治国，即雅乐的修定。至隋代，文教出现了新特征，各项学术研究呈现兼容并蓄、融贯南北的势态。

1. 经学的发达

文帝广纳四方诸儒，并一视同仁，使南北学者共同对史籍进行“考正亡逸，研核异同”的学术研究。如《隋书·刘焯传》云：

> （焯）后与诸儒于秘书省考定群言，因假还乡里，县令韦之业引为功曹。寻复入京，与左仆射杨素、吏部尚书牛弘、国子祭酒元善、博士萧该、何妥、太学博士房晖远、崔崇德、晋王文学崔赜等于国子共论古今滞义，前贤所不通者。每升座，论难锋起，皆不能屈，杨素等莫不服其精博。六年，运洛阳石经至京师，文字磨灭，莫能知者，奉敕与刘炫等考定。

南北学者各有所长，“大抵南人约简，得其英华，北学深芜，穷其枝叶”[①]，即：南学重玄学义理，故约简英华；北学重郑学训诂，故深芜烦琐。江南、山左、关陇三个不同地域、不同文化、不同心理的士人汇集一处，相互借鉴，取长补短。其学术研究的趋向是“贯纵古今、融通南北”[②]的学术风尚，创建了义疏注经的形式。[③]这与隋代统一全国的过渡性历史地位相一致，体现了时代的新要求以及发展方向。

隋代经学兼容并蓄的这一特色，比较突出的有：何妥的《周易何氏讲疏》，何妥为南人，又由周入隋，其治经风格多样，兼有南北学人之长；陆德明的《经典释文》，陆德明由陈入隋，其著作简约征实，少涉玄虚，又能广采慎择，不宥一家，古今并存，并南北两长；刘焯、顾彪的《尚书注疏》，皆不主一家，兼采众说；刘炫的《春秋述义》《春秋规过》《春秋攻昧》等著述具有注重征实、释义简约等特点。

这种追求贯通南北、兼容并蓄、崇尚质实、反对虚玄浮华的经学风尚，与隋代文学南北并重、兼容两长的风格是相互影响、相辅相成的。南北经学的融合，使得士人的思想不再拘泥一端，而是变得多元化。隋代士人思想的多元化也对

---

① （唐）魏徵：《隋书·刘焯传》。

② 焦桂美：《南北朝经学史》，上海古籍出版社2009年，第418页。

③ （唐）魏徵：《隋书·儒林传》：“刘焯、刘炫出类拔萃，学通南北，博极古今，莫之能测。所制诸经义疏，缙绅咸师宗之。”

唐初的学术研究和文学创作产生了巨大的影响。这也是学术自身发展的规律，不因统治者的好尚而改变。

2.类书的编纂

《北堂书钞》是由陈入隋的南人虞世基在隋代任秘书郎时编纂的。全书共173卷，分为帝王、后妃、政术、刑法、封爵、设官、礼仪、艺文等19个类别，是我国现存最早的具有相当规模的类书。此书辑录的资料皆采自隋代之前的古籍，其中相当一部分原书已亡佚，故其文献价值颇高，尤其是在辑佚、校勘古籍等功用上，有着突出的贡献。与唐代的欧阳询等编纂的《艺文类聚》、徐坚的《初学记》、白居易的《白氏六帖》，合称为唐代的"四大类书"；清人将其与《艺文类聚》《册府元龟》《太平御览》，并称为"四大类书"。《北堂书钞》的出现使士人写文作诗有了更多的参考依据。

3.音乐、音韵的制定

隋代周自立，为显示地位的合法性，开国之初，隋文帝便主张礼乐治国，十分重视代表着国家正统教化的雅乐的制定。譬如《隋书·音乐志中》载：

> 开皇二年，齐黄门侍郎颜之推上言："礼崩乐坏，其来自久。今太常雅乐，并用胡声，请冯梁国旧事，考寻古典。"高祖不从，曰："梁乐亡国之音，奈何遣我用邪？"是时尚因周乐，命工人齐树提检校乐府，改换声律，益不能通。俄而柱国、沛公郑译奏上，请更修正。于是诏太常卿牛弘、国子祭酒辛彦之、国子博士何妥等议正乐。然沦谬既久，音律多乖，积年议不定。高祖大怒曰："我受天命七年，乐府尤歌前代功德邪？"命治书侍御史李谔，引弘等下，将罪之。……又诏求知音之士，集尚书，参定音乐。

又如《隋书·高祖纪下》载：

> （开皇九年）十二月甲子，诏曰："朕祇承天命，清荡万方。百王衰敝之后，兆庶浇浮之日，圣人遗训，扫地俱尽，制礼作乐，今也其时。朕情存古乐，深思雅道。郑、卫淫声，鱼龙杂戏，乐府之内，尽以除之。今欲更调律吕，改张琴瑟。"

从以上可知，隋文帝所谓的礼乐治国，完全是为了政治教化的需要。再者，因隋承北祚，北朝的乐府被胡乐渐染，并不雅正，而南北连年战乱，乐谱亡佚，乐工流散严重，所获得的乐谱、乐器，乐工皆莫能识。再加上在短时间内制定出雅乐十分困难，尚需假以时日，反复议正。因此，雅乐的制定，成为隋代音乐史上的一件大事。

当时分为两派的议乐者，皆不解古音，但又要奉诏修定雅乐。一派以郑译为首,一派以何妥为首。为完成政治使命并受利益的驱使,何妥一派先请文帝试听,并强调制定的音乐代表着“人君之德”①,正投文帝所好,于是雅乐就此制定。由上所知,由此制定的所谓雅乐与古代雅乐相去甚远。因此,可以说隋代的雅乐有其名而无其实。

隋文帝为了政治教化,在制定雅乐的过程中将在太常里从事娱乐艺术的乐工遣散,禁止民间从事这种娱乐活动。这就等于把宫廷中的娱乐艺术流传至民间,同时也为炀帝时百戏的兴盛铺设好了前提。

由于诸种因素,隋文帝时期制定的雅乐,其实并非文帝认为的“华夏正声”,而是掺杂着江南与中原的清商旧乐以及西域胡乐的混合体。客观上,南朝的俗曲与胡乐在隋代相互碰撞、交流,从而融合。尤其炀帝时,又增加了燕乐的比重,于是促使了杂曲歌辞与近代曲辞的发展,进而催生出隋代的乐府诗迥异于之前各代的新风貌。

隋朝一统南北,天下混一,但语言、音韵成为审音辨韵、作诗押韵的障碍。六朝是韵书大发展时期,出现了诸多韵书。如《颜氏家训·音辞》所云:“自兹厥后,音韵锋出,各有土风,递相非笑,指马之喻,未知孰是。”这些韵书大致有吕静的《韵集》、夏侯泳的《韵略》、阳休之的《韵略》、周思言的《音韵》、李季节的《韵谱》、杜台卿的《韵略》等。魏晋南北朝的韵书大多依据方言写成,所以直至隋朝还没有一部适应南北政治统一形势需要的韵书。

颜之推等有识之士有感于当时各地方言乖互的现状,认为编写一部具有南北统一规范的韵书显得尤为重要。据《切韵序》载,开皇之初,颜之推、卢思道、刘臻、李若、萧该、辛德源、薛道衡、魏彦渊等八位著名学者在陆法言家探讨音韵问题,商定要写一部统一南北的韵书,并制定了编写体例和原则。十八年之后,由北周入隋的陆法言根据当时的讨论,在继承与总结前代韵书的基础上,于仁寿元年(601)撰成《切韵》一书。陆法言在《切韵序》中所说甚明:

> 以今声调,既自有别。诸家取舍,亦复不同。吴楚则时伤轻浅,燕赵则多伤重浊。秦陇则去声为入,梁益则平声似去。又支(章移反)、脂(旨夷反)、鱼(语居反)、虞(语俱反)共为一韵,先(苏前反)仙(相然反)、尤(于求

---

① 《隋书·音乐志》:“时牛弘总知乐事,弘不能精知音律。又有识音人万宝常,修洛阳旧曲,言幼学音律,师于祖孝徵,知其上代修调古乐。……是时竞为异议,各立朋党,是非之理,纷然淆乱。或欲令各修造,待成,择其善者而从之。妥恐乐成,善恶易见,乃请高祖张乐试之。遂先说曰:‘黄钟者,以象人君之德。’及奏黄钟之调。高祖曰:‘滔滔和雅,甚与我心会。’妥因陈用黄钟一宫,不假余律,高祖大悦,班赐妥等修乐者。自是译等议寝。”

反)、侯(胡沟反)俱论是切。欲广文路,自可清浊皆通;若赏知音,即须轻重有异。……江东取韵,与河北复殊。因论南北是非,古今通塞。欲更捃选精切,除削疏缓……

由陆法言取之各种韵书和古往今来的字书编辑而成的五卷本《切韵》,不但继承和总结了前代韵书的精华,而且成为后世韵书演变的基础,在韵书史上具有划时代的地位。

更值得重视的,参与"审音大会"的八人中就有隋代著名的诗人卢思道、薛道衡、萧该、辛德源等,因而《切韵》不只是具有保存中古音的价值意义,更重要的是在促使隋代诗歌走上格律化方面具有关键作用。

综合以上,文帝时期图书的搜罗汇集、经学的发达、类书的编纂、韵书的编写等均为隋代文学的发展创造了有利的条件,尤其是从内部思想和外部文学创作环境等各方面积蓄了资源,使得隋代的文学创作具备了丰厚的土壤。

概言之,隋文帝崇实的文教政策和功利的文学观不仅是一致的,而且是相辅相成的,这是当时的历史环境所致。隋文帝的文教政策引导着有隋一代文学的发展趋势,更影响着有隋一代文学的特质,还影响着有隋一代文学在历史上的价值和地位。但隋文帝重功利的文学观念在一定程度上违背了文学自身的发展规律。据《旧唐书·太宗纪》载,最早对隋文帝作出整体评价的是在唐代贞观初期。唐太宗询问:"隋文何等主?"房玄龄、萧瑀回答:"克己复礼,勤劳思政,每一坐朝,或至日昃。五品已上,引之论事。宿卫之人,传飧而食。虽非性体仁明,亦励精之主也。"①瑕不掩瑜,总体上,隋文帝还是功大于过。

二、隋炀帝时期的文教

隋朝在文帝、炀帝的大力建设下,政治、经济等各方面都有了较大的发展,文化建设也出现了新的进展,尤其是隋炀帝时期,文化发展更是出现了新的局面。

(一)隋炀帝的儒学政策

《隋书·儒林传序》载:

炀帝即位,复开庠序,国子郡县之学,盛于开皇之初。征辟儒生,远近

① (后晋)刘昫:《旧唐书·太宗纪下》,中华书局1975年版。

毕至，使相与讲论得失于东都之下，纳言定其差次，一以闻奏焉。

这表明，隋炀帝对思想文化教育极为重视。他在即位之初，就改变了文帝时期的文教政策，恢复被文帝废除的各级学校，并鼓励发展私学。私学虽然规模不大，大者数百人，小者数十人，且更多的是自授家学，但这使更多的庶民子弟受到教育，形成了全国读书的浓厚氛围。

大业五年(605年)，隋炀帝又强调"尊师重道""君民建国""教学为先"等，大批征辟儒生，重视发展儒学，大力发展教育事业，通过读书和考试为国家选拔人才。如《隋书·炀帝纪上》载：

君民建国，教学为先，移风易俗，必自兹始。……朕纂承洪绪，思弘大训，将欲尊师重道，用阐厥繇，讲信修睦，敦奖名教。方今宇宙平一，文轨攸同，十步之内，必有芳草，四海之内，岂无奇秀！诸在家及见入学者，若有笃学志好古，耽悦典坟，学行优敏，堪膺时务，所在采访，具以名闻，即当随其器能，擢以不次。若研精经术，未愿进士者，可依其艺业深浅，门荫高卑，虽未升朝，并量准给禄。庶夫恂恂善诱，不日成器，济济盈朝，何远之有！其国子等学，亦申明旧制，教习生徒，具为课试之法，以尽砥砺之道。

炀帝重新恢复中央国子学和地方郡县之学，其盛况远超文帝开皇之初，因而全国形成了"学者将植，不学者将落"[①]的形势。炀帝时期的通学鸿儒较文帝时期更是兼备南北学之大成者，如著名的山东大儒刘焯、刘炫等是兼通南北之学的代表性人物，在炀帝时期"拔类出萃，学通南北，博极今古，后生钻仰，莫之能测"[②]。

因为长期以来形成的重南轻北的风习，入隋的北人多不受重视。如在文帝时期征召的山东义学之士，"皆鄙野，无仪范，朝廷不之贵也"[③]。不兼通南北儒学的学者难以担任儒学博士。隋炀帝平陈，统一南北，南北经学至此完成统一，不仅适应了全国经济发展形势和各民族融合进程的大趋势，而且激起了文士创作的热情。

(二)隋炀帝时期的文化建设

1.典籍修撰

隋炀帝在位13年，不断修撰文化典籍，史称"炀帝好学，喜聚逸书，而隋世简

---

① (唐)魏徵：《隋书·儒林传》。

② (唐)魏徵：《隋书·儒林传》。

③ (唐)魏徵：《隋书·马光传》。

编，最为博洽”[①]。他令秘书监柳顾言主管整理长安嘉则殿的37万卷图籍，得到正御本3.7万余卷，藏于东都修文殿；又“秘阁之书，限写五十副本，分为三品：上品红琉璃轴，中品绀琉璃轴，下品漆轴。于东都观文殿东西厢构屋以贮之，东屋藏甲乙，西屋藏丙丁。又聚魏已来古迹名画，于殿后起二台，东曰妙楷台，藏古迹，西曰宝迹台，藏古画。又于内道场集道、佛经，别撰目录”[②]。他还扩建图书馆，以适应典籍储藏和整理的需要。大业十一年(615年)，炀帝还增派人员以加速修撰文化典籍，将原有100人增至120人。隋代的修撰内容十分广泛，“自经术、文章、兵农、地理、医、卜、释、道乃至捕搏、鹰狗，皆为新书，无不精恰”[③]。他还提倡各种学术并存，在前人的基础上发展了图书分类法，即把图书分为甲、乙、丙、丁四类收藏，而佛、道二经则另外编撰目录分馆珍藏，这样便于查阅，还有利于学术文化的发展。

与此同时，当时还在目录学研究上出现了王劭主修的《大业藏书目录》。隋朝图书增至63704卷，其中自然科学图籍有7921卷。隋朝还收集南、北两朝全部书籍，并编成《隋大业正御书目》。《隋书·经籍志》就是依据此书目编写的，遂成为隋代之前著述的总目录。因此，在目录学上，其地位堪与班固《汉书·艺文志》相埒。

2.天文地理学术

隋代的天文著作共有675卷。隋炀帝杨广在太子时就征召天下历算之士，集于东都研究天文历法。“刘焯以太子新立，复增修其书，名曰皇极历。”[④]杨广颇嘉赏之，后“又造历家同异，名曰稽极”[⑤]。他即位之初，就令耿询、宇文恺和道士李兰造出“测天地、正义象之本的水漏器”[⑥]。如《隋书·经籍志》载：

> 隋大业中，普诏天下诸郡，条其风俗物产地图，上于尚书。故隋代有《诸郡物产土俗记》一百五十一卷，《区宇图志》一百二十九卷，《诸州图经集》一百卷。其余记注甚众。

炀帝令虞绰等编撰《长洲玉镜》400卷以及《区宇图志》129卷等。隋代共有1432卷的地理著作，其规模大大超过了以往各朝代。天文地理学术的大发展为文学创作开拓了更广阔的想象空间和崭新的领域。

---

① (后晋)刘昫：《旧唐书·经籍志》。

② (唐)魏徵：《隋书·经籍志序》。

③ (宋)司马光：《资治通鉴·隋纪六》。

④ (唐)魏徵：《隋书·律历志》。

⑤ (唐)魏徵：《隋书·律历志》。

⑥ (唐)魏徵：《隋书·律历志》。

3.雕版印刷业

明胡应麟《少室山房笔丛》认为:“雕本肇自隋时,行于唐世,扩于五代,精于宋人。”[①]但隋文帝时期的雕版印刷还仅限于佛像、道像。炀帝时期,经济文化的空前发展,大大促进了雕版印刷的盛行。雕版印刷业的发展,极大地推动了文化教育事业的发展,不仅有利于文化的传播,而且更利于文学的流传,同时,也为唐代以及之后各朝代的文化事业的发展作出了极大的贡献。

4.音乐礼制

隋炀帝以“华戎混一”“无隔华夷”的开放思想,大量吸收少数民族乃至外国的乐器和音乐,如琵琶、箜篌和羯鼓等。当时已知晓音阶有七音,文帝时如“定清乐、西凉、龟兹、天竺、康国、疏勒、安国、高丽、礼毕,以为九部”[②],隋炀帝还将文帝时的“七部乐”扩充为“九部乐”,并将流散到民间的音乐重新聚集到宫中。“括天下周、齐、梁、陈子弟,皆为乐户”,还将人间善音声者,“悉配太常,并于关中为坊置之”[③]。正所谓上行下效,这一大规模的培养燕乐人才的举动,间接地影响着民间俗乐的发展。另外,宫中的教习除了音乐,还增加了歌舞、杂技等一系列艺术娱乐项目。

因为隋炀帝喜好声色,除了整顿宫廷音乐之外,也扶植民间文艺。当时流行的“散乐”,又称“百戏”,指散于四方之乐,多来自民间,也有域外传入的。散乐品种繁多,有俳优、角抵、杂技、象形、幻术以及民间、民族歌舞技艺等。由于炀帝对散乐技艺颇感兴趣,大臣裴蕴猜透了其心意,遂上奏将南北乐家子弟封为乐户,并把六品以下官员以及百姓家中擅长音乐、提倡百戏的人都纳入到乐府机构中来。从此,散乐技艺、新奇音乐均聚集于乐府。隋炀帝还设置了博士弟子,不断相互传习,培养出众多人才。故此时百戏规模之大、形式之多样、技艺之高超,均盛于往昔。薛道衡作诗《和许给事善心戏场转韵诗》描写百戏盛大的场面:

京洛重新年,复属月轮圆。
云间璧独转,空里镜孤悬。
万方皆集会,百戏尽来前。
临衢车不绝,夹道阁相连。
惊鸿出洛水,翔鹤下伊川。

① (明)胡应麟:《少室山房笔丛》卷四《经籍会通》,上海书店出版社2009年版,第45页。
② (唐)魏徵:《隋书·音乐志下》。
③ (唐)魏徵:《隋书·裴蕴传》。

艳质回风雪，笙歌韵管弦。
佳丽俨成行，相携入戏场。
衣类何平叔，人同张子房。
高高城里髻，峨峨楼上妆。
罗裙飞孔雀，绮带垂鸳鸯。
月映班姬扇，风飘韩寿香。
竟夕鱼负灯，彻夜龙衔烛。
欢笑无穷已，歌咏还相续。
羌笛陇头吟，胡舞龟兹曲。
假面饰金银，盛服摇珠玉。
宵深戏未阑，兢为人所难。
卧驱飞玉勒，立骑转银鞍。
纵横既跃剑，挥霍复跳丸。
抑扬百兽舞，盘跚五禽戏。
狻猊弄斑足，巨象垂长鼻。
青羊跪复跳，白马回旋骑。
忽睹罗浮起，俄看郁昌至。
峯岭既崔嵬，林丛亦青翠。
麋鹿下腾倚，猴猿或蹲跂。
金徒列旧刻，玉律动新灰。
甲荑垂陌柳，残花散苑梅。
繁星渐寥落，斜月尚徘徊。
王孙犹劳戏，公子未归来。
共酌琼酥酒，同倾鹦鹉杯。
普天逢圣日，兆庶喜康哉。

在大业二年(606年)，突厥染干可汗朝见，炀帝为了夸耀国力，在京师表演散乐，艺人技艺奇绝，让染干可汗大为惊奇。如此大型的散乐活动举行过许多次。如大业六年(610年)，从正月十五开始，大演百戏，18000人的乐队，3万人的演出，亘古未有的文艺演出规模，将百戏推向顶峰，即《隋书》所言“天下奇伎异艺毕集，终月而罢”。

大业十一年(615年)正月，炀帝在东都会见全国各族及各国人士，当时就有“鱼龙曼衍”等多种技艺表演活动。除了京师之外，各州府也能举办百戏的大型演出。譬如,《隋书·柳彧传》记载,炀帝至榆林,启民可汗到行宫朝觐时,炀帝也曾大设百戏。炀帝甚至微服前往,或与民共观。官宦、百姓往往“充塞塞陌,聚戏朋游”,演出情景更是“鸣鼓聒天,燎炬照地,人戴兽面,男为女服,倡优杂技,诡状异形”①。这种演出乃各族歌舞、俳优、杂技的大会合,同时也是诸种技艺交流、融合的场所。总之,隋炀帝时期的“百戏之盛,振古无比”②,还直接促进了新曲辞的发展和繁盛。因此,郭茂倩在《乐府诗集》中另立《近代曲辞》一类。可见,隋代以及唐代新创制的乐府曲辞数量之大。

这无疑是统一全国的隋朝蒸蒸日上、空前繁荣的表现,隋炀帝的这种举措也是多民族统一、经济文化繁荣发展之所需。当然,这也是当时兼容并蓄、古今中外兼容的音乐文化思想推动的结果。多民族音乐、歌舞的互相融合和交流,为隋以及唐代燕乐的发展和新的歌诗的产生做出了巨大贡献。

在礼仪制度方面,“大业元年,炀帝始诏吏部尚书牛弘、工部尚书宇文恺、兼内史侍郎虞世基、给事郎许善心、仪曹郎袁朗等,宪章古制,创造衣冠,自天子逮于胥皂,服章皆有等差”③。大业六年(610年),炀帝又诏令“从驾涉远者,文武官皆戎衣。贵贱异等,杂用五色。五品已上,通著紫袍,六品以下,兼用绯绿,胥吏以青,庶人以白,屠商以皂,士卒以黄”④。炀帝制定了以不同服色来区分官位高低、身份贵贱的等级序列,进一步完善了礼仪制度。同时,炀帝极为重视文化教育事业,改革创新并完善了诸多制度,使隋代的文化建设出现了新局面,也为文学的发展奠定了前提和基础。

三、隋代的选举制度与文学

(一)隋代之前的选官制度

《辞海》中记载“科举制”为:隋以后各封建王朝设科考试,选拔官吏的制度,由分科取仕而得名。科举制起源于隋,是隋之后历代封建王朝通过考试选拔人才做官的一种制度。考试由于划分科目,故称“科举”。直至清光绪三十一年(1905年)停止,历经了1300多年。

---

① (唐)魏徵:《隋书·柳彧传》。
② (唐)魏徵:《隋书·柳彧传》。
③ (唐)魏徵:《隋书·礼仪志》。
④ (唐)魏徵:《隋书·礼仪志》。

秦之前，先采用“世卿世禄”制度，后又逐步加入军功爵制。至汉，中央集权加强，采用察举制和征辟制。前者是由地方向中央举荐德才兼备的人才，后者是中央向地方征辟人才。由州举荐的人才称为“秀才”，由郡举荐的人才称为“孝廉”。至三国魏时，魏文帝曹丕采用九品中正制。即由中央任命和选派地方官员，按出身、品德等考核人才，并划分为九种，按级别择优录用。曹魏政权为博取世家大族的支持，中正官皆为世家豪族的人员担任。晋、六朝皆沿用此制。魏晋六朝士族势力格外强大，他们凭借着特殊的门资“平流进取，坐至公卿”①，因此，造成了“上品无寒门，下品无势族”②的社会现象。

东晋偏安江南一隅，门阀大族愈加荒淫腐败，生活更加奢侈糜烂。当门阀士族衰落时，寒门庶族则在政治舞台上悄悄崛起，操纵并引领着政治的发展。南朝皇帝刘裕、萧道成、陈霸先皆出于寒门庶族，庶族集团的力量急剧扩大，九品中正制成为他们通往政坛官场的羁绊。因此，一种适应新形势的选官制度就应时而生了。

（二）科举制的诞生

隋统一全国后，隋文帝为了加强中央集权，适应统一的封建经济和政治关系的变化以及扩大封建统治阶级参与政权的需要，废除了九品中正制，将选拔官吏的权力收归中央，开始采用科举制来选拔人才。炀帝继承并发扬了文帝时期实施的科举制，并首创以诗赋取士的选人制度。这对于隋唐至清末的中国社会和文化产生了极大的影响。

隋文帝即位之初，为巩固新政权，励精图治，锐意搜罗天下人才，以期达到“见善必进，有才必举”③。开皇二年（582 年），“诏举贤良”④；开皇三年（583 年），又下诏“如有文武才用，未为时知，宜以礼发遣，朕将铨擢”⑤；开皇七年（587 年），又“制诸州岁贡三人”⑥；开皇十八年（598 年），又“诏京官五品已上，总管、刺史，以志行修谨、清平干济二科举人”⑦。

炀帝继位初年，为“立政经邦”“选贤与能”，于大业元年（605 年）正月下诏

---

① （南朝）萧子显：《南齐书・褚渊王俭传》，中华书局 1972 年版。

② （唐）房玄龄：《晋书・刘毅传》，中华书局 1974 年版。

③ （唐）魏徵：《隋书・高祖纪上》。

④ （唐）房玄龄：《晋书・刘毅传》，中华书局 1974 年版。

⑤ （唐）魏徵：《隋书・高祖纪上》。

⑥ （唐）魏徵：《隋书・高祖纪上》。

⑦ （唐）魏徵：《隋书・高祖纪上》。

“若有名行显著,操履修洁,及学业才能,一艺可取,咸宜访采,将身入朝”[①];七月,又诏曰“若有笃志好古,耽悦典坟,学行优敏,堪膺时务,所在采访,具以名闻,即当随其器能,擢以不次”[②];大业三年(607年),又下诏“夫孝悌有闻,人伦之本,德行敦厚,立身之基。或节义可称,或操履清洁,所以激贪厉俗,有益风化。强毅正直,执宪不挠,学业优敏,文才美秀,并为廊庙之用,实乃胡琏之资。才堪将略,则拔之以御侮,膂力骁壮,则任之以爪牙。爰及一艺可取,亦宜采录,众善毕举,与时无弃。以此求治,庶几非远。文武有职事者,五品已上,宜依令十科举人。有一于此,不必求备。朕当待以不次,随才升擢”[③]。

隋炀帝还提出将孝悌有闻、德行敦厚、节义可称、操履清洁、强毅正直、执宪不挠、学业优敏、文才美秀、才堪将略、膂力骁壮等十科内容作为选官考试的标准,这标志着科举制正式诞生。大业五年(609年),又诏“诸郡学业该通、才艺优洽,膂力骁壮、超绝等伦,在官勤奋、堪理政事,立性正直、不避强御四科举人”[④]。

隋代的科举考试科目分为三类,即明经、进士、秀才。明经,即考试经学。如在隋大业初“举明经高第”[⑤]的孔颖达即为唐代著名的经学家。大业二年,“炀帝嗣兴,又变前法,置进士等科”[⑥]。杜佑《通典·选举典》亦载:“炀帝始建进士科。”可见,进士一科是在隋炀帝时期新增加的科举科目。进士科,在隋朝只考策论。《旧唐书·杨绾传》载:“近炀帝始置进士之科,当时优试策而已。”进士,本义为进受爵禄之人,见于《礼记·王制》。唐初名相房玄龄就是进士出身。秀才科,乃才之秀者,即文才杰出、对策高第的优异之人,始见于《管子·小匡》“农之子常为农,朴野不慝,其秀才之能为士者,则足赖也”。汉以后成为举荐人才的科目之一。隋朝的秀才科最难考,通学名儒刘焯等即是秀才出身。

隋代不但设科取士,还根据国家所需要而设科选才,将读书、考试和做官三者紧密结合,从此不再以门第高低取人,给下层知识分子开辟了一条光明大道,为隋代边塞诗的繁盛以及诗中昂扬奋发的气格奠定了前提条件。

优胜劣汰的用人机制有利于国家选拔有用之才,特别是有利于既无战功又无奥援的江南之士入仕晋升。隋朝皇室、王公勋贵大部分是北周的故旧官吏,广大江南士族在隋初入仕的人很少,且不被统治者重用,甚至备受排挤。科举

① (唐)魏徵:《隋书·炀帝纪上》。
② (唐)魏徵:《隋书·炀帝纪上》。
③ (唐)魏徵:《隋书·炀帝纪上》。
④ (唐)魏徵:《隋书·炀帝纪上》。
⑤ (宋)欧阳修:《新唐书·孔颖达传》。
⑥ (宋)王溥:《唐会要》卷七六《制科举》,中华书局1955年版,第1391页。

制的建立，尤其是以诗赋为主试策，无疑为偏重诗赋、久习南学的江南才子打开了入仕的方便之门。

或许是炀帝继位前后久居江南，耳濡目染江南文化，并深受其熏陶，有意提拔江南人才，或许是因为炀帝不拘地域、不分门第为国家社稷选拔各种优秀人才的开放式的治国方略。此时朝廷用人取士开始从隋文帝时注重德望向注重才艺表现转变。相应地，士大夫除了勤习书籍之外，还需要切磋磨炼文笔，于是就出现了文人相互品评、切磋技艺的文学集团。如杨素与薛道衡，两人互相唱和，杨素赠薛道衡的诗就有17首，薛道衡赠杨素的诗有2首。另外，还有一个特殊的文学集团就是有佛教僧人参加的与文士之间相互唱和的团体，如弘执恭、柳庄与僧尼法宣等人参加的文学集团。①

在炀帝一朝，科举制为隋朝网络了天下优秀的文学才士，尤其是江南的大批优秀文人，为隋代文学的创作奠定了人才基础。

四、隋代的佛、道二教与文学

隋、唐是中国佛教的大成时期。隋代虽然国祚短暂，但在政治上完成了南北统一。因此，各种文化出现了综合的新形式，佛教也同样综合了南北体系，不仅出现了新宗派，形成了划一时期的新特点，而且在一定程度上还影响着文学的发展。

（一）隋文帝时期的佛道

1. 隋文帝时期的佛教

隋朝佛教的复兴昌盛有赖于隋文帝的大力提倡。隋文帝时期政治道统的特点是兼容并蓄。他一面强调儒家以德治国，另一面又不偏废佛、道二教。文帝即位之初，不仅改变了周武帝灭佛的政策，而且还将佛教作为巩固政治权力的方针之一。这与他生于佛寺之中、长于释尼之手以及即位时昙延力请复兴佛教有着很大的关系；另外，还基于当时民间佛教的影响远甚于儒家的社会现实。

据载，隋文帝杨坚生于般若寺，又由来自河东尼、名为智仙者将其抚养长大，故其深信佛法。② 杨坚在北周末年(580年)，就下令复兴佛、道二教。即位之初(581年)，就“普诏天下，任听出家，仍令计口出钱，营造经像。而京师及并州、

---

① 参见徐国能：《隋诗研究》，台湾私立东海大学中国文学研究所硕士学位论文，1998年。

② 参见(唐)魏徵：《隋书·高祖纪上》。

相州、洛州等诸大都邑之处，并官写一切经，置于寺内；而又别写，藏于秘阁。天下之人，从风而靡，竞相景慕，民间佛经，多于六经数十百倍”[①]。开皇四年(584年)，隋文帝敕复佛像，“周武之时，毁灭佛法。凡诸行像，悉遣除之。号令一行，多皆毁坏。其金铜等或时为官物，如有现在，并可付随近寺观安置，不得辄有损伤”[②]。

南北对峙时期，江左盛行玄风，儒学衰微；儒学则在北方尤其为山东大族所恪守。佛教在民间不仅有着广泛的群众基础，而且直至隋代统一全国其影响也远甚于儒家。如周武帝灭佛时，还俗的僧尼有3万人之多。隋文帝杨坚正是看到北周武帝灭佛运动大大伤害了群众感情，削弱了北周的统治基础，方才利用社会上普遍存在的不满情绪以崇佛夺取政权，并在隋建立之后相继以此来巩固其统治。

隋文帝一生都致力于佛教的传播。在建寺方面，因其即位时昙延力请兴复佛法，故大建佛寺、佛塔。如改周宣帝时的陟岵寺为大兴寺。开皇元年(581年)闰三月，又诏令在五岳建佛寺各一座，诸州县建僧、寺尼二寺，还在其所经45州，各建立大兴善寺以及延兴、光明、净影及禅定寺等。据史载，文帝所建寺院共计3792所。

在建塔方面，隋文帝先得一枚天竺沙门佛舍利，即诏令天下各州建舍利塔安置舍利。仁寿元年(601年)六月，令门下诏立舍利塔，“……为朕、皇后、太子广、诸王子孙等，及内外官人，一切民庶，幽显生灵，各七日，行道并忏悔。起行道日，打刹，莫问同州异州，任人布施。钱限止十文以下，不得过十文。所施之钱，以供营塔，若少不充役正丁及用库物，率土诸州僧尼，普为舍利设斋。限十月十五午时，同下入石函，总管刺史已下，县尉已上，自非军机，停常务七日，专检校行道及打刹等事，务尽诚敬”[③]。《全隋文》引《广弘明集》曰：又分道送舍利，“先往蒋州栖霞寺，洎三十州次五十三州等寺起塔”[④]。仁寿元年(601年)十二月，又下诏《再立舍利塔》。据载，隋文帝一生中所建造金、铜、檀香、夹纻、牙、石等像大小共16580躯，修缮旧像共1508940余躯。[⑤] 另外，他还下令严禁毁坏、

---

① (唐)魏徵：《隋书·经籍志》。

② (清)严可均辑：《全隋文》卷三《敕复佛像》。

③ (清)严可均辑：《全隋文》卷二《立舍利塔诏》。

④ (清)严可均辑：《全隋文》卷二《立舍利塔诏》。

⑤ 参见(唐)法琳撰，陈子良注：《辩正论》卷三，见《永乐北藏》第151册，明正统五年(1440年)影印本。

偷盗佛像等，修治旧经共3853部，缮写新经共132086卷。[①]

除此之外，隋文帝还在即位之初，仿照北齐设置昭玄大统、昭玄统及国外僧主的僧官，管理僧尼事务。授名僧僧猛为昭玄大统，昙迁为昭玄大沙门统，灵裕为国统。地方僧官也依次设置有统都、沙门都、断事等。隋文帝建立了以长安为中心的佛教义学的传教系统，选拔各派名僧学者，集聚在都邑，分为涅槃众、地论众、大论众、讲律众、禅门众等五众，每众立一众主，负责教学教导事务。

在译经方面，前代译经颇多，入隋又增新译。如开皇十四年(594年)，文帝命大兴善寺翻经沙门法经，撰写《众经目录》7卷。这是一部有组织并且分类较精细的经录。开皇十七年(597年)，翻经学士费长房撰写了《历代三宝纪》15卷。此经录内容繁博，但谬误也最多。仁寿二年(602年)，彦琮等翻经沙门以及学士奉令撰写《众经目录》5卷。此经录刊定了当时撰写佛经总集的范式，对后世影响深远。随着佛经的增多，佛教撰述也大增，甚为丰富。据粗略统计，隋开皇时，法经目录有5310卷；仁寿时，彦琮目录有5059卷等。

随着隋代佛教教义的发展以及宗派的建立，南北佛教的思想体系也得到交光互摄的机会，各宗派学说也大都有会合折中的趋势。北方南道派的慧远、南方天台宗的智顗、三论宗的吉藏都是其代表。

佛教在隋代的兴盛，也促进了隋代艺术、文学的发展。隋代的佛像画家有尉迟跋质那、杨契丹、昙摩拙叉等。在佛教建筑方面，以文帝所建造的大兴善、东禅定寺最为宏伟，尤其是东禅定寺“驾塔七层，骇临云际，殿堂高耸，房宇重深，周闾等宫阙，林圃如天苑；举国崇盛，莫有高者”[②]。另外，石窟艺术在隋代也有很大的发展。开皇九年(589年)，灵祐所凿造的那罗延窟最为著名。

佛教在隋代的兴盛，影响了各阶层隋人。他们运用佛典的故实、理趣以及风格，并将之引入诗文，上至文帝、炀帝的作品，下至沙门，彦琮、吉藏、智顗等的文学创作都十分可观，更不用说文人学士薛道衡、卢思道、柳顾言、许敬宗等人的作品了。另外，隋代的感应类书籍极多。譬如，隋侯白的《旌异传》，彦琮的《善财童子诸知识录》及《舍利瑞图经》《国家祥瑞录》等。后两种被彦琮译为梵文。再如王劭的《仁寿舍利瑞记》及《灵异记》、灵裕的《寺破报应记》、净辩的《感应记》等，可见一时之风气。

2.隋文帝时期的道教

隋文帝大力提倡兴复佛教的同时，并不偏废道教。开国年号定为“开皇”，

① (唐)法琳撰，陈子良注：《辨正论》卷三。

② (唐)道宣撰，郭绍林点校：《续高僧传》卷一八《昙迁传》。

便是明证。“开皇”是道教的五劫之一。五劫也称“五祖劫”，是指道教划分天地未分、既分及化生万物的五大劫号，即《双华岁钞》老氏之书所说的“天地之数有五劫。东方起自子，曰龙汉，为始劫。南方起自寅，曰赤明，为成劫。中央起自卯，曰上皇，北方起自午，曰开皇，俱为住劫。西方起自酉终于戌，曰延康，为坏劫”。五大劫号是宇宙万物生成的五个阶段。开皇二年(582 年)，文帝便下诏在都城长安建立道教的玄都观，安置道士。开皇五年(585 年)，文帝还组织了一场关于老子化胡问题的大型辩论；开皇六年(586 年)，下令建造了一座老子庙。

另外，隋代还有一些有名的道士，譬如道士岐晖，北朝之隋唐间人，后改名岐平定。隋开皇三年(583 年)，从师楼观道①法师苏道标，至隋末成为楼观道的住持。他对楼观道在隋末唐初的大盛起着举足轻重的作用。

道教文化影响了隋代贵游文学的雍容闲适，并为之增添了更多神仙思想的浪漫想象和神仙意向的多元化，从而丰富了隋代文学的内容。

(二)隋炀帝时期的佛道

1. 隋炀帝时期的佛教

北周武帝灭佛之后，佛教的兴复有赖于高祖隋文帝的大力倡导。文帝时期，在宗教上偏重佛教。至炀帝时，由于天下一统，为适应南北宗教文化日趋融合的趋势，在教理上便以儒、佛、道三教并举，儒学为先，这就是炀帝的“孔老释门，咸资熔铸”②多元思想的体现。

炀帝或许受家庭环境的影响，或许为自己的前途着想讨好父皇母后，从小便也笃好佛教。其一，佛教为隋文帝及独孤皇后所共同推崇的宗教。杨广为隋文帝杨坚第二子，天资聪慧，又善属文，为朝野所属望。随着军功的厚积，取太子杨勇而代之便成为其奋斗目标。所以，对他而言，唯有取悦父母欢心，方才有机会取代太子勇，而在佛教上花费功夫则不失为一个绝好的办法。故其常在父母面前矫饰，被当时称为“仁孝”。其二，杨广清楚地看到其父杨坚在南方利用苏威推广儒家“五教”的失败。当时，文帝本来想利用“五教”控制南方的思想文化阵地，以改变江左士族在思想文化领域鄙视北人的长期传统。因为北方长期被五胡统治，南方一直视己为正统，又加之南方盛行玄学，所以文帝统一全国后，为加强其统治，推行“五教”。这种强制性的推行办法激起了江南士族以及

① 楼观道是早期道教的派别之一，因为道教有“夜观星象”的传统，而楼观道亦“结草”为楼，望气观星，因而名“楼观”。楼观道开始形成于北朝北魏时期，至隋唐时大盛。

② (唐)道宣:《广弘明集》卷二《受菩萨戒疏》，上海古籍出版社 1991 年版。

人们的强烈不满，直至发生了大规模的武装反抗。史载，汪文进、高智慧等先后在南方建立独立王朝，江南约有60万户，而前后竟有一半的人参加了这次反抗。如此大规模的叛乱，完全用武装镇压是不可行的；如若完全征服南方人，必须从根本上寻求出路，即从意识形态和思想领域方面着手。

杨广意识到儒家的“五教”不能作为统一全国的统治思想，就敏锐地将目光投向了佛教。对佛教的推崇，是建立在全民信仰的基础之上的，符合当时统治的需要。虽然当时南北皆信奉佛教，但南方佛教重义理，北方佛教则重功德与建寺造塔。这与江左玄风入佛，北方儒学浸佛有着密切关系，故南方环境相对安定，重义理阐释；北方战乱频仍，重功德祈福。然而，北方建寺造塔通常劳民伤财，搞得百姓苦不堪言，众人多被迫弃田出家，以致大片土地荒芜，政府无法征税，国库亏空。如卢思道在《后周兴亡论》中所言：“以释氏立教，本贵清净。近世以来，靡费财力。”[①]南方佛教重义理，故优越于北方佛教，而智觊则是承载这一重任的最佳人选。

智觊本是北方僧人，在北周灭佛时，与其师傅一起南渡。为适应南方思想文化环境，他把北方的禅定修行与南方的义理阐释进行调和折中，并由此创造了天台宗派。智觊在南朝陈备受重视，陈宣帝曾称其为“佛法雄杰，时匠所宗，训兼道俗，国之所望”[②]。隋平陈之后，隋文帝深知佛教作为精神力量维护政权的重要性，对其也很重视。杨广也深知这一点，所以与智觊的关系从晋王时就开始了。譬如他为晋王时，就迎名僧智觊为“智者大师”，智觊赐杨广为“总持菩萨”。与智觊的师徒关系使杨广与佛教结下佛缘，往来书信大致有35封之多。开皇十五年(595年)，晋王杨广力邀智觊大师“重覆江淮”，至金陵，再至江都，一年后返回天台山。开皇十七年(597年)，杨广再邀智觊前往江都，这次智觊不幸途中病倒，临终前遗言杨广“莲花香炉，犀角如意，是王所施，今以仰别，愿德香遐远，长保如意也”[③]，并赠送给他《净名义疏》(31卷)，还请求杨广为南岳大师作碑颂。这也是《天台山记》所言“为佛法、为国土、为众生”。这里所谓的“国土”“众生”当为隋朝的国土基业和隋代的千秋万代子民。这就表明杨广扶持佛教是为政治、政权、国家，即政治与宗教的合一。

杨广为太子后，将江南三论宗的高僧吉藏请至长安日严寺宣讲佛法；即位后，日严寺的声势超过了文帝时的大兴善寺。由于寺院的宗师来自全国各地，

---

① (明)张溥编：《汉魏元朝百三名家集》，吉林人民出版社1998年，第749页。

② (清)严可均辑：《全上古三代秦汉三国六朝文·全陈文》卷三《敕给释智觊》。

③ (清)严可均辑：《全隋文》卷三二《赴晋王召道病遗书告别》。

其中智顗的弟子智脱就在此弘扬天台宗的教义，于是也把江南重义理的佛风传播到了北方。因此，日严寺成为南北宗教的集聚地，南北宗教也趁势大范围地相互交流、融合、丰富，大大促进了宗教的发展。如天台宗主要以《法华》为宗经，统一南北佛教。

大业元年(605年)，炀帝为高祖造西禅定寺，又造隆圣寺、弘善寺，还在江都设立四道场，道场的僧、道等一切费用都由官府供应。四道场和隋文帝时在都城长安设置的大兴善寺、玄都观成为全国性的宗教中心。这些也为统一南北宗教，稳定江南、巩固国家政权发挥了重大作用。

杨广推崇天台宗教义，既不劳民伤财，又赢得了民心。虽然其在统治期间大兴土木，但比北朝时期所造佛寺要少得多。天台宗折中圆融的特点为他赢得了南北民心，这也是统一王朝所需要的思想武器。故杨广从晋王至太子，再到皇帝，一直保持着与天台宗的密切联系，经常邀请灌顶入京传授《法华经》便是明证。因此，天台宗在炀帝的大力扶持下成为全国第一个独立佛教宗派，从此便揭开了佛教盛世——隋唐佛教中国化的序幕。

2.隋炀帝时期的道教

隋炀帝也依然重视道教，宗教发展极盛。如开皇十二年(592年)，杨广在扬州时，道士王远知被厚礼敕见。大业七年(611年)，隋炀帝又于涿州临朔宫召见王远知，亲执弟子礼，问以仙道事。炀帝回朝，扈驾洛都，奉敕在中岳修斋仪，复诏移居洛阳玉清玄坛。

(三)佛、道二教与文学

佛、道教文化影响了隋代贵游文学[①]之风气。隋文帝振兴佛、道，隋炀帝做晋王时便经常参与法会，并且也常巡视道场，和尚、道士皆受到他的礼遇。据《续高僧传·释立身》载："时江左文士多兴法会，每集名僧连霄法集，导达之务偏所牵心。及身之登座也，创发謦咳，砰磕如雷，通俗敛襟，毛竖自整。至于谈述业缘，布列当果，冷然若面，人怀厌勇，晚入慧日，优赠日隆。大业初年，声唱尤重。帝以声辩之功动哀情抱，赐帛四百段毡四十领。"道家亦如此，"大业中，道士以术进者甚豪"[②]。

---

① "贵游文学"在日本青木正儿的《中国文学史》中指"宋玉以下一系列宫廷文士与侯门清客的文学"。至六朝则变成了天子侯王与"言语侍从之臣"之间的言谈与文学活动。譬如元嘉文学中的"用典隶事"、永明文学的"对偶声律"皆与此有关。

② (唐)魏徵：《隋书·经籍志》。

特别是隋炀帝出于政治目的对佛教尤为看重，佛道高僧不但受到丰厚供养[①]，隋炀帝还常常亲往聆听法会，并与众僧讨论讲经声调。如《续高僧传·释善权》曰："晚以才术之举炀帝所知，召入京师住日严寺。献后既崩下令行道，英声大德五十许人，皆号智囊同集宫内。六时树业令必亲临，权与立身分番礼导。既绝文墨惟存心计，四十九夜总委二僧，将三百度言无再述。身则声调陵人，权则机神骇众，或三言为句，便尽一时。七五为章其例亦尔，炀帝与学士柳顾言、诸葛颖等语曰：'法师谈写乍可相从，导达鼓言奇能切对，甚可讶也。'颖曰：'天授英辩世罕高者'。"炀帝甚至与僧人讨论诗文。如："隋炀帝在蕃，远闻令德，召入道场，晨夕赏对，王有新文颂集，皆共询谋。"[②]僧人除写诗[③]弘扬教义之外，也常常参与王公贵族[④]的聚会，饮酒赋诗。如僧尼法宣的应教诗《和赵王观妓》："桂山留上客，兰室命妖饶。城中画广黛，宫里束纤腰。舞袖风前举，歌声扇后娇。周郎不须顾，今日管弦调。"朝中王公大臣纷纷与之相交。[⑤] 譬如，薛道衡与彦琮、陆彦师等撰写了《内典文会集》。由于帝王的大力扶持，高僧活动频繁，佛

---

① 如释昙迁《续高僧传·释昙迁》曰："于大兴善寺安置供给，王公宰辅冠盖相望。……寻下敕为第四寻皇子蜀王秀。于京城置胜光寺，即以王维檀越。敕请迁之徒众六十余人，住此寺中受王供养。左仆射高颎，又卫将军虞庆则、右仆射武威、光禄王端等，朝务之暇，执卷承旨。"

② （唐）道宣撰，郭绍林点校：《续高僧传·释法论》。

③ 释慧净《和琳法师初春法集之作诗》曰："鹫岭光前选。只园表昔恭。哲人崇踵武。弘道会群龙。高座登莲叶。麈尾振霜松。尘飞扬雅梵。风度引疏钟。静言澄义海。丛论上词锋。心虚道易合。迹广席难重。和风动淑气。丽日启时雍。高才□雅什。顾已滥朋从。因兹仰积善。灵华庶可逢。"

④ （宋）司马光：《资治通鉴·炀帝纪》："帝每日于苑中林亭间盛陈酒馔，敕燕王与钜、及高祖嫔御为一席，僧、尼、道士、女官为一席，帝与诸宠姬为一席，略相连接，罢朝即从之宴饮，更相劝侑，酒酣淆乱，靡所不至，以是为常。"

⑤ 《续高僧传·释彦琮》载："齐武平之初，年十有四，西入晋阳，且讲且听，当尔道张汾朔，名布道儒。尚书敬长瑜及朝秀卢思、道元、行恭、邢恕等，并高齐荣望，钦揖风猷，同为建斋，讲《大智论》。亲受披导，叹所未闻。……十六遭父忧，厌辞名闻，游历篇章。爰逮子史，颇存通阅，右仆射阳休之，与文林馆诸贤，交共欵狎，性爱恬静，延而方造。……与朝士王劭、辛德源、陆开明、唐怡等，情同琴瑟，号为文外玄友……又与陆彦师、薛道衡、刘善经、孙万寿等一代文宗，著《内典文会集》。……开皇三年，隋高祖幸道坛，见画老子化胡像，大生怪异，敕集诸沙门、道士，共论其本。又敕朝秀苏威、杨素、何妥、张宾等，有参玄理者，详计奏闻。时琮预在此筵，当掌言务，试举大纲，未及指核，道士自伏，陈其矫诈。因作《辩教论》，明道教妖妄者，有二十五条，词理援据，宰辅褒赏。其年西域经至，即敕翻译。既副生愿，欣至泰然，从驾东巡，旋途并部。时炀帝在蕃，任总河北，承风请谒，延入高第。亲论往还，允惬悬伫，即令住内堂，讲《金光明》《胜鬘》《般若》等经。……又教住大兴国寺。尔后，王之新咏旧叙，恒令和之。又遣萧懿、诸葛颖等群贤，迭往参问，谈对名理，宗师有归。隋秦王俊，作镇太原，又蒙延入安居内第，叙问殷笃。……至十二年，敕召入京。复掌翻译，住大兴善，厚供频仍。时文帝御寓，盛弘三宝，每设大斋，皆陈忏悔。帝亲执香炉，琮为宣导，畅引国情，恢张皇览。御必动容竦顾，欣其曲尽深衷，其言诚感达，如此类也。炀帝时为晋王，于京师曲池营第林，造日严寺，降礼延请，永使住之。由是朝贵明哲，数增临谒，披会玄旨，屡发信心。然而东夏所贵，文颂为先，中天师表，梵音为本。"

教之盛一度超过儒、道。如谈到三教优劣时，隋代的隐士李士谦则云："佛，日也；道，月也；儒，五星也。"[①]这直接影响了隋代的宫廷文化及文学的发展。从隋代文人对佛教徒唱诵声调的注意要点来看，讲究声律之美，已经在隋代成为赋诗的重要元素。可见，佛教对隋代的文化不仅仅是教义的宣扬，还有对声调的启发，这直接促进了隋代诗歌格律化的发展。

道教对文学的影响主要表现在神仙意象的采用和神仙思想的延展两大方面。如炀帝东征，舍临海顿，见大鸟奇之，命虞绰作铭，虞绰在《大鸟铭》的描写中，多用仙家典故修饰。如"山川明秀，实仙都也"，"斯固类仙人之骐骥，冠羽族之宗长，西王青鸟，东海赤雁，岂可同年而语哉"，"怀真味道，加此感通"[②]。神仙思想的延展在隋代王贞的《上齐王杨暕书》中可见。如"仰而不至，方见学仙之远，窥而不睹，始知游圣之难"[③]。

另外，道教的影响还体现在隋代的乐府诗中，如隋炀帝就曾拟作庾信的《步虚词》，卢思道曾作《升天行》。不过二人的诉求不同：前者主要是对长生不老的企羡，纯粹是浪漫的想象；后者是对不能超越现实苦闷的寄托。

由于文帝不好文学，故隋代的贵游文学活动在文帝时期颇为寂寥。炀帝本身喜爱文学，在他还为晋王时身边就有一批文学近臣相互切磋文艺。所以，他们之间的往来应制、唱和之作颇为可观。由于炀帝文学造诣较高，这些唱和之作也毫不逊色。然而这些江南的文学近臣之作，无论在内容价值上还是艺术技巧上，都较前朝突破及超越不多，但却深深影响了隋代文学的整体水平以及历史地位。

---

① (唐)魏徵：《隋书·李士谦传》。

② (唐)魏徵：《隋书·虞绰传》。

③ (唐)魏徵：《隋书·王贞传》。

第二章　隋代作家群考[①]

隋代文学，在文学史上处于承上启下、继往开来的历史地位，所以本国土生土长的作家及文学作品也相应较少。隋代文学的创作大致来源于三大作家群体，即掌权执政的关陇作家群；由东魏、北齐入周、隋的山左作家群；后梁亡后入周、隋以及隋平陈统一全国后，由陈入隋的江左作家群。

隋代作家杂而乱，大都往往前后跨越两三个朝代，其文学作品也并非作于一朝，其作品内容及文风也各异；又因隋代文学的特征与全国统一及隋代二帝的好尚有着极为密切的关联，所以考证隋代的作家及作品就尤为重要。譬如，江总，历史上往往视其为南朝陈代的作家，传记也在《陈书》。但实际上，陈亡后他又入隋做官，为上开府，直至开皇十四年(594 年)卒于江都。在隋代期间，他创作了不少作品，后人却视其为陈朝的作品，如逯钦立的《先秦汉魏南北朝诗》即收在“陈诗”。而《新唐书》中的王绩，是由隋入唐的文人，其中部分文作于隋代，而大部分文献资料中却将其作品收在唐诗以及唐文中，并将其视为唐代的作家。类似的作家在隋代颇多，甚至构成隋代作家的一大特征。

鉴于此，本章根据现存的文献资料，包括史书、今人的辑录及现有的研究成果，试图按地域厘清历经隋代而又留下文学作品的作家，以便于隋代文学研究的开展。

---

① 隋代作家之所属有明确而无需考证的，有质疑尚需考证的，为统一行文体例，故将对作家的考证放在页下注中。

第一节 关陇作家群

陈寅恪在《金明馆丛稿二编》中说："盖取塞外野蛮精悍之血，注入中原文化颓废之躯，旧染既除，新机重启，扩大恢张，遂能别创空前之世局。"[①]陈氏所说的"塞外野蛮精悍"即是关陇集团。关陇集团是一个政治集团，纵横中国近200年，孕育出4个王朝——西魏、北周、隋、唐，创造了中国历史上罕见的奇迹，并将中国推上了一个历史高峰。可见，关陇集团在历史上的显赫地位。关陇新贵在隋朝掌权执政，其中也产生了一些作家，这些作家的作品自有其独特的风格。所以，本节首先考证的是关陇作家群体的成员。

一、皇室及宫廷作家成员

由《魏书》《北齐书》《周书》《隋书》《北史》《文馆词林》《文苑英华》《金薤琳琅》《金石萃编》《先秦汉魏晋南北朝诗》《全唐诗》《全诗补编》《全上古三代秦汉三国六朝文》《全隋文补遗》《全唐文》《全唐文补遗》等史料文献可知，关陇作家群的皇室成员有隋文帝杨坚、隋炀帝杨广、恭帝杨侑、炀帝萧皇后、废太子杨勇、秦王杨俊、蜀王杨秀、汉王杨谅、兰陵公主、观王杨雄、齐王杨暕、越王杨侗等12位。其中有诗、赋或者诗、赋、文兼有者，仅杨坚、杨广、炀帝萧皇后、杨侗4人。

1. 隋文帝的诗

《宴秦孝王于并州作诗》[②]。

2. 隋文帝的文

诏：《诏答李穆》（初受禅）、《追赠周柱国独孤信诏》（初践祚）、《追封苏绰为邳公诏》（开皇初）、《诏苏威》（开皇元年）、《五岳各置僧寺诏》（开皇元年闰三月）、《改服色诏》（开皇元年癸未）、《赏元谐诏》（开皇元年八月）、《颁行新律诏》（开皇元年）、《答梁睿诏》（开皇初）、《郑译除名诏》（开皇初）、《诏鞅鞨使》（开皇初）。

---

① 陈寅恪：《金明馆丛稿二编》，三联书店1980年版，第344页。

② 此诗据逯钦立辑校《先秦汉魏晋南北朝诗》："隋书本纪曰：'开皇十年，高祖幸于并州，宴秦孝王子相，帝为四言诗。明年而子相卒，十八年而秦孝王薨。'"（详见逯钦立辑校：《先秦汉魏晋南北朝诗》，中华书局1983年版，第2627页）

《营建新都诏》(开皇二年六月丙申)、《恕李穆百死诏》(开皇二年)、《下达奚长儒诏》(开皇二年)、《赐梁彦光诏》(开皇二年)、《允李穆劝进诏》、《前代品爵依旧诏》(开皇二年)。

《劝学行礼诏》(开皇三年四月丙戌)、《超授范台玫大都督假湘州刺史诏》(开皇三年七月壬戌)、《下诏伐突厥》(开皇三年八月)、《发使巡省风俗因下诏》(开皇三年十一月己酉)。

《颁用张宾新历诏》(开皇四年正月壬辰)、《开凿广通渠诏》(开皇四年六月)、《复以十二月为腊诏》(开皇四年十一月)。

《诏赐王谊死》(开皇五年四月)、《因突厥称臣下诏》(开皇五年七月壬午)[①]、《停废律官诏》(开皇五年)、《重赠李敬族定州刺史诏》(开皇五年十一月)[②]。

《诏豆卢勣》(开皇六年)、《诛梁士彦、宇文忻、刘昉等诏》(开皇六年八月)。

《劳李安诏》《检括破故佛像诏》《报赵绰诏》《诏延释昙迁》(开皇七年)。

《伐陈诏》(开皇八年三月戊寅)。

《下史祥诏》(开皇九年正月)、《平陈下晋王广诏》(开皇九年)、《下韩擒虎,贺若弼优诏》、《劝学求言诏》(开皇九年四月壬戌)、《止高颎逊位诏》(开皇九年)、《下宇文述诏》(开皇九年)、《下百济王余昌诏》(开皇九年)、《搜访知音律人诏》(开皇九年十二月甲子)。

《令军人悉属州县诏》(开皇十年五月乙未)、《下杨素诏》(开皇十年)、《诏释智舜》(开皇十年)。

《诏释灵裕》(开皇十一年)、

《又诏》(开皇十二年)、《减免租调诏》(开皇十二年)。

《禁私撰国史诏》(开皇十三年五月癸亥)。

《施用雅乐诏》(开皇十四年四月乙丑)、《给公廨田诏》(开皇十四年六月丁丑)、《时修齐、梁、陈祭祀诏》(开皇十四年闰十月甲寅)。

《令北境义仓杂种并纳本州诏》(开皇十五年二月)、《以公孙景茂为伊州刺史诏》(开皇十五年)、《普祠山川诏》(开皇十五年六月辛丑)。

《社仓诏》(开皇十六年正月)、《又诏》(开皇十六年二月)、《禁命官妻妾改嫁诏》(开皇十六年六月辛丑)、《慎刑诏》(开皇十六年八月丙戌)。

《听诸司于律外决杖属官诏》(开皇十七年三月丙辰)、《刘晖等除名诏》(开

① 见(唐)许敬宗编,罗国威整理:《日藏弘仁本文馆词林校正》卷六六四,中华书局 2001 年版。又见韩理洲辑校编年的《全隋文补遗》卷一,三秦出版社 2004 年版,第 2 页。

② 此参见韩理洲辑校编年的《全隋文补遗》卷一,第 3 页。

皇十七年四月戊寅)、《升用功臣子孙诏》(开皇十七年四月壬午)、《享庙日不设鼓吹诏》(开皇十七年十月庚午)、《听公廨晖易诏》(开皇十七年十一月)。

《禁江南造大船诏》(开皇十八年正月辛丑)、《禁厌蛊诏》(开皇十八年五月辛亥)、《二科举人诏》(开皇十八年七月丙子)、《下百济王余昌诏》(开皇十八年)。

《废太子勇为庶人诏》(开皇二十年十月乙丑)、《处治废太子党与诏》(开皇二十年十月乙丑)、《下诏罪史万岁》(开皇二十年十月乙丑)、《禁毁盗佛道神像诏》(开皇二十年十二月辛巳)。

《尉义臣赐姓杨氏诏》(开皇中)、《答宇文庆诏》(开皇中)、《夺情起韦冲诏》(开皇中)、《以房恭懿为海州刺史诏》(开皇中)。

《战亡者入墓域诏》(仁寿元年正月辛丑)、《简励学徒诏》(仁寿元年六月乙丑)、《立舍利塔诏》(仁寿元年六月乙丑)、《追录李安、李悊旧勋诏》(仁寿元年)、《诏答安德王雄》(仁寿元年)、《再立舍利塔诏》(仁寿元年十二月)。

《褒赏杨素营太陵诏》(仁寿二年)、《修定五礼诏》(仁寿二年闰十月己丑)、《下诏数蜀王秀罪》[①](仁寿二年十二月)、《夺情起姚察诏》(仁寿二年)。

《生日海内断屠诏》(仁寿三年五月癸卯)、《父存丧母不宜有练诏》(仁寿三年六月甲午)、《搜扬贤哲诏》(仁寿三年七月丁卯)。

《赐宴王伽及流人诏》(仁寿中)、《宣诏减陆让死》(仁寿中)。

《复下诏赐陆让母冯氏》《下诏释僧照》《幸仁寿宫令皇太子监国诏》(仁寿四年正月乙丑)、《遗诏》(仁寿四年七月)。

敕:《敕赐释法藏济法寺名》(开皇初)。

《手敕释灵藏》、《敕元谐》(开皇元年八月)。

《今山东卅四州刺史举人敕》[②](开皇二年正月至开皇三年二月)。

《敕佛寺行道日断杀》(开皇三年)。

《敕复佛像》(开皇四年)、《敕总管、刺史》(开皇四月己亥)。

《敕虞庆则》(开皇五年)。

《敕释昙迁为禅定寺主》(开皇八年)、《敕李德林》(开皇八年)、《伐陈敕有司》(开皇八年)。

《敕苏威》(开皇九年)、《宣敕岭南》(开皇九年)。

---

① 参见(唐)许敬宗编,罗国威整理:《日藏弘仁本文馆词林校正》卷六九一,中华书局2001年版,第243页。又见《全隋文补遗》。此文在韩理洲辑校编年的《全隋文补遗》中又称《答蜀王敕》。

② 据韩理洲辑校编年的《全隋文补遗》整理。

《下谯国夫人敕书》(开皇十年)、《敕释智𫖮》(开皇十年)。

《劳问释智聚敕》(开皇十一年)。

《敕给荆州玉泉寺额》(开皇十三年七月)。

《禁盗边粮敕》(开皇十五年十二月戊子)。

《敕禁流亡》(开皇十八年九月庚寅)。

《敕群臣》、《敕杨素》(仁寿三年)。

书:《下书征张羡》(初受禅)。

《赐元孝矩玺书》(开皇初)。

《报突厥沙钵略可汗书》(开皇四年)、《下书劳王长述》《下书赐贺娄子干》(开皇四年十一月)。

《赐高丽王高汤玺书》(开皇十七年)。

《赐田德懋玺书》(开皇中)、《吊祭薛濬册书》(开皇中)。

册:《册贺娄子干为上大将军》(开皇二年)。

《伐陈下源雄书册》(开皇八年)。

《册广平王雄为司空》(开皇九年)。

制:《相州战地立佛寺制》(开皇元年八月)。

《答牛弘制》(开皇九年)。

《鹿祥制》(开皇十五年六月)。

《营建功德制》(开皇十一年)。

表:《禁绝言封禅表》(开皇九年七月丙午)。

诫:《诫太子勇》。

文:《改元祠南郊板文》《忏悔文》。

3.隋炀帝的诗

乐府:《饮马长城窟行》《白马篇》《步虚词二首》《春江花月夜二首》《锦石捣流黄二首》《喜春游歌二首》《杨叛儿曲》《江都宫乐歌》《江陵女歌》《泛龙舟》《四时白纻歌二首》《纪辽东二首》。

古诗:《冬至乾阳殿受朝诗》《云中受突厥主朝宴席赋诗》《宴东堂诗》《赐史祥诗》《赐牛弘诗》《赐诸葛颍诗》《早渡淮诗》《临渭源诗》《还京师诗》《舍舟登录示慧日道场玉清玄坛德众诗》《月夜观星诗》《季秋观海诗》《望海诗》《咏鹰诗》《献岁讌宫臣诗》《正月十五日于通衢建灯夜升南楼诗》《晚春诗》《悲秋诗》《冬夜诗》《夏日临江诗》《北乡古松树诗》《幸江都作诗》《诗》。

4.隋炀帝的文

赋:《归藩赋》《神伤赋》。

诏:《制》《赠独孤陁诏》(初即位)。

《加赠独孤陁诏》《赠谥豆卢毓诏》(仁寿四年八月)、《赠谥皇甫诞诏》(仁寿四年)、《手诏劳杨素》(仁寿四年)、《答史祥手诏》(仁寿四年)、《营东都诏》(仁寿四年十一月癸丑)。

《立萧皇后诏》(大业元年正月壬辰)、《遣史巡省方俗诏》(大业元年正月戊申)、《听民诣朝堂封奏诏》(大业元年三月戊申)、《滕王纶、卫王集原死诏》(大业元年七月丙午)、《劝学诏》(大业元年七月丙子)、《诏修高庙乐》(大业元年)、《赠刘方诏》(大业元年)、《改封豆卢毓诏》(大业初)、《釁门子弟,听预宿卫近侍诏》(大业初)、《幸江都赦江淮以南诏》[①](大业元年十月)。

《营东都成大赦诏》[②](大业二年四月)、《旌先贤祠墓诏》(大业二年五月乙卯)、《立杨素碑诏》(大业二年)、《给户守古帝王陵墓诏》(大业二年十二月庚寅)。

《将北巡下诏》(大业三年四月庚辰)、《求贤诏》(大业三年四月甲午)、《别建高祖庙诏》(大业三年六月丁亥)、《止突厥启民可汗请变服饰诏》(大业三年七月辛亥)、《优礼启民可汗诏》(大业三年七月辛亥)、《褒美樊子盖诏》(大业三年)。

《为启民可汗置城造屋诏》(大业四年四月乙卯)、《巡幸北岳大赦诏》[③](大业四年八月)、《立孔子后为绍圣侯诏》(大业四年十月丙午)、《为周汉魏晋立后诏》(大业四年十月辛亥)。

《四科举人诏》(大业五年六月辛亥)、《给赐耆老诏》(大业五年十月癸亥)、《褒显樊子盖诏》(大业五月)。

《谨封爵诏》(大业六年二月乙卯)、《下樊子盖诏》(大业六年)。

《辛涿郡诏》(大业七年二月壬午)、《赠姚思辩左光禄大夫诏》[④](大业七年十月)。

---

① 见(唐)许敬宗编,罗国威整理:《日藏弘仁本文馆词林校正》卷六六六。又见韩理洲辑校编年的《全隋文补编》卷一。

② 见(唐)许敬宗编,罗国威整理:《日藏弘仁本文馆词林校正》卷六六五。又见韩理洲辑校编年的《全隋文补编》卷一。

③ 见(唐)许敬宗编,罗国威整理:《日藏弘仁本文馆词林校正》卷六六六。又见韩理洲辑校编年的《全隋文补编》卷一。

④ 见《金薤琳琅》卷八、《金石萃编》卷四十。又见韩理洲辑校编年的《全隋文补编》卷一《左卫大将军左光禄大夫姚恭公墓志铭》。

《征高丽诏》(大业八年正月壬午)、《存问从征家口诏》(大业八年二月甲寅)、《赠谥麦铁杖诏》(大业八年三月)、《平辽东大赦诏》[①](大业八年四月)、《褒赠张妙芬为正三品夫人诏》[②](大业八年五月)、《勋官不回授文武职诏》(大业八年九月己丑)、《下高昌王麹伯雅诏》(大业八年)。

《下卫文升诏》(大业九年八月)、《徙道就城诏》(大业九年八月丁未)、《改博陵为高阳郡诏》(大业九年十月乙酉)、《下苏威手诏》(大业九年十月壬辰)。

《收藏辽东战亡者诏》(大业十年二月戊子)、《三征高丽诏》(大业十年二月辛卯)、《诏报始毕可汗》(大业十年)。

《令民悉城居诏》(大业十一年二月庚午)、《诏》(大业十一年)。

《下诏责苏威》(大业十二年七月)、《宣诏放官奴》(大业十□年)。

敕:《敕答释智越》(大业元年正月)。

《敕议天台山寺名》、《敕答释智璪允用国清寺名》、《敕释智越》、《敕责窦威崔祖濬》、《敕度一千人出家》、《北巡敕百司》(大业三年四月戊戌)、《宣敕齐王》(大业三年)、《又敕柳謇之》、《敕令牛弘宣旨高丽使》(大业三年八月乙酉)。

《敕严窃盗刑》《敕禁僧凤抗礼》。

书:《玺书答启民可汗》(大业三年七月)。

《赐来护儿玺书》(大业九年)。

《赐书召释慧觉》《与天台山众令书》《又令书》《下令延请释灌顶开讲法华》(仁寿二年)。

则:《施济法寺僧法藏灵寿杖教》《手书召徐则》《下书葬徐则》《下书释慧则》。

歌辞:《上言更定清庙歌辞》。

檄:《遗陈尚书江总檄》。

书:《遗史祥书》《与释智顗书》、《与东林寺僧书》《与禅阁寺僧书》《与峰顶寺僧书》《与达奚长儒书》《叙曹子建墨迹》。

铭:《殇子铭》。

诔:《隋秦孝王诔》。

"文":《答释智顗遗旨文》《宝台经藏愿文》《遣使入天台山为智顗功德愿文》《天台设斋愿文》《祭告智顗文》《诈为蜀王秀檄文》。

---

① 见(唐)许敬宗编,罗国威整理:《日藏弘仁本文馆词林校正》卷六六五。又见韩理洲辑校编年的《全隋文补编》卷一。

② 此文参见韩理洲辑校编年的《全隋文补编》卷一《张妙芬墓志》。

疏:《授菩萨戒疏》。

5. 恭帝杨侑[①]的文

《改元大赦诏》(义宁元年十一月)、《委任唐王诏》(义宁元年十一月)、《逊位唐王诏》(义宁二年五月)。

6. 炀萧皇后[②]的文

《述志赋》(并序)。

7. 废太子杨勇[③]的文

《上书谏徙流民实边》。

8. 秦王杨俊[④]的文

《伐陈檄萧摩诃等文》《与释智颉书》《与释智颉书第二书》。

9. 蜀王杨秀[⑤]的文

《幽废上表》《美人董氏墓志铭》[⑥]。

10. 汉王杨谅[⑦]的文

《宣扬正法教》。

11. 兰陵公主[⑧]的文

《临终上炀帝表》。

---

① 元德太子杨诏之子,讳侑。大业二年(606年)封陈王,之后徙封代王。辽东之战,留镇京师。大业十一年(615年),从幸晋阳,拜太原太守,不久还镇京师。大业十三年(617年)十一月即位,遥尊隋炀帝为太上皇,改元义宁,在位仅二年,禅让唐。武德二年(619年)崩,谥曰恭皇帝。

② 萧皇后,南兰陵人,梁昭明太子萧统的曾孙女,后梁孝明帝萧岿之女。唐贞观二十一年(647年)殂,谥曰愍。此赋文:"帝(隋炀帝)每游幸,后未尝不随从。时见帝失德,心知不可,不敢厝言,因为《述志赋》以自寄。"可证。

③ 文帝长子。及文帝即位,立为太子。开皇二十年(600年),废为庶人。及文帝崩,其弟杨勇矫诏赐死。追封房陵王。

④ 文帝三子。开皇元年(581年)封为秦王。文帝不赦子,故文帝赐死。薨,谥曰孝王。

⑤ 文帝四子。开皇元年(581年)封为越王。寻徙封为蜀王。仁寿二年(602年),废为庶人。炀帝即位,依然禁锢。宇文化及弑炀帝,并遇害。

⑥ 墓志文拓印见载于北京图书馆藏《中国历代石刻拓本汇编》第9册,《十二砚斋金石过眼录》卷八,《八琼室金石补正》卷二十六。此文根据韩理洲辑校编年的《全隋文补遗》卷一整理。

⑦ 文帝五子。开皇元年(581年)封为汉王。文帝崩,杨广征召不发,谅寻而发兵反。被杨素所败,不久除名为民,绝属籍,以幽而死。

⑧ 文帝五女。据《隋书·列女·兰陵公主传》可知,初,晋王广欲以兰陵公主配其妃弟萧,高祖初许之,高祖后遂适柳述,晋王不悦。高祖既崩,炀帝令主改嫁之。公主以死自誓,不复朝谒。上表请与述同徙,炀帝大怒,不从。公主忧愤而卒,时年三十二。临终上表,即此表。

12. 观王杨雄[①]的文

《答诏废太子勇》《庆舍利感应表》《让改封观王表》。

13. 齐王杨暕[②]的文

《临淮海下教延沙门智聚》《遗崔赜书》《与逸人王真书》。

14. 越王杨侗[③]的诗

《京洛行》。

15. 侯夫人[④]的诗

《自感诗三首》《妆成诗》《自遣诗》《春日看梅诗二首》。

二、关陇其他作家

关陇集团的文人较多，其中大多是由西魏、北周入隋的及隋代土著的作家群体中著名的文人。参考《周书》《隋书》《北史》《旧唐书》《新唐书》《文馆词林》《金薤琳琅》《金石萃编》《先秦汉魏晋南北朝诗》《全唐诗》《全唐诗补编》《全上古三代秦汉三国六朝文》《全隋文补遗》《全唐文》《全唐文补遗》《南北朝文学编年史》《全唐诗误收诗考》《全唐诗续拾》等，经考察厘定，按照大文学的标准划分大致有93位作家。其中，有诗或者诗文兼有者有牛弘、杨素、于仲文、大义公主、丁六娘、李月素、罗爱爱、秦玉鸾、苏蝉翼、张碧兰、释昙延、王绩、王通、李密、尹式、杜公瞻、蔡允恭、弘执恭、卞斌、刘梦予、马敞等22位作家。

（一）关陇作家的诗、文

1. 崔仲方[⑤]的文

《上书论取陈之策》。

① 文帝族子。大业八年(612年)卒，谥曰德王。

② 炀帝第二子。炀帝即位，进封齐王。在江都为宇文化及所害。

③ 炀帝孙，大业三年(607年)，封为越王。大业十三年(617年)，宇文化及弑炀帝，杨侗遂即位，改元皇泰。寻被王世充夺，并被鸩而死。

④ 隋炀帝宫女，炀帝朝时卒。

⑤ 崔猷之子。仕北周，为宇文护参军，后转记室，又迁司玉大夫。隋受禅，进位上开府，又转司农少卿，封为安固县公。隋炀帝即位，进位大将军，又拜民部尚书。卒年七十六。

2. 李穆[①]的文

《请移都表》《遗令》。

3. 杨尚希[②]的文

《请并省郡县表》。

4. 宇文恺[③]的文

《奏明堂议表》《奏定皇太子辂》。

5. 宇文庆[④]的文

《奏录文帝龙潜表》。

6. 王谊[⑤]的文

《奏驳苏威减功臣地给民议》。

7. 来和[⑥]的文

《上表自陈》。

8. 元寿[⑦]的文

《奏劾刘行本、韩微之等》。

---

① 陇西成纪人。魏永熙中,为统军。大统中,进爵为伯。建德初,拜太保。大象初,拜大左辅。隋受禅,拜太师。开皇六年(586年)卒,时年七十七。谥曰明。由《全隋文》可知,《请移都表》中言:"何以副圣主之规,表大隋之德?"可证此文作于隋代。《遗令》为李穆临卒时作。

② 祖杨真,魏天水太守。大定中,授司会中大夫。隋受禅,进爵为公。开皇十年(590年)卒,谥曰平。据(唐)魏徵:《隋书·杨尚希传》:"高祖受禅,拜度支尚书,进爵为公。……尚希时见天下州郡过多,上表。"可证此文作于隋代。

③ 宇文恺,字安乐,原朔方人,后迁居京兆。大象中,加上开府。隋受禅,拜天子左庶子。及迁都,授将作大匠。卒,谥曰康。撰有《东宫典记》70卷,《东都图记》20卷,《明堂图议》2卷,《释疑》1卷。其《奏明堂仪表》,据《隋书·宇文恺传》:"自永嘉之乱,明堂废绝,隋有天下,将复古制,议者纷然,皆不能决。博考群藉,奏明堂议表。"可知作于隋代。《奏定皇太子辂》,据《隋书·礼仪五》:"大业元年,更定车辇,五辂之外,设副车。诏尚书令楚公杨素、吏部尚书奇章公牛弘、工部尚书安定公宇文恺……详议奏决。……宇文恺、阎毗奏:案宋大明六年……"可证。

④ 河南洛阳人,周初,受业东关。大象中,进上大将军,加柱国。隋受禅,又进上柱国。此文据《隋书·宇文庆传》可知:"上(隋文帝)省表大悦,下诏曰。"可证。

⑤ 河南洛阳人,周初,为左中侍上士。开皇初,进封郧国公。此文据《隋书·王谊传》:"及上(隋文帝)受禅,顾遇弥厚。……太常卿苏威立议,以为户口滋多,民田不赡,欲减功臣之地给民。谊奏曰:'百官者……'"可知此文作于隋代。

⑥ 周初,累迁少卜上士。隋受禅,进爵为子。开皇末,进位开府。著有《相经》四十卷。此文据《隋书·来和传》:"开皇末,和上表自陈曰。"可证。

⑦ 魏邵陵王敦孙。周武成初,封隆城县侯。隋开皇中,授尚书主爵侍郎。从征辽东,道卒,谥曰景。此文据《隋书·元寿传》:"高祖尝出苑观射……寿奏劾之曰。"可证。

9. 皇甫绩[①]的文

《遗顾子元书》。

10. 卫玄[②]的文

《屯军金谷埽地祭高祖》。

11. 高颎[③]的文

《奏请计户征税》《奏谏收周、齐故乐人及天下散乐》。

12. 宇文述[④]的文

《奏杀废太子诸子》《奏诛斛斯政》。

13. 段文振[⑤]的文

《请遣启民可汗出塞表》《从征辽东疾笃上表》。

14. 令狐熙[⑥]的文

《请解桂州总管任表》。

15. 郑译[⑦]的文

《答苏夔驳七调》《又与苏夔议》。

16. 牛弘[⑧]

诗:《奉和冬至乾阳殿受朝应诏诗》。

文:《上表请开献书之路》《奏请定典礼》《奏著丧纪令》《奏请修缉雅乐》《奏

---

① 安定朝那人。静帝初,拜大将军。隋受禅,为豫州刺史。谥曰安。此文据《隋书·皇甫绩传》:"高智慧等作乱江南,州民顾子元发兵应之,因以攻绩,相持八旬。子元素感绩恩,于冬至日遣使奉牛酒。绩遗子元书。"可证。

② 河南洛阳人,大象中,检校熊州事。隋受禅,进封同轨郡公。炀帝即位,复征为卫尉卿。义宁中卒。此文据《隋书·卫玄传》:"大业九年,车架幸辽东。于军中扫地而祭高祖。"可证。

③ 仕周,为齐王宪记室参军。隋受禅,进封渤海郡公。炀帝即位,拜太常。大业三年,以谤讪朝政诛。据《隋书·食货志》:"开皇八年五月,高颎奏诸州无课调处。"可证。

④ 代郡武川人,原姓破野头。周武帝时,起家拜开府。隋受禅,拜寿寿州总管。炀帝即位,改封许国公。谥曰恭。前一篇文中房陵追封废太子杨勇的号,可证。后一篇据《隋书》可知。隋代政治人物,614年卒。

⑤ 北海期原人。仕周,历文帝、炀帝二帝。谥曰襄。据《隋书·段文振传》:"文振见高祖时容纳突厥启民居于塞内……文振以狼子野心,恐为国患,乃上表。"可证。后文亦据《隋书·段文振传》:"及辽东之役,授左侯卫大将军,出南苏道。在道疾笃,上表曰。"可证。

⑥ 敦煌人,历周。及隋受禅,后征拜桂州总管。据《隋书·令狐熙传》:"上以岭南夷、越数为反乱,徵拜为桂州总管七十州诸军事。"可证。

⑦ 北齐光州刺史述祖从孙。历周、隋二朝。开皇十一年(591年)卒,谥曰达。著有《乐府声调》六卷,又三卷。据《隋书·音乐志中》可知高祖杨坚"又诏求知音之士,集尚书,参定音乐"。

⑧ 字里仁。开皇初,授秘书监。大业六年(610年)卒于江都。有集12卷。此诗据逯钦立的《先秦汉魏晋南北朝诗》可证。牛弘的文据《隋书·牛弘传》可证。

言雅乐定》《依古制修立明堂议》《乐议》《更共姚察、许善心、刘臻、虞世基等详议》《又论六十律不可行》《又议》。

17. 杨素[①]

诗:《出塞二首》《山斋独坐赠薛内史诗二首》《赠薛内史诗》《赠薛播州诗》《行经汉高陵诗》。

文:《谢炀帝手诏问劳表》《奏劾王谊》《奏张胄玄、刘孝孙所剋日食事》《滕王纶罪议》《卫王集罪议》《为蜀王秀作檄文置秀集中》。

18. 杨玄感[②]的文

《屯兵尚书省誓众》《与樊子盖书》。

19. 柳彧[③]的文

《上隋文帝表》《谏文帝裁细务表》《奏劾唐君明周丧娶库狄士文从妹》《奏禁上元角抵戏》《高颎子应国公弘德申牒请戟判》。

20. 苏威[④]的文

《奏荐柳庄》。

21. 柳昂[⑤]的文

《上文帝劝学行礼表》。

22. 梁毗[⑥]的文

《奏劾刘昉》《劾杨素封事》。

23. 长孙平[⑦]的文

《上书请积谷》《奏立义仓定式》。

24. 长孙晟[⑧]的文

《表奏宜北伐》《上书进离间突厥计》《奏许染干尚主》《奏徙染干部落》《奏请招慰都蓝部落》。

---

① 杨素,字处道,弘农华阴人。历周、隋,大业二年(606年)卒。有集10卷。杨素的诗据逯钦立的《先秦汉魏晋南北朝诗》可证。其文据《隋书·杨素传》可证。

② 杨素之子。历文帝、炀帝。因辽东之战发兵反,败死。据《隋书·杨素传》可证。

③ 河东解人,梁末,随父归周。历文帝、炀帝二朝。从这些文的题目可见,无疑义。

④ 西魏苏绰之子。历周、隋。据《北史》可证。柳庄由南朝梁入隋。

⑤ 河东解人,历周、隋。从题目可见,无疑义。

⑥ 安定乌氏人。历周、隋。以忤旨,忧愤而死。前文据《隋书·刘昉传》可证,后文据《隋书·梁毗传》可证。

⑦ 河南洛阳人。历周、隋。仁寿中卒,谥曰康。前文据《隋书·长孙平传》可证,后文据《隋书·食货志》可证。两篇文据《隋书·长孙晟传》可证。

⑧ 河南洛阳人,魏上党王稚曾孙。历周、隋。大业五年(609年)卒。此文据《隋书·贺娄子幹传》可证。

25. 贺娄子干[①]的文

《上书言陇右机宜》。

26. 贺若弼[②]的文

《御授平陈七策》《度江祝》。

27. 于仲文[③]

诗:《侍宴东宫应令诗》。

文:《狱中上隋文帝书》《诈移书州县》。

28. 于宣敏[④]的文

《述志赋》(文佚)、《请以戚属为蜀王疏》。

29. 裴肃[⑤]的文

《上书理高颎、皇太子勇、蜀王秀》。

30. 史祥[⑥]的文

《答皇太子广书》。

31. 郑善果[⑦]的文

《送舍利沂州善应寺感应表》。

32. 刘晖[⑧]的文

《驳张胄玄新历》。

33. 刘炫[⑨]的文

《筵涂》《驳牛弘礼绝傍期议》《抚夷论》《自状》《自赞》。

34. 刘焯[⑩]的文

《上皇太子启论律吕》《上皇太子启论浑天》《上皇太子启》《言张胄玄新历之

---

① 世居关右。历周、隋。开皇十四年卒,谥曰怀。

② 河南洛阳人,历周、隋。大业三年(1607年),诛。据《北史》《隋书·贺若弼传》可证。

③ 河南洛阳人,历周、隋。辽东之败,系狱,发病卒。据《隋书·于仲文传》可证。

④ 于仲文从父弟。历周、隋。据《隋书·于宣敏传》可证。

⑤ 河东闻喜人,历周、隋。据《隋书·裴肃传》可证。

⑥ 朔方人。历周、隋。据《隋书·史祥传》可证。

⑦ 荥阳人。历周、隋。据《续高僧传》可证。

⑧ 仕周入隋。据《隋书·律历志中》可证。

⑨ 河间景城人。著名经学家。历周、隋。大业中,除太学博士。门人谥曰宣德先生。著有《注诗》1卷、《春秋左氏传杜预序集解》1卷、《算术》1卷、《规过》3卷、《古文孝经述义》5卷、《论语述义》10卷、《春秋攻昧》12卷、《五经正名》12卷、《尚书述义》20卷、《毛诗述义》40卷、《春秋左氏传述义》40卷。据《隋书·刘炫传》《北史》可证。

⑩ 信都昌亭人。著名经学家、天文学家。历周、隋。炀帝即位,迁太学博士。著有《稽极》10卷、《历书》10卷。依次据《隋书·律历志上》《隋书·天文志上》《隋书·律历志下》可证。

误于皇太子》。

35. 刘孝孙[①]的文

《驳张宾历》。

36. 张胄玄[②]的文

《驳难刘焯〈皇极历〉》。

37. 严敏楚[③]的文

《上言新历》。

38. 陆法言[④]的文

《切韵序》。

39. 苏夔[⑤]的文

《驳郑译新乐有七调》。

40. 常得志[⑥]的文

《兄弟论》(并序)。

41. 王孝藉[⑦]的文

《上牛弘书》。

42. 杨孝政[⑧]的文

《上书谏废皇太子》。

43. 陈子秀[⑨]的文

《荆州道俗请智𫖮讲法华经疏》。

44. 费长房[⑩]的文

《上开皇三宝录表》《开皇三宝录总目序》。

---

① 刘孝孙为掖县丞,入直太史。开皇十四年(594年)卒。据《隋书·律历志中》可证。

② 开皇中,直太史,参议律历事。大业中卒。著有《七曜历疏》5卷。据《隋书·律历志下》可证。

③ 开皇中,为内史通事舍人。据《隋书·颜敏楚传》可证。

④ 魏郡临漳人。开皇中,为承奉郎。著有《切韵》5卷。据此文开首:"昔开皇初,有仪同刘臻等八人,同诣法言门宿。"及末尾:"于时岁次辛酉,大隋仁寿元年。"可证。

⑤ 苏绰之孙,苏威之子。据《隋书·音乐志中》可证。

⑥ 京兆人。一作德志,为秦王杨俊记室。故暂系隋代。

⑦ 开皇中,召为秘书。据《隋书·王孝藉传》可证。

⑧ 开皇中,为文林郎。据《隋书·房陵王勇传》可证。

⑨ 荆州人。此文本末尾曰:"开皇十八载八月十日。"可证。

⑩ 成都人,开皇中,为翻经学士。从文本题目可证。

45. 刘凭[①]的文

《内外旁通比较数法序》。

46. 赵绚[②]的文

《圆土北重墙上摩诃般若经序》。

47. 周彪[③]的文

《陈伏波将军、骠骑府谘议参军陈诩墓志》。

48. 皇甫毗[④]的文

《玉泉寺碑》。

49. 郑辨志[⑤]的文

《宣州稽亭山妙显寺碑铭》。

50. 严德盛[⑥]的文

《吴郡横山顶舍利灵塔铭》。

51. 耿询[⑦]的文

《上书谏征辽东》。

52. 雲定兴[⑧]的文

《奏对皇孙生》。

53. 仲孝俊[⑨]的文

《陈叔毅修孔子庙碑》。

54. 格谦[⑩]的文

《奏事》。

55. 王义[⑪]的文

《上炀帝书陈成败》《又奏》。

---

① 泾阳人，开皇中，为翻经学士。

② 冀州部从事。据《续高僧传》可证。

③ 开皇末为仪同三司。此文本中有："开皇廿年九月廿四日，卒于檀溪里，时年七十六。"可证。

④ 仁寿中为当阳令。此文本中有："我隋皇帝乘乾御宇，握镜披图，父爱苍生，君临赤子。"可证。

⑤ 爵里未详。此文本中有："然此妙显寺者，即隋开皇十一年高祖文皇帝奉为国师之所置也。"可证。

⑥ 大业中为吴郡司户。此文本中有："大隋大业四年岁次戊辰九月辛未朔八日戊寅立铭。"可证。

⑦ 丹杨人。大业初是右尚方署监事，守太史丞。据《隋书・耿询传》可证。

⑧ 太子勇云昭训之父。据《隋书・文四子传》可证。

⑨ 济州人，为汝南郡主簿。此文本中有："我大隋炎灵启运，翼下降生，继大庭之高踪，绍唐帝至遐统……"可证。

⑩ 渤海厌次人。大业中为王世充斩。据《北史・李德饶传》可证。

⑪ 道州人。宦官。由文本题目和《迷楼记》可证。

56. 大义公主[①]的诗

《书屏风诗》。

57. 丁六娘的诗

《十索四首》。

58. 李月素的诗

《赠情人诗》。

59. 罗爱爱的诗

《闺思诗》。

60. 秦玉鸾的诗

《忆情人诗》。

61. 苏蝉翼的诗

《因故人归作诗》。

62. 张碧蘭的诗

《寄阮郎诗》。

63. 李密[②]

诗:《五言诗》。

文:《招道士徐鸿客书》。

64. 王绩[③]

诗:《解六合丞还》。

赋:《登龙门忆禹赋》《三月三日赋》。

文:《五斗先生传》《醉乡记》。

65. 裴矩[④]的文

《遣高丽使还国奏》。

---

① 周赵王宇文招之女。大象初,嫁突厥他钵可汗。至隋文帝赐姓杨。此诗为隋灭陈,隋文帝以陈朝屏风赐大义公主,公主睹亡陈之物,转思故国,遂借陈之士抒己之情,在屏风上写下自寄诗。丁六娘至张碧兰的诗暂从《汉魏晋南北朝诗・隋诗》,以下简称《隋诗》。

② 父为隋柱国,密袭父爵。为唐兵所杀,终年37岁。李密的诗从《汉魏晋南北朝诗・隋诗》,即《隋诗》。笔者暂同李建国博士论文《隋代文学研究》中对此文的论证。

③ 隋末举孝廉,入唐。陈尚君的《全唐诗误收诗考》对《全唐诗》中隋唐之际的作者在隋作诗已有所考证,而无《解六合丞还》,笔者暂同意李建国在其博士论文《隋代文学研究》中对这首诗以及王绩的后三篇文的论证。另外,李建国博士论文中没有《登龙门忆禹赋》,这篇赋曾得到薛道衡的赞赏,如"今之庾信也"。而薛道衡卒年为609年,王绩的生年为589年,故这篇赋作于隋代。

④ 曾隋代周,矩为近臣,参与平陈之战。

66. 房彦藻[①]的文

《为李密檄窦建德文》。

67. 王通[②]的诗

《东征歌》。

68. 尹式[③]的诗

《送晋熙公别诗》《别宋常侍诗》。

69. 杜公瞻[④]的诗

《咏同心芙蓉诗》。

70. 蔡允恭[⑤]的诗

《奉和出颍至淮应令诗》。

71. 弘执恭[⑥]的诗

《刘生》《奉和出颍至淮应令诗》《和平凉公观赵郡王妓诗》《秋池一株莲诗》。

72. 卞斌的诗

《和孔侍郎观太常新奏乐诗》。

73. 刘梦予[⑦]的诗

《送别秦王学士江益诗》。

74. 马敞[⑧]的诗

《嘲牛弘》。

(二)关陇作家中的释氏及有关鬼神的诗文

1. 释宝贵[⑨]的文

《新合金光明经序》。

---

① 为李密左长史。

② 字仲淹,生于隋文帝开皇四年,卒于隋炀帝大业十三年,隋代大儒,谥号“文中子”。从《隋诗》。

③ 河间人,仕隋,仁寿四年(604年)自杀。

④ 生卒年不详,隋代文学家。隋卫尉杜台卿侄子。曾奉敕编《编珠》,为宗懔《荆楚岁时记》作注,从而使得南北朝后期南北岁时风俗荟萃于一书。

⑤ 隋末唐初文学家、官吏。

⑥ 历周入隋。

⑦ 生卒年不详。

⑧ 生卒年不详。

⑨ 历周、隋二代。入隋,住大兴善寺。此文中有:“沙门彦琮重复校劝,故贵今合分为八卷。”彦琮是隋代著名高僧,精通梵文,是我国佛教史上屈指可数的佛经翻译家和佛教著作家。

2. 释道林[①]的文

《上文帝乞归启》。

3. 释智诜[②]的文

《答某携书》。

4. 释昙迁[③]的文

《奏请检括破故佛像》《己是非论》。

5. 释昙延[④]

诗:《戏题方圆动静四字诗》。

文:《临终遗启》。

6. 释法藏[⑤]的文

《答晋王施灵寿杖书》。

7. 慧文[⑥]的文

《与智𫖮书论毁寺》。

8. 昙暹[⑦]的文

《与智𫖮书》。

9. 慧嵒[⑧]的文

《致书智𫖮》。

10. 保恭[⑨]的文

《请智𫖮住栖霞寺疏》。

11. 吉藏[⑩]的文

《与智𫖮启》《与智𫖮疏请讲法华经》。

---

① 俗姓李,在太白山出家。开皇初,选隶公府。唐武德初终。由此文题目可证。

② 开皇初入都,蜀王杨秀奏请还蜀,住法聚寺。不久入龙居山。杨秀延请,辞疾不出。从上下文中可证。

③ 初住扬都道场,终西京禅定寺。此文从《全隋文》注解。

④ 俗姓王。住京师延兴寺,开皇八年(588 年)终。此诗从《隋诗》。此文乃作者临终遗作,作者于开皇八年(581 年)终。

⑤ 开皇中,为济发寺沙门。此晋王乃杨广,开皇元年封为晋王。隋炀帝杨广长子杨昭于大业二年(606 年)因疾而薨,时年 23 岁。此文中即说此事。

⑥ 开皇中,住蒋州奉诚寺。此文中开首即说"奉诚寺慧文……"可知,此文作于大隋开皇中。

⑦ 开皇中,为长安法师。此文开首即说:"开皇十三年九月十三日京师兴国寺昙暹和南,天台山禅师足下。"可证。

⑧ 开皇中,住荆州因寺。十住寺乃隋代寺院,此文本中有:"谨遣十住寺臻法师归依坐下。"可证。

⑨ 开皇中,住蒋州栖霞寺。文题可证。

⑩ 开皇中,住会稽嘉祥寺。吉藏乃隋、唐时高僧,智𫖮圆寂在隋代炀帝朝,故证。

12. 智越[①]的文

《谢晋王遣使吊天台山修禅寺》《谢晋王为智𫖮设周忌启》《贺晋王正位东宫启》《谢皇太子造天台山下寺成寺》《谢皇太子施香炉铜钟等物启》《谢皇太子施胜幡法衣等物启》《贺炀帝登极启》《谢敕施物启》《舆驾幸江都宫参问起居启》《谢敕赍国清寺名并施物度僧启》。

13. 智璪[②]的文

《天台山寺名启》。

14. 灌顶[③]的文

《国清寺百录序》《隋天台智者大师别传》[④]。

15. 法经[⑤]的文

《上文帝书进呈众经目录》。

16. 释海顺[⑥]的文

《致书释道杰》《三不为篇》。

17. 释道杰[⑦]的文

《报释海顺书》。

18. 天台佛垄山神[⑧]的文

《送释智晞疏》。

19. 阙名

《缘生经并论序》[⑨]《众经目录序》《妙法莲华经添品序》《药师如来本愿功德经序》。

---

① 开皇中,住天台山修禅寺。文题可证。

② 开皇中,住天台山修禅寺。文题可证。

③ 俗姓吴。师事智𫖮,终于天台山国清寺。国清寺乃隋代设置。

④ 此文见于韩理洲辑校编年的《全隋文补编》卷一。

⑤ 开皇中,为翻译沙门。文本可证。

⑥ 俗姓任,住仁寿寺。同上。

⑦ 俗姓杨,住蒲州栖岩寺。同上。

⑧ 此文乃为夜梦所作,暂系于此。

⑨ 第一篇文中有"大业二年十月、三年九月"可证。第二篇中有"今天下既壹",此指隋统一全国。第三篇中有"大隋仁寿元年辛酉之岁"可证。第四篇中有"至大业二年,复得二本"等可证。

第二节 山左作家群

隋代作家群除执政的关陇作家群体之外，还有山左作家群，即由东魏、北齐入周、隋的作家。据《魏书》《北齐书》《周书》《南史》《北史》《隋书》《文馆词林》《金薤琳琅》《金石萃编》《先秦汉魏晋南北朝诗》《全唐诗》《全唐诗补编》《全上古三代秦汉三国六朝文》《全隋文补遗》《全唐文》《全唐文补遗》等史料文献考察，暂厘定出23位作家，其中诗文兼有者有7位，有卢思道、李德林、薛道衡、辛德源、魏澹、孙万寿、元行恭等著名作家。

1. 崔赜[①]的文

《答诏问蓝田玉人》《答豫章王书》。

2. 李士谦[②]的文

《论刑罚》。

3. 卢思道[③]

乐府：《升天行》《神仙篇》《蜀国弦》。

古诗：《驾出圆丘诗》《游梁成诗》《春夕经行留侯墓诗》《上巳禊饮诗》《夜闻邻妓诗》《赋得珠帘诗》《乐平长公主挽歌》。

文：《奏大理未可除》《为隋檄陈文》《与高仆射与司马消难书》《劳生论》《北齐兴亡论》《后周兴亡论》《奏定舆辇制》《祭滍湖文》。

4. 李德林[④]

诗：《相逢狭路间》《从驾还京诗》《夏日诗》《入山诗》《咏松树诗》。

文：《为文帝襄阳等四郡立佛寺诏》《文帝安边诏》《隋文帝解石孝义等官

---

① 历隋文帝、炀帝二帝。

② 《隋书·隐逸传》可证。

③ 自子行，范阳人。历北齐、北周入隋。有集30卷。由卢诗文的内容以及《北齐书》《北史》《全上古三代六朝文》事迹可证，以上卢思道的诗暂定作于隋代。

④ 字公辅，历北齐、北周入隋。开皇十九年(599年)卒，谥曰文。有集50卷、《霸朝集》5卷。除经考察年代明确不是隋代作品之外，其余皆暂定隋代作品。

敕》[①]、《隋文帝免常明官爵敕》[②]、《隋文帝平陈大赦诏》[③]、《隋文帝安边诏》[④]、《隋文帝获宝龟大赦诏》[⑤]、《隋文帝免马仲任官爵敕》[⑥]、《隋文帝免三道逆人家口诏》[⑦]、《李敬族墓志》[⑧]、《霸朝杂集序》[⑨]、《天命论》[⑩]。

5. 薛道衡[⑪]

乐府:《出塞二首》《昭君辞》《昔昔盐》《豫章行》。

诗:《奉和月夜听军乐应诏诗》《奉和临渭源应诏诗》《秋日游昆明池诗》《敬酬杨仆射山斋独坐诗》《重酬杨仆射山亭诗》《入郴江诗》《渡北河诗》《和许给事善心戏场转韵诗》《展敬上凤林寺诗》《从驾天池应诏诗》《梅夏应教诗》《人日思归》《夏晚诗》《岁穷应教诗》《咏苔纸诗》。

赋:《宴喜赋》。

其他:《因聘陈奏请陈主称藩》《为敬肃考状》《吊延法师书》《隋高祖文皇帝颂》(并序)、《老氏碑》《祭淮文》《祭江文》《隋文帝大赦诏》[⑫]、《后周大将军杨绍碑铭》[⑬]、《隋文帝拜东岳大赦诏》[⑭]、《隋文帝大赦诏》[⑮]。

---

① 见(唐)许敬宗编,罗国威整理:《日藏弘仁本文馆词林校正》卷六九一,中华书局 2001 年版。此文作于开皇初。此文又据韩理洲辑校编年的《全隋文补编》卷一可证。

② 此文见于《日藏弘仁本文馆词林》卷六九一,作于开皇初。又据韩理洲辑校编年的《全隋文补编》卷一可证。

③ 此文见于《日臧弘仁本文馆词林》卷六六九,作于开皇九年(589 年)四月。又据韩理洲辑校编年的《全隋文补编》卷一可证。

④ 此文见于《日臧弘仁本文馆词林》卷六六四,此文作于开皇九年(589 年)十二月,《文帝安边诏》是不同的两篇文。又据韩理洲辑校编年的《全隋文补编》卷一可证。

⑤ 此文见于《日臧弘仁本文馆词林》卷六六七。又据韩理洲辑校编年的《全隋文补编》卷一可证。

⑥ 此文见于《日臧弘仁本文馆词林》卷六九一,作年待定。又据韩理洲辑校编年的《全隋文补编》卷一可证。

⑦ 此文据韩理洲辑校编年的《全隋文补编》卷一可证。

⑧ 此文见于《日臧弘仁本文馆词林》卷六七〇。又据韩理洲辑校编年的《全隋文补编》卷一可证。

⑨ 《隋书·李德林传》可证。

⑩ 《隋书·李德林传》可证。

⑪ 薛道衡,字玄卿,历北齐、北周入隋。大业三年(607 年)被害。有集 70 卷。《隋书·薛道衡传》可证。

⑫ 此文见于《日臧弘仁本文馆词林》卷六七〇,作于开皇七年(587 年)十二月。又据韩理洲辑校编年的《全隋文补编》卷一可证。

⑬ 见于《日臧弘仁本文馆词林》卷四五二,作于开皇九年(589 年)八月。又据韩理洲辑校编年的《全隋文补编》卷一可证。

⑭ 此文见于《日臧弘仁本文馆词林》卷六六六,作于开皇十五年(589 年)正月。又据韩理洲辑校编年的《全隋文补编》卷一可证。

⑮ 此文见于《日臧弘仁本文馆词林》卷六七〇,作于开皇十九年(589 年)正月。又据韩理洲辑校编年的《全隋文补编》卷一可证。

6. 薛濬[①]的文

《临终遗弟谟书》。

7. 薛德音[②]的文

《为越王侗下书李密》《为越王侗别与李密书》。

8. 高劢[③]的文

《请伐陈表》。

9. 高构[④]的文

《武乡儿姓判》。

10. 辛德源[⑤]

诗:《短歌行》《白马篇》《霹雳引》《猗兰操》《成连》《芙蓉花》《浮游花》《东飞伯劳歌》《星名》。

赋:《幽居赋》。

其他:《姜肱赞》《东晋庾统、朱明、张臣尉三人赞》。

11. 魏澹[⑥]

诗:《初夏应诏诗》《咏阶前萱草诗》《咏石榴诗》《圆树有巢鹊戏以咏之》《咏桐诗》。

赋:《鹰赋》。

其他:《谢陈主饯送启》《启用敬字议》《〈魏史〉义例》。

12. 李行之[⑦]的文

《临终自为墓志铭》。

13. 郎茂[⑧]

赋:《登陇赋》(文佚)。

其他:《奏劾宇文恺、于仲文竞河东银窟》。

---

① 薛道衡从子。据《隋书·薛道衡传》。

② 薛道衡从子。据《隋书·薛道衡传》。

③ 高劢,字敬德,历北齐、北周入隋。

④ 高构,字孝基,北海人。历北齐、北周入隋。据《北史》卷七七可证此作于隋。

⑤ 辛德源,字孝基,陇西狄道人。历北齐、北周入隋。有集 30 卷。作于《北史》《隋书·辛德源传》可证。

⑥ 魏澹,字彦深,历北齐、北周入隋。有集 3 卷、《后魏书》100 卷、《诸书要略》1 卷。据《隋书·魏澹传》可证作于隋。

⑦ 李行之,字义通,陇西狄道人。历北齐、北周入隋。由《北史·传序》可证。

⑧ 郎茂,字蔚之,恒山新市人。历北齐、北周入隋。由《隋书·郎茂传》可证。

14. 李谔[1]的文

《奏原牛弘等正乐不成》《奏惩矜伐》。

15. 王劭[2]的文

《请变火表》《言符命表》,《复上书言符命》《上炀帝书请绝汉王谅属籍》《上言文献皇后生天》《上奏黄凤泉二白石文》《舍利感应记》《舍利感应记别录》《述佛志》。

16. 房彦谦[3]的文

《谕张衡书》。

17. 刘子翊[4]的文

《驳刘炫继母不解官议》。

18. 张公礼[5]的文

《龙藏寺碑》。

19. 杜台卿[6]的文

《玉烛宝典序》。

20. 孙万寿[7]的诗

《远戍江南寄京邑亲友》《答杨世子诗》《别赠诗》《和张丞奉诏于江都京口诗》《和周记室游旧京诗》《行经旧国诗》《庭前枯树诗》《早发扬州还望乡邑诗》《东归在路率尔成咏诗》。

21. 元行恭[8]的诗

《秋游昆明池诗》《过故宅诗》。

22. 释彦琮[9]的文

《合部金光明经序》《法纯像赞》(序)。

23. 释僧灿[10]的文

《信心铭》。

---

① 李谔,字士恢,赵郡人。历北齐、北周入隋。由《隋书·李谔传》可证。

② 王劭,字君懋,太原晋阳人。历北齐、北周入隋。有《舍利感应记》3 卷、《齐志》10 卷、《读书记》30 卷、《隋书》60 卷。由《隋书·王劭传》可证。

③ 房彦谦,字孝冲,清河东武城东人。历北齐、北周入隋。由《隋书·房彦谦传》可证。

④ 刘子翊,彭城丛亭里人。历北齐、北周入隋。此文据《隋书·刘子翊传》可知。

⑤ 张公礼,恒山九门人,历北齐、北周入隋。由《隋书·张公礼传》可证。

⑥ 杜台卿,字少山,历北齐、北周入隋。著《齐记》20 卷,有文集 15 卷。由《隋书·杜台卿传》可证。

⑦ 孙万寿,字仙期,信都武强人。历北齐、北周入隋。由《隋书·孙万寿传》可证。

⑧ 元行恭,历北齐、北周入隋。由《北史》《史通》可证。

⑨ 释彦琮,俗姓李,赵郡柏人人。历北齐、北周入隋。大业六年(610 年)卒。隋代著名僧人。

⑩ 释僧灿,徐州人,北齐时,以白衣谒二祖慧可,祝发传衣,为第三祖。卒于隋。

第三节　江左作家群

隋代的作家群除了关陇作家群、山左作家群，还有江左作家群，即由后梁入周、隋，由南朝陈入隋的作家群体。据《梁书》《陈书》《周书》《南史》《北史》《隋书》《先秦汉魏晋南北朝诗》《全唐诗》《全唐诗补编》《全上古三代秦汉三国六朝文》《全隋文补遗》《全唐诗》《全唐文补遗》等史料文献考察，暂厘定出33位作家。其中，有诗或赋或诗赋兼有者，有江总、柳䛒、姚察、虞世基、虞绰、王胄、许善心、郑公超、明余庆、何妥、岑德润、诸葛颍、庾自直、虞世南、刘斌、孔德绍等16位作家。

1. 江总[①]

诗：《哭鲁广达诗》《别永新侯》《秋日游昆明池诗》《并州羊肠坂诗》《于长安归还扬州九月九日行薇山亭赋韵诗》《遇长安使寄裴尚书诗》《南还寻草市宅诗》《咏蝉》。

文：《方镜铭》《梁故度支尚书陆君诔》《侍中中领军鲁广达墓铭》《大庄严寺碑》[②]、《自叙》。

2. 柳䛒[③]

诗：《奉和晚日扬子江应制诗》《奉和扬了江应教诗》《奉和春日临渭水应令诗》《咏死牛诗》《阳春歌》。

文：《奏增房中乐钟磬》《与释智𫖮书》《晋王归藩赋序》(佚)、《徐则画像赞》《天台国清寺智者禅师碑文》。

---

① 江总，字总持，济阳考城人。历梁、陈入隋。开皇十四年(594年)卒于江都，时年七十六。《集》30卷，《后集》2卷。

② 此寺始建于隋仁寿三年(603年)，隋文帝为独孤皇后所建，初名“禅定寺”。《哭鲁广达诗》应为在隋之作。《陈书·鲁广达传》云：“祯明三年，依例入隋。广达怆本朝沦覆，构疾不治，寻以愤慨卒，时年五十九。尚书令江总扶柩恸哭，乃命笔题其棺头。”即为此诗。“总又制广达墓铭。”即为《侍中中领军鲁广达墓铭》。其他诗文依次依据《隋书·宇文述传》《陈书·江总传》，暂同李建国《隋代文学研究》，江总文暂依据《全隋文》。

③ 柳䛒，字顾言，梁亡后入隋。有集5卷。其诗依据《隋诗》。其文依次据《隋书·音乐志下》《国清百录》《北史》《隋书·徐则传》可证。

3. 颜之推[①]的文

《上言用梁乐》《颜氏家训序致》。

4. 姚察[②]的诗

《游明庆寺诗》《赋得笛诗》。

5. 蔡徵[③]的文

《与释智颤书》。

6. 萧吉[④]的文

《献皇后吉葬表》《上书言征祥》《奏止临献皇后发殡》《五行大义序》。

7. 虞世基[⑤]

诗:《出塞二首》(和杨素)、《四时白纻歌二首》(和炀帝)、《江都夏》《长安秋》《奉和幸江都应诏诗》《汴水早发应令诗》《秋日赠王中舍诗》《奉和望海诗》《赋昆明池一物得织女石诗》《赋得石诗》《奉和幸太原辇上作应诏诗》《初渡江诗》《零落桐诗》《晚飞鸟诗》《入关诗》《赋得戏燕俱宿诗》。

文:《章服议》《元德太子哀册文》《左卫大将军左光禄大夫姚恭公墓志铭》(并序)。

8. 虞绰[⑥]

诗:《于婺州被囚诗》。

文:《大鸟铭》(并序)。

9. 王胄[⑦]

诗:《白马篇》《枣下何纂纂二首》《敦煌乐二首》《纪辽东二首》《奉和赐酺诗》

---

① 颜之推,字介,琅琊临沂人。历梁、北齐、北周入隋。开皇中,召为学士。有集30卷,《家训》7卷,《集灵记》20卷,《冤魂志》3卷。其文据《隋书·音乐志》:"开皇二年,齐黄门侍郎颜之推上言,高祖(隋文帝)不从。"《序致》篇:"圣贤之书,教人诚孝。""诚孝"应为"忠孝",乃避讳隋文帝杨坚之父杨忠的"忠"。又"追思平昔之指……故留此二十篇,以为汝曹后车尔"。从其历经朝代来看,应在入隋后写全书的总序。

② 姚察,字伯审,吴兴健康人。历梁、陈入隋。大业二年(606年)卒于江都,时年七十四。著《汉书训纂》30卷,《汉书集解》1卷。此两首诗暂系作于隋。依据《陈书·姚察传》《隋诗》。

③ 蔡徵,字希祥,济阳考城人。历梁、陈入隋。此文云:"开皇十三年九月十七日……弟子济阳蔡徵稽首和南。"可证。

④ 萧吉,字文休,南兰陵人。历梁、周入隋。隋受禅,进上仪同,封城阳郡公。著《五行记》5卷,《相经要录》2卷,《五姓宅经》20卷,《葬经》2卷,《乐谱集》20卷,《乐论》1卷。据《隋书·萧吉传》可证。后一篇文中有:"上仪同三司,城阳郡开国公萧吉撰。"萧吉在北周,曾为仪同三司。及隋受禅,萧吉进上仪同,封城阳郡公。故可证此文作于隋。

⑤ 虞世基,字茂世,会稽余姚人。由陈入隋,有集5卷。据《隋书·虞世基传》可证。《元德太子哀册文》开首云:"维大业二年七月葵丑朔二十三日。"可证。《左卫大将军、左光禄姚恭公墓志铭》(并序)文本中有"开皇中""大业中"等可证。

⑥ 虞绰,字士裕,虞世基族人。由陈入隋。其诗文皆据《隋书·虞绰传》。

⑦ 王胄字承基,琅琊临沂人。由陈入隋。其诗据《隋书·王胄传》《隋诗》。

《奉和悲秋应令诗》《言反江阳寓目灞涘赠易州陆司马诗》《酬陆常侍诗》《答贺属诗》《别周记室诗》《赋得雁别送周员外戍领表诗》《为寒床妇赠父归诗》《雨晴诗》《西园游上才》《燕歌行》《卧疾闽越述净名意诗》(并序)。

文:《卧疾闽海简颙法师诗序》。

10. 陆知命[①]的文

《上表请高丽》。

11. 潘徽[②]的文

《述思赋》(文佚)、《韵纂序》。

12. 许善心[③]

诗:《奉和赐诗》《奉和还京师诗》《于太常寺听陈国蔡子元所校正声乐诗》《奉和冬至乾阳殿应诏诗》。

文:《奏驳皇后属车乘数》《七庙议》《宇文述役兵议》《对诏问太子朝谒著远游冠》《梁史序传述》。

赋:《神雀颂》(并序)。

13. 袁充[④]的文

《日景渐长表》《推文帝本命表》《上炀帝星瑞表》《上言炀帝年命》。

14. 毛爽[⑤]的文

《律谱》。

15. 柳庄[⑥]的文

《奏刑法宜合常科》。

16. 王贞[⑦]的文

《江都赋》(文佚)、《谢齐王索文集启》。

---

① 陆知命,字仲通,吴郡富春人。由陈入隋。其文据《隋书·陆知命传》:"时见天下一统,知命劝高祖都洛阳……诣朝堂上表,请使高丽。"即此上表文。

② 潘徽,字伯彦,吴郡人。由陈入隋。《韵纂序》据《隋书·潘徽传》:"(秦孝王俊)复令为万字文,并遣撰集字书,名为韵纂。徽为序。"可证。

③ 许善心,字务本,高阳北新城人。由陈入隋,谥曰文节。《方物志》20卷,《符瑞记》10卷。其诗据《隋书·许善心传》《隋诗》。其文据《隋书·礼仪志五》《隋书·礼仪志二》《隋书·许善心传》《隋书·礼仪志七》。

④ 袁充,字德符,陈郡阳夏人。由陈入隋。第一篇文据《隋书·天文志上》,其余依据《隋书·袁充传》。

⑤ 毛爽,荥阳阳武人,由陈入隋。其文据《隋书·律历志上》。

⑥ 柳庄,字思敬,河东解人。由后梁入隋。此文见《隋书·柳庄传》:"庄奏后,帝(隋文帝)不从,由是忤旨。"

⑦ 王贞,字孝逸,由梁入隋。此文据《隋书·王贞传》。

17. 郑公超[①]的诗

《送庾羽骑抢》。

18. 明余庆[②]的诗

《从军行》《咏死鸟诗》。

19. 何妥[③]的诗

《入塞》《长安道》《昭君词》《奉敕于太常寺修正古乐诗》《乐部曹观乐诗》。

20. 岑德润[④]的诗

《鸡鸣篇》《赋得临阶危石诗》《咏灰诗》《咏鱼诗》。

21. 诸葛颍[⑤]的诗

《奉和御制月夜观星示百僚诗》《奉和方山灵严寺应教诗》《奉和出颖至淮应令诗》《奉和通衢建灯应教诗》《赋得微雨东来应教诗》《春江花月夜》。

22. 庾自直[⑥]的诗

《初发东都应诏诗》。

23. 虞世南[⑦]的诗

《奉和御制月夜观星示百僚诗》《追从銮舆夕顿戏下应令诗》《奉和幸江都应诏诗》《奉和献岁宴宫臣诗》《奉和出颖至淮应令诗》。

24. 刘斌[⑧]的诗

《和谒孔子庙诗》《和许给事伤牛尚书弘诗》《送刘员外同赋陈思王诗得好鸟鸣高枝诗》《咏山诗》。

25. 孔德绍[⑨]的诗

《南隐游泉山诗》《行经太华诗》《夜宿荒村诗》《王泽灵遭洪水诗》《登白马山护明寺诗》《送舍利宿定晋严诗》《观太常奏新乐诗》《赋得涉江采芙蓉诗》《赋得

---

① 郑公超，由陈入隋，此文据曹道衡、沈玉成《中古文学史料丛考》(中华书局 2003 年版)。

② 明余庆，明克让之子。据《隋书·来护儿传》《隋书·西突厥传》《隋书·帝纪四》《北史》等可证。

③ 何妥，字栖凤，西城人。由梁入周隋。有集 10 卷，《封禅书》1 卷，《乐要》1 卷。据《隋书·何妥传》。

④ 岑德润，南阳人，陈末入隋。据《隋书·何妥传》、《北史·何妥传》。

⑤ 诸葛颍，字汉，丹阳健康人。历梁、北齐、北周入隋。逯诗录其诗 6 首，其诗可与虞世南的诗相对照，应在隋作。据《隋书·诸葛颍传》《北史·诸葛颍传》。

⑥ 庾自直，颍川人，由陈入隋。据《隋书·庾自直传》。

⑦ 虞世南，字伯施，虞世基之弟。陈灭，与兄同入隋。隋灭，又入唐。据《隋书·虞世基传》《旧唐书·虞世南传》《新唐书·虞世南传》。

⑧ 刘斌，南宋刘之遴孙。据《隋书·刘斌传》。

⑨ 孔德绍，会稽人，孔子三十四代孙，生年不可靠，卒于 621 年，被唐太宗诛杀。据《隋书·孔德绍传》《隋诗》，逯钦立所辑录的 11 首诗暂系隋代作。

华亭鹤诗》《送蔡君知入蜀诗二首》。

26. 智顗[①]的文

《谏僧尼策经落地休道》《将赴晋召求四愿》《与晋王书论毁寺》《与晋王书请为匡山两寺檀越》《答晋王请撰净名义疏书》《与晋王书请为天台玉泉十住三寺檀越》《答晋王书谢度人出家》《答晋王书论放徒流》《答谢晋王施物书》《遗书临海镇将解拔国述放生池》《赴晋王召道病遗书告别》《净土十疑论》《佛说观无量寿佛经疏序》《立制法序》《唱法华经题赞引》《听无量寿竟赞》《训知事人》《发愿文》。

27. 智永[②]的文

《与某人书》《书右军乐毅论后》。

28. 智果[③]的文

《太子东巡颂》(序)、《心成颂》。

29. 真观[④]的文

《愁赋》《梦赋》《安国寺碑》。

30. 萧铣[⑤]的文

《报董景珍书》。

31. 萧瑀[⑥]的文

《非刘孝标辩命论》。

32. 陈子良[⑦]的文

《隋新城郡东曹掾平仲诔》。

33. 褚亮的[⑧]文

《隋车骑将军庄元始碑铭》《隋右骁卫将军上官政碑铭》。

---

① 智顗,字德安,俗姓陈,颍川人。历梁、陈入隋。开皇十七年(597年)卒。据《续高僧传》《隋书·帝纪》。

② 释智永,俗姓王,会稽人。由陈入隋。据《全隋文》,暂系隋代。

③ 释智果,受书法于智永。由陈入隋。据《全隋文》,暂系隋代。

④ 释真观,字圣达,俗姓范,吴郡钱唐人。由陈入隋,在陈住泉亭光显寺,在隋住灵隐山天竺寺,大业中卒。此两篇赋有去国离乡、亡国之痛,故暂按于陈亡后于隋作。《安国寺碑》的安国寺始建于隋。

⑤ 萧铣,由后梁入隋,此文据《新唐书·萧辅沈李梁传》。同李建国《隋代文学研究》考证。

⑥ 萧瑀,由后梁入隋,此文据《旧唐书·萧瑀传》。同李建国《隋代文学研究》考证。

⑦ 陈子良,由陈入隋,此文据《全唐文》卷一三四。同李建国《隋代文学研究》考证。

⑧ 褚亮,由陈入隋,此文据《全唐文》卷一四七。同李建国《隋代文学研究》考证。

第三章　隋代文学著作考

隋代虽国祚较短，但结束了南北长期分裂割据状态；隋文帝、隋炀帝二帝吸取前朝统治的教训，在政治上创造了比较安定的社会环境。经济的发展更为文学的发展奠定了雄厚的物质基础；南北的统一，也使各地学者文士荟萃一堂。不同地域的学派和思想相互斗艳争妍，进一步促进了南北文化的交流和融合。

以上都为隋代文学的创作提供了新的外部环境，再加上隋代二帝对文学的提倡和重视，尤其炀帝雅好文学，鼓励创作，且自身也进行诗歌创作，所以，在短短30多年的时间里，隋代作家们也创作了相当可观的作品。如《宋史・艺文志》所言："历代书籍，莫厄于秦，莫富于隋。"可惜的是在隋以后流传的过程中，作品亡佚较多。迄今为止，甚至于一部完整的隋人集子都没保留下来。因此，隋人的著作只能从史料中辑录。

本章将隋代文人的著作分为总集、别集以及诗文评三大类。①

① 在李正奋《隋代艺文志辑证》中，除了可考的总集和别集之外，还有几部性质无从辨别的，暂系于此。何妥、沈重传《三十六科鬼神感应等大义》9卷，见《隋书・何妥传》；裴政《承圣降录》10卷，见《隋书》本传；萧大圜《寓记》3卷，见《北史・萧大圜传》；张仲让著书10卷，见《隋书・马光传》。

第一节 隋人的总集

一、总集的起源及编纂目的

总集的起源很早，众所周知的《诗经》就是现存最早的诗歌总集，《楚辞》则是现存最早的文人辞赋总集，《文选》又是现存最早的诗文总集。总集是按照一定的体例将两位及两位以上作家的作品重新编辑而成的书，即总集集合众多作家作品于一编。

编纂总集的主要目的有二："一则网罗放佚，使零章残什，并有所归；一则删汰繁芜，使莠稗咸除，菁华毕出。"①隋唐五代的总集在史料的保存和文献考订方面的价值较大；而明清以来的总集更加综合，史料系统更加完备，是研究隋代文学极为重要的史料库。

二、隋代的总集

隋代总集又可分为两种：一是隋人所编的总集，二是隋以后历朝所编的收录隋代著作的总集。

1. 萧该的总集

《文选音义》，《隋书・经籍志》《新唐书・艺文志》均载10卷；《旧唐书・经籍志》无记载。

2. 姚察的总集

《文章始》，《隋书・经籍志》载1卷。

3. 李德林的总集

《霸朝杂集》，《隋书・经籍志》载3卷，《新唐书・艺文志》载5卷，《隋书・李德林传》载5卷。

4. 庾自直的总集

《类文》，《新唐书・艺文志》载377卷，《宋书・艺文志》载362卷。

---

① (清)永瑢等：《四库全书总目》卷一八六"总集"类提要，中华书局1960年版，第1685页。

5.颜之推的总集

《七悟》,《隋书·经籍志》载1卷,《新唐书·艺文志》载《七悟集》,卷同。另《稽圣赋》1卷,载《新唐书·艺文志》。

6.萧圆肃的总集

《文海集》,《北史》载36卷。按:《新唐书·艺文志》载为萧圆撰,非,从传改正。

7.虞绰的总集

《类集》,《新唐书·艺文志》载113卷。

8.释惠净的总集

《续古今诗苑英华集》,《新唐书·艺文志》载20卷。

9.乐运的总集

《谏苑》,《周书·颜之仪传》载40卷,《北史·王轨附传》载41卷。

10.刘孝孙的总集

《古今类聚诗苑》,《新唐书·艺文志》载30卷,焦竑的《经籍志》同。

11.辛彦之的总集

《祝文》,《隋书·辛彦之传》载一部,《隋书·经籍志》不载。

12.曹宪的总集

《文选音义》,《新唐书·艺文志》载卷亡。

13.王隆的总集

《兴衰要论》,杜淹的《文中子世家》载7篇。

14.佚名的总集

《皇朝诏集》,《隋书·经籍志》载9卷。

《皇朝陈事诏》,《隋书·经籍志》载13卷。

《梁魏周齐陈皇朝聘使杂启》,《隋书·经籍志》载9卷。

隋代的统治者对于书籍的收藏和征集非常重视。从开皇初,牛弘上书请文帝广泛收集天下图书开始,文、炀二帝就不断对书籍进行收集和编撰。如开皇三年(583年),文帝采纳牛弘建议,下诏征求遗书,大肆借书抄录,由此异书间出,一二年间,篇籍稍备;开皇四年(584年),牛弘整理皇家书籍,并编制了《开皇四年四部目录》;隋平陈时,"收陈图籍,归之秘府"[①];文帝还令寺院与秘阁内藏佛经;开皇九年(589年),文帝又下诏购求遗书于天下;开皇十七年(597年),许善心主持隋朝藏书整理工作,遂对隋代藏书进行了第二次整理。

① (唐)魏徵:《隋书·经籍志》。

大业年间，官府藏书除秘阁之外，又增观文殿、修文殿、嘉则殿三处，并设立官府专藏；炀帝为发展官府藏书，也倡导大肆抄书；炀帝还改国子寺为国子监，使之成为我国古代最高学府和教育管理与藏书机构，从此正式确立了以国子监藏书为主体的中央官学藏书体系。

炀帝在位期间，编撰成书31部，其中文学类总集就有李德林编纂的《霸朝集》和虞世南编纂的《文章总集》。《霸朝集》收录了李德林和隋文帝的作品，共5卷，可惜的是今天已全部亡佚。《文章总集》则比《霸朝集》内容更加广博，部头更为庞大，凡5000卷，收录了从《楚辞》至大业年间的著作，其中应该收录了不少隋代的作品，但也已亡佚，无从考证。

隋以后，历代所编收录隋代著作的总集使今人受益匪浅。隋代官府藏书甚为丰厚，但在隋末战乱之际，炀帝携大批图籍及珍贵文物南逃江都的途中损失惨重；再加之，宇文化及发动兵变，攻入禁宫，有隋一代所藏图籍在江都焚毁殆尽。现存的隋人著作，大都是从隋以后历代诗文总集的收录中保存下来的。其中，主要有唐代许敬宗等人所编的《文馆词林》，收录汉魏至唐初的作品，凡1000卷，其中就有不少隋人著作。该书在唐代传入日本，现今只存于日本，也仅是残卷，作品亡佚甚多。现有罗国威整理的《日藏弘仁本文馆词林》(中华书局2002年版)。今人韩理洲辑校编年的《全隋文补遗》就从中辑录隋文帝、隋炀帝、薛道衡、李德林等人的作品20余篇。宋代李昉等人编撰的诗文总集《文苑英华》收录梁至五代的著作约2万篇，其中隋唐五代时期的作品占九成之多。明代梅鼎祚编的《隋文纪》，对隋代的文章作了第一次汇总。另外，还有明代张溥辑录的《汉魏六朝百三名家集》。至清代，又出现了严可均辑录的《全上古三代秦汉三国六朝文》，其中就有《全隋文》。今人韩理洲辑校编年的《全隋文补遗》在严文的基础上又增补文章750篇。另外，还有今人逯钦立辑录的《先秦汉魏晋南北朝诗》等。

第二节 隋人的别集

一、别集名称及用途

别集之称起源于东汉，《隋书·经籍志》载："别集之名，盖汉东京之所创也。自灵均已将，属文之士众矣，然其志尚不同，风流殊别。后之君子，欲观其体势，而见其心灵，故别聚焉，名之为集。辞人景慕，并自记载，以成书部。”

别集是按照一定体例将一个作家的众多作品集于一编的书，隋代的别集一般集中编录诗和文，经、史、子部的著作不入集，是集中展现作家作品的第一手原始资料。也正如《隋唐五代文学史料学》中所讲：“别集是研究作者本人及其同时代作者生平思想的最可靠的第一手资料；如别集作品中，有唱和、赠送、游赏、记事诗，序跋、书启、碑志、行状、传记文，还记载着自己或友人的事迹，可借以考知或补充其他作家的生平。再次，别集包含了大量的文学思想史料，是研究隋唐五代文体变迁、文学流派和思潮形成发展历史的重要文献。别集中的一些诗歌、书启、序跋、论说、墓志等，包含有丰富的文学理论、文学评论的内容，是研究隋唐五代文学思想史的第一手资料。”①

二、隋人的别集情况②

隋人的别集主要收录在《北齐书》《周书》《隋书》《北史》《旧唐书》《新唐书》等正史中。由于隋代的作家十之八九历经数朝，文学创作也大都不在隋代，严格来说大多都已在隋代之前完成。这样厘清真正隋代的别集难度甚大，厘定的作品也没那么严格，但因作家入隋后也有创作，故暂收其中。

1. 隋炀帝杨广的别集

《隋书》本传、《旧唐书·经籍志》无著录，《隋书·经籍志》著录《炀帝集》55卷，《新唐书·艺文志》著录《隋炀帝集》5卷，可见隋以后佚失较多。

2. 杨素的别集

《隋书》本传无记载，只有《隋书·经籍志》载《杨素集》10卷，隋以后无任何记载。

3. 牛弘的别集

《隋书》本传中记载《文集》13卷，《隋书·经籍志》《旧唐书·经籍志》《新唐书·艺文志》皆载《牛弘集》12卷。

4. 刘子政母祖氏的别集

《隋书·经籍志》载有《祖氏集》9卷，《隋书》本传、《旧唐书·经籍志》《新唐书·艺文志》皆无记载。

5. 尹式的别集

《隋书》本传和《隋书·经籍志》均无记载，只在《旧唐书·经籍志》《新唐

---

① 陶敏、李一飞：《隋唐五代文学史料学》，中华书局2001年版，第23～25页。

② 隋人的别集至唐五代大都亡佚了，故在此只据史书叙列如下。

书·艺文志》中各载有《尹式集》5卷。

6.刘兴宗的别集

《隋书》本传和《隋书·经籍志》均无记载，只在《旧唐书·经籍志》《新唐书·艺文志》中各载有《刘兴宗集》3卷。

7.李播的别集

《隋书》本传和《隋书·经籍志》均无记载，只在《旧唐书·经籍志》《新唐书·艺文志》中各载有《李播集》3卷。

8.卢思道的别集

《隋书》本传和《隋书·经籍志》各载《卢思道集》30卷，《旧唐书·经籍志》《新唐书·艺文志》中各载有《卢思道集》20卷，可见隋后佚失较多。

9.薛道衡的别集

《隋书》本传记载《集》70卷，《隋书·经籍志》《旧唐书·经籍志》《新唐书·艺文志》中各载有《薛道衡集》30卷，可见隋后佚失较多。

10.李德林的别集

《隋书》本传记载文集50卷，《隋书·经籍志》《旧唐书·经籍志》《新唐书·艺文志》中各载有《李德林集》10卷，可见隋后佚失较多。

11. 辛德源的别集

《隋书》本传记载20卷，《隋书·经籍志》《旧唐书·经籍志》《新唐书·艺文志》中各载有《辛德源集》10卷。辛德源的别集在隋后全部亡佚，另外亡佚的还有他的《政训》《内训》。文章仅存2篇。

12.魏澹的别集

《隋书》本传无记载，《隋书·经籍志》载有《魏彦深集》3卷，《旧唐书·经籍志》《新唐书·艺文志》中各载有《魏澹集》4卷。①

13.杜台卿的别集

只有《隋书》本传中记载15卷，其他皆无著录。

14.孙万寿的别集

只有《隋书》本传中记载十卷，其他皆无著录。

15.鲍宏的别集

只有《隋书》本传中记载10卷，其他皆无著录。

---

① (唐)魏徵:《隋书·彦深传》云:"高祖受禅，为太子舍人，数年迁著作郎，仍为太子学士。太子勇深礼遇之，屡加优锡，令注《庾信集》。"故此根据王承略、刘心明主编《二十五史艺文经籍志考补萃编·隋代艺文志辑证》第13卷(清华大学出版社2013年版)，再补充一集。

16.殷英童的别集

《隋书》本传、《隋书·经籍志》无著录,《旧唐书·经籍志》《新唐书·艺文志》中各载有《殷英童集》30卷。

17.江总的别集

《隋书》本传无记载,《隋书·经籍志》载有《江总总集》30卷、《江总后集》20卷;《旧唐书·经籍志》《新唐书·艺文志》中各载有《江总集》20卷,可见隋以后佚失较多。江总的作品大部分在南朝陈所作,在隋作品极少,暂按隋文别集罗列在此。

18.柳䛒的别集

《隋书》本传载有10卷,《隋书·经籍志》载有《柳䛒集》5卷,《旧唐书·经籍志》《新唐书·艺文志》中各载有《柳顾言集》10卷。

19.何妥的别集

《隋书》本传无记载,《隋书·经籍志》载有《何妥集》10卷,《旧唐书·经籍志》《新唐书·艺文志》中各载有《何妥集》10卷。

20.萧慤的别集

《隋书》本传无记载,《隋书·经籍志》载有《萧慤集》9卷,《旧唐书·经籍志》《新唐书·艺文志》中各载有《萧慤集》9卷。

21.诸葛颍的别集

《隋书》本传载有10卷,《隋书·经籍志》载有《诸葛颍集》14卷,《旧唐书·经籍志》《新唐书·艺文志》中也各载有《诸葛颍集》14卷。诸葛颍入隋时间较长,并因文采出众得到隋炀帝的赏识,作品水平较高,但遗憾的是留存至今的作品只有一篇墓志铭。

22.王胄的别集

《隋书》本传无记载,《隋书·经籍志》载有《王胄集》10卷,《旧唐书·经籍志》《新唐书·艺文志》中也各载有《王胄集》10卷。

23.庾自直的别集

《隋书》本传中载文集10卷,其他《隋书·经籍志》《旧唐书·经籍志》《新唐书·艺文志》皆无记载,可见隋以后佚失较多。庾自直善于五言诗,为隋炀帝所欣赏,大业初,授著作佐郎。炀帝经常和庾自直在文学上相互切磋,亲近程度颇高。而他的文集在隋代没有记载,在唐代又出现,较为可疑。

24.王贞的别集

《隋书》本传中记载文集33卷,其他《隋书·经籍志》《旧唐书·经籍志》《新唐书·艺文志》皆无记载,可见隋以后佚失较多。

25. 王頍的别集

《隋书》本传中载 10 卷,其他《隋书·经籍志》《旧唐书·经籍志》《新唐书·艺文志》皆无记载,可见隋以后佚失较多。

26. 刘臻的别集

《隋书》本传中载 10 卷,其他《隋书·经籍志》《旧唐书·经籍志》《新唐书·艺文志》皆无记载,可见隋以后佚失较多。

27. 明克让的别集

《隋书》本传中载 20 卷,其他《隋书·经籍志》《旧唐书·经籍志》《新唐书·艺文志》皆无记载,可见隋以后佚失较多。

28. 刘孝贞的别集

《隋书》本传载文集 20 卷,《隋书·经籍志》记载《李元操集》10 卷;《旧唐书·经籍志》《新唐书·艺文志》各载《李元操集》22 卷。李孝贞是隋代较有名气的作家,他的别集在宋代仍存有 22 卷,遗憾的是至今没有一篇作品留存下来。

29. 王祐的别集

《隋书》本传无此人。《隋书·经籍志》记载《王祐集》1 卷。《旧唐书·经籍志》《新唐书·艺文志》亦无记载。

30. 阳休之的别集①

《隋书》中无记载,《北史·阳尼传》载 30 卷。

31. 李元操的别集

《隋书·李孝贞传》载文集 20 卷行于世,《志》作 10 卷。《隋书·经籍志》《旧唐书·经籍志》无记载,《新唐书·艺文志》作 22 卷,疑衍。

32. 姚察的别集

《隋书·经籍志》《旧唐书·经籍志》均无记载。《新唐书·艺文志》载 20 卷。

33. 颜之推的别集

《北齐书·颜之推传》载 30 卷。《隋书·经籍志》《旧唐书·经籍志》均无记载。

34. 萧大圜的别集

《北史·大圜传》载 20 卷。《隋书·经籍志》无记载。

35. 颜之仪的别集

《周书·颜之仪传》载 10 卷。《隋书·经籍志》无记载。

---

① 王承略、刘心明主编:《二十五史艺文经籍志考补萃编·隋代艺文志辑证》第十三卷,清华大学出版社 2013 年版,第 385 页。序号 30 以下别集,皆参考此书。

36. 顾览的别集

《新唐书·艺文志》载5卷。《隋书·经籍志》《旧唐书·经籍志》均无记载。

37. 萧圆肃的别集

《北史》载集10卷。《隋书·经籍志》《旧唐书·经籍志》《新唐书·艺文志》均无记载。

38. 宇文弼的别集

《隋书·宇文弼传》载著辞赋20余万言。《隋书·经籍志》《旧唐书·经籍志》均无记载。

39. 范迪的别集

《周书》载有文集。

40. 傅淮的别集

《周书》载有文集。

41. 刘臻妻陈氏的别集

《新唐书》载集5卷,《隋书·经籍志》《旧唐书·经籍志》均无记载。

42. 李文博的别集

《治道集》,《隋书》本传载10卷,《隋书·柳彧传》亦载10卷。

43. 李昭徽的别集

《李黄冠文集》,《北史·李先传》载10卷:"昭徽中山人庐奴人,善谈论,属文任气不拘常则,大业中,将妻子隐于嵩山,号'黄冠子',有文集十卷,为学者所诵。"

44. 刘炫的别集

《刘博士集》,《北史·刘炫传》:"有《拟屈原卜居为筮塗》、《驳牛弘大夫降傍亲期议》、《扶夷论》、《九品妻无再醮论》、《自赞》各文。"

45. 释明则的别集

《大唐内典录》。载翻经学士释明则的别集10卷。《新唐书·艺文志》释集类载《亡名集》10卷。

46. 释灵裕的别集

《大唐内典录》载别集8卷。《新唐书》作2卷。

除以上别集外,就《隋书》本传记载的书名来看,应属于文章类的还有以下著作,但这些著作大多亡佚。如李文博《治道集》10卷,于仲文《略览》30卷,杜正藏《文章体式》,刘善经《酬德传》30卷;辛德源《政训》20卷、《内训》20卷,杜台卿《玉烛宝典》12卷,王劭《读书记》30卷,崔廓《洽闻志》7卷、《四代八科》30卷;

柳顾言《法华玄宗》20卷、《晋王北伐记》15卷，诸葛颍《銮驾北巡记》3卷、《幸江都道里记》1卷、《洛阳古今记》1卷、《马名录》2卷，明克让《古今帝代纪》1卷、《文类》4卷、《续名僧记》1卷等。许善心《方物志》20卷、裴矩《西域图记》3卷、《高丽风俗》1卷，宇文恺《东都图记》20卷，姚最《述行记》2卷，姚僧坦《行记》3卷，郎茂《隋诸州图经集》100卷，许善心、虞世基《隋区宇图志》600卷等。

三、隋人的诗文评

隋代的诗文评[①]较少，现据史料可查的有两家，即明克让和杜正藏。其中，杜正藏的一部卷数已亡佚。

1. 明克让的诗文评

《文类》，《隋书·明克让传》载4卷。

2. 杜正藏的诗文评

《文章体式》，见《隋书·杜正玄传》："弟正藏字为善，尤好学，善属文。大业中学业该通，应诏举秀才。著碑诔铭颂诗赋百余篇，又著《文章体式》，大为后进所宝，时人号为'文轨'，乃至海外高丽、百济，亦共传习，称为《杜氏新书》。"

四、隋人别集的存佚情况

从以上辑录的情况不难看出，隋人的别集亡佚严重，尤其到唐末五代时大都亡佚了。这从南宋晁公武的《郡斋读书志》即可见证，在这部书里竟然没有关于隋人别集的记载；同时代的陈振孙《直斋书录解题》也仅仅载有一卷《薛道衡集》，并在解题中云："大抵隋以前文集存全者无几，多好事者于类书中抄出，以备家数也。"[②]可能是隋末群雄割据战乱、安史之乱两京陷落、唐末黄巢起义军攻入长安以及五代的动荡造成了书籍的空前浩劫，以致损失殆尽。正如《宋史·艺文志》所言："历代书籍，莫厄于秦，莫富于隋、唐。……凌迟至于五季，干戈相寻……乱离以来，编帙散佚，幸而存者，百无二三。"至明代，张燮《七十二家集》和张溥《汉魏六朝百三名家集》中又重见辑录的隋人别集。如张燮所编的《七十二家集》中载有《隋炀帝集》8卷、《牛奇章集》3卷、《卢武阳集》3卷、《薛司隶集》2卷、《李德林集》2卷；张溥《汉魏六朝百三名家集》在张燮辑佚的基础上将隋作合

① 诗文评属别集范畴，为了明晰隋人的文学批评，此处暂按此类分法。

② (宋)陈振孙:《直斋书录解题》第6册，上海印书馆1934～1935年影印本，第40页。

成一集，有《隋炀帝集》《牛奇章集》《卢武阳集》《薛司隶集》《李怀州集》各一卷。比较两种明人文献与《隋书》《旧唐书》《新唐书》可以发现，明人虽然所辑录不多，但可喜的是都辑有隋人中较有名气的作家的作品，隋代文学的风格从中也可大致管窥一斑。至清代，严可均在前人的基础上，整理出《全上古三代秦汉三国六朝文》，对隋人别集的保存和流传有着不可磨灭的贡献。

第三节　隋代小说

一、隋代小说的含义

中国古代小说[①]的含义是随着时代的发展而不断演变的，尤其是唐之前小说的含义和唐之后以及现代意义上的小说是不同的。唐之前可以分官方目录学者和其他人对小说概念的界定两类。

官方目录学家对小说的定义首先出现在汉代。如班固的《汉书·艺文志》曰：

> 小说家者流，盖出于稗官。街谈巷语，道听途说者之所造也。孔子曰："虽小道，必有可观者焉，致远恐泥，是以君子弗为也。"然亦弗灭也。闾里小知者之所及，亦使缀而不忘。如或一言可采，此亦刍荛狂夫之议也。

显然，官方目录学者对小说的含义受制于儒家思想，偏重于政治功利主义。据班固所言，小说是统治者为观风俗、知民意而由称为稗官的地方

① 笔者对小说的看法与蔡铁鹰在《中国古代小说的演变与形态》(中国文史出版社 2003 年版)中对小说的看法一致，即魏晋之前古人所说的"小说""小家珍说""小说家"等概念，是指"一短二长"的街谈巷议，是一种杂记、杂史的概念。这可以认为包括了一些文学的东西，但并不是专门指魏晋之后文学的小说，如笔记、传奇、话本、演义之类。笔记、传奇、话本、演义之类自有它们专门的名称，有时会和"一短二长"的街谈巷议相混淆，但也没正式称为小说，且文、白截然分开。至魏晋时期方才有文学的小说，但当时称"笔记"，在唐代称"传奇"，在宋代称"话本"，在明清称"演义"。至宋代才有题材意义，如烟粉、扛棒、公安、灵怪等被称为"小说"。至晚清，中国从西方文学中引入"小说"概念后，才真正有了文学意义上的小说。在这之前，虽然有不少地方提到"小说"二字，但在每个时期都有特定的内涵，几乎和西方文学中的"小说"风马牛不相及。西学的小说是一个明确而又完整的概念，即文学中以描述故事为表述形式、以塑造人物形象为手段、以人物和事件反映社会生活的一种文学体裁。短篇的称"story"，长篇的称"novel"。另外，宋人著录里许多地方用到"小说"，但基本上都不超出"特指一家"的概念。虽然《京本通俗小说》和《醉翁谈录》中"小说开辟"的用途稍微宽泛，但还是没偏离"一家"概念之范畴。

官员专门去收集民间流传的琐碎故事。这一思想一直影响到唐代编修的《隋书·经籍志》对小说的认识。

《庄子·外物》最早提到“小说”一词,即“饰小说以干县令,其于大达亦远矣”。此处的“小说”不是一种文学体裁,也不是班固所说的含义,而是一种言论,一种作为非庄子派的含有贬义的言说。这些言说大都是篇幅短小的故事、传说等,为阐明自己的立论而进行说明性的短小故事之类的论说。

至汉代,张衡在《西京赋》里又说“匪唯好玩,乃有秘书。小说九百,本自虞初。从容之求,实俟实储”。这里的“小说”是针对天子去长安宫廷苑囿狩猎时所言的,可以说将这类读物同天子的各种珍玩放在一起,它们本身带有很强的娱乐意味。

三国建安时期,曹植在得到父亲曹操赐予自己的博学之士邯郸淳时,高兴之余,沐浴更衣,即兴表演了几种游戏之后,对这位博学之士朗诵了一些“俳优小说”①。之后,谈话才正式开始转入正题。此时的“小说”类似于诙谐滑稽的笑话之类。

魏晋南北朝以降,小说的含义与之前发生了很大的变化。正如鲁迅在《中国小说史略》里所讲:“中国本信巫,秦汉以来,神仙之说盛行;会小乘佛教亦入中土,渐见流传。凡此,皆张皇鬼神,称道灵异,故自晋迄隋,特多鬼神志怪之书。”②在魏晋南北朝时期,道教盛行,佛教也开始传入中国。在这种情形下,自上而下,尤其是信奉佛、道二教的上层人士,开始记载道教、佛教的传说。因此,故事传说、奇闻异谈、人物品评构成了六朝“小说”的主体系列,这样的体例自然也传承至隋唐时期。

虽然小说发展到魏晋以至南北朝,无论作家群体、作品数量、作品内容等,相较之前可谓蔚为大观,但与诗文相较仍处在文学的边缘地位。南朝梁刘勰《文心雕龙》载:“观夫古之为隐,理周要务,岂为童稚之戏谑,搏髀而抃笑哉!然文辞之有谐隐,譬九流之有小说,盖稗官所采,以广视听。若效而不已,则髡袒之入室,旃孟之石交乎?”③即便“杂文”类也未收“小说”,刘勰还是将“小说”放在次要位置略加涉及。显然,这种对小说的认识和班固几乎相同,小说在此时还没成为一种文学体裁。

至唐初,官方编修的《隋书·经籍志》载有“小说”的含义:

---

① (晋)陈寿:《三国志·魏书·邯郸淳传》。

② 鲁迅:《中国小说史略》,上海古籍出版社1998年版,第24页。

③ 周振甫:《文心雕龙今译》,中华书局1986年版,第137页。

> 小说者，街说巷语之说也。传载舆人之诵，诗美询于刍荛。古者圣人在上，史为书，瞽为诗，工诵箴谏，大夫规诲，士传言而庶人谤。孟春，徇木铎以求歌谣，巡省观人诗，以知风俗。过则正之，失则改之，道听途说，靡不毕纪。周官，诵训"掌道方志以诏观事，道方慝以诏辟忌，以知地俗"；而训方氏"掌道四方之政事，与其上下之志，诵四方之传道而观衣物"，是也。孔子曰："虽小道，必有可观者焉，致远恐泥。"

可见，唐初官方目录学家对小说的理解依然和汉代班固的思想大致趋同。至于《旧唐书·经籍志》《新唐书·艺文志》里已没有对小说的解说，因此无法直接从中了解小说的含义。

二、隋代小说概况

隋代国祚仅仅37年，仕隋的文士也大都是六朝时人，再加上资料的缺乏，今人已经不能对隋代的小说作一精确、完整的考证，只能勾勒出大体的面貌。隋代的小说[①]大致如下：

1. 颜之推的《冤魂志》《集灵记》

《隋书·经籍志》杂传类著录颜之推的《集灵记》20卷、《冤魂志》3卷；《旧唐书·经籍志》《新唐书·艺文志》均记载《集灵记》10卷、《冤魂志》3卷；宋代《崇文总目》亦记载《集灵记》10卷、《冤魂志》3卷。宋以后散佚，现在仅存的一卷《集灵记》载于《太平御览》。

2. 侯白的《旌异记》《启颜录》

《隋书·经籍志》杂传类著录《旌异记》15卷，今散佚，从《法苑珠林》《太平广记》《续高僧传》《三宝感通录》的引文中可见10卷。鲁迅《古小说钩沉》中辑录10篇。

《隋书·经籍志》没有记载《启颜录》；《旧唐书·经籍志》著录"《启颜录》十卷，侯白撰"；《新唐书·艺文志》著录"侯白《启颜录》十卷、《杂语》五卷"。今散佚，仅在《太平广记》中收录约66则；《续百川学海》《说郛》分别汇总收录各一卷。鲁迅的《中国小说史略》中指出《启颜录》："盖上取子史之旧文，近记一己之言行，事多浮浅，又好以鄙言调谑人，诽谐太过，时复流于轻薄矣。其有唐世事者，

---

① 隋代的小说留存至今的较少，颜之推、侯白的小说前人已论证过，在此不再赘述，故只在此暂叙列，另补充新内容。

后人所加也；古书中往往有之，在小说尤甚。”[①]经考察，在66则内容中唐代的有24则，不明者6则，也就是说至少有24则是唐代附会添加的，其中隋及隋之前的36则大致可以说是侯白所作。

3. 许善心的《符瑞志》《灵异记》

《隋书·经籍志》杂传类著录“《符瑞记》十卷，许善心撰，《灵异录》十卷、《灵异记》十卷”。《旧唐书·经籍志》中无记载，可能初唐就已散佚了。

《灵异记》10卷则是崔赜和许善心共同撰写的。

4. 刘炫的《酒孝经》

《旧唐书·经籍志》《新唐书·艺文志》均载1卷。《史通·杂说下》：“夫以博采古文而聚成今说，是则俗之所传，有《鸡九锡》、《酒孝经》、《房中志》、《醉乡记》，或师范《五经》，或规模《三史》，虽文皆雅正，而事悉虚无。”

5. 魏澹的《笑苑词林集》

可考证的笑话类作品为《笑苑》《解颐》。《隋书·经籍志》小说家类著录《笑苑》4卷，无撰人。清代姚振宗《隋书·经籍志考证》中引用《隋书·魏澹传》：“澹除太子舍人，废太子勇深礼遇之，屡加优锡，令著《庾信集》，复撰《笑苑》、《词林集》，世称其博物。”但可惜的是今已散佚。

6. 杨松玢的《谈薮》

《解颐》同《笑苑》一样是一部已佚的笑话集，清代姚振宗《隋书·经籍志考证》认为其就是《谈薮》之书的异名。在《宋史·艺文志》《崇文总目》的小说家类则著录为《谈薮》或者《八代谈薮》。宋代陈振孙《直斋书录解题》云：“北齐秘书省正字北平阳玠松撰。事综南北，时更八代，隋开皇中所述也。”[②]唐代刘知几《史通》中也把它列入《世说新语》轶事一类的小说中。不知是否为一部书，还有待于进一步考证。

另外，《隋书·经籍志》还著录隋代轶事类小说《古今艺术》[③]20卷、《水饰》1卷、《鲁史欹器图》1卷等，不过皆已散佚。

---

① 鲁迅：《中国小说史略》，第42页。

② （宋）陈振孙：《直斋书录解题》，上海印书馆1934～1935年影印本。

③ 唐代孙彦远《历代名画记》卷三：“古之秘画珍图”有“《古今艺术图》五十卷，既画其形又说其事，隋炀帝造”。可知，《古今艺术》轶事类一书当属说事无图的部分，即只记录人物言行逸事的作品。

第四节 其 他

隋人的别集，一般大都只集中编录诗、文。隋人自己编纂的总集现已全部亡佚，今天能见到的隋人的著作主要是依据隋之后历朝历代编纂的总集。但有些现在看来为文学著作的作品在过去是不入集的，如颜之推的《颜氏家训》，《隋书·经籍志》虽未著录，但在《旧唐书·经籍志》《新唐书·艺文志》《宋史·艺文志》中皆归入儒家类，在清代的《四库全书》中也只是归入杂家类。

清代的文人学士不满前人将《颜氏家训》归入儒家类，大概是其思想不单纯为儒学，还涉及佛、道二教的缘故。《颜氏家训》一书不作于一时一地，又渗入儒、释、道等诸种思想，最终完篇成帙可考的是在隋代，故又可视为一部随身记录所见所感的随笔录。因此，日本学者内山知也认为，《颜氏家训》和蒙田的《随笔录》有着异曲同工之处，还指出“如果说《颜氏家训》是家训的滥觞之作，那么它就是中国第一部以家族意识为主体的《随笔录》”①。内山知也把《随笔录》视为小说，那么《颜氏家训》也理应归为小说之列。譬如，为了说明某种道理，阐释某种文学思想或文学理论，颜之推采用故事的形式进行形象、生动、感性地阐明，从这一角度将《颜氏家训》视为小说也是有道理的。

倘若把《颜氏家训》视为小说作品，那么它也就称得上是一部文学著作了。所以，笔者在这里把它作为一部文学作品来研究(详见附录)。

① [日]内山知也著，益西拉姆等译：《隋唐小说研究》，复旦大学出版社2010年版，第29页。

第四章　隋代皇室文学创作研究

第一节　隋代皇室的诗歌创作及特点

隋代皇室及宫廷诗歌创作人员有隋文帝、隋炀帝、炀帝之孙越王杨侗以及炀帝宫女侯夫人。其中，诗歌创作主要集中于隋炀帝杨广一人身上，今存乐府诗19首、古诗24首。隋文帝作诗甚少，今仅存1首；越王杨侗今仅存1首；侯夫人存6首。

一、隋文帝的诗歌创作及特点

隋文帝作诗甚少，今仅存一首四言诗《宴秦孝王于并州作诗》。《隋书·五行志》上曰："开皇十年，高祖幸并州，宴秦孝王及王子相。帝为四言诗曰：'红颜讵几，玉貌须臾。一朝花落，白发难除。明年后岁，谁有谁无。'明年而子相卒，十八年而秦孝王薨。"

秦孝王为文帝第三子杨俊，开皇元年(581年)封为秦王，不久拜上柱国，又迁秦州总管。平陈之役时，杨俊为行军元帅，寻授扬州总管，镇守广陵，又转并州总管。谥曰孝王。王韶，字子相，乃太原晋阳人，"韶幼而方雅，颇好奇节，有识者异之。在周，以军功，官至车骑大将军、仪同三司"①。杨广镇守并州时，除

① (唐)魏徵：《隋书·王韶传》。

行台右仆射，进位上柱国。秦王为并州总管时，王韶仍为长史。

这首诗为四言，共六句。诗作大意为：谁都想红颜不老，青春永驻，这难道是人类自己能主宰的吗？岁月无情，我们只能为玉貌须臾即逝而嗟叹。春天过去，花朵就会凋零；人如草木，韶华易逝，青春不再。不知不觉已是满头白发，无可奈何也！今日难得与诸位相会共饮。试想，明年之后，后年之后，我们还能如此吗？到那时，谁还活着，谁已逝去，都很难说。

诗文晓畅，清晰易懂，毫无文饰。字里行间流露出隋文帝对岁月无情、青春易逝、青春难在的忧思，实为情感的真实流露。隋文帝杨坚一生南征北战，戎马倥偬，身边得力名将似走马灯变幻不定。在平北齐、平陈之役中，王韶出力献策，功劳甚大。文帝对王韶嘉奖甚厚，非常器重。隋朝一统南北，开皇十一年(591 年)，文帝幸临并州，王韶年已六十又六，看到王韶镇守并州称职，特地慰劳一番，然后感慨道："自朕至此，公须鬓渐白，无乃忧劳所致？柱石之望，唯在于公，努力勉之！"[①]此话虽为君对臣的慰劳之言，但亦为真情所致。在宴席之上，抚今追昔，感慨万千之余，不免饮酒赋诗，实乃真情真言也。

此诗本为宴席之上，君臣之间的一番慰劳感慨之言，但在作此诗之后，第二年子相卒，开皇十八年(598 年)秦孝王薨，为这首诗平添了真实感以及神秘的色彩。故这件事及这首诗收在《隋书・五行志》里，并被称作"妖诗"。

由于文帝作诗甚少，今仅存这一首，加之他本人"不悦诗书，废除学校"[②]，不太重视文学，而是将主要精力致力于隋朝的政治改革和统一全国的筹备工作上，又鉴于南朝灭亡的前车之鉴，遂改革文风，崇尚质朴，支持李谔"革文华书"。所以，文帝的诗讲究实用，毫无藻饰，通俗易懂，质朴无华。

二、隋炀帝的诗歌创作及特点

隋炀帝今存诗 43 首，其中乐府诗 19 首，古诗 24 首。这在皇室宫廷的作家中，无论是在数量和质量上，还是在整个隋代的作家中，都堪称一流，独树一帜。隋炀帝的 43 首诗和他一生的活动关联密切。按照时间顺序，大致可分记游诗、宫体诗和边塞诗三大类别。

隋炀帝杨广是隋文帝杨坚的第二子，也是隋朝第二代皇帝。他从小敏慧，仪容俊美，又好学习，善于属文，深沉严重，朝野属望。开皇元年(581 年)，时年

① (唐)魏徵：《隋书・王韶传》。

② (唐)魏徵：《隋书・高祖纪下》。

十三，立为晋王，拜为柱国及并州总管。不久，授武卫大将军，进位上柱国、河北道行台尚书令，大将军如故。六年之后，又转淮南道行台尚书令，拜雍州牧、内史令。八年之后冬，任行军元帅平陈。平陈之后，进位太尉，复拜并州总管。不久为扬州总管，镇江都，每年回朝一次。开皇二十年(600 年)，立为太子。仁寿四年(604 年)七月，文帝病逝仁寿宫，太子杨广即位。次年(605 年)，改元大业，从此开始了兄弟之争斗残杀和建功立业等波澜壮阔而毁誉参半的一生。

隋炀帝即位之后，他所做的一切，几乎都被史学家否定。如假传遗诏，缢杀废太子勇；征伐“反叛”的五弟汉王谅，并将其幽禁而死；修筑长城；营建东都洛阳；开凿大运河；三征高句丽……杨广的所作所为，毋庸置疑有其穷奢享乐的一面，但更多的是满足其雄心大欲。譬如下扬州时史无前例的排场，会见突厥启民可汗的超级场面等。同时，他积极开凿大运河，东征高句丽，在一定程度上促进了经济发展，增强了国力。这些都是由其好大喜功的性格所造就的。但失败之根源，又在于他没能掌握好动用国力、使役民力的尺度。杨广不顾国力，滥用民力，物极必反，最终官逼民反，兵民共愤，遂导致隋代大厦的倾覆。

杨广的青年时期是在扬州度过的，即平陈后，为扬州总管，镇守江都。受时风熏染，杨广迷上了江南文学。于是，他留下了很多在江南寻芳逐胜，流连于扬州的花红柳绿、独特风情的游记诗。如《江都宫乐歌》：

扬州旧处可淹留，台榭高明复好游。
风亭芳树迎早夏，长皋麦陇送迎秋。
渌潭桂檝浮青雀，果下金鞍跃紫骝。
绿觞素蚁流霞饮，长袖清歌乐戏州。

江南独有的风物尽收眼底，如“风亭芳树”“长皋麦陇”“渌潭桂檝”等。整首诗不仅色彩明丽，不饰雕琢，意境疏朗，风格清新，似有一种闲适之余品味江南生活独有的韵味，而且对仗工整，音律谐畅，错落有致。作者善于刻画景物和营造独特的意境来表现自己的情感体会，通过层层描写尽收眼底的江南景物，体现了其熟练的艺术技巧和明丽清秀的审美风格。

与游记诗有着异曲同工之妙的还有他的咏物写景诗。杨广写诗，善于写景，如《晚春诗》：

洛阳春稍晚，四望满春晖。
杨叶行将暗，桃花落未稀。
窥檐燕争人，穿林鸟乱飞。
唯当关塞者，溽露方沾衣。

又如《悲秋诗》：

故年秋始去，今年秋复来。
露浓山气冷，风急蝉声哀。
鸟击初移树，鱼塞欲隐雷。
断雾时通日，残云尚作雷。

再如《冬夜诗》：

不觉岁将至，已复入长安。
月影含冰冻，风声凄夜寒。
江海波涛壮，崤潼坂险难。
无因寄飞翼，徒欲动和銮。

在写法上，此类诗篇受齐梁宫体诗在咏物写景上的影响颇多；在形式上，讲究对偶和音律平仄，句式多为五言四句或五言八句。这些对唐人五言律诗、五言绝句的定型有着一定的促进作用。

这类诗作还有《东宫春》：

洛阳城边朝日晖，天渊池前春燕归。
含露桃花开未飞，临风杨柳自依依。
小苑花红洛水绿，清歌宛转繁弦促。
长袖逶迤动珠玉，千年万岁阳春曲。

该诗对仗工整，音律和谐，色彩明快，看似随手拈来，眼前景色是那么自然朴实。前四句诗中的景物别有一番春气盎然、生机勃勃的江南早春风情，不免让人想起白居易的《忆江南》[①]来。

还有《江都夏》的两句"黄梅雨细麦秋轻，枫叶萧萧江水平"，语言清新，风物独特，景色细腻，单纯用白描的艺术手法，就把江南独有的风情渲染得淋漓尽致，呈现了一种清新秀丽的美学风格。同样描写江南风情，隋炀帝杨广却给人不一样的情感体验，给当时诗坛吹来一股清新的风，使人惬意非常！他的这类诗放在唐诗中亦毫不逊色。

原本喜爱文学，又加之情感细腻，喜爱南方诗词的杨广炮制宫体诗亦是正常之事了。譬如，炀帝即位后召集大批乐工创制的新乐有《万岁乐》《藏钩乐》《七夕相逢乐》《投壶乐》等，他还为这些新乐炮制了不少宫体诗篇。如今存的

---

① 白居易的《忆江南》词三首："江南好，风景旧曾谙；日出江花红胜火，春来江水绿如蓝。能不忆江南！""江南忆，最忆是杭州；山寺月中寻桂子，郡亭枕上看潮头。何日更重游！""江南忆，其次忆吴宫；吴酒一杯春竹叶，吴娃双舞醉芙蓉。早晚得相逢！"

《喜春游歌》二首：

(一)

禁苑百花新，佳期游上春。

轻身赵皇后，歌曲李夫人。

(二)

步缓知无力，脸曼动余娇。

锦袖淮南舞，宝袜楚宫腰。

这些宫体诗在内容上毫无新意，乏善可陈，纯粹描写宫中歌女的轻歌曼舞，面貌容媚，毫无寓意，纯属娱乐浅薄之辞。但与南朝宫体诗相较，隋炀帝的宫体诗少了一些淫靡之气，多了一些描写自然景物的清丽，尤其是采用陈后主的歌调所作《春江花月夜》二首，更无宫体粉脂之气。诗曰：

(一)

暮江平不动，春花满正开。

流波将月去，潮水带星来。

(二)

夜露含花气，春潭漾月晖。

汉水逢游女，湘川值两妃。

前一首描写傍晚的春江平阔，春花盛开，花团锦簇，流波潮涌，把月华星光涌来送去，波光粼粼，如泄如银，柔美而又坚致，气象壮丽而又厚重沉稳，意境浑融而又音律谐畅。仅仅20字，就将题目中的春、江、花、月、夜全部涵盖，呈现了一幅优美的江月胜景的图画，流露出作者面对时间迅速流逝，对江山美景的眷恋之情。后一首紧接着描写夜晚的露水蕴含着氤氲的花香，春天碧绿的潭水荡漾着明晃晃的月光，在充满神秘色彩的江边月夜之下，恍惚中仿佛遇见了汉女和湘妃两位美人。景色婉约，画面清丽，历史传说的摄入，顿使景象更加迷离而又迷人！这一首相对前一首更添含蓄之美。这两首诗流露出作者面对时间的流逝，对江山美景的眷恋情愫。

这两首乐府诗没有使用过多的语言雕琢粉饰，仅用白描手法，几笔线条般的简单勾勒，则多了一些简约、素净、自然和明畅之美，足见作者的细腻。

无论从意境情感还是审美风格上，这两首诗对唐代张若虚[①]和张之容[②]的《春江花月夜》都产生了直接的影响。相比之下，张若虚之作寓情于理较多，缺少一些灵动的美感；张之容之作模仿痕迹明显，用典过度，颇显僵硬。两人似乎缺失了炀帝诗作中当下即真即美的感受。正如清人朱乾在《乐府正义》中评说："唐人能手，无以过之。"明代胡应麟则认为："绝似唐律。"可见，其诗对唐代近体诗的影响，亦可见炀帝在文学上、美学上的贡献以及对初、中唐诗的影响。

再如《锦石捣流黄》二首：

（一）

汉使出燕然，愁闺夜不眠。
易制残灯下，鸣砧秋月前。

（二）

今夜长城下，云昏月应暗。
谁见倡楼前，心悲不成惨。

这二首宫体诗在景物的描写上带有北方气质，也更多了一些朴素情感的细腻想象及审美观察和体会。将不同景象组合为不同的空间意象，显示了炀帝高超的艺术技巧和艺术素养，这也说明隋诗在一定程度上摆脱了南朝轻靡淫绮的脂粉气。正如沈德潜所言："能作雅正语，比陈后主胜之。"[③]陆时雍云："隋炀帝从华得素，譬诸红艳丛中，清标自出。"[④]并称赞炀帝能入乎其内而又能出乎其外、不落窠臼的创作特点，这也体现了炀帝南北文风兼长的美学风范。

炀帝一生戎马倥偬，叱咤风云。有的西方学者评价道："他（炀帝）很有才能，很适合巩固他父亲开创的伟业，而他在开始执政时也确有此雄心。"[⑤]从他的一生活动——"修建洛阳""迁都洛阳""修通运河""西巡张掖""开创科举""开发

---

① 张若虚《春江花月夜》："春江潮水连海平，海上明月共潮生。滟滟随波千万里，何处春江无月明！江流宛转绕芳甸，月照花林皆似霰。空里流霜不觉飞，汀上白沙看不见。江天一色无纤尘，皎皎空中孤月轮。江畔何人初见月？江月何年初照人？人生代代无穷已，江月年年只相似。不知江月待何人，但见长江送流水。白云一片去悠悠，青枫浦上不胜愁。谁家今夜扁舟子？何处相思明月楼？可怜楼上月徘徊，应照离人妆镜台。玉户帘中卷不去，捣衣砧上拂还来。此时相望不相闻，愿逐月华流照君。鸿雁长飞光不度，鱼龙潜跃水成文。昨夜闲潭梦落花，可怜春半不还家。江水流春去欲尽，江潭落月复西斜。斜月沉沉藏海雾，碣石潇湘无限路。不知乘月几人归，落月摇情满江树。"

② 张之容《春江花月夜》二首："林花发岸口，气色动江新。此夜江中月，流光花上春。分明石潭里，宜照浣纱人。""交甫怜瑶珮，仙妃难重期。沉沉绿江晚，惆怅碧云姿。初逢花上月，言是弄珠时。"

③ （清）沈德潜：《古诗源》卷十四，中华书局1963年版，第354页。

④ （明）陆时雍：《诗境总论》，见丁福保辑《历代诗话续编·诗镜总论》，中华书局1983年版，第1410页。

⑤ ［英］崔瑞德编，中国社会科学院历史研究所西方汉学研究课题组译：《剑桥中国隋唐史（1859～906年）》，第147页。

西域"来看,这并非虚言。他的确是一位了不起的皇帝,更难能可贵的是他在文学上有着很深的造诣。从以上诗作足见他文采卓荦。隋炀帝的诗歌既对前代诗歌有继承,又对后代诗歌有影响,这得益于他独特的一生和对周围事物独特的观察与情感体会。

其诗如人,他一生南征北战,不仅开阔了视野,而且丰富了情感世界,因而也成就了他诗歌内容的丰富和多样化的审美风格。他的边塞诗代表作有《饮马长城窟行》《白马篇》等。其中,《饮马长城窟行》曰:

肃肃秋风起,悠悠行万里。
万里何所行,横漠筑长城。
岂台小子智,先圣之所营。
树兹万世策,安此亿兆生。
讵敢惮焦思,高枕于上京。
北河秉武节,千里卷戎旌。
山川互出没,原野穷超忽。
摐金止行阵,鸣鼓兴士卒。
千乘万骑动,饮马长城窟。
秋昏塞外云,雾暗关山月。
缘严驿马上,乘空烽火发。
借问长城候,单于入朝谒。
浊气静天山,晨光照高阙。
释兵乃振旅,要荒事方举。
饮至告言旋,功归清庙前。

这首诗是炀帝在大业五年(609年)西巡张掖时所作。这次西巡历时半年之久,远涉青海和河西走廊。路途遥远,自然环境恶劣,在大漠边关遭遇暴风雪,士兵冻死数名,随行官员也失散大半,炀帝也吃尽苦头,狼狈不堪。在中国封建时代,到达西北如此之远的皇帝只有炀帝一人,他还在西巡过程中设西海、河源、鄯善、且末四郡。

此诗描写了行军之急速,军威之盛壮,军令之严明,边塞之战势。首先,炀帝以古代先贤名君自居,不辞劳苦,率众亲征,开疆拓土。其次,以示巩固边防为要务,为万世江山求长策,为万千民众谋生存。最后,预示战争必将胜利,天下必定归服的信心,想象那时盛宴举杯庆贺,赏赐众将群臣,以此激励众将士为之英勇奋战。整首诗洋溢着一股积极乐观的进取精神和天下唯我独尊的英雄帝王气概。唐太宗也许是第一位客观评价隋炀帝文学作品的人：

> 戊子，上（唐太宗）谓侍臣曰："朕观《隋炀帝集》，文辞奥博，亦知是尧、舜而非桀、纣，然行事何其反也！"魏徵对曰："人君虽圣哲，犹当虚己以受人，故智者献其谋，勇者竭其力。炀帝恃其俊才，骄矜自用，故口诵尧、舜之言而身为桀、纣之行，曾不自知，以至覆亡也。"上曰："前事不远，吾属之师也！"。[①]

不考虑其政治目的，单从文学角度讲，唐太宗大大肯定了隋文帝的文学水准，可见隋炀帝杨广的文学水平非同凡响。

这首诗笔力健拔，气势奔放，格调雄健，表现了一种"雄壮""俊健""清拔"的诗风，成为千古名篇。故唐之后人评价极高："通首气体强大，颇有魏武之风。""陈人意气恹恹，将归于尽。隋炀起敝，风骨凝然。"[②]这都客观地评价了炀帝在南朝至唐诗歌史上的历史地位和卓越贡献。

与其诗风相近的还有《冬至乾阳殿受朝诗》《云中受突厥主朝宴席赋诗》《纪辽东》等诗作。可见，隋炀帝杨广所作诗歌，风格随题材、功用而定，是作诗的多面手。

三、皇室其他成员的诗歌创作

皇室或宫廷其他成员的诗歌创作不多，保存至今的有炀帝之孙越王杨侗以及炀帝宫女侯夫人等人的作品。

文帝时期没有其他的宫廷创作人员，这既与文帝一心致力于全国统一和政治改革等无暇顾及诗文的时代背景有关，更与文帝不喜文学有关。故文帝时期的文坛甚是寂寥。炀帝时期，由于炀帝本人素喜诗文，其周围拢有百余人的文士集团，诗歌创作至此大变，较隋代前期甚为繁盛。无论诗歌创作人员、数量，还是艺术水准都有了较大的提高。也许是炀帝常常吟诗作赋感染了周围的群臣宫女，这时期的宫女侯夫人竟有 6 首诗歌留传至今。越王杨侗也有诗歌创作，但今仅存一首。总之，隋代皇室诗歌创作的兴衰与统治者的提倡及喜好有着密切的关系。

侯夫人是隋炀帝的宫女，也是众多一生未曾与炀帝谋面的后宫佳丽之一。16 岁进宫时，她貌美如花，文采如泉，却在后宫默默无闻，寂寞如花开花落，年复

---

① （宋）司马光：《资治通鉴·唐纪八》。

② （明）陆时雍：《诗境总论》，见丁福保辑《历代诗话续编》，中华书局 1983 年版，第 1410 页。

一年，竟痴等八年，最终因不堪忍受情感和自尊上的冷落，24岁时自缢身亡。在宫期间，她写下了一系列自述心志的诗篇，篇篇洒满着忧伤、孤寂的哀怨，字字饱蘸着斑斑血泪。这些诗大多是为后宫妇女的命运的呐喊之作，揭示了宫女普遍的凄凉心境，控诉了人与人之间的不平等和封建制度的罪恶。如《自感诗》三首：

（一）

庭绝玉辇迹，芳草渐成窠。

隐隐闻箫鼓，君恩何处多。

（二）

欲泣不成泪，悲来翻强歌。

庭花方烂漫，无计奈春何。

（三）

春阴正无际，独步意如何。

不及闲花草，翻承雨露多。

这三首诗真实描地写了她所在的宫院的荒芜和凄凉。君王从未来过，院里的芳草疯长，鸟兽都可以在里面做巢了。远远传来别处箫鼓的欢乐声，应是君王宠幸他人吧？此时此刻，更加衬托出自身处境的凄凉与落寞。诗人想到此，不免伤心流泪。然而，强烈的自尊和倔强的性格，使她强忍泪水，强颜欢笑，竟昂首唱起歌来。眼前烂漫满庭的花儿，在春天里正努力地开放着，犹如现在的自己。但想到自己竟不及眼前的花草还能得到雨露的滋养，更觉得独自一人努力活着的渺茫，可怜又可悲！后宫的女人整日里妆扮自己，幻想着有朝一日能够得宠，出人头地。然而妆成之后，却未能美梦成真。日复一日，年复一年，深锁后宫，而又不得遣归。忽然间觉得自己还不及风中飞舞的杨花自由自在，此景此感更衬托了诗人身世的凄凉和哀怨。于是，便有了《自伤》——绝命的宣言：

初入承明日，深深报未央。

长门七八载，无复见君王。

寒春入骨清，独卧愁空房。

蹦履步庭下，幽怀空感伤。

平日所爱惜，自待却非常。

色美反成弃，命薄何可量。

君恩实疏远，妾意徒彷徨。

家岂无骨肉，偏亲老北堂。

此身无羽翼，何计出高墙。
性命诚所重，弃割亦可伤。
悬帛朱栋上，肚肠如沸汤。
引颈又自惜，有若丝牵肠。
毅然就死地，从此归冥乡。

主人公侯夫人年轻貌美，当初也曾欲承雨露，但年年岁岁花相似，岁岁年年人不同，就这样在长门之内翘首企盼了七八载，仍旧无颜见到君王面。自己正值青春却独守空房，日带渐宽人憔悴，愈加经不起彻骨春寒的侵袭和深锁庭院的寂寞。平时自己爱惜如命的美色却被无故遗弃，自叹命运的不公。于是，主人公发出了内心的愤怒和呐喊——"此身无羽翼，何计出高墙"，幻想得到应有的遣归——自由。君恩未临，自己独自徒然彷徨，消解青春；家中还有父母高堂，还不如遣我回去伺候双亲，实现自己存在的价值和意义。生命诚可贵，但为了自由，即便是自己仅能做的侍奉双亲都难以实现，只能"悬帛朱栋上"。而此时又牵肠挂肚，思量万千，于己、于亲、于心，又都万般不忍，但主人公经过内心激烈而又反反复复的思量和纠结，最后毅然决然地"从此归冥乡"。

侯夫人就这样为了自由，为了亲人，不愿意在深宫消磨自己的一生，也不愿意毫无意义地终老后宫，最终选择了死亡。这首诗体现了侯夫人强烈的个人存在意义的主体意识。她跟历代寂寥一生的宫女有着鲜明的区别：既没有像最早写下宫怨诗的东汉班婕妤，在君王与自己恩情疏远、断绝的忧虑与担心中委曲求全，也没有像那些"白头宫女在，闲坐说玄宗"的红颜在冷宫中度过一生，而是有着主体意识的觉醒和清醒，在无法实现自己的存在价值的困境中毅然决然地与这个世界挥手告别。

如此个性鲜明的女性在隋代之前还不多见，然而在隋代还出现了大义公主，大胆表白、抒写情爱的丁六娘等六位女性。这与隋代儒、释、道多元化的开放思想有着很大的关系，也与隋代汉族与鲜卑族互化有着极为密切的关系。

魏晋时期，人性开始觉醒，女性纷纷效仿名士并向他们学习，不仅变得旷达不羁，超脱世俗，而且大大冲击着儒家的伦理纲常。女性的这种解放潮流，在南朝时有所收敛；在北朝，与少数民族尊重母权的习俗相结合而愈演愈烈，具体表现为社交活动活跃。北方地区当时佛教广泛传播，且普及下层民间，女性信徒众多，鲜卑族的女性踊跃参加结社活动的同时积极参与佛教活动。妇女佛社便是其中的一种，这在《邑义造迦叶像记》中有明确记载。通常是同一个村邑的女性自愿结社，规模为20～70人，并称为"邑母""邑子"或"法义""某母"等。另外，女性还与男性混合结社，在佛事中与男性有着平等的地位。这种鲜卑族女性的自主意识的觉醒，在颜之推《颜氏家训·治家》中就有所反映，如持门户以及处理一家的对外事务。

隋代统一天下，各民族大大融合。此时的隋代已是汉族与鲜卑族相互融合、相互渗透的统一王朝。如隋文帝杨坚[①]与独孤氏的婚姻，也应视为鲜卑族的汉化与汉化的鲜卑人的结合。就像前文讲到的隋文帝在制礼作乐中的音乐中也包含着胡乐一样，独孤氏与文帝有着不相上下的政治影响力，宫中把她与文帝并称"二圣"。鲜卑族女性率性而动，自由表达个性，从而出现了以内在人格的觉醒与理性的重新发现为特征的趋势，女性的道德观变得清新、率性、自然，积极参加各种社交活动，以期实现自己的人生价值。到唐代，女性的自主意识更加强烈。如武则天专政，她与唐高宗也被称为"二圣"，殊不知，这是隋代独孤皇后开的头。

侯夫人的这些五言诗，足可以混迹五绝唐诗，尤其是《自感》诗第二首，明胡应麟在《诗薮》中赞曰："侯夫人，'欲泣不成泪，悲来翻强歌。庭花方烂漫，无计奈春何。'皆唐绝无异。"[②]个体意识鲜明的女性的出现，在隋代汉族与鲜卑族互融的历史背景之下，影响着有隋一代的社会生活，以至于隋代文学呈现出新气象与新格局。这正所谓一代有一代之文学也！

第二节　隋代皇室的散文创作及特点

隋代皇室的散文创作总体上乏善可陈，大多是诏敕书册、疏表铭诔等公文性文章，还有一些佛教的发愿文以及来往书信，即使有一些赋文也亡佚了。这些文章虽然质而无文，且多格式化的套语，缺少鲜明的个性特征，但在一定程度上反映了国家上层建筑，如隋代皇室成员之间的争斗以及与佛教高僧之间关系等。

一、隋文帝的散文创作及特点

隋文帝的散文大多是诏[③]、敕、册、制等日常公文性文章，内容涉及国家政

① 杨坚之父等一些汉族大官僚被赐鲜卑姓氏，取鲜卑名，便是明证。

② (明)胡应麟：《诗薮·内编》，上海古籍出版社1979年版，第113页。

③ 隋文帝的诏书虽然多数为属下代拟作，但隋文帝的文教政策与文学观左右着隋代文学的走向及特质，关于这一点本书第八章有详细论述。

治、经济、文化、外交等，具体包括诸王大臣的任免废除、太子废立、法律政令、佛教、外交事务等。这些文章大都质朴，无文采，但有些却在一定程度上反映了文帝的个性特征，如《废皇太子勇为庶人诏》《下诏数蜀王秀罪》等。仁寿二年(602年)十二月历数蜀王杨秀种种罪过之文，其文质虽如日常白话，但气势咄咄逼人，愤怒之意溢于言表。如：

汝地居臣子，情兼家国，庸、蜀要重，委以镇之。汝乃干纪乱常，怀恶乐祸，睥睨二宫，伫迟灾衅，容纳不逞，结构异端。我有不和，汝便觇候，望我不起，便有异心。皇太子，汝兄也，次当建立，汝假托妖言，乃云不终其位。妄称鬼怪，又道不得入宫，自言骨相非人臣，德业堪承重器。妄道清城出圣，欲以己当之，诈称益州龙见，托言吉兆。重述木易之姓，更治成都之宫，妄说禾乃之名，以当八千之运。横生京师妖异，以证父兄之灾，妄造蜀地徵祥，以符己身之箓。汝岂不欲得国家恶也，天下乱也？辄造白玉之珽，又为白羽之箭，文物服饰，岂似有君？鸠集左道，符书厌镇。汉王于汝，亲则弟也，乃画其形像，书其姓名，缚手钉心，枷锁杻械。仍云请西岳华山慈父圣母神兵九亿万骑，收杨谅魂神，闭在华山下，勿令散荡。我之于汝，亲则父也，复云请西岳华山慈父圣母，赐为开化杨坚夫妻，回心欢喜。又画我形仪，缚手撮头，仍云请西岳神兵收杨坚魂神。如此形状，我今不知杨谅、杨坚是汝何亲也？

包藏凶慝，图谋不轨，逆臣之迹也。希父之灾，以为身幸，贼子之心也。怀非分之望，肆毒心于兄，悖弟之行也。嫉妒于弟，无恶不为，无孔怀之情也。违犯制度，坏乱之极也。多杀不辜，豺狼之暴也。剥削民庶，酷虐之甚也。唯求财货，市井之业也。专事妖邪，顽嚚之性也。弗克负荷，不材之器也。凡此十者，灭天理，逆人伦，汝皆为之，不祥之甚也，欲免祸患，长守富贵，其可得乎！①

上引文章虽为骈体，但其历数蜀王十种罪过，语言表达清晰，十分符合文帝反对奢华、奉行简朴、经世致用的施政政策，尤其是连用六个排比句，句式工整，气势逼人，愤怒之情跃然纸上。这种文字并非他人代写，其文之简洁，其文之质实，其文意之明晰，其气势之汹涌，非文帝本人所为不可也。隋文帝其他的文章也大都如此，大致能反映隋代前期文帝时文学质朴无华的特征，这与他的文化政策是一致的。

---

① (唐)魏徵：《隋书·庶人秀传》。

二、隋炀帝的散文创作及特点

炀帝的散文数量较多，也多诏、制、书、敕等日常公文性文章，但这些文章皆典则、雅正。另外，还有大量与佛教僧侣来往的书信，其中与智顗的35封书信，具有不着铅华、朴素自然的特点。除此之外，炀帝还有两篇赋——《归藩赋》《神伤赋》，如今都已亡佚。

在诏书中，最为人称道的是《建东都诏》和《手诏劳杨素》。这两篇诏文均骈散结合，语言平易谐畅，毫无雕琢之迹，风格刚健质朴有余，可谓是骈文中的佳作。而且这两篇诏书都反映了隋炀帝以民为本的思想。前者如："是知非天下以奉一人，乃一人以主天下也。民为国本，本固邦宁，百姓足，孰与不足！"[①]后者如："天下者，先皇之天下也，所以战战兢兢，弗敢失坠，况复神器之重，生民之大哉！"[②]作为一代帝王以民为本，隋朝故能兴旺繁荣，形成"万邦来朝"之势。

如果说，炀帝的这两篇"诏"有他人代笔的嫌疑，那么其《殇子铭》及与高僧智顗的书信，都是亲自所为。其中，《殇子铭》为隋炀帝进太尉时，第三子夭折，瘗于济法寺，于是炀帝勒铭。其铭文曰：

世途若幻，生死如浮。
殇子何短，彭祖何修！
呜呼余子！有逝无留。
永为法种，长依法俦。[③]

该文语言平易，感情真挚，文风素朴，表现出炀帝对佛教极大的虔诚。这种文风在与智顗的书信中体现得颇为鲜明。

隋代是佛教大成时期，佛教也随着南北统一综合了南北之体，形成划一时期的特色。文、炀二帝一生都与佛教有着极为密切的关系。其一，炀帝为了政治原因，讨好崇信佛教的父亲隋文帝，自然从开始就对佛教加以密切关注；其二，炀帝在做扬州总管时，就开始大力招揽江南之士，作为南朝文化代表的佛教顺理成章地成为炀帝扶持的对象，炀帝与佛教人士来往的书信多达54封，其中《与智顗书》就有35封。基于以上种种政治利益，炀帝对佛教表现出极大的虔诚，与佛教高僧的书信也就变得朴素自然。如《与智顗书》之"王谢天冠并请净名义疏书"两封书信：

---

① (唐)魏徵：《隋书·炀帝纪》。

② (唐)魏徵：《隋书·杨素传》。

③ (清)严可均辑：《全隋文》卷六《殇子铭》。

总持和南：

前撡菩萨天冠，率尔之式样，深嫌不工。即用呈简，爰逮今制。思出神衿，图比目连，妙逾郢匠，开士五明，此居其一。金刚种智，兹焉标万。是知因地化物，不可思议，接引随方，多能尽达。冠尊于身，端严称首，跪承顶戴，览镜徘徊，有饰陋容，增华改观。弟子多幸，谬禀师资，无量劫来，悉凭开悟。色心无作，触仰胜缘，度脱舟航，何虑不果。但戒为基址，信实行先。保解毗尼，昔年虔受，身虽疏漏，心护明珠。而定品禅枝，屏散归静，猥以凡薄，荷国镇蕃，为子为臣，难亏难怠，岂藉四缘，能入三昧，此非臆断，实荷诚说。经称非禅不智，非智不禅，定解相资，能证无漏。又电光断结，其例甚多，慧解脱人，厥朋不少。即日欲服膺智断，率先名教，永泛法流，兼同治国，未知底滞，可开化不？师严道尊，可降意不？宿世根浅，可发萌不？菩萨应机，可遵时不？若未堪敷化，且暂息缘；如可津梁，便开秘藏。书云民生在三，事之如一。况覃释典，而不从师？今之慊言，备沥素款。成就事重，请弃饰辞。

谨和南

六月二十一日

弟子总持和南：

仰逮还旨，犹秉谦尊。循复久之，恍如自失。共功以学，贵承师事，推物论历，求法界缘，厝心有在。若习毗昙，则滞有情著；若修三论，又入空过甚。成实虽复兼举，犹带小乘，释论地持但通一经之旨。如使次第遍修，僧家尚难尽备，况居俗而欲无崖？当今数论法师，无过此地。但恨不因禅，发多起诤心，达者无违，求那明偈。仰惟厚习善根，非一生得。初乃由学，俄逢圣境，南岳禅师，亲所记莂，说法第一，无以仰过。照禅师来，具述此事，于时心喜，已域寸诚。智者昔入陈朝，彼国明式，瓦官大集，众论锋起。荣公强口，先被折角，两琼继轨，截获交绥，忍师赞叹，唯唱希有。弟子仰延之始，便事胜集，屈登无畏，释难如流，亲所听闻，众咸瞻仰。适承前往荆楚，讲《法华经》，旧学名僧，莫不归服。故知非禅不智，验乎金口。比闻名僧所说，智者融会，尽有阶差，譬若群流，归乎大海，此之包举，始得佛意。弟子即日而不依请，譬彼弥勒，今当问谁？唯愿未得令得，未度令度，乐说无穷，法施无尽。复使顾言，稽首虔拜。

谨和南

六月二十五日[1]

---

① （清）严可均辑：《全隋文》卷六《与释智𫖮书》。

正如《管锥编》中所说："佞佛帝王之富文采者，梁武、隋炀南唐后主鼎足而三，皆亡国之君。史论每咎梁武、李后主之佞佛，却未尝以此责隋炀。当缘梁武、李后主之佞佛，害于其政，著于其寻常行事，而隋炀佞佛，不若是之甚。"①炀帝的诗歌质而清新，文而不野，熔铸南北文风之长而又新创，又赋予诗文鲜明的个性和文采，在隋代文坛独树一帜。如《隋秦孝王诔》：

维开皇二十年六月二十日丁丑，上柱国秦孝王薨于仁寿宫。呜呼哀哉！八元、八凯，济济虞则；《周南》、《召南》，赫赫周国。於穆孝王，绍彼明德。天实丧予，歼我刚克。呜呼哀哉！如何上灵，降此灾否。国丧宗臣，家亡千里。呜呼哀哉！爰初不豫，冕旒视疾。及至大渐，停銮驻跸，亲临属纩，俯观彻瑟，悲动皇情，痛深慈膝。一辞明世，千秋长幕；□□如何，绵绵终古。仲秋卜宅，将归泉户，梁山之阳，永宁后土。呜呼哀哉！余寡兄弟，爱笃弥深，奄然零落，痛体伤心。呜呼哀哉！追悼无及，永分古今。神虽虚翳，徽声靡替，诔王德音，贻千百世。乃作诔曰：皇隋启运，应天顺民。保兹七百，静彼四邻。利建宗子，藩屏懿亲。孝王惟允，俾侯于秦。爰自圣章，天性诚愿。色养烝烝，孝立名建。恭近于礼，耻辱斯远。嘉之弗忘，惧而无怨。孝悌之至，通于神明。温温居德，肃肃厉精。恭敬表志，退让为情。靽此棠棣，敦斯鹡鸰。仲称令弟，叔曰仁兄。猗欤我弟！好学无替，九流日修，三余卒岁。琴台夜开，书帷昼闭。聪敏若神，雄辩无滞。妙矣声律，明哉龟筮。玄象风角，于焉及睿。允文允武，多才多艺。惟善惟乐，为仁为惠。天挺出群，英图命世。钦若孝王，容止堂堂。振鹭将集，凤雏斯翔。人之领袖，国之辉光。辉光伊何，肃肃翼翼。义以处身，仁以经国。明烛蓍符，财成渊塞。靖恭尔位，好是正直。令闻令望，无反无侧。皇枝良干，日富英声。宣风作伯，盘古维城。东京旧都，河南殷博。惟我哲王，行台惟寞。飞辔崤、函，褰帐伊、洛。德被汝坟，仁行巩亳。西秦右地，实赖英雄。实惟王化，乃即龟蒙。惠和布泽，易俗移风。亹亹孝王，仁而能断；德敷大国，有符公旦。移镇樊征，述职江汉。地接寇雠，棱威靖难。文德招远，怀劳伐叛。暂辍外藩，入侍天轩。典兹戎卫，仍居纳言。宝敛横曜，丰貂九温。周卫清切，敷奏便繁。献替惟允，禁旅斯敦。伪陈不恭，轶我炎鄙。王赫斯振，将清江涘。图斯元帅，难全其备。唯我孝王，膺兹无愧，恭行天讨，受脤建旗，申威鄂渚，鞠旅江湄，军容赳赳，逋丑禗禗，云陈不布，高城靡恃，

① 钱锺书：《管锥编》（四），三联书店2014年版，第2399页。

泥首衔璧，请命于台，兵不血刃，野无横尸，善战不阵，我弟于兹，金陵戡定，饮至京师。广陵、淮海，一都之会，牧彼顽民，作相于外，时雨随车，棠阴逐盖。惟晋太原，寄隆望大，表里山河，要冲襟带，东自维扬，回旌转旆，善政廉平，于斯为最，胡虏畏威，氓黎荷赖，烽火戎马，俱清边界。寒暑失御，膺卫弗开，言旋京邸，去彼丛台，扈驾仁寿，抚席岩隈。连绵药饵，岁去年来，秀而不实，祸极生灾，天胡不吊，木坏山颓。呜呼哀哉！至尊废朝而悼伤，皇后辍膳而摧痛。甚秦国之永辞，剧梁武之长送。昆弟哀哀而日嗟，僚友嗷嗷而悲恸。呜呼哀哉！叹日月之不居，何卜远之讵促，旌旐飘飖而从风，笳管酸嘶而响谷，服马顾而不能行，挽夫悲而不成曲。霜霰落兮山谷寒，木叶下兮丘陇残。风飕飕而吟树，泉幽咽而悲湍。离群之兽绝迹，孤飞之鸟悲酸。背离宫而东转，历山邸而北度，去甲第之楼台，即荒田之丘墓。昔时鸣銮而戒途，今日灵辆而启路，临朝谒之平衢，永绝兹之一步。傥若神而有灵，几悲伤而留顾。呜呼哀哉！弃永日之昭昭，袭长夜之修悠，苦玄扃而无晓，悲黄泉而永幽。湮盛年于万古，沮壮志于千秋。呜呼哀哉！恸反哭于秋季，悲复归于故地，尹形游而不迁，何魂茕之空志。呜呼哀哉！酒樽浮尘兮独满，琴弦含风兮自断。冥夜久其何期，焉知岁月之长短。孝王与我，体密情亲，孔怀之笃，有逾常伦。昊天何酷，哀哉哲人！奈何吾弟，先我长沦，烦冤痛毒，悲恨何陈。呜呼哀哉！痛母弟之同胞，弃共被之寒郊。岂止三荆之变色，非为四鸟之分巢，遽一朝而云逝，曷何去而何止。形未舍目，言犹在耳。彼苍者天，子何甚矣。嬛嬛友于，哀哀吾子。痛当奈何，痛当何已！想仿佛而不见，犹盘桓而伫立；空抚膺而莫追，抑饮泪而何及。呜呼哀哉！嗟地久而天长，终伦彼乎幽方，徒春华而秋落，不复见我弟兮孝王。何谢安之蔬食，岂子路之丧亡。独端忧而无告，徒哽塞而追伤。悲莫悲兮长别，痛莫痛兮终绝。因凄怆以写情，恸人琴而永诀。呜呼哀哉！①

此文对仗工整，音律和畅，引经据典，文简意繁，毫不雕琢，并存雅体，词无浮华。与文帝的质朴相较，此文多了些南朝清新秀丽的文风，可谓融合了北人的刚健质朴和南人的清秀风韵。

这与炀帝开放的文学观有着很大的关系。隋炀帝杨广自幼喜爱南朝文风，初习的是“庾信体”；后娶后梁萧岿之女为妻，受“有智识，好学解属文”萧氏影响；还有对炀帝文风有着较大影响的柳顾言，从学“庾信体”改而向柳学习，于是

① （清）严可均辑：《全隋文》卷六《隋秦孝王诔》。

文体遂变。另外，虞世基、诸葛颍、庾自直、王胄等江南文士对炀帝的诗文创作也产生了不小的影响。虽然杨广长期在江南，喜爱南方文风，但他的文风却未流于浮华靡丽，而是自成雅正、典则的风格，这说明他有自己的审美标准，即将南朝文章的创作技巧与北方的质朴文风相融合，从而创新出独树一帜的风格。正如刘师培所言："隋炀诗文，远宗潘、陆，一洗浮荡之言。惟隶事研词，尚近南方之体。……故隋、唐文体，力刚于颜、谢，采缛于潘、张，折衷南体、北体之间，而别称一派。"[①]隋炀帝在文学上所取得的成绩与他兼容并包的思想是分不开的。

三、皇室其他成员的散文创作

皇室其他成员的散文有恭帝杨侑的三篇诏书；萧皇后的一篇《述志赋》(并序)，废太子杨勇的一篇《上书谏徒流民实边》，秦王杨俊的一篇伐陈檄文、两篇与佛教高僧的书信，蜀王杨秀的一篇上表，汉王杨谅宣扬佛教的文章，观王杨雄的一篇书信和两篇上表，齐王杨暕三篇书信。以上皇室成员的文章最大的特点是多与佛教有关。这也许是与文、炀二帝对佛教的大力倡导，皇室成员与佛教高僧来往密切，积极参与佛教事业有关。可见，当时佛教在隋代的盛况非同一般。

废太子勇、秦王俊、蜀王秀、汉王谅、观王雄等人的文章皆质朴无华，虽句式较为工整，有时夹杂骈体，但多质实，且以实用为目的。看来，无论帝王还是文士，文章以实用为目的时，皆变得素朴。

萧皇后乃炀帝之后，萧皇后原为后梁明帝萧岿之女，南朝梁昭明太子的曾孙女，史载"后性婉顺，有智识，好学皆属文"[②]。炀帝每次游幸，萧皇后皆随从。后萧皇后见炀帝失德，心知不可，不敢进言，遂作《述志赋》以自寄。这篇赋皆用六字句式，文辞清丽婉约，有辅君之志：

承积善之余庆，备箕帚于皇庭。
恐修名之不立，将负累于先灵。
乃夙夜而匪懈，实寅惧于玄冕。
虽自强而不息，亮愚朦之所滞。
思竭节于天衢，才追心而弗逮。

① 芳舒编，雪克校：《刘师培学术论著》，浙江人民出版社1998年版，第166页。

② (唐)魏徵：《隋书·后妃传》。

实庸薄之多幸，荷隆宠之嘉惠。
赖天高而地厚，属王道之升平。
均二议之覆载，与日月而齐明。
乃春生而夏长，等品物而同荣。
愿立志于恭俭，私自竞于诫盈。
孰有念于知足，苟无希于滥名。
惟至德之弘深，情不迩于声色。
感怀旧之余恩，求故剑于宸极。
叨不世之殊盼，谬非才而奉职。
何宠禄之逾分，抚胸襟而未识。
虽沐浴于恩光，内渐惶而累息。
顾微躬之寡昧，思令淑之良难。
实不遑于启处，将何情而自安！
若临深而履薄，心战栗其如寒。
夫居高而必危，虑处满而防溢。
知恣夸之非道，乃摄生于冲谧。
嗟宠辱之易惊，尚无为而抱一。
履谦光而守志，且愿安乎容膝。
珠帘玉箔之奇，金屋瑶台之美。
虽时俗之崇丽，盖吾人之所鄙。
愧𫄨绤之不工，岂丝竹之喧耳。
知道德之可尊，明善恶之由己。
荡嚣烦之俗虑，乃伏膺于经史。
综箴诫以训心，观女图而作轨。
遵古贤之令范，冀福禄之能绥。
时循躬而三省，觉今是而昨非。[①]

此赋句式对仗工整，音韵和谐流畅，意味含蓄委婉，文风清秀庄雅，无雕琢藻饰之赘，文雅轻重得体有余。从中可见，萧皇后和炀帝之间的相互影响，均具有南北文风融合而趋向一致的文质并重的新风格。

① （唐）魏徵：《隋书·后妃传》。

第三节 隋代皇室文学创作对文人创作的影响

隋代皇室的文学创作，可以说是文、炀二帝引领并影响着其他人的创作。文帝崇尚“斫雕为朴”、经世致用的文风；炀帝则一变其风，进而成为“并存雅体”“词无淫荡”的南北融合之后的清新文风。

一、隋文帝对隋代文人创作的影响

隋代在中国历史上处于一个承前启后的阶段，前承六朝余绪，故南朝的绮靡文风对隋代文学有着很大的影响。隋代建立初期，出于对前朝亡国之鉴，尤其是陈朝，绮靡文风在隋朝统治者眼里就是罪魁祸首。绮靡文风不但难以经世致用，更是多与声色犬马享乐之事连在一起，使君臣沉溺其中而荒政误国，一度让文帝立志变浮靡为质朴文风，这也与文帝建国之初的施政政策。如《隋书·文学传序》曰：“高祖初统万机，每念斫为朴。发号施令，咸去浮华。”

再者，北朝的传统文风为刚健质朴，一些北朝士人对南朝绮靡柔弱的文风有意识地进行抵制。从南朝入北的颜之推早就看到南朝文风过于浮艳，对此也进行了批评：

> 文章当以理致为心胸，气调为筋骨，事义为皮肤，华丽为冠冕。今世相承，趋末弃本，率多浮艳。辞与理竞，辞胜而理伏；事与才争，事繁而才损。放逸者流宕而忘归，穿凿者补缀而不足。时俗如此，安能独违，但务去泰去甚耳。必有盛才重誉、改革体裁者，实务所希。①

颜氏在文中指出南朝浮艳文风的严重弊端，希冀矫正流俗。改革文体已势在必行。

隋代在文化建设方面，一个重要的举措就是革除华艳文风，即开皇四年(584年)，文帝下诏改革文体。关于这次改革文风的社会背景、改革目的和产生的效果，李谔在《请革文华书》中进行了详细记述：

> 及大隋受命，圣道聿兴。屏黜轻浮，遏止华伪。自非怀经抱质，志道依仁，不得引预缙绅，参厕缨冕。开皇四年，普诏天下，公私文翰，并宜实录。

① 王利器：《颜氏家训集解》，第267页。

> 其年九月，泗州刺史司马幼之文表华艳，付所司治罪。自是公卿大臣，咸知正路，莫不钻仰坟集，弃绝华绮。择先王之令典，行大道于兹世。①

这次改革文风，不但要“公私文翰，并宜实录”，而且成为朝廷选拔官吏的一项重要举措，也就是以“怀经抱质”“弃绝华绮”为选官吏治的标准。李谔在文中提到司马幼因“文表华艳”而获罪，就是典型例证。所以，在文帝强制政策的打压之下，“公卿大臣，咸知正路”了。也就是说，文帝时期，无论是文帝的强制政策，还是其文学创作实践，对其他隋代文人的文学创作起着警示作用，故隋代前期文人的诗文创作明显以“斫雕为朴”为法则。

隋初文坛，主要由关陇和山左两大集团组成。在隋周易代之际，北周统治者奉行关陇本位政策，山左士人多受压制和排挤，所以山左世族多支持杨坚。隋建国初，文帝杨坚念及旧情，也多优待山左士人，下诏征集提拔山左人才，如《隋文帝令山东卅十四州刺史举人敕》，而南朝士人则多受歧视和排挤。再加之山左士族为北方人，文风多质实，对南朝绮靡文风也有一定程度的排斥，这些都符合文帝提倡的文化政策。如薛道衡曾一度受到文帝的优待，久居枢要，太子诸王争相与交，关陇集团的重臣高颎、杨素也都甚为推重，声明显要，一时无人能比。其他士人也多被任用，如杜台卿、王劭等。卢思道也多次在文章中歌颂文帝，如：“真人御宇，斫雕为朴，人知荣辱，时返邕熙……”②所以，文帝时期的文人的文风多崇尚实用质朴，尤其是散文。如薛道衡的《隋高祖文皇帝颂》（并序）、《老氏碑》，甚至《喜宴赋》，卢思道的《劳生论》《北齐兴亡论》《后周兴亡论》等。但这仅限于统治集团周围的文士，而地方各级政府机构并未完全贯彻朝廷的改革精神，违反诏令的也为数不少。如李谔在《请革文华书》中提道：“如闻外州远县，仍踵弊风，选举吏人，未遵典册。至有宗党称孝，乡曲归仁，学必典谟，交不苟合，则摈落私门，不加收齿；其学不稽古，逐俗随时，作轻薄之篇章，结朋党而求誉，则选充吏职，举送天朝。盖由县令、刺史未行风教，犹挟私情，不存公道。”③这说明采取政治的手段改变文风的做法违背了文学独立发展规律，也可以说把文学当作政教的工具，是一种对文学偏颇的看法。

---

① （唐）魏徵：《隋书·李谔传》。

② （唐）魏徵：《隋书·卢思道传》。

③ （唐）魏徵：《隋书·李谔传》。

二、隋炀帝对隋代文人创作的影响

炀帝时期，一变其体，“并存雅体”，融南朝文风与固有的北人刚健质朴的文风，初露文质并重、南北融合之后的初唐之音。统治者的文化政策以及对文风的提倡往往影响着当朝文学的发展。炀帝作为隋代帝王这一特殊身份，对文学及其他文人的创作影响亦如此。

炀帝的文化政策与文帝实施的政策大相径庭。与文帝的实用主义——视文化为政教工具的文化观念相较，炀帝则比较重视文艺的独特价值，即重视文艺的抒情、审美的本质属性。如大业初，炀帝颁布了一系列文学选士的诏令。其中包括：“若有名行显著，操履修洁，及学业才能，一艺可取，咸宜采访，将身入朝。”“方今宇宙平一，文轨攸同，十步之内，必有芳草，四海之中，岂无奇秀。诸在家及见入学者，若有笃志好古，耽悦典坟，学行优敏，堪膺时务，所在采访，具以名闻，即当随其器能，擢以不次……”①这些虽多针对经学，但已不限于经学范围，开始倡导文学、艺术等，未必完全为政治服务。

炀帝时大量制作宫体诗，当然对音乐的态度也较文帝开放、享乐得多。如大业二年(606年)，“(炀)帝以启明可汗将入朝，欲以富乐夸之，太常少卿裴蕴希旨，奏括天下周、齐、梁、陈乐家子弟皆为乐户……于是四方散乐，大集东京，阅之于芳华苑积翠池侧……”②及大业中，“炀帝乃定清乐、西凉、龟兹、天竺、康国、疏勒、安国、高丽、礼毕，以为九部”③。这说明炀帝具有对音乐纯粹娱乐的艺术观和兼容并包的博大胸襟。

由于炀帝具备如此开放的文艺观和胸怀，所以对南朝文化的看法与文帝时期也大有不同。他不但没有歧视南朝文化，反而看重并躬亲学习，取其精华融入北方文风，创制出唐朝文学之音，为唐代文学导服先路。这也是时代的产物，炀帝在其父奠基的安定环境、雄厚国力的基础上，将视野放得更远，是家国盛世环境下的一种产物和气象。

隋炀帝不但是隋代融合南北文风最成功的人士之一，还是文学创作实践取得较高成就的隋人之一，即他的文风和创作实践对隋代其他文人的创作具有方向标的作用。炀帝既不忽视北朝文士，也不轻视江左士人，甚至重视南朝江左

① (唐)魏徵：《隋书·炀帝纪》。

② (宋)司马光：《资治通鉴·隋纪》。

③ (唐)魏徵：《隋书·音乐志》。

优异文人，如在身边储有众多的江南学士。再加上他自身对江南文化的爱好，更为重视南朝文化，所以深受南朝文风的影响，并大量创制出“并存雅体”“词无淫荡”的质文并重的清新篇章。炀帝周围作家的创作受其影响，南方士人的作品，尤其散文也呈现出质文并重的倾向。如虞世基的《杨素墓志》、柳顾言的《天台国清寺智者禅师碑文》、虞绰的《大鸟铭》、萧皇后的文章等。北方士人也在这种宽松的环境下，在文学方面与南朝文人自由地交流，吸收和借鉴，不再矜束文辞。同时，炀帝开疆拓土，隋人亲临战场的机会增多，边塞诗也出现了新气象。如杨素的诗文，皆体现出南北文风融合之迹，同时也反映了隋代文学的新变。

第五章　关陇作家群文学创作研究

本书第二章把关陇作家群分为皇室成员和其他关陇作家，按照大文学的概念划分隋代共有105位作家，第四章已介绍了皇室成员的文学创作情况，本章主要介绍关陇其他作家的文学创作，具体包括杨素及隋代的女性作家的文学创作情况。

第一节　杨素的诗文创作及特点

杨素，字处道，弘农华阴（今陕西）人，由北周入隋，历文、炀二帝，是隋朝的开国功臣。杨素出身望族，祖杨暄为魏辅国将军、谏议大夫，父杨敷为周汾州刺史，世代为官，家学渊源深厚。杨素"少落拓，有大志，不拘小节……善属文，工草隶"，有英杰之表。后与牛弘"同志好学，研精不倦，多所通涉"。杨素初仕北周，以军功累至大将军；入隋后，南征北战，又以平陈等累累战功，赢得赫赫声名，封越国公，转内史令；之后又改封楚国公。在周，杨素曾起草诏书，下笔立成，词意兼美，受到嘉奖。故杨素可谓"兼文武之资，包英奇之略"[①]，是有隋一代文武兼备、声名远播的能臣文士。

① 以上均见《隋书·杨素传》。

一、杨素的诗歌创作及特点

关陇作家群中除了炀帝之外，文学成就出类拔萃、别具一格的便是杨素。杨素与炀帝虽然都处在南北文风自由交流、相互融合的大背景之下，但由于二人生活经历和喜好不同，文学创作也有着很大差异。杨素诗歌的特点是题材相对单一，创作风格在一定程度上保留了魏晋建安诗歌的特质。

杨素的诗歌流传至今的有19首，皆为五言诗，从题材来看主要分为边塞和赠别两类，从诗风来看又可分为豪迈雄壮和优柔抒情两种，很符合出身关陇贵族的北方武人世家及重质轻文、宗经重史的文化传统。其诗歌风格贞刚雄健，被誉为“沉雄华瞻，风骨甚遒”[①]，“骨高”[②]等，古人详曰“杨素诗朴劲不似隋人”[③]。杨素的文风在本质上与建安风骨可谓一脉相承。如《出塞》二首：

（一）

漠南胡未空，汉将复临戎。
飞狐出塞北，碣石指辽东。
冠军临瀚海，长平翼大风。
云横虎落阵，气抱龙城虹。
横行万里外，胡运百年穷。
兵寝星芒落，战解月轮空。
严鐎息夜斗，骍角罢鸣弓。
北风嘶朔马，胡霜切塞鸿。
休明大道暨，幽黄日用同。
方就长安邸，来谒建章宫。

（二）

汉虏未和亲，忧国不忧身。
握手河梁上，穷涯北海滨。
据鞍独怀古，慷慨感良臣。
历览多旧迹，风日惨愁人。
荒塞空千里，孤城绝四邻。

① （清）王士祯著，胡云翼编：《古诗选》，中华书局1940年版，第183页。
② （清）沈德潜选：《古诗源》，中华书局1963年版，第358页。
③ （清）吴乔述：《围炉诗话》卷二，中华书局1985年版，第138页。

树寒偏易古，草衰恒不春。
交河明月夜，阴山苦雾辰。
雁飞南入汉，水流西咽秦。
风霜久行役，河朔备艰辛。
薄暮边声起，空飞胡骑尘。

杨素的诗歌与自身经历有着密不可分的关系，这两首出塞诗正是他亲历沙场所见所感的产物。《隋书·杨素传》明确记载杨素于开皇十八年(598 年)和仁寿初年(601 年)分别以云州道行军总管、行军元帅出塞抗击突厥，皆大胜而归。

《出塞》二首从整体上来看皆具有粗犷壮大的气概以及真实质朴、雄深雅健的风格。在第一首中杨素虽然明知抗击的是强大的胡虏突厥，却无丝毫胆怯惨愁之意，反而充满英勇迎敌、抗战必胜的豪迈情怀。这与他本身征南逐北、亲历战场的丰富经验有着直接关系。诗句"冠军临瀚海，长平翼大风。云横虎落阵，气抱龙城虹。横行万里外，胡运百年穷"，借汉代卫青、霍去病抗击匈奴的英雄事迹来表现自己抗击突厥必胜的自信心。接着诗人采用白描的艺术手法真实再现了战场英勇厮杀的激烈场面和边塞苦寒的环境，使人如亲临现场。这种真实质朴、雄深刚健的风格非亲临边塞战场而不能为。

第二首则是杨素亲对边塞战争的所见、所感、所思。这得益于他善思实干，敢作敢为，胸怀大志。全诗首先表明诗人以天下为己任的爱国热情。这里借用汉代李陵、苏武的历史故事来说明自己的民族大义，但战争是残酷的，令人深痛，让人警醒。接着描写"千里荒塞""四邻空城""大雁南飞""寒水西咽"以及"风霜久行役"等边塞景致，更增添了出塞边关的苦寒与艰辛，同时也展现了诗人心理战场的苦愁与惨痛。这样的战争还在苦寒的薄暮中蔓延着，这样的忧虑和惨痛仍旧在边塞角声中上演着。最后两句给人一种刚柔并济的悠远之感，使诗歌变得含蓄婉转，余味缭绕，令人警思！

这两首《出塞》诗充分体现了杨素言辞清雅、刚健雄深、重乎气质的北人特点，正如后人评价的"齐梁文辞之弊，贵清绮不重气质，得此可以矫之"[①]。

隋代乐府诗中的边塞诗作，多立功扬名的思想内容，与南朝边塞诗作泾渭分明，再加上隋代文士多具有亲临战场的经验，在战斗生活和边塞风景的描述上就具有了真实感。更重要的是这种边塞诗诗风，直接为具有相似背景的初唐边塞诗所继承，成就了隋唐数十年间边塞诗歌的特殊风味。

---

① (清)刘熙载：《艺概·诗概》，上海古籍出版社 1978 年版，第 57 页。

除以上边塞诗所具有的粗犷壮大、雄深刚健风格之外，杨素的诗歌还具有悲凉细美、质实深厚的一面。如《赠薛播州》组诗十四首充分体现了这一情感特征：

（一）

在昔天地闭，品物属屯蒙。
和平替王道，哀怨结人风。
麟伤世已季，龙战道将穷。
乱海飞群水，贯日引长虹。
干戈异革命，揖让非至公。

（二）

两河定宝鼎，八水域神州。
函关绝无路，京洛化为丘。
漳滏尔连沼，泾渭余别流。
生郊满戎马，涉路起风牛。
班荆疑莫遇，赠缟竟无由。

（三）

五纬连珠聚，千载浊河清。
金亡潜虎质，闰尽自蛙声。
圣期伊旦暮，天禄启炎精。
雾生三日重，星飞五老轻。
禋宗答上帝，改物创群生。

（四）

道昏虽已朗，政故犹未新。
刳舟洹水济，结网大川滨。
出游迎钓叟，入梦访幽人。
植林虽各树，开荣岂异春。
相逢一时泰，共幸百年身。

（五）

有帛贲丘园，生刍自幽谷。
尘芳金马路，澜清凤池澳。
零露既垂光，清风复流穆。
倾盖如旧知，弹冠岂新沐。

利心金各断，芬言兰共馥。

（六）

自余历端揆，缉熙忝时彦。
及尔陪帷幄，出纳先天眷。
高调发清音，缛藻流余绚。
或如彼金玉，岁暮无凋变。
余松待尔心，尔筠留我箭。

（七）

荏苒积岁时，契阔同游处。
阊阖既趋朝，承明还宴语。
上林陪羽猎，甘泉侍清曙。
迎风含暑气，飞雨凄寒序。
相顾惜光阴，留情共延伫。

（八）

滔滔彼江汉，实为南国纪。
作牧求明德，若人应斯美。
高卧未褰帷，飞声已千里。
还望白云天，日暮秋风起。
岘山君傥游，泪落应无已。

（九）

汉阴政已成，岭表人犹蠹。
弹冠比方新，还珠总如故。
楚人结去思，越俗歌来暮。
阳乌尚归飞，别鹤还回顾。
君见南枝巢，应思北风路。

（十）

北风吹故林，秋声不可听。
雁飞穷海寒，鹤唳霜皋净。
含毫心未传，闻音路犹夐。
唯有孤城月，徘徊独临映。
吊影余自怜，安知我疲病。

（十一）

养病愿归闲，居荣在知足。

栖迟茂陵下，优游沧海曲。

古人情可见，今人遵路躅。

荒居接野穷，心物俱非俗。

桂树访丛生，山幽竟何欲。

（十二）

所欲栖一枝，禀分丰诸已。

园树避鸣蝉，山梁遇雌雉。

野阴冒丛灌，幽气含兰芷。

悲哉暮秋别，春草复萋矣。

鸣琴久不闻，属听空流水。

（十三）

秋水鱼游日，春树鸟鸣时。

濠梁暮共往，幽谷有相思。

千里悲无驾，一见杳难期。

山河散琼蕊，庭树下丹滋。

物华不相待，岁暮有余悲。

（十四）

衔悲向南浦，寒色黯沈沈。

风起洞庭险，烟生云梦深。

独飞时慕侣，寡和乍孤音。

木落悲时暮，时暮感离心。

离心多苦调，讵假雍门琴。

这十四首《赠薛播州》诗，从天下纷乱写至四海统一，又从求才、立本、出守写到归闲，最后一首兼相思勉励之意，一题数章，一气呵成，而不露排偶之迹，非真情实感莫能为！

杨素厚交薛道衡，二人彼此深相爱重。时值仁寿中，高祖不欲道衡久知机密，以出检校襄州总管。此时道衡已届暮年，又久蒙驱策，一旦违离，不胜悲恋。杨素回忆往日二人共处同游的美好时光，真心相惜，“余松待尔心，尔筠留我箭”。无奈光阴荏苒，真情厚意只得“相顾惜光阴，留情共延伫”。离别之后的思念之情渐浓，作者遥想挚友独自登岘山而感慨万千，真切动人，“还望白云天，日暮秋风起。岘山君傥游，泪落应无已”。两人远隔天边，彼此思念，作者想象挚友在地广人稀、人生地不熟的岭南荒凉边陲，必定“君见南枝巢，应思北风路”；而自己则见“北风吹故林”，心情自然“秋声不可听”。在一片雁飞鹤唳、苍茫寥廓的情景下，作者怎能不“心未传，路犹夐”，至此作者忽然笔锋一转，抬头望孤月，难道月亮也和自己一样孤独徘徊独自感伤吗？“吊影余自怜，安知我疲病”，照应诗首“秋声不可听”，借悲秋而叙挚友离别后孤独之悲。此情此感真切婉转，隐晦含蓄地表达了对自身所处境地的悲慨。

此组诗除沉深质实之外，又复梗概悲凉。如薛道衡因苏威事遭外遣出江陵，已是入冬季节，风起洞庭，烟生云梦，落木萧萧，一派悲凉景色，不禁令人心悲异常；暮冬又遭遣南行，于此满目衰杀、穷愁悲凉的景色之中，倍增迁客寂寥与苍凉之感。时值晚年的两位挚友此时已是生死别离，亲爱之情，龙为感人。这就是《隋书·杨素传》所云：“素尝以五言诗七百字赠番州刺史薛道衡，词气宏拔，风韵秀上，亦为一时盛作。未几而卒。”

杨素纵横沙场，戎马一生，征战无数，未曾败绩，为大隋江山立下汗马功劳，实为有隋一代的开国功臣。他作为武将可称一代枭雄，作为文人可称一代诗才，可谓文武兼备、智勇双全的风云人物。晚年，他却遭文帝疏忌，成为炀帝的心腹之患。纵想一生，他不免心境凄凉，然而更兼一份不安和惶恐。他怎能不感慨颇多、思念往日挚友呢？他抒写此时心境的作品还有《山斋独坐赠薛内史诗》二首、《赠薛内史诗》。

杨素的赠答诗，直抒胸臆，情思真切，寓情于景，将沉痛悲切的感情含蓄婉转地传达出来，令人深思，耐人回味。与“正始之音”代表人物阮籍的《咏怀》组诗八十二首有异曲同工之妙。阮籍亦是通过象征、比兴、寄托等写作手法，寓寄情怀，把心中不可向外人道的悲愤与哀怨曲折隐晦地表达了出来。初唐陈子昂的《登幽州台歌》《感遇》组诗十二首，同样格调激越苍凉、风格质朴、寓意深远。因此从借诗抒发胸中块垒来言，杨素“殆足以上继嗣宗，下开子昂”[①]。

杨素的《赠薛播州》组诗，以情系诗，一气呵成，内容连贯，逻辑清晰，可看成一个有机整体。同时，每一首诗又有独立的构思和情感线索，井然有致，寓意明确，感情强烈，深沉质朴，气势豪迈；音韵和谐，对仗俨然，语言质朴，毫无雕琢。与当时流行的以炫耀技巧、辞藻为主，婉转绮丽的宫体诗相较，杨素之作具有更强的艺术震撼力。杨素以饱满的感情写诗，技巧手法则作为工具隐藏其中。

---

① 郑振铎：《中国文学史》，陕西师范大学出版社 2010 年版，第 225 页。

首先，化用前人诗句的句意。如“君见南枝巢，应思北风路”化用了《古诗十九首·行行重行行》“胡马依北风，越鸟巢南枝”；“高卧未褰帷”化用了谢灵运《登池上楼》“衾枕昧节候，褰开暂窥临”等。杨素化用前人诗句，借用的只是意韵。如“风起洞庭险，烟生云梦深”“木落悲时暮，时暮感离心”似化用了屈原《九歌·湘夫人》“袅袅兮秋风，洞庭波兮木叶落”的境界和内涵，意味甚是暗合。大量化用前人诗句的神韵和意味，丰富作品内容，不仅使人易于理解诗歌中所表达的感情，而且增强了诗歌的艺术效果。从这一点来看，杨素十分看重作品的内容，重视情感的表达，以情系文。

其次，善于用典故。用典是诗人创作常用的艺术手法，但杨素用典并不刻意，而是浑然一体，不露痕迹。如“濠梁暮共往，幽谷有相思”化用庄子和惠施的故事明知音之意，贴切、传神，用意甚明。这些典故既增加了诗歌内容的深意，又增强了艺术感染力，还呈现了格调的清远和雅健。

再次，大量使用顶真修辞手法。如“山幽竟何欲”，“所欲栖一枝”，前后首诗句顶真；“木落悲时暮，时暮感离心”，上下诗句顶真。这样的艺术手法在杨素的诗歌中普遍存在，格式也更加严密。如《赠薛内史》中的“停杯遂待君，待君春草歇”“朝朝唯落花，夜夜空明月”“明月徒流光，落花空自芳”等，俯拾皆是。可见，作者对诗作极为用心，这也是诗人不断总结、不断探索艺术手法的产物。全诗十四章，每章十句，并且内容完整，自成单元。各章除去首尾四句之后，中间六句也对偶工整，而且韵律和谐。这在结构形式上，对五言律诗体制的定型有着促进作用。作者才华横溢，对这种表现手法的运用不显重叠、累赘，反而增强了情感的抒发。从这里也可看出作者是以激越、奔放的感情来创作诗歌的，而不是为文造情。这也是杨素诗歌最大的特色。

最后，善用白描手法，即简单勾勒自然界的各种景物，就能给全诗营造出一种气氛和意境。这得益于他吸收了南朝诗人的艺术经验，又能以形出神，使之成为内含情思意象的艺术手法。这种表达方式对唐代的山水诗派代表人物韦应物以及大历十才子等人都产生了一定的影响。

《赠薛播州》十四首堪称杨素的代表作，唐人称其“词气宏拔，气韵秀上，为一时盛作”①。从诗史角度看，《赠薛播州》十四首融北朝的风骨与南朝的清俊于一体，兼具南北诗风之两长，是有隋一代难得的佳作。正如后人所评价的“高迥雅逸，纤靡扫尽，大业之朝，足称首杰”②，以及“沉雄华赡，风骨甚遒，已辟唐人

① （唐）魏徵：《隋书·杨素传》。

② （清）王夫之等：《清诗话》，上海古籍出版社1978年版，第183页。

陈、杜、沈、宋之轨”[1]。

杨素是文武全才的能臣，更是私欲多于公心的“佞臣”。《隋书·杨素传》载，他所为的令人诟病的政治事件有三：其一，滥用民力、物力营建仁寿宫。宫殿的豪华令高祖不悦，后杨素说服独孤皇后为其说情开脱。其二，与其弟杨约协助杨广阴谋夺嫡。其三，史家怀疑杨素与杨广于仁寿宫害死病重的文帝，矫诏篡位。另外，杨素本人也极爱资财，大量聚敛，挥霍无度，时议也以此鄙之。以上所作所为，不能不引以为憾事。《赠薛播州》十四首作于晚年，也许正如挚友道衡所言“人之将死，其言也善”。至于杨素的历史功过，唐初史臣有较为全面中肯的评价：

> 杨素少而轻侠，俶傥不羁，兼文武之资，包英奇之略，志怀远大，以功名自许。高祖龙飞，将清六合，许以腹心之寄，每当推毂之重。扫妖氛于牛斗；江海无波，摧骁骑于龙庭，匈奴远遁。考其夷凶静乱，功臣莫居其右；览其奇策高文，足为一时之杰。然专以智诈自立，不由仁义之道，阿谀时主，高下其心。营构离宫，陷君于奢侈；谋废冢嫡，致国于倾危。终使宗庙丘墟，市朝霜露，究其祸败之源，实乃素之由也。[2]

以上点评既肯定了他文武兼备的卓越资秉，也指摘他危害朝本权奸的一面。人的性格具有多面性，一如隋炀帝杨广，再如西晋的潘岳。可以说，人格和诗格具有悖反性的一面，所以不能因人废言。

二、杨素的散文创作及特点

杨素在关陇作家群中是文武兼备的全才，虽然在政治生涯中的历史功绩颇受争议，但其在诗文创作上的成就无可非议，值得肯定。杨素的文章今存不多，仅 7 篇。与诗相较，其文成就不如诗。其中，《谢炀帝手诏问劳表》《奏劾王谊》等可代表其文风。《谢炀帝手诏问劳表》乃是他平定汉王杨谅时，炀帝下诏问劳的陈谢之辞：

> 臣自惟虚薄，志不及远，州郡之职，敢惮劬劳，卿相之荣，无阶觊望。然时逢昌运，王业惟始，虽涓流赴海，诚心屡竭，轻尘集岳，功力盖微。徒以南阳里闾，丰、沛子弟，高位重爵，荣显一时。遂复入处朝端，出总戎律，受文武之任，预帷幄之谋。岂臣才能，实由恩泽。欲报之德，义极昊天。伏惟陛

① (清)王士祯著，胡云翼编：《古诗选》，中华书局 1940 年版，第 183 页。

② (唐)魏徵：《隋书·杨素传》。

下照重离之明，养继天之德，牧臣于疏远，照臣以光晖，南服降枉道之书，春官奉肃成之旨。然草木无识，尚荣枯候时，况臣有心，实自效无路。昼夜回徨，寝食惭惕，常惧朝露奄至，虚负圣慈。

贼谅包藏祸心，有自来矣，因幸国哀，便肆凶逆，兴兵晋、代，摇荡山东。陛下拔臣于凡流，授臣以戎律，蒙心膂之寄，禀平乱之规。萧王赤心，人皆以死，汉皇大度，天下争归，妖寇廓清，岂臣之力！曲蒙使臣弟约赍诏书问劳，高旨峻笔，有若天临，洪恩大泽，便同海运。悲欣惭惧，五情振越，虽百陨微躯，无以一报。

此文满是谦恭之词，对平定汉王杨谅之功表示谦逊，如皆是“汉皇大度”“岂臣之力”。作者对炀帝的慰问与称赞表示荣幸，将功劳皆归于炀帝，并表示对皇帝竭尽忠诚和誓死为国效力，字里行间洋溢着自信及处于人生巅峰的豪迈气概。

《奏劾王谊》也是如此。隋文帝将其第五女嫁于王谊之子奉孝，未几，奉孝卒，逾年，王谊上表，言公主年少，请除服。当朝御史大夫杨素奏劾王谊：

臣闻丧服有五，亲疏异节，丧制有四，隆杀殊文。王者之所常行，故曰不易之道也。是以贤者不得逾，不肖者不得不及。而仪同王奉孝，既尚兰陵公主，奉孝以去年五月身丧，始经一周，而谊便请除释。窃以虽曰王姬，终成下嫁之礼，公则主之，犹在移天之义。况复三年之丧，自上达下，及期释服，在礼未详。然夫妇则人伦攸始，丧纪则人道至大，苟不重之，取笑君子。故钻燧改火，责以居丧之速，朝祥暮歌，讥以忘哀之早。然谊虽不自强，爵位已重，欲为无礼，其可得乎？乃薄俗伤教，为父则不慈，轻礼易丧，致妇于无义。若纵而不正，恐伤风俗，请付法推科。

正如《隋书·杨素传》所说，他“有大志”“有英杰之表”“不拘小节”，这样的才能驱使他在政治上野心勃勃。如杨素之妻性悍，素曾愤然曰：“我若作天子，卿定不堪为皇后。”[①]这充分暴露了他性格中极度张扬和直言不讳的一面。

此文虽然满是谦逊、溢美之词，但不显累赘拖沓，反而呈现出一种简洁流畅、刚健有力的北人特有的质朴清俊之风。全文义正词严，也从侧面暴露了他极度张扬的强悍性格。

其他几篇弹劾、奏议的文章也都具有这种简洁流畅而又质朴严峻的风格。这也是他作为“文才”具有高度才华之所由，能合南北之长，形成以北方气质为主的文质彬彬之势。杨素是隋代文坛上的一朵奇葩。

① （唐）魏徵：《隋书·杨素传》。

第二节 关陇作家群中女性的文学创作

关陇作家群中除了文学成就异常突出的隋炀帝和杨素二人之外，其余为数不多，其中诗歌创作及主体意识凸显的女性形象形成了一道风景线。如今可考的关陇女性作家①大致有大义公主、丁六娘、李月素、罗爱爱、秦玉鸾、苏蝉翼、张碧兰等。

一、大义公主的诗歌创作及特点

大义公主，北周赵王宇文招之女，武帝的侄女，初名千金。她自幼生活优裕，聪明机敏。宇文招喜爱文学，与庾信交往甚密，多有唱和之作。千金公主受其熏陶，亦有诗才。可惜命运不济，北周大象二年(580年)，出于和亲的政治目的，千金公主出嫁突厥，身不由己，远离家国。千金公主出嫁不久，家国倾崩，执掌大权的杨坚趁周静帝年幼篡位建隋。千金公主之父宇文招起兵反杨坚，被诛杀九族，皇家宗室被杀戮殆尽。文帝出于政治利益，对千金公主加以笼络，以维持与军事力量强大的突厥之间的关系，并赐姓杨，改称其为"大义公主"，视她为杨家皇室宗女，望其深明大义，维持民族友好关系。

及隋平陈，文帝将陈叔宝一架华贵的屏风赐予大义公主，以示恩惠。大义公主心怀国恨家仇，目睹亡陈之物，不由地联想到家国与自身处境，心痛欲绝，感慨万千，心中不平，遂在屏风之上写下无限伤感的《书屏风诗》，也是她今存的唯一诗篇。不料，这首抒发情志的自寄诗竟为她招致杀身之祸。"上闻而恶之，礼赐渐薄"②，之后，文帝担心国恨家仇如此强烈的她成为突厥与隋之间关心恶化的隐患，遂设计借突厥都蓝可汗即大义公主丈夫之手，杀害了年仅33岁的她。《书屏风诗》曰：

盛衰等朝露，世道若浮萍。
荣华实难守，池台终自平。
富贵今何在，空事写丹青。
杯酒恒无乐，弦歌讵有声。

① 关陇女性作家除以上七位之外，还有萧皇后及侯夫人，已在宫廷作家中介绍过。
② (宋)司马光：《资治通鉴·隋纪》。

余本皇家子，漂流入虏廷。
一朝睹成败，怀抱忽纵横。
古来共如此，非成独申名。
惟有明君曲，偏伤远嫁情。

这首诗给人一种世事无常之感，弥漫着诗人心系家国、复国无望的悲慨和忧思。她叙写了远嫁别国他乡的不幸，抒发了对世事无常、朝露即逝的慨叹。如该诗前半部分通过讲述自身的遭遇抒发了看透世事，视富贵如浮云的感慨；后半部分讲述诗人在目睹了家国的覆亡后开始觉醒，认为自己作为皇室成员之一应肩负起为国家的复兴披挂上阵的重担，而不是像王昭君那样徒自伤悼，“惟有明君曲，偏伤远嫁情”。“古来共如此，非成独申名”，运用了春秋时期许穆夫人为母国贡献自己一份力量的历史典故。在风起云涌、时局变幻不定的历史大潮中，大义公主义不容辞地为自己的国家竭尽全力的民族大义与许穆夫人一脉相承。这种女性的责任意识在浓厚的古代封建意识的压制下是不多见的。

诗人在抒发对人世独特的感受时，也透露出自身坎坷的命运，全诗哀而不伤，始终充斥着不向命运屈服的力量。这种力量在千载之下，读之依然令人感慨万分，精神振奋！这种以自身经历抒写一己之悲而又能突破一己之局限的诗歌创作具有普遍意义，从而上升为一种历史的类型。

从整首诗来看，诗人不饰雕琢，自然朴实，梗概多气，以激越、愤慨、汹涌澎湃的爱国热情谱写了一首爱国之曲。充沛的感情贯穿全诗，自然流畅，使其具有刚健、硬朗之风。此诗虽是自我伤悼的历史挽歌，诗人却没有自怨自艾、自暴自弃，而是像男儿一样远离家国，忍辱负重，愿意为了国恨家仇而抛洒一腔热血，颇有男子气概。她鲜明的个性与侯夫人等隋代其他女性强烈的主体意识产生的原因是一致的，这正是时代的产物。

二、其他女性的诗歌创作及特点

隋代除了萧皇后、侯夫人、大义公主这些宫廷女性作家之外，还有几位民间女子。她们现存的作品主要是抒发以情爱为主的诗作，表现了她们敢于主动追求、表达自己情感的主体意识。她们无论面对何种感情，浓情蜜意或别离之苦，都能直言不讳地进行淋漓尽致的抒发。如李月素的《赠情人诗》：

感郎千金意，含娇抱郎宿。
试作帷中音，羞开灯前目。

秦玉鸾的《忆情人诗》：

兰幕虫声切，椒庭月影斜。
可怜秦馆女，不及洛阳花。

苏蝉翼的《因故人归作诗》：

郎去何太速，郎来何太迟。
欲借一尊酒，共叙十年悲。

张碧兰的《寄阮郎诗》：

郎如洛阳花，妾似武昌柳。
两地惜春风，何时一携手。

这四首诗均表达了诗人对爱情单纯、热烈而又执着的追求，同时也表现了诗人对人生幸福的渴望。这是模仿南朝民歌写出的对爱情的渴望及思慕，与南朝民歌极为接近。譬如吴声歌曲中的《华山畿》：

一夕就郎宿，通夜语不息。
黄蘖万里路，道苦真无极。

又如西曲《乌夜啼》：

远望千里烟，隐当在欢家。
欲飞无两翅，当奈独思何。

这两首民歌在风格上，以热烈、浪漫的感情为主；在基调上，以哀伤为主；在语言上，明朗、天然而巧妙，有一种浅俗的鲜丽；在句式上，大都以五言四句为主。这些民歌的产生与当时的地理环境、经济发展、思想观念、社会好尚等有着密切的关系。

魏晋南北朝时期，传统道德规范失去了束缚力，这是一个思想开放、重视情感、追求享乐的时期。再加上江南经济发达，地处长江流域，气候湿润，地丰物饶，山川明媚，四季繁花，易催生浪漫而热烈的情与爱。

虽然上面四首隋代爱情诗与南朝民歌同为追求热烈爱情的文学作品，但与南朝民歌不同的是隋代爱情诗大多能借物取譬，委婉地表达思念之情。隋代文、炀二帝奋发图强，努力发展经济，社会环境安定，出现了国富民足的大形势。运河干线沿岸遂兴起了许多商业城市，这些城市也都凭借着优越的地理位置而繁荣起来。之后炀帝沿运河三下江都南巡，一方面显示了国力的强盛，另一方面也便于他本人巡游享乐。不过这促成了随行达官贵人从北至南一路的享乐，也带动了隋代市井文化的兴盛。如炀帝的《泛龙舟》《江都宫乐歌》都显示了运河沿岸绮丽的风光和扬州歌舞升平的景象。再如《十索》诗六首。据《乐府》记载，丁六娘作《十索》诗四首，其余两首为无名氏作。而《选诗拾遗》载，均为丁六娘作。丁六娘为隋代歌妓，生平不详。《十索》六首曰：

（一）

裙裁孔雀罗，红绿相参对。
映以蛟龙锦，分明奇可爱。
粗细君自知，从郎索衣带。

（二）

为性爱风光，偏憎良夜促。
曼眼腕中娇，相看无厌足。
欢情不耐眠，从郎索花烛。

（三）

君言花胜人，人今去花近。
寄语落花风，莫吹花落尽。
欲作胜花妆，从郎索红粉。

（四）

二八好容颜，非意得相关。
逢桑欲采折，寻枝倒懒攀。
欲呈纤纤手，从郎索指环。

（五）

含娇不自转，送眼劳相望。
无那关情伴，共入同心帐。
欲防人眼多，从郎索锦障。

（六）

兰房下翠帷，莲帐舒鸳锦。
欢情宜早畅，密态须同寝。
欲共作缠绵，从郎索花枕。

这六首诗由“索衣带”开始，到“索花烛”“索红粉”“索指环”“索锦障”及“索花枕”，感情之热切一步一步递进，一步步加深，从而含蓄委婉地表达了诗人对爱情急切的渴望，表现了男女之间的欢爱之情及女子一往情深、追逐爱情的快乐。

《十索》六首吸取了南朝民歌的艺术特点，深受宫体诗的影响。如《索红粉》中写女子和情人互相戏谑，男子说花艳胜过女，女子则撒娇不服气，故意对镜精心梳妆，其非要同花比试一番的可爱之态呼之欲出，跃然纸上。这种对女子进行惟妙惟肖的形态描写的艺术手法与南朝民歌相同。但这些诗又多能借物取譬、委婉地表达诗人内心对爱情的热切渴望,并不像南朝民歌那样直白。

综上可知,隋代女性的创作既有宫女对爱情自由的渴望、挣扎以及以死抗争的勇毅;又有皇室公主在远嫁异国他乡、国破家亡、孤立无援时,深明大义、肩负家国责任的凛然傲立;还有风尘女子对爱情热烈的追求和渴望。低沉与高昂、凝重与明快相互交织,既勾画出有隋一代丰富多彩的社会生活画面,又展现了隋代女诗人复杂而独特的生命意识。在诗歌长河中,女性诗歌如涓涓细流,不曾断流,继而迎来了唐宋女性诗歌的春天。

在经历了魏晋南北朝主体意识觉醒后,思想开放的隋代出现申明大义的女性既是历史的偶然,亦是历史的必然。如隋代另一位巾帼不让须眉的杰出女性——冼夫人。如果说北方有启民可汗这样顾全大局的民族领袖,那么对岭南少数民族来说,则有冼夫人这样一生致力于统一的杰出女性。

《隋书·谯国夫人传》载:她本姓冼,因封夫人,史称"冼夫人"。其称谓是用女性的姓氏而非传统用夫家姓氏,这透露出,在隋代只要女人有为社会所称道的卓著行迹,就完全可以在社会上、在历史上享有与男性同样的名誉。如史臣曰:

> 夫称妇人之德,皆以柔顺为先,斯乃举其中庸,未臻其极者也。至于明识远图,贞心峻节,志不可夺,唯义所在,考之图史,亦何世而无哉!兰陵主质迈寒松,南阳主心逾匪石、洗媪孝女之忠壮,崔、冯二母之诚恳,足使义勇惭其志烈,兰玉谢其贞芳。襄城、华阳之妃,裴伦、元楷之妇,时逢艰阻,事乖好合,甘心同穴,颠沛靡它,志励冰霜,言逾皎日,虽《诗》咏共姜之自誓,《传》述伯姬之守死,其将复何以加焉![1]

这使得有隋一代出现如大义公主等主体意识鲜明的女性群体,也就不再令人费解。

第三节 其他关陇作家的文学创作

关陇作家中除了杨广、杨素以及女性作家外,还有刘炫及其门人、刘焯等一些崇尚质实的作家。从今存的作品来看,似乎和隋代诗文迥然相异。

① (唐)魏徵:《隋书·谯国夫人传》。

刘炫，字光伯，隋代著名经学家。河间景城（今河北献县东北）人。刘献之的三传弟子。开皇中，奉敕修史，与诸儒修定“五礼”，授予旅骑尉。寻任太学博士。卒于隋代末，门人弟子谥为宣德先生。刘炫相信伪《尚书孔氏传》，并伪造了《连山易》《鲁史记》等书；他提出的《春秋》“规过”之论，对后世影响颇大。他撰写的《尚书述义》等诸书，已佚。清马国翰所著《玉函山房辑佚书》一书中有辑本。如《隋书·儒林传》载其《自赞》曰：

通人司马相如、扬子云、马季长、郑康成等，皆自叙风徽，传芳来叶。余岂敢仰均先达，贻笑从昆。徒以日迫桑榆，大命将近，故友飘零，门徒雨散，溘死朝露，埋魂朔野，亲故莫照其心，后人不见其迹，殆及余喘，薄言胸臆，贻及行迈，传示州里，使夫将来俊哲知余鄙志耳。

余从绾发以来，迄于白首，婴孩为慈亲所恕，棰楚未尝加，从学为明师所矜，榎楚弗之及。暨乎敦叙邦族，交结等夷，重物轻身，先人后己。昔在幼弱，乐参长者，爰及耆艾，数接后生。学则服而不厌，诲则劳而不倦，幽情寡适，心事多违。内省生平，顾循终始，其大幸有四，其深恨有一。性本愚蔽，家业贫窭，为父兄所饶，厕缙绅之末，遂得博览典诰，窥涉今古，小善著于丘园，虚名闻于邦国，其幸一也。隐显人间，沉浮世俗，数忝徒劳之职，久执城旦之书，名不挂于白简，事不染于丹笔，立身立行，惭恧实多，启手启足，庶几可免，其幸二也。以此庸虚，屡动神眷，以此卑贱，每升天府，齐镳骥騄，比翼鹓鸿，整缃素于凤池，记言动于麟阁，参谒宰辅，造请群公，厚礼殊恩，增荣改价，其幸三也。昼漏方尽，大耋已嗟，退反初服，归骸故里，玩文史以怡神，阅鱼鸟以散虑，观省野物，登临园沼，缓步代车，无罪为贵，其幸四也。仰休明之盛世，慨道教之陵迟，蹈先儒之逸轨，伤群言之芜秽，驰骛坟典，厘改僻谬，修撰始毕，图书适成，天违人愿，途不我与。世路未夷，学校尽废，道不备于当时，业不传于身后。衔恨泉壤，实在兹乎？其深恨一也。

此文虽骈散间行，但已有冲破骈文藩篱之势，流畅动情，颇具特色。

刘焯的文亦如此。刘焯（544～610 年），字士元，信都昌亭（今河北冀县）人。隋代著名的天文学家，着力钻研《九章算术》《七曜历书》《周髀》等，著有《稽极》《历书》各 10 卷。他还提出新历法，编著《皇极历》，在历法中首次考虑太阳视差运动的不均匀性，还创立了用三次差内插法计算日月视差运动速度，从而推算出五星的位置以及日、月食的起运时刻。这是中国历法史上的重大突破及重大成就。如《上皇太子启论浑天》：

璇玑玉衡,正天之器,帝王钦若,世传其象。汉之孝武,详考律历,纠洛下闳、鲜于妄人等,共所营定。逮于张衡,又寻述作,亦其体制,不异闳等。虽闳制莫存,而衡造有器。至吴时,陆绩、王蕃,并要修铸。绩小有异,蕃乃事同。宋有钱乐之,魏初晁崇等,总用铜铁。小大有殊,规域经模,不异蕃造。观蔡邕《月令章句》,郑玄注《考灵曜》,势同衡法,迄今不改。焯以愚管,留情推测,见其数制,莫不违爽。失之千里,差在毫厘,大象一乖,余何可验。况赤黄均度,月无出入,(分)至所恒定,气不别衡。分刻本差,轮回守故。其为疏谬,不可复言。亦既由理不明,致使异家间出。盖及宣夜,三说并驱,平、昕、安、穹,四天腾沸。至当不二,理唯一揆,岂容天体,七种殊说?又影漏去极,就浑可推,百骸共体,本非异物。此真已验,彼伪自彰,岂朗日未晖,爝火不息,理有而阙,讵不可悲者也?昔蔡邕自朔方上书曰:"以八尺之仪,度知天地之象,古有其器,而无其书。常欲寝伏仪下,案度成数,而为立说。"邕以负罪朔裔,书奏不许。邕若蒙许,亦必不能。邕才不逾张衡,衡本岂有遗思也?则有器无书,观不能悟。焯今立术,改正旧浑。又以二至之影,定去极晷漏,并天地高远,星辰运周,所宗有本,皆有其率。祛今贤之巨惑,稽往哲之群疑,豁若云披,朗如雾散。为之错综,数卷已成,待得影差,谨更启送。《周官》夏至日影,尺有五寸。张衡、郑玄、王蕃、陆绩先儒等,皆以为影千里差一寸。言南戴日下万五千里,表影正同,天高乃异。考之算法,必为不可。寸差千里,亦无典说,明为意断,事不可依。今交、爱之州,表北无影,计无万里,南过戴日。是千里一寸,非其实差。焯今说浑,以道(里)为率,道里既定,得差乃审。既大圣之年,升平之日,厘改群谬,斯正其时。请一水工并解算术士,取河南北平地之所可量数百里,南北使正审时以漏,平地以绳,随气至分,同日度景。得其差率,里即可知。则天地无所匿其形,辰象无所逃其数,超前显圣,效象除疑。请勿以人废言,不用。①

这篇启文与刘炫的《自赞》同,虽为骈体,但以达意为主,故行文自然流畅,已不受骈体框架的羁绊,文风鲜明而独特。

另外,还有尹式。尹式,隋代河间(今属河北)人。"博学解属文,少有令问"②,仁寿中,担任汉王杨谅的记室,汉王甚重之。仁寿四年(604年),文帝去世,杨谅起兵反对杨广而失败,尹式遂自杀。尹式原有文集,今已失传,仅存诗2首。其中,《别宋常侍》曰:

---

① (唐)魏徵:《隋书·律历志上》。
② (唐)魏徵:《隋书·尹式传》。

游人杜陵北，送客汉川东。
无论去与住，俱是一飘蓬。
秋鬓含霜白，衰颜倚酒红。
别有相思处，啼乌杂夜风。

这首诗表达的是诗人伤感、孤苦及相思的凄苦之情，但全诗透着清俊刚健的气质，颇具深沉质厚的风格。

王绩是隋代一位比较特殊的作家。大部分文学史将其划归为初唐作家，但实际考察，王绩的有些作品其实成于隋末。如其诗有《解六合丞还》，文有《登龙门忆禹赋》《三月三日赋》《五斗先生传》《醉乡记》等。

王绩，字无功，自号东皋子、五斗先生。祖籍祁县（今山西祁县），出身官宦世家，自幼好学，喜《周易》，好老庄，博闻强记，为隋末大儒王通之弟。12 岁，王绩便游历京都长安，拜见权倾朝野的杨素，被在座公卿誉为“神童仙子”。大业元年（605 年），举孝廉，中高第，任秘书省正字。但由于生性简傲，不愿在朝供职，王绩遂以疾罢，乞署外职，改授扬州六合丞，后因嗜酒误事，被人弹劾，解职。其诗《解六合丞还》就写于此时。

一、王绩的诗歌创作及特点

隋末大乱，群雄并起，王绩郁郁寡欢，整日与隐士仲长子广饮酒赋诗。唐初以原官待诏门下，之后弃官归隐。如《解六合丞还》诗曰：

我家沧海白云边，还将别业对林泉。
不用功名喧一世，直取烟霞送百年。
彭泽有田唯种黍，步兵从宦岂论钱？
但愿朝朝长得醉，何辞夜夜瓮间眠。

王绩的字“无功”，即取《庄子》“神人无功”之意。其诗也大都包含老庄自在、无为的人生理念，诗风深受道家审美观念的影响。王绩也曾说：“题歌赋诗，以会意为功。”[①]“诗者，志之所之也。”[②]这首诗体现的是他归隐之后悠游自在的闲适之情。

载入《旧唐书·隐逸传》的人物大都符合“身在江湖，心存魏阙”的标准。王绩对现实不满，心存郁结愤懑，采取与统治者不合作的态度，嗜酒成性，自况阮

① （唐）王绩著，韩理洲点校：《王无功文集·答冯子华处士书》，上海古籍出版社 1987 年版，第 56 页。
② （唐）王绩著，韩理洲点校：《王无功文集·游北山赋》，第 2 页。

籍、嵇康、刘伶、陶渊明类。解职归隐后,也曾学陶渊明种黍酿酒,还饲养了一些野鸭和大雁以备下酒之资。在乡下,与隐士饮酒对坐,时而登北山游东皋,吟诗作赋。此诗反映的正是这种心态,塑造的是一个好酒、放达、特立独行的阮籍、陶渊明式的魏晋人物形象。

这样一个来自北方世家而仕宦生涯颇为起伏坎坷的人物,愤世嫉俗,故其诗作反映了他的复杂思想、既有积极入世的儒家思想,又有性情旷达,好老庄的一面;既有无神论思想,又有消极、缺乏积极上进的精神的一面。王绩消极颓放的处世心态使他的作品反映现实较少,多为饮酒游山历水闲适之作。不过他也多寓不平于疏浅的诗作中,自成一种风格,这种诗风在山水诗歌的发展史上具有承前继后的历史地位和贡献。若要追溯其诗风渊源,远自魏晋文学人物,如阮籍、嵇康、陶渊明,近自庾信。尤其是他擅长将简单明快的词语摄入精致工巧的对偶句中,使诗歌变得清新明快而富于韵律。总而言之,王绩的诗朴素、自然,质而不俗,疏放真率,摆脱了六朝华靡诗风,被后世公认为五言律诗的奠基人。他扭转了齐梁余风,为唐诗的开创做出了重要贡献,在诗歌史上占据非常重要的地位。

二、王绩的散文创作及特点

王绩的赋有《登龙门忆禹赋》《三月三日赋》,文有《五斗先生传》《醉乡记》。前两篇赋属于前期作品,辞藻华丽;而文则自然朴素,真率疏放、高致旷达,善于描写自然景物,融情入景,导唐代之先声。譬如《五斗先生传》:

> 有五斗先生者,以酒德游于人间。有以酒请者,无贵贱皆往,往必醉,醉则不择地斯寝矣,醒则复起饮也。尝一饮五斗,因以为号焉。先生绝思虑,寡言语,不知天下之有仁义厚薄也。忽焉而去,倏焉而来。其动也天,其静也地,故万物不能萦心焉。尝言曰:“天下大抵可见矣!生何足养,而嵇康著论;途何为穷,而阮籍恸哭?故昏昏默默,圣人之所居也。”遂行其志,不知所如。

这篇传文自述为人特点,娓娓道来,风趣诙谐,从中可见其性情,表现了他服膺老庄的人生意趣。

王绩自为其传,这是学陶渊明《五柳先生传》。无论是在内容上,还是诙谐风趣的文风上,皆与陶渊明相近。与《五斗先生传》相近的文章还有《醉乡记》。《醉乡记》更加鲜明地表现了王绩以老庄思想为人生理想,追慕魏晋人物的风神。《醉乡记》曰：

醉之乡，去中国不知其几千里也。其土旷然无涯，无丘陵阪险；其气和平一揆，无晦明寒暑。其俗大同，无邑居聚落；其人甚精，无爱憎喜怒。吸风饮露，不食五谷。其寝于于，其行徐徐。与鸟兽鱼鳖杂处，不知有舟车器械之用。

昔者黄帝氏尝获游其都，归而杳然丧其天下，以为结绳之政已薄矣。降及尧舜，作为千钟百壶之献，因姑射神人以假道，盖至其边鄙，终身太平。禹汤立法，礼繁乐杂，数十代与醉乡隔。其臣羲和，弃甲子而逃，冀臻其乡，失路而夭，天下遂不宁。至乎末孙，桀纣怒而升其糟丘，阶级千仞，南向而望，卒不见醉乡。武王得志于世，乃命公旦立酒人氏之职，典司五齐，拓土七千里，仅与醉乡达焉，故四十年刑措不用。下逮幽、厉，迄乎秦汉，中国丧乱，遂与醉乡绝。而臣下之爱道者亦往往窃至焉。阮嗣宗、陶渊明等十数人，并游于醉乡，没身不返，死葬其壤，中国以为酒仙云。

嗟乎，醉乡氏之俗，岂古华胥氏之国乎？何其以淳寂也如是？予得游焉，故为之记。

这篇文章细说醉饮之后进入的境界——醉乡，醉乡与老子的社会理想、处世哲学有相似之处，然而王绩又将它提升为治国之术，即得之则国大治，失之则国衰亡。其文风既有老庄之迹，又近似陶渊明；文意则有愤世嫉俗之情，但更多的是哀伤怀才不遇之意。故文多寓不平于疏散、真率之中。

总之，王绩的诗文皆朴质而旷达，疏散而高致，清新而明快，可谓“成功地从端庄正经而又绮丽繁缛的宫廷风格中解脱出来”了，尤其是“他的诗歌预示了文学史上一个新的时代”。[①]

① 参见宇文所安主编：《剑桥中国文学史》上卷，三联书店 2013 年版，第 324 页。

第六章　山左作家群文学创作研究

山左作家群是指由东魏、北齐入周、隋的作家。经现存史料及典籍暂考证厘定出23位作家，其中诗文兼有者7位，分别是卢思道、薛道衡、李德林、辛德源、魏澹、孙万寿、元行恭等。其中，卢思道、薛道衡、李德林、孙万寿等尤为突出。

第一节　卢思道诗文创作的特点

卢思道，字子行，范阳（今河北涿州）人。据《北史》及《隋书》记载，卢思道出身官宦世家、世袭儒业，又为山东大姓望族。其曾祖卢玄在北魏曾被誉为“儒俊之首”，祖父卢伯源为魏秘书监，亦“敦尚学业”[①]。卢思道本有济世之志，然而仕途偃蹇，经历甚为复杂，历北齐、北周入隋。开皇六年（586年）卒，时年52岁。有集30卷，今已亡佚。明代张溥辑录《汉魏六朝百三名家集》中载有《卢武阳集》1卷。

在北齐，卢思道16岁时曾读时人中山刘松所作碑铭，多有不解，于是闭户发奋苦读，并拜河间邢劭为师，又向魏收借异书苦读数年，才学兼著。文宣帝崩，当朝文士各作挽歌10首，魏收、阳休之、祖孝徵等不过一二首，唯有卢思道独得8首，故时人称誉为“八米卢郎”。然而其性格通倪不羁，将魏收奉命修撰尚未定稿的《魏书》泄露出去，大被笞辱。之后，卢思道被推荐作司空行参军，直中书

① （唐）李延寿：《北史·卢玄传》，中华书局1974年版。

省，又因泄露机密遭贬，后又因擅用库钱而免官。总之，在北齐，卢思道从解褐司空行参军，历直中书省、主客郎、给黄门侍郎，又待诏文林馆。

在北周，他因参与同郡祖伯英等人的叛乱，本当处以死刑，因北周柱国宇文神举爱其才华，令他作檄文，卢思道援笔立成、不加点，因而得免。在北周，卢思道历仪同三司，又迁武阳太守等职。入隋，他以母老辞归，后征为散骑侍郎。

据史书载，他"聪爽俊辩，通侻不羁"，"不持操行，好轻侮人"，然而才情非凡，其曲折复杂的人生经历必然影响文学创作，反映在诗文之中。如《隋书·卢思道》载，他在北齐时"免归于家。尝于蓟北怅然感慨，为五言诗以见意，人以为工"[①]。又如在北周时，高祖杨坚为丞相时，迁他为武阳太守，非其所好，遂作《孤鸿赋》以寄其情。可见，他已经把仕途偃蹇的人生经历纳入了文学创作中。这已有别于同时期的一些作家一味模仿南朝诗风为文造情的倾向。这为北方文坛出现刚健生机透露了些许讯息，预示着将有一种新的文风在隋代文学发展过程中显现。

一、卢思道的诗歌创作及特点

卢思道的诗歌创作以入隋为界点可分为两个阶段：一是在北齐、北周的创作，二是在隋代的创作。其在隋代的诗歌有10首，分为乐府和古诗两大类：乐府包括《升天行》《神仙篇》《蜀国弦》，古诗包括《驾出圆丘诗》《游梁成诗》《春夕经行留侯墓诗》《上巳禊饮诗》《夜闻邻妓诗》《赋得珠帘诗》《乐平长公主挽歌》。

卢思道在隋代的诗歌创作成就不高，也许入隋时间较短，不如其前期诗歌。但他前期作品并非都是佳作，有些还未脱离南朝文风的藩篱，模仿的痕迹依稀可见，尤其是在北齐后期，深受南朝浮华诗风的侵染。在南朝诗风风靡的文学环境中，卢思道的部分艳诗充满了浓郁的娱乐脂粉气，如《日出东南隅》《陌上桑》《采莲曲》《美女篇》等。这些诗歌完全停滞在模仿阶段，和南朝同类题材的宫体诗几无差别。葛晓音评论卢思道诗尤为深细："乐府诗明显受到齐诗普遍好尚绮艳诗风的影响，除少数游仙、宴饮以外，大多诗模仿南朝艳情诗，比魏收学得更地道，也更圆熟。他本是个土生土长的北方人，这些诗写的却是南方的风情，连'湘水'、'桂林'等地名都照搬不改，风格之华艳软媚自不待言。"[②]

在南北对峙时期，文学的交流甚为不易，而南方的诗歌艺术技巧又甚为发

① （唐）魏徵：《隋书·卢思道传》。

② 葛晓音：《八代诗史》，中华书局2007年版，第251页。

达，当时北方也很尊崇南方，南方的统治者也以华夏之主自居。在北齐后期，文学有了一定程度的发展，北人受由南入北作家的影响，存在模仿之作也在所难免。这也可以说是一种提高北方文学质而少文的途径，就像西晋陆机大量创作“拟古诗”一样。因为拟作的价值在于承继文学传统与找到创新的契机。即使唐代大诗人杜甫也曾“熟知二谢将能事，颇学阴何用苦心”，这就是黄庭坚评论大诗人杜甫的诗“无一字无来历”所指。同时，这也成为历代诗学家评论的重点。如南朝梁诗评家钟嵘就喜欢谈论某人某诗出自哪里。因为拟作最能看出诗人继承了文学中的哪些质素。

在创作之前，诗人大都需要长时间的积累，往往熟稔了经典，再进行模仿，再至创作。模仿者不仅继承了意义上的文本，还有那个时代的背景及对待现实的态度。另外，在表达情感时，还要选择所要表达的文学形式、工具及表达方式。在这之前他会面临一连串的模仿过程。譬如在一个情境下，如何运用符号、形式，才能充分表达内心的情感与想法，才能塑造深邃含蓄的意境。这在卢思道的拟作中均有体现。如《从军行》这一题目，从建安时期的王粲起，后代拟作分别从送别垂泪、征夫怨苦、边塞风光、立功塞上等视角来填补前人未曾涉足的空白部分，卢思道也不例外。他审视前人作品，从以上视角多加关注，发出了“单于渭桥今已拜，将军何处觅功名”的感喟！这让他的作品在同题诗作中格外醒目。故拟作也是启发创作翻新的契机。

卢思道这些前期的乐府艳诗，除了雕饰辞藻、刻意讲究对仗、没有思想深度之外，与梁陈宫体诗相异之处是很少有艳情、情色的描写；在表达方式上，也不似南朝那么直白，而是含蓄委婉。卢思道的古诗大多为咏物、赠别、应酬之作，内容并无新意，但他善于描写北方代表性的景色，如“苍山落照”“平野远峰”“暮烟空庭”一类清疏荒寒的特殊景物。

卢思道入隋后的作品虽然比不上前期的一些佳作，但他创作的以游仙为题材的《升天行》《神仙篇》充满了对现实不满的无奈感慨。如《升天行》曰：

寻师得道决，轻举厌人群。
玉山侯王母，珠庭谒老君。
煎为返魂药，刻作长生文。
飞策乘流电，彤轩曳彩云。
玄洲望不极，赤野眺无垠。
金楼旦蹇嵼，玉树晓氛氲。
拥琴遥可听，吹笙远讵闻。

不觉蜉蝣子，生死何纷纷。

在隋代，卢思道自恃才高，反遭欺蔑，官途沦滞。他虽不久后复出，奉旨出使南陈，不幸又遭母忧，守孝三年，再度复出，其官职仍为散骑侍郎，行内史侍郎事。卢思道本有济世之志，但无处施展，又生逢乱世，所以其诗大多蕴含抑郁不平之气。既然在现实中不能实现理想，卢思道便退而遗世蹈立，慕仙的思想遂之产生。"寻师得道决，轻举厌人群。玉山侯王母，珠庭谒老君"，离开现实，求仙遗世。但他仍旧心存魏阙，担忧世事，"不觉蜉蝣子，生死何纷纷"，一如陶渊明，仍旧感怀生与死，记挂着人间世事，虽写游仙，不过是抒其愤世之情罢了。又如西晋郭璞坎壈咏怀，虽写隐居高蹈、失宦之意，但依然是儒家"达则兼济天下，穷则独善其身"精神的延续。这些游仙诗作仍是卢思道仕途偃蹇、壮志难酬的精神寄托以及抒发苦闷情怀的另一种方式。

卢思道的游仙诗，继承了《诗》《骚》的比兴寄托传统，实写失意之悲。这与左思借咏史抒发牢骚不平之气，有着异曲同工之妙。然而，这与他前期的某些诗歌创作如《听鸣蝉》相较尚有一定差距。这也许是与周武帝应诏追赴长安却未得到重用有感而发有关。其《听鸣蝉》曰：

> 听鸣蝉，此听悲无极。群嘶玉树里，回噪金门侧。长风送晚声，清露供朝食。晚风朝露实多宜，秋日高鸣独见知。轻身蔽数叶，哀鸣抱一枝。流乱罢还续，酸伤合更离。暂听别人心即断，才闻客子泪先垂。故乡已超忽，空庭正芜没。一夕复一朝，坐见凉秋月。河流带地从来崄，峭路干天不可越。红尘早弊陆生衣，明镜空悲潘掾发。长安城里帝王州，鸣钟列鼎自相求。西望渐台临太液，东瞻甲观距龙楼。说客恒持小冠出，越使常怀宝剑游。学仙未成便尚主，寻源不见已封侯。富贵功名本多豫，繁华轻薄尽无忧。讵念嫖姚嗟木梗，谁忆田单倦土牛。归去来，青山下。秋菊离离日堪把，独焚枯鱼宴林野。终成独校子云书，何如还驱少游马。

此诗慷慨多气，语词清丽，抒发了诗人的客愁乡思，同时嘲讽了长安权贵繁华轻薄的奢靡生活；词意清切，寄托更为深远，曾受到庾信的赞誉，在与颜之推、阳休之的同题诗中堪称杰作。在诗中，卢思道将自己比作秋蝉，将心中不平之气与秋后蝉鸣之哀融为一体，借此抒写一腔之愤懑，两相映照，悲怆之气弥漫全篇。杂言歌行体或长或短的句式，与感情的起伏相应，感情一泻千里。

另外，他在隋代也有佳作，如《从军行》曰：

朔方烽火照甘泉，长安飞将出祁连。
犀渠玉剑良家子，白马金羁侠少年。
平明偃月屯右地，薄暮鱼丽逐左贤。
谷中石虎经衔箭，山上金人曾祭天。
天涯一去无穷已，蓟门迢递三千里。
朝见马岭黄沙合，夕望龙城阵云里。
庭中奇树已堪攀，塞外征人殊未还。
白雪初下天山外，浮云直上五原间。
关山万里不可越，谁能坐对芳菲月？
流水本自断人肠，坚冰旧来伤马骨。
边庭节物与华异，冬霰秋霜春不歇。
长风萧萧渡水来，归雁连连映天没。
从军行，军行万里出龙庭。
单于渭桥今已拜，将军何处觅功名！

这首七言诗把征人怀乡与思妇闺怨的情思和谐地融合在了一起，意境优美，气势充沛，善于用典，语言流畅清丽，对偶工整和谐，是七言诗的代表作，开初唐七言歌行之先声。正如葛晓音所评："全诗一气运行而转折多姿，词意苍凉而深情绵邈，虽无艳语，却自有柔婉轻情的情调隐含在刚健劲逸的气势中。较之庾信和王褒的《燕歌行》将南方的绮词丽语和北方的荒凉景色交互穿插和相加的办法，卢思道这首诗南北风格融合得更为自然，无论思想境界和艺术水平都大大提高了一步。"①此诗含蓄而情深，避免了宫体诗的陈腐与浮艳，且音节铿锵有力，一气呵成，充分体现了歌行体朗朗上口、婉转流利的特征及强大的表现力和旺盛的生命力。这首七言诗在乐府诗史上起着承前继后的作用。如刘师培《南北学派不同论》说："卢思道长于歌词，发音刚劲，嗣建安之遗响。"对唐代高适的《燕歌行》开首两句的创作思路具有启发意义。

七言诗最初始于魏文帝曹丕的《燕歌行》，南北朝后期得到较大的发展，逐渐形成歌行体。至隋代，这首描写游侠从军、征夫思妇的《从军行》是难得的佳作，对唐代的创作有着重大影响。唐代李白、杜甫将其发扬光大，至此乐府诗蔚为大观，留下诸多脍炙人口的诗篇。正如清代冯班所言："魏文帝作燕歌行，以七言断句，七言歌行之滥觞也。……卢思道有从军行，江总持有杂曲文，皆纯七

① 葛晓音：《八代诗史》，第251页。

言，似唐人歌行之体矣。”①不但唐代的诗人雅士、征夫思妇受到影响，而且唐玄宗对此诗也尤为喜欢。据说唐玄宗避蜀返回长安后，曾唱此歌以寄感慨，此诗可谓“音节格调，咸自停匀，体气风神，尤为焕发”②。

二、卢思道的散文创作及特点

卢思道的散文今存13篇，在隋创作的有《奏大理未可除》《为隋檄陈文》《与高仆射与司马消难书》《劳生论》《北齐兴亡论》《后周兴亡论》《祭漅湖文》7篇。

卢思道的诗歌成就不如散文，其入隋之后作品尤佳，如《劳生论》《北齐兴亡论》《后周兴亡论》等。其中，《劳生论》抨击世态之谄谀奸佞，颇为激昂慷慨。文曰：

> 《庄子》曰："大块劳我以生。"诚哉斯言也！余年五十，羸老云至，追惟畴昔，勤矣厥生。乃著兹论，因言时云尔。
>
> 罢郡屏居，有客造余者，少选之顷，盱衡而言曰："生者天地之大德，人者有生之最灵，所以作配两仪，称贵群品，妍蚩愚智之辩，天悬壤隔，行己立身之异，入海登山。今吾子生于右地，九叶卿族，天授俊才，万夫所仰，学综流略，慕孔门之游、夏，辞穷丽则，拟汉日之卿、云。行藏有节，进退以礼，不谄不骄，无愠无怿，偃仰贵贱之间，从容语默之际，何其裕也！下走所欣羡焉。"余莞尔而笑曰："未之思乎？何所言之过也！子其清耳，请为左右陈之。夫人之生也，皆未若无生。在余之生，劳亦勤止，纨绮之年，服膺教义，规行矩步，从善而登。巾冠之后，濯缨受署，缰锁仁义，笼绊朝市。失翘陆之本性，丧江湖之远情，沦此风波，溺于倒踬，忧劳总至，事非一绪。何则？地胄高华，既致嫌于管库，才识美茂，亦受嫉于愚庸。笃学强记，聋瞽于焉侧目，清言河泻，木讷所以疚心。岂徒盅惜舂浆，鸱吝腐鼠，相江都而永叹，傅长沙而不归，固亦鲁值臧仓，楚逢靳尚，赵壹为之哀歌，张升于是恸哭。有齐之季，不遇休明，申脰就鞅，屏迹无地。段珪、张让，金贝是视，贾谧、郭淮，腥臊可餍。淫刑以逞，祸近池鱼，耳听恶来之谗，足践龙逢之血。周氏末叶，仍值僻王，敛笏升阶，汗流浃背，莒客之踵跻焦原，匹兹非险，齐人之手执马尾，方此永危。若乃羊肠、句注之道，据鞍振策，武落、鸡田之外，栉风沐雨，三旬九食，不敢称弊，此之为役，盖其小小者耳。

① （清）冯班：《钝吟杂录》卷三，中华书局1985年版，第41页。

② （明）胡应麟：《诗薮》卷二《内篇》，上海古籍出版社1979年版。

今泰运启开，四门以穆，冕旒司契于上，夔、龙佐命于下，岐伯、善卷，耻徇幽忧，下随、务光，悔从木石。余年在秋方，已迫知命，情礼宜退，不获晏安。一叶从风，无损邓林之攒植，双凫退飞，不亏渤澥之游泳。耕田凿井，晚息晨兴，候南山之朝云，揽北堂之明月。胜九谷之书，观其节制，崔寔四时之令，奉以周旋。晨荷蓑笠，白屋黄冠之伍，夕谈谷稼，沾体涂足之伦。浊酒盈樽，高歌满席，恍兮惚兮，天地一指。此野人之乐也，子或以是羡余乎?”

客曰:“吾子之事，既闻之矣。他人有心，又请论其梗概。”余答曰:“云飞泥沉，卑高异等，圆行方止，动息殊致。是以摩霄运海，轻罻罗于薮泽，五衢四照，忽斤斧于山林。余晚值昌辰，遂其弱尚，观人事之陨获，睹时路之邅危。玄冬修夜，静言长想，可以累叹悼心，流涕酸鼻。人之百年，脆促已甚，奔驹流电，不可为辞。顾慕周章，数纪之内，穷通荣辱，事无足道。而有识者鲜，无识者多，褊隘凡近，轻险躁薄。居家则人面兽心，不孝不义，出门则谄谀谗佞，无愧无耻。退身知足，忘伯阳之炯戒，陈力就列，弃周任之格言。

尤其是对人情世态的揭露颇为深刻:

悠悠远古，斯患已积，迨于近代，此蠹尤深。范卿抑让之风，搢绅不嗣，《夏书》昏垫之罪，执政所安。朝露未晞，小车盈董、石之巷，夕阳且落，皂盖填阎、窦之里。皆如脂如韦，俯偻匍匐，啖恶求媚，舐痔自亲。美言谄笑，助其愉乐，诈泣佞哀，恤其丧纪。近通旨酒，远贡文蛇，艳姬美女，委如脱屣，金铣玉华，弃同遗迹。及邓通失路，一簪之贿无余，梁冀就诛，五侯之贵将起。向之求官买职，晚谒晨趋，刺促望尘之旧游，伊优上堂之夜客，始则亡魂褫魄，若牛兄之遇兽，心战色沮，似叶公之见龙。俄而抵掌扬眉，高视阔步，结侣弃廉公之第，携手哭圣卿之门。华毂生尘，来如激矢，雀罗暂设，去等绝弦。饴密非甘，山川未阻，千变万化，鬼出神入。为此者皆衣冠士族，或有艺能，不耻不仁，不畏不义，靡愧友朋，莫惭妻子。外呈厚貌，内蕴百心，繇是则纡青佩紫，牧州典郡，冠帻劫人，厚自封殖。妍歌妙舞，列鼎撞锺，耳倦丝桐，口饫珍旨。虽素论以为非，而时宰不之责，末俗蚩蚩，如此之敝。余则违时薄宦，屏息穷居，甚耻驱驰，深畏乾没。心若死灰，不营势利，家无儋石，不费囊钱。偶影联官，将数十载，驽拙致笑，轻生所以告劳也。真人御宇，斫雕为朴，人知荣辱，时反邕熙。风力上宰，内敷文教，方、邵重臣，外扬武节。被之大道，洽以淳风，举必以才，爵无滥授。禀斯首鼠，不预衣簪，阿党比周，埽地俱尽，轻薄之俦，灭影窜迹，砾石变成瑜瑾，莨莠化为芝兰。曩之扇俗搅时，骇耳秽目，今悉不闻不见，莫予敢侮。”

《易》曰：“圣人作而万物睹。”斯之谓乎！[①]

这篇文章以主客问答的形式，生动传神地描写了当时士大夫趋炎附势、反复伪诈的丑陋行径，并对此进行了淋漓尽致的揭露和讽刺。文虽为骈体，但并非单纯追求辞藻的华美，而是有感而发，渊源有自，言之有物。他将批判现实的精神与华美的形式结合在一起，已经不是“为文造情”者所能比拟的。这是他以亲身经历的一生仕途为依据，对世态人情的揭露颇为深刻。正如钱锺书的评价：“按‘设论’之体略如《答客难》、《解嘲》。而愤世嫉俗之甚，彼出以婉讽者，此则发为怒骂，遂兼《广绝交论》与《晋纪总论》之命意。隋文压卷，端推此篇。”[②]

卢思道在隋代的佳作还有《北齐兴亡论》《后周兴亡论》等，这些文章内容真切，行文犀利，风格朴素自然。如《北齐兴亡论》：

或问主人曰：往者魏人失御，六合云扰。河朔关右，剪为二国。……主人应之曰：……齐高祖神武皇帝，天纵英明之略，神挺雄武之才，龙攄豹变，投袂而起。四明昆弟，大会韩陵。类蚩尤风雨之兵，若新都犀象之陈。彼曲我直，天实赞之。日未移晷，大歼丑族。然后拔立宗枝，入纂皇统。群后成务，天下晏如。但芒刺成灾，震逼为梗。居郑流彘，去而不入。迁鼎旧邺，国命维新。朝章国宪，灿然毕举。渭南失律，似乌林之丧师；洛北先鸣，同官渡之凯入。虽天命有归，而尽于北面，方之魏武，具体而微。文襄嗣业，始逾弱冠。瑰杰之气，足称负荷。宾礼时秀，驱驾群雄。内外肃清，朝无秕政。

侯景背恩弃义，狼顾汝颍，萧衍失信幸灾，蚁聚彭汴。于是谋臣运策，猛士推锋。涡阳之役，凶渠匹马南逝；寒山之战，吴卒只轮不返。王思政入据长安，淹历岁时，神旗暂临，如风埽箨。三秦勍敌，闭关自守，五湖之长，革音请命。魏孝静以天历有在，鼎祚将遗，大礼备物，率由旧典，允恭克让，推而弗居。祸生非虑，匕首窃发。尔其弗凶剪暴，刚断英峙。天崩地拆，堂构阙如。嗣子幼冲，未堪多难。文宣虽云外弟，少乏令名，人望所归，便见推奉。于时政有彝伦，朝多俊乂。爪牙皆韩、白之伍，心腹尽良、平之俦。外静方隅，内康庶绩。主之不才，四海弗之觉也。洎乎受终文祖，燎天改物。兵强地广，国富刑清。发号施令，必师古始。信赏必罚，如有四时。年

① （唐）魏徵：《隋书·儒林传》。

② 钱锺书：《管锥编》卷十六，第2404页。

谷屡登，灾害不作。敌人窜迹，郊境无虞。天保受命，迄于五祀。

……有和士开者，素有和氏之庶孽，其面目亦似胡人，轻薄凡猥，为衣冠所弃。武成在田之日，引为参将。闻好弹胡琵琶，亦解歌舞，一面之后，便大相爱悦，恒在卧内，同食共寝。淫秽之事，无所不为。天保之世，文宣知其如此，顿鞭二百，徒配长城。后遇赦得还。武成为右丞相，久别得还，恩盼愈厚。信宿之间，赏赐巨万。

及践大位，亲顾弥隆。爰自黄门，渐至端右，尽景娱侍，略不休停。就令暂出，便追骑相寻。士开作威作福，略无顾惮。恩宠势望，熏灼朝野。恣性贪淫，人伦少例。心如谿壑，行均犬豕。甲第当衢，侔拟公室。富商大贾，朝夕盈门。朝士无赖者，亦竞相谄媚。或送婢妾，或进子女。筐篚苞苴，烟聚波属。士开葬母，倾朝追送。谄谀尤甚者，至悲不自胜。浇薄邪佞，爱逾弟兄。名贤素士，略不交言。其所荐延，奏无不遂。荣枯进退，定于俄顷。于时下陵上替，奔竞成习。士无贵贱，风节顿尽。赵彦深阿谀顺旨，俯首怀禄。元文遥器能先见，不敢措言。此外群官，靡衣偷食。齐室大坏，其原始于此矣。

……斛律明月属镂之锡，冤动天地。崔季舒、龙逢之戮，痛切幽明。加以内参年少阉官之属，亲狎宠私，盈满宫禁。干预政事，剥掠生民。黔首呼嗟，以日为岁。其反道违常，速亡趋灭。事非一绪，不可胜陈。后主自生宫闱，长于尼媪。不接端士，不见正人。朝夕咨诹，罕闻调护之客。使烦左右，莫匪刀锯之余。飞鹰走狗，荡其心虑。丽色淫声，乱其耳目。论功德者，云羲轩无以尚；述钦明者，称尧舜不能逾。才智之士，弃而不任。假有名级，备员而已。宪章纲纪，荡然无余。鱼烂土崩，以俟勍寇。周武大捷平阳，乘虚除入。将有降心，士无斗志。前世耿贾之雄，俯眉顿颡；先朝貔虎之锐，敛气重足。举晋阳如拾芥，攻邺宫犹振槁。万里百城，交臂屈膝。南极江淮，北尽砂塞，西界函谷，东至沧溟，府帑粟帛之饶，兵革士民之众，齐之所畜，尽为周有。不亦哀哉！①

这篇文章多用散体，语言流畅，无雕琢华丽之语，批判犀利，可谓作亲历者不能为也。尤其是批评和士开之文，语言泼辣尖锐，痛快淋漓，可谓上承贾谊《过秦论》、陆机《辨亡论》，下启唐人史论。其著名论文《后周兴亡论》亦是如此：

周太祖文皇帝，幼而机警，智数过人，属魏末多故，召募关陇，值二将相

① （清）严可均辑：《全隋文》卷十六《北齐兴亡论》。

屠,三军未一,见推为主,遂握兵符。俄而魏武西巡,奉迎车驾,挟天子以会诸侯,万世所(以)一时也。抚养荒余,鸠聚兵甲。同心之旅,不满万人。齐神武以大兵数十万,将清灞浐,雷动云移,萃于渭曲。太祖以数千弊卒,振旅而还,遂基王业。窦泰以劲兵深入,一战丧元。高敖曹以锐气先登,临阵授首。兵革岁动,败鲜胜多。高氏虽怙其众力,莫敢先至。邙山之举,我师败绩。收合亡散,退守有余。及萧氏将亡,边服震扰,荆郢内附,庸蜀来王,器械完整,货财充实,带甲百万,骁将如林,晏驾之辰,国与齐人相埒矣。……

以释氏立教,本贵清净。近世以来,糜费财力,下诏削除之,亦前王所未行也。值齐季失德,取乱侮亡,亲御戎轩,再举而灭。军令肃然,秋毫莫犯。数巡而定,不戮一人。未及下车,革其弊政。山东士女,欣戴如归。但天性严忍,果于杀戮。血流盈前,无废饮啖。行幸四方,尤好田猎。从禽于外,非夜不还。飞走之类,值无免者。识者以此少之。虽有武功,未遑文德。彝章礼教,盖阙如也。……

客曰:"齐武成荒悖庸暗,怨结人神,厥嗣不昌,理则然矣。周祖聪明神武,冠世雄奇,因愚子以至颠覆,岂人事乎,抑天道也?蒙有惑焉,请闻其说。"主人曰:"寒暑晦明,二仪之不同也。贤愚治乱,五胜之相形也。是以酒池肉林,乃周王之缔构;坑儒灭学,亦汉后之驱除。齐自天保受终,迄于武平丧国,孝昭之外,竟无令主。河清已后,国基渐坠。昏主慢游于上,黎民怨讟于下。逮于末叶,君弱臣愚,外崩内溃。周人取之,犹坂上走丸也。周武任数殖情,果敢雄断,拥三秦之锐,属攻昧之秋,削平天下,易同俯拾。未及三祀,宫车晚驾。嗣子披猖,肆其凶慝。真人革命,宗庙为墟。此盖天所以启大隋,非不幸也。"①

从文中可知,与《北齐兴亡论》同样"暴扬淫发,发露谄恶,君百桀、纣,臣百廉、虎,阳秋直笔,殆云无隐"②,也正如郭预衡所言:"作者历仕三朝,饱经世故,兴亡事迹,都曾目睹。故列举事实,了如指掌。而且行文于易代之后,对于前朝也无所顾忌。或褒或贬,相当客观。以齐周为鉴,对于大隋,亦不无规劝之意。这样的文章是写得比较真率的。"③这与北齐、北周的统治者对汉人尤其是山左之士

---

① (清)严可均辑:《全隋文》卷十六《后周兴亡论》。

② (清)张溥著,殷孟伦注:《汉魏六朝百三家集题辞注·卢武阳集》,人民文学出版社 1960 年版,第 300 页。

③ 郭预衡:《中国散文史》,上海古籍出版社 2011 年版,第 78 页。

的猜忌及排挤有关。在隋代，文帝对山左世族特别优待，所以山左文人得以重新振作起来，对前朝多年的怨愤以及亲身经历之事，如泄洪一般抒写出来，对隋代的统治者有所规谏。并非明代张溥在《卢武阳集》题辞中所指责卢思道那样："生官其朝，没扬其丑，搜床席以快见闻，贬朽骨以恣河汉，良史虽传，臣心未顺。"然而事与愿违，东宫太子杨勇看到卢思道的这篇文章却不以为然，反而说："为卿君者，不亦难乎！"炀帝后期也同样没有重视北齐、北周灭亡的历史教训，终至隋王朝历二世而亡。卢思道的文章也与其游仙诗一样继承了《诗》《骚》批判现实主义传统。

卢思道在隋代的文学创作，诗歌成就不如散文。这也许是在隋文帝时期，受文帝提倡"斫雕为朴"的文学政策所影响；也许历任三朝，他目睹了诸多社会不公，愤懑积压已久所致。更朝换代，进入隋朝，卢思道以极大的热情投入到新王朝的建设中，想让新统治者有所借鉴；山左士人多积极支持隋朝，献计献策。如"岁余，被征，奉诏效劳陈使。顷之，遭母忧，未几，起为散骑侍郎，奏内史侍郎事。于时议置六卿，将除大理。思道上奏……又陈殿庭非杖罚之所，朝臣犯笞罪，请以赎论，上悉嘉纳之。是岁，卒于京师，时年五十二。上甚惜之"①。

总之，卢思道的文章在有隋一代，代表了这一时期的最高成就，既注重反映社会现实，亦不失文采，可谓较好地融合了南北朝优势，为隋初文坛注入了一股刚健质朴、自然清新之气，也预示着新文学时代的到来。

第二节　薛道衡诗文创作的特点

薛道衡，字玄卿，河东汾阴(今山西万荣)人。祖父薛聪曾是北魏齐州刺史，其父薛孝通为常山太守。道衡 6 岁而孤，专精好学，13 岁能讲《左氏传》，遂作《国侨赞》，"颇有词致，见者奇之，其后才名益著"。

在北齐，薛道衡被彭城王高浟引为兵曹从事。尚书左仆射弘农杨遵彦见道衡嗟赏，授奉朝请。北齐武成帝高湛作相时，召其为记室。到高湛即位，道衡又累迁太尉府主簿。不久，又兼散骑常侍，负责接待周、陈使者。武平初年，应诏与诸儒修定"五礼"，除尚书左外兵郎等职。之后待诏文林馆，道衡与卢思道、李德林齐名友善。复以本官直中书省，不久拜中书侍郎，仍参太子侍读。及周伐

① (唐)魏徵：《隋书·卢思道传》。

齐，道衡与侍中斛律孝卿参与政事，具陈备周之策，孝卿并未采用。及齐亡，北周武帝引其为御史二命士，后归乡里，从州主簿入司隶上士。高祖杨坚为相时，“从元帅梁睿袭王谦，摄陵州刺史。大定中，授仪同，摄邛州刺史。高祖受禅，坐事除名”。

及开皇八年(588年)平陈，“授淮南道行台尚书吏部郎，兼掌文翰”。道衡断言隋必胜，平陈后除吏部侍郎，后因苏威事除名，流放岭南。不久，“有诏征还，直内史省……后数岁授内史侍郎，加上仪同三司……炀帝嗣位，转番州刺史。岁余，上表求致仕”①，并上《高祖文皇帝颂》。炀帝原本对他结交太子杨勇而不依附自己不满，又读其歌颂先皇的颂大不悦，以为薛道衡赞先朝而讥讽本朝，不久便赐死道衡。有集70卷，行于世，今亡佚，明代张溥辑录《薛司隶集》1卷，录入《汉魏六朝百三名家集》。逯钦立《先秦汉魏晋南北朝诗》收入他的诗歌21首，清代严可均辑录《全上古三代秦汉三国六朝文》收录其文8篇。

一、薛道衡的诗歌创作及特点

薛道衡自齐至隋，在隋代诗坛具有举足轻重的地位，受到自唐以来诗评家的较多关注。薛道衡的诗歌包括乐府诗和古诗两类：乐府诗有《出塞二首》《昭君辞》《昔昔盐》《豫章行》；五言古诗有《奉和月夜听军乐应诏诗》《奉和临渭源应诏诗》《秋日游昆明池诗》《敬酬杨仆射山斋独坐诗》《重酬杨仆射山亭诗》《入郴江诗》《渡北河诗》《和许给事善心戏场转韵诗》《展敬上凤林寺诗》《从驾天池应诏诗》《梅夏应教诗》《人日思归诗》《夏晚诗》《岁穷应教诗》《咏苔纸诗》。

薛道衡与卢思道在北齐入选文林馆，多次出使南陈，与南朝文学有过密切接触，同样也是融合南北诗风的能手。

薛道衡与杨素结交深厚，二人曾互赠诗歌。如薛道衡赠答杨素的《出塞》诗其二：

边庭烽火惊，插羽夜征兵。
少昊腾金气，文昌动将星。
长驱鞮汗北，直指夫人城。
绝漠三秋暮，穷阴万里生。
寒夜哀笛曲，霜天断雁声。

---

① 以上均见《隋书·薛道衡传》。

连旗下鹿塞，叠鼓向龙庭。
妖云坠虏阵，晕月绕胡营。

左贤皆顿颡，单于已系缨。
绁马登玄阙，钧鲲临北溟。
当知霍骠骑，高第起西京。

这首诗虽然没有杨素亲临边塞沙场的真切动人，但同样异于南朝同类作品。其诗前半部分描写的是战争缘由及紧急备战情况，气势豪迈；继而写恶劣的边塞环境，“绝漠三秋暮，穷阴万里生。寒夜哀笛曲，霜天断雁声”，深秋大漠的苦寒，令人仿佛身临其境；又紧接着概括双方交战的战况，“左贤皆顿颡，单于已系缨”；最后以汉代霍去病英勇杀敌的精神激励三军将士。

全诗一气呵成，层次分明完整，结构紧凑；对偶工整，韵律整齐，用典切当；洋溢着一种豪迈的英雄气概，风格沉实质朴而豪迈奔放，体现了北方诗歌重质的特色。也许是堪比“关西孔子”的道衡从小重儒、重事功的原因，全诗明显流露出一种对功业强烈的渴望与向往，这也是诗歌体现北朝雄浑刚健风格之处，但其中又不乏对艺术技巧的追求，如讲究字句、注重音律以及细节描写等。可以说，这首诗融合了南北诗风。

薛道衡融合南北诗风的作品，今存亦不少。这缘于他在北齐后期入文林馆时，与卢思道共同学习、模仿以及进行再创作的经历。双方据《隋书》等史料记载，他在北齐时，经常接待陈、周等南北使者。南北对峙时期，双方不但在政治、军事等领域彼此争斗，尤其是华夷之争，在文化领域也是一争高下，彼此不甘示弱。在文化、文学方面担任要职的官员，也与武将文臣一样担负着一国荣辱的重担。故薛道衡只有在文学上具有很高的素养和造诣，才能担负起外交接待使者的职责。譬如《隋书·薛道衡传》载：“陈氏傅縡聘齐，以道衡兼主客郎接对之。縡赠诗五十韵，道衡和之，南北称美。魏收曰：‘傅縡所谓以蚓投鱼耳。’”又如“江东雅好篇什，陈主尤爱雕虫，道衡每有所作，南人无不吟诵焉”[①]。道衡的诗作能得到前辈魏收以及江南士人的认可及称赞，说明其诗歌意境兼具南北文风的特质。同时，这也说明在北朝士人仰慕南朝士人的北齐，北人的文学创作水平已经上升至可与南人比肩的水平，甚至某些北人已超过南方文人。这也是北朝文坛出现新生机的讯息。

---

① （唐）魏徵：《隋书·薛道衡传》。

其名篇《昔昔盐》足以说明薛道衡的创作受南朝诗风细腻、精于音律和对偶及讲究辞藻艺术技巧的影响。然而，他保留了北方诗歌擅长用典、清丽的特点，从而体现了南北诗歌融合的特征。诗曰：

垂柳覆金堤，蘼芜叶复齐。
水溢芙蓉沼，花飞桃李蹊。
采桑秦氏女，织锦窦家妻。
关山别荡子，风月守空闺。
恒敛千金笑，长垂双玉啼。
盘龙随镜隐，彩凤逐帷低。
飞魂同夜鹊，倦寝忆晨鸡。
暗牖悬蛛网，空梁落燕泥。
前年过代北，今岁往辽西。
一去无消息，那能惜马蹄。

《昔昔盐》，即《夜夜艳》，是乐府名曲。闺怨诗是中国古典诗词中常见的题材，如东汉《古诗十九首》、建安时陈琳《饮马长城窟行》等。至南北朝，随着艺术技巧的进步及社会题材的扩展，闺怨诗与边塞诗越来越多地被结合在一起，尤其是北方诗歌创作，诗人有着亲历边塞的实战经验。卢思道的名篇《从军行》就是两者结合的佳作。

这篇《昔昔盐》的前半部分是精致而繁复的环境描写，足见南朝的艺术功力。一个花红柳绿、万物繁茂、生机勃勃的春末夏初季节：岸边的丝丝垂柳婀娜多姿，随风而舞，夏初的蘼芜抽新吐蕊，芙蓉也在涨满的池水里尽情绽放，桃李之花漫天飞舞，花瓣落满曲折的蹊径。它们不管人间的悲欢离合，一味描绘着自己的生命轨迹。

这些对与丈夫离别之后，无心装扮，“风月守空闺”“长垂双玉啼”，独守空房的思妇来讲，更是寂寞之上再添萧瑟，“飞魂同夜鹊，倦寝忆晨鸡”二句把思妇内心的忧思具体化、形象化。物是人非，“暗牖悬蛛网，空梁落燕泥”，此时环境与她的心境完全融合，令她感到世事变化无常，一种萧瑟中的沧桑愁思之感油然而生。“暗牖悬蛛网，空梁落燕泥”可谓细腻、具体，体现了南朝诗作的艺术技巧。“暗牖”“蛛网”，对偶工整确切，形象生动，思妇门庭的冷落和她极端凄凉悲苦的心境一览无余。

“暗牖悬蛛网，空梁落燕泥”是当时传诵的名句，也是整首诗的经典名句。据小说《隋唐嘉话》载，隋炀帝妒忌其才，决定处死他。大业五年(609 年)，薛道衡临刑前，炀帝问他："你还能写'空梁落燕泥'这样的诗句吗？"当然这只是野史笔记传说而已，但从侧面透露出薛道衡的诗才之高。

另一首七言乐府《豫章行》亦是如此。这本是南朝描写女性的常见题材，但他并非单纯描写女性的容貌、体态，而是转移到心理刻画以及情感的抒发上来，很少进行情色描写。整齐的七言句式与铺陈排比手法的巧妙结合，将主人公含蓄温婉的形象及绵密细致的情感表现了出来。正如周祖谟评价："他的诗仍以爱情为主题，而文辞也华丽，不脱梁陈遗风，但这些爱情诗却很少色情成分，感情比较真挚，风格也较自然。"①薛道衡的诗是宫体诗的一大转折。

总之，薛道衡的成就在于合南北两长，而又能有所突破、创新。正如葛晓音所评价的："他的主要成就是能在融合南北诗风的基础上创造自己的风格，寻找新巧的构思方式和新颖的艺术形象。尤其乐府，对于当时沿袭旧题旧意的格套有较大的突破。"②这是文学思想创新的有力表现。

薛道衡不但乐府诗具有较高的成就，五言诗的成就也颇为可观。如《人日思归》曰：

入春才七日，离家已二年。
人归落雁后，思发在花前。

全诗四句，对偶工整，语言平易晓畅，构思新颖巧妙，意境含蓄隽永，笔调平淡，娓娓叙说着诗人浓浓的思乡之情。开头二句，"七日"与"二年"对仗工整，一个"才"字透露出诗人的满腹思乡情。春节似乎过去许久了，可掐指一算不过刚刚过去七天而已，时间过得真慢啊！不待花开思乡的季节，诗人已经盘算着归乡了，然而只能"人归落雁后"。迟迟的归日，令诗人极为惆怅甚至于苦不堪言，充分表现了诗人身不由己、思归而不可归的痛苦。

这首小诗在《隋唐嘉话》里也有一个传说。薛道衡聘陈时，作《人日》起始两句，南人嗤笑："是底言？谁谓此虏解作诗！"等到吟出后两句，南人方才喜笑颜开，连连称赞说："名下固无虚士。"通过南人前后迥别的反应，足以说明此诗构思的精巧。这首诗在南人眼里也是上乘佳作。

在这里值得一提的是他的《秋日游昆明池》，这是他与江总、元行恭同游隋都长安昆明池时所写的一首五言诗。诗曰：

灞陵因静退，灵沼暂徘徊。
新船木兰檝，旧宇豫章材。

---

① 周祖谟编：《隋唐五代文学史》，人民文学出版社 1999 年版，第 12 页。

② 葛晓音：《八代诗史》，第 259～260 页。

荷心宜露泫，竹径重风来。

鱼潜疑刻石，沙暗似沉灰。

琴逢鹤欲舞，酒遇菊花开。

羁心与秋兴，陶然寄一杯。

此诗对仗工整，音律和谐，语言晓畅，意境清幽，流露出一种深深的失落和疏离之感，情感真挚、深刻。入隋之后，诗人置身秋日萧瑟的景物中，眼前飘落的秋兴之物，不免让他想起自身本为亡国之臣，秋兴与羁心融化于心中，遂就"陶然寄一杯"，深深的寄寓之情浸透纸背。

同为亡国之臣的还有由陈入隋的江总及由北齐、北周入隋的元行恭。他们诗作的失落感与羁旅情同样深刻。为了凸显这种情感，这里将年迈的陈朝旧臣江总与元行恭的同题诗歌放在一起。如江总的《秋日游昆明池》：

灵沼萧条望，游人意绪多。

终南云影落，渭北雨声过。

蝉噪金堤柳，鹭饮石鲸波。

珠来照似月，织处写成河。

此时临水叹，非复采莲歌。

又如元行恭的《秋日游昆明池》：

旅客伤羁远，樽酒慰登临。

池鲸隐旧石，岸菊聚新金。

阵低云色近，行高雁影深。

欹荷泻圆露，卧柳横清阴。

移共秋风冷，心学古灰沉。

还似无人处，幽阑人雅琴。

在这三首唱和诗中，遣词造句皆有羁意之情，如"羁心""萧条望""意绪多""伤羁远""重风来""似沉灰""临水叹""秋风冷""古灰沉"等。由于他们同为亡国之臣，苦闷心境同样深刻。这也是山左旧臣与江南之士除了共同尊崇南朝文学之外的另一相似之处。

总之，薛道衡的诗歌无论乐府诗还是古诗，既有南朝诗歌讲究艺术技巧的精致、精细之处，又有作为土生土长的北人注重思想内容及沉实厚重的特质，他不愧为当时的文坛领袖。薛道衡凭借着优雅清新的诗风，遂在北方文坛脱颖而出,“在隋朝被尊称为前辈大师”[①]。

二、薛道衡的散文创作及特点

薛道衡的文分为赋和一般性文章两类:赋有《宴喜赋》,其他文章有《因聘陈奏请陈主称藩》《为敬肃考状》《吊延法师书》《老氏碑》《祭淮文》《祭江文》《隋文帝大赦诏》《后周大将军杨绍碑铭》《隋文帝拜东岳大赦诏》《隋文帝大赦诏》《隋高祖文皇帝颂》(并序)。

《喜宴赋》,字数不多,长于对仗,音韵谐畅,有雕琢藻饰的痕迹,但不似南朝之文繁缛靡丽,而是清新自然,具有疏淡质朴之风。如“韩王酸枣之观,荒疏芜漫。楚国阳台之云,空见尘埃。固可以纵志纵心,以游以逸。穷宴乐于长夜,混是非而为一。于是霜重庭兰,秋深气寒,横长河之耿耿,挂孤月之团圆”[②]。文章形式工整、华丽,与南朝文风相接近,但褪去了南朝文章的靡丽轻艳。他撰写的碑铭也是如此,如《后周大将军杨绍碑铭》与《老氏碑》。

《后周大将军杨绍碑铭》,对偶精工,辞藻俊秀。如文中对碑主的赞誉:

> 惟公志度寥廓,风仪俊之伟;运属连横,辰生逢用武之日。控权奇之马,精贯钩铃;带豪曹之剑,气侵斗牛。折冲御侮,除暴静乱。奇正比于孙、吴,功业同于卫、霍。轻财贵誉,好贤下士。指钟内之米,曾不介怀;散庑下之金,聊无吝意。呼船不异,弹铗更重。故能气盖三辅,声振一时。[③]

其文叙述了杨绍一生的经历,“标序盛德”“昭纪鸿懿”,是一篇上乘的人物传记。

另外,《老氏碑》与《高祖文皇帝颂》乃薛道衡奉命而作,虽铺陈列叙,篇幅甚长,但语言自然流畅,疏淡朴素,无刻意雕琢之迹。一碑一颂虽皆以骈体序文与碑文为主,有因袭之迹,但却有着不同的风格。如前者开首云:

> 自太极权舆,上元开辟,举天维而悬日月,横地角而载山河,一消一息之精灵,上生下生之气候,固以财成庶类,亭毒群品,有人民焉,有君长焉。至若上皇邃古,夏巢冬穴,静神息智,鹑居鷇饮,大礼与天地同节,非析疑于俎豆;大乐与天地同和,岂考击于钟鼓?逮乎失道后德,失德后仁,皇王有步骤之殊,民俗有淳醨之变。于是儒、墨争骛,名法并驰。礼经三百,不能

① 宇文所安主编:《剑桥中国文学史》,第321页。

② (唐)徐坚等:《初学记》,中华书局1962年版,第350页。

③ 韩理洲辑校编年:《全隋文补遗》,第25页。

检其情性；刑典三千，未足息其奸宄。[①]

后者序文如下：

太始太素，荒茫造化之初；天皇地皇，杳冥书契之外。其道绝，其迹远，言谈所不诣，耳目所不追。至于入穴登巢，鹑居鷇饮，不殊于羽族，取类于毛群，亦何贵于人灵，何用于心识？羲、轩已降，爰暨唐、虞，则乾象而施法度，观人文而化天下，然后帝王之位可重，圣哲之道为尊。夏后、殷、周之国，禹、汤、文、武之主，功济生民，声流《雅颂》，然陵替于三五，惭德于干戈。秦居闰位，任刑名为政本，汉执灵图，杂霸道而为业。当涂兴而三方峙，典午末而四海乱。九州封域，窟穴鲸鲵之群；五都遗黎，蹴踏戎马之足。虽玄行定嵩、洛，木运据崤、函，未正沧海之流，讵息昆山之燎！协千龄之旦暮，当万叶之一朝者，其在大隋乎？[②]

这两篇文章的序文约占全文的3/4，句式自由变化，四言、五言、六言交错参互；叙述多直接论事说理，用典较少，甚至不用；行文朴素，明白易懂，颇有可观之处。

颂文皆为四言，用典隶事较多，奥衍颇多。如《老氏碑》：

悠哉振古，邈矣帝先。四夷纪地，八柱承天。丛生类聚，广谷大川。至道灵运，神功自然。五精应感，三微相继。树以司牧，执其象契。帝迹惭皇，王猷谢帝。上德逾远，淳风渐替。时乖澹泊，俗异冲和。尚贤饰智，悬法张罗。内修樽俎，外事干戈。鱼惊网密，鸟乱弓多。真人出世，星精下斗。龙德在躬，鹤发垂首。解纷挫锐，去薄归厚。日角月角，天长地久……[③]

又如《高祖文皇帝颂》：

悠哉邃古，邈矣季世，四海九州，万王千帝。三代之后，其道逾替，爰逮金行，不胜其弊。戎狄猾夏，群凶纵慝，窃号淫名，十有余国。怙威逞暴，悖礼乱德，五岳尘飞，三象雾塞。玄精启历，发迹幽方，并吞寇伪，独擅雄强。载祀二百，比祚前王，江湖尚阻，区域未康。句吴闽越，河朔渭涘，九县瓜分，三方鼎跱。狙诈不息，干戈竞起，东夏虽平，乱离瘼矣。五运叶期，千年肇旦，赫矣高祖，人灵攸赞。圣德迥生，神谋独断，瘅恶彰善，夷凶静难。宗伯撰仪，太史练日，孤竹之管，云和之瑟。展礼上玄，飞烟太一，珪璧朝会，

① （清）严可均辑：《全隋文》卷十九《老氏碑》。

② （唐）魏徵：《隋书·薛道衡传》。

③ （清）严可均辑：《全隋文》卷十九《老氏碑》。

山川望秩。占揆星景，移建邦畿，下凭赤壤，上叶紫微。布政衢室，悬法象魏，帝宅天府，固本崇威。匈河瀚海，龙荒狼望，种落陆梁，时犯亭障。皇威远慑，帝德遐畅，稽颡归诚，称臣内向。吴越提封，斗牛星象，积有年代，自称君长。大风未缴，长鲸漏网，授钺天人，豁然清荡。戴日戴斗，太平太蒙，礼教周被，书轨大同。复禹之迹，成舜之功，礼以安上，乐以移风。忧劳庶绩，矜育黔首，三面解罗，万方引咎。纳民轨物，驱时仁寿，神化隆平，生灵熙阜。虔心恭己，奉天事地，协气横流，休徵绍至。坛场望幸，云亭虚位，推而不居，圣道弥粹。齐迹姬文，登发嗣圣，道类汉光，传庄宝命。知来藏往，玄览幽镜，鼎业灵长，洪基隆盛。崆峒问道，汾射窅然，御辩遐逝，乘云上仙。哀缠率土，痛感穹玄，流泽万叶，用教百年。尚想睿图，永惟圣则，道洽幽显，仁沾动植。爻象不陈，乾坤将息，微臣作颂，用申罔极。[①]

这两篇颂文庄重而典雅，为唐人所重，也称得上是隋代骈文的代表作。

《隋书·薛道衡传》载，炀帝继位，转薛道衡为番州刺史。岁余，上表请致仕。帝谓内史侍郎虞世基曰："道衡将至，当以秘书监待之。"道衡既至，上《高祖文皇帝颂》。其颂文认为，从远古至秦汉魏晋之间，所有帝王之功德皆不足多论，只有大隋功业才值得称颂弘扬，并列举了高祖隋文帝的圣德、神功、大孝，并肯定高祖"张四维而临万宇，侔三皇而并五帝。岂直锱铢周汉，么麽魏晋而已"。炀帝览之不悦，顾谓苏威曰："道衡致美先朝，此《鱼藻》之义也。"于是拜道衡司隶大夫，将置之罪。

《鱼藻》是《诗经》中的篇章，据诗序讲，此诗为歌颂周武王而讥讽周幽王而作。不知薛道衡是否真有此意，但猜忌心较强的隋炀帝，岂能容忍他人将自己与周幽王相提并论，于是遂起杀心。性格迂诞的薛道衡当时还未觉悟。其友人司隶刺史房彦谦觉察炀帝用心，便劝他杜绝宾客，卑辞下气，以求保全，但道衡不能领悟其意，还照常高谈阔论，发言苛刻。如适值朝士们在一起讨论新令，久不能决，他便随口说"向使高颎不死，令决当久行"[②]。当朝御史大夫裴蕴上奏炀帝，弹劾他负才恃旧，心中无君，最后以忤逆定罪。本来高颎在杨广与杨勇争夺太子时，因为姻亲关系站在杨勇一边，杨广便对高颎心怀不满，可见薛道衡讲话不合时宜。炀帝大怒，最后令道衡自尽。

薛道衡是一个自幼专心于文字、文人气息较浓的人，历仕三朝，皆为秘书监，一生大部分时间与文字打交道。他写文章颇为用心、专一，"每至构文，必隐

---

① (唐)魏徵:《隋书·薛道衡传》。

② (唐)魏徵:《隋书·薛道衡传》。

坐空斋，蹋壁而卧，闻户外有人便怒”[①]。然而道衡为人较为迂阔，文帝每每称赞其文，也多次劝诫，但道衡未改，最后也因此获罪。

此前，隋文帝开皇年间，道衡因受株连，流放岭表。时任扬州总管的杨广慕其名，想拉拢他，便传话给他取道扬州到岭南，好趁机上奏留他在自己身边。但道衡看不惯杨广的为人，不愿意去那里，于是便取道江陵。杨广继位之后，仍对他有爱才之心，诏令他为番州刺史。而道衡仍是采取不合作的态度，仅仅一年，便上表请求致仕。炀帝本打算让他回京，再次启用为秘书监，但他不识时务，一回京，便呈上一篇《高祖文皇帝颂》。他不但不致谢当朝君王，反而大加赞颂已过世的先帝。炀帝大怒，友人相劝他也不曾为意，终因言行过激，获罪而死。

他太恃才固自负，文人气息太浓，也高估了隋炀帝的心胸。迂阔而不能圆滑处世，这是他性格的悲剧，也是当时耿介之士的共同命运与时代的悲剧。

总而论之，他历仕北齐、北周、隋三朝，与卢思道、李德林齐名，为文坛领袖。在隋代，其文名又高于卢思道，被称为“世擅文宗，令望攸归”[②]。薛道衡不但富有政治才能，且诗歌成就在隋代最高，不愧为隋代大文豪，但因性格狷介，不善于矫饰而罹祸，甚是可惜。

第三节　孙万寿诗歌创作的特点

隋代文人中属于山左集团的作家除了卢思道、薛道衡之外，还有一位在诗歌创作上不亚于薛道衡的孙万寿。在山左作家群中，孙万寿的诗歌特色鲜明。

孙万寿，字仙期，信都武强（今河北武强西南）人。其祖父孙宝为北魏散骑常侍，父孙灵晖为北齐国子博士。14 岁时，孙万寿受教于著名儒阜城熊安生，学习“五经”，“兼博涉子史。善属文，美笑谈，博陵李德林见而奇之。在北齐，年十七，奉朝请”。隋文帝杨坚受禅，滕穆王杨瓒引其为文学，因衣冠不整，被发配江南，又被行军总管宇文述召典军书。后归乡里，十多年不得调。“仁寿初，征拜豫章王长史”，后杨暕封于齐，又为齐王文学。当时诸王官属多被杀害，孙万寿于是告病免官。后来，又授大理司直，卒于官，时年 52 岁。有集 10 卷行于世，今散佚。[③] 严可均《先秦汉魏晋南北朝诗》辑录其诗歌 9 首。

---

① （唐）魏徵：《隋书·薛道衡传》。

② （唐）李延寿：《北史·薛道衡传》。

③ 以上均见《隋书·孙万寿传》。

一、孙万寿的诗歌创作及特点

孙万寿的诗歌今存9首，分别为《远戍江南寄京邑亲友》《答杨世子诗》《别赠诗》《和张丞奉诏于江都京口诗》《和周记室游旧京诗》《行经旧国诗》《庭前枯树诗》《早发扬州还望乡邑诗》《东归在路率尔成咏诗》。其中，最著名的五言长诗为《远戍江南寄京邑亲友》。诗曰：

贾谊长沙国，屈平湘水滨。
江南瘴疠地，从来多逐臣。
粤余非巧宦，少小拙谋身。
欲飞无假翼，思鸣不值晨。
如何载笔士，翻作负戈人。
飘飘如木偶，弃置同刍狗。
失路乃西浮，非狂亦东走。
晚岁出函关，方春度京口。
石城临兽据，天津望牛斗。
牛斗盛妖氛，枭獍已成群。
郗超初入幕，王粲始从军。
裹粮楚山际，被甲吴江渍。
吴江一浩荡，楚山何纠纷。
惊波上溅日，乔木下临云。
系越恒资辩，喻蜀几飞文。
鲁连唯救患，吾彦不争勋。
羁游岁月久，归思常搔头。
非关不树萱，岂为无杯酒。
数载辞乡县，三秋别亲友。
壮志后风云，衰鬓先蒲柳。
心绪乱如丝，空怀畴昔时。
昔时游帝里，弱岁逢知己。
旅食南馆中，飞盖西园里。
河间本好书，东平唯爱士。
英辩接天人，清言洞名理。

凤池时寓直，麟阁常游止。
胜地盛宾僚，丽景相携招。
舟泛昆明水，骑指渭津桥。
祓除临灞岸，供帐出东郊。
宜城酝始熟，阳翟曲新调。
绕树乌啼夜，雊麦雉飞朝。
细尘梁下落，长袖掌中娇。
欢娱三乐至，怀抱百忧销。
梦想犹如昨，寻思久寂寥。
一朝牵世网，万里逐波潮。
回轮常自转，悬旆不堪摇。
登高视衿带，乡关白云外。
回首望孤城，愁人益不平。
华亭宵鹤唳，幽谷早莺鸣。
断绝心难续，惝恍魂屡惊。
群纪通家好，邹鲁故乡情。
若值南飞雁，时能访希生。

这首诗是他因衣冠不整流放岭南后被行军总管宇文述召典军书时所写。孙万寿本是一介文弱书生，从容文雅，一旦从军，则郁郁不得志，又因流放江南，更加不胜凄楚悲慨，遂作五言诗赠京邑知友。

此诗从被逐放江南的古人写起，言自己拙于谋生，而被弃置；接着写流放江南的一路所见，如“吴江一浩荡，楚山何纠纷。惊波上溅日，乔木下临云”；又写自己所感即思归的情怀，“数载辞乡县，三秋别亲友。壮志后风云，衰鬓先蒲柳”；转而再写“郗超初入幕，王粲始从军。裹粮楚山际，被甲吴江渍”，回忆往昔为滕穆王文学时的欢娱，对照今日的寂寞情怀，借忆往昔而伤感沦落，质朴自然，刚健梗概，以真切质实的情感令人动容。

不似南朝梁陈绮丽的赠答诗，刻意讲究字词对仗，缺少感情，北人诗歌的特点之一就是用典，本诗亦是如此。开首以贾谊、屈原自比，让读者与诗人感同身受，理解诗人的凄苦心境和情感，并直接点明本诗乃逐臣之诗。后又以“华亭鹤唳”的典故，表达了对往昔生活的留恋，感慨人生，悔入仕途。全诗虽长，但作者以亲身感受、充沛的情感驾驭全篇，一气呵成。

全诗较长，42 韵、82 句，且对仗工整，几乎全是对偶句，但读来不觉得生涩，可以说“已近于后来的排律”[1]。有些诗句，具有承前启后的作用，如“江南瘴疠地，从来多逐臣”，这两句实应源自南朝宋谢朓《入朝曲》中的“江南佳丽地，金陵帝王州”后又被杜甫化用在《梦李白》中“江南瘴疠地，逐客无消息”。

据《隋书·孙万寿传》载：“此诗至京，盛为当时之所吟诵，天下好事者多书壁而玩之。”诗作多北人直率、质朴之气质，直抒胸中愤懑，多刚健梗概之气。正如郑振铎评价道：“他所作亦多北人劲秀之气，直吐愤郁，不屑作儿女之态，像《东归在路率尔成咏》”[2]。

另外，罗宗强等人对这首诗评价也颇高：“全诗虽大量用典而内义脉注，感情朴质浓烈，以叙述之方式抒情。此种写法，对后来的杜甫实有影响。”[3]这种现象说明隋代文学对唐代文学的影响，同时也说明北方文人向南人学习，从中汲取了丰富的养料。“即使是在北方诗人贬低南方之时，他也还情不自禁地泄露了对南方文学遗产的继承”[4]。

再如《东归在路率尔成咏》：

学宦两无成，归心自不平。
故乡尚千里，山秋猿夜鸣。
人愁惨云色，客意惯风声。
羁旅虽多绪，俱是一伤情。

这首诗是孙万寿在从江南北归的路上所作：想想自己在隋朝沉沦下僚，不受上层重视，又因衣冠不整而发配江南；本是一介文人，却又在军中蹉跎些许岁月，北归之后怎能不无限感慨？诗人心中自然存有一股不平之气，“学宦两无成，归心自不平”，一路触景生情，伤感愁绪充斥整诗。此诗在情感基调上与《远戍江南寄京邑亲友》一致，感情质朴，随口吟出，浑然天成，是少见的优秀之作。

再如《行经旧国》：

萧条金阙远，怅惘羁心愁。
旧邸成三径，故园余一丘。
庭引田家客，池泛野人舟。
日斜山气冷，风近树声秋。
弱年陪喜宴，方兹更献酬。

---

① 曹道衡、沈玉生：《南北朝文学史》，第469页。

② 郑振铎：《插图本中国文学史》，上海文学出版社2005年版，第289页。

③ 罗宗强、郝世峰主编：《隋唐五代文学史》上，高等教育出版社1990年版，第15页。

④ 宇文所安主编：《剑桥中国文学史》，第322页。

修竹惭词赋，丛桂且淹留。

自添无员职，空贻不调羞。

武骑非吾好，还思江汉游。

这首诗是他不满意自己的职位，“武骑非吾好，还思江汉游”，从而引发的对故国北齐的怀念之作。在北齐，他深受帝王的重视，入隋之后，却一路受挫，沉沦下僚。今非昔比，心中不平，自然怀念旧好。

整首诗充满怅惘与愁绪，感情格调与诗人所描写的处境、自然环境和谐一致，如“旧邸成三径，故园余一丘。庭引田家客，池泛野人舟。日斜山气冷，风近树声秋”。今日的萧条与往昔的“弱年陪喜宴，方兹更献酬”相互衬托，又加之“自添无员职，空贻不调羞”的处境，更令诗人叹今忆昔。

此诗的对偶句颇见功力，如“旧邸成三径，故园余一丘”“日斜山气冷，风近树声秋”等，对仗极为工整；音律和谐，如“愁”“丘”“舟”“酬”“留”“羞”“游”等，对唐人排律产生了一定的影响。

孙万寿的诗歌大都描绘了他一生的所见所感，感情质实，风格刚健梗概，善用事典，对偶工整，已近后来的排律，对唐代格律诗有着一定的促进作用。如章培恒等人将孙万寿划为“宫廷圈子之外”的诗人，并评价《远戍江南寄京邑亲友》一诗“随意抒写，不事浮华，而情意真切”；而“《东归在路率尔成咏》一篇，则以寒士的失志不平为题旨”，还认为“这类诗，与宫廷文人的繁缛作风迥异，而以质实真切取胜。虽成就有限，在当时也未能形成气候，却昭示了诗坛变革的主力必来自宫廷之外的重要事实”。[①] 这是其诗歌的独到之处。

第四节　其他山左作家的文学创作

来自山左的作家除了以上三位外，还有一些名望较高的文人，如李德林、辛德源、元行恭、李孝贞、魏澹、杜台卿等。其中，李德林诗文兼具，负有盛名。

一、李德林及其文学创作

李德林，字宫辅，博陵安平（今河北安平）人。祖父李寿为湖州户曹从事，父

① 参见章培恒、骆玉明主编：《中国文学史》第4编，复旦大学出版社1996年版，第21页。

李敬族,历太学博士、镇远将军。德林自幼聪敏,年方数岁,便能读左思的《蜀都赋》,十几日便能背诵。高隆之见而奇之,大加赞赏。赞语流向朝野,邺京人多闻名去他家观看,月余,车马不绝,争相一睹他的风采。15岁时,李德林便能遍诵"五经"及古今文集,一日数千言。不久,便该博坟典、阴阳纬候无不通涉,通晓多种学问,而且以一手好文章名闻天下。

李德林入仕后,得到东魏定州刺史任城王元谐的重视。元谐与他朝夕同游,尊为师友,并举秀才,送往邺都。元谐在给尚书令杨遵彦的推荐信中说:"燕、赵固多奇士,此言不为谬。今岁所贡秀才李德林者,文章学识,固不待言,观其风神器宇,终为栋梁之用。至如经国大体,是贾生、晁错之畴;雕虫小技,殆相如、子云之辈。"[①]为试李德林是否如元谐所言,杨遵彦便让他撰写《让尚书令表》。李德林挥笔而就,文不加点。吏部尚书陆印钦佩地赞誉道:"李德林的文笔,浩浩如长河东注;与之相比,后生们的制作,不过是涓涓细流。"[②]当时,杨遵彦主持秀才考试,把关颇严,含有甲科。而李德林却射策五条,皆为上等,打破常例,被授为殿中将军。而该职实为一种闲职,非其所好,天宝末年,李德林告病还乡,闭门守道。

后来,李德林历丞相府参军,奉朝请。河清中,又授员外散骑侍郎,仍别直机密省。天统中,又授给事中,直中书一职,参掌诏诰。不久,迁中书舍人。武平初,又加通直散骑侍郎一职,且别典机密,后以丁母忧去职。后除中书侍郎,仍诏修国史,之后待诏文林馆。不久,除通直散骑常侍,兼中书侍郎。承光中,授仪同三司。在北齐,李德林可谓青云直上,官运亨通。

周武帝平齐,做的第一件惹人注目的事就是派使者去李德林府上宣布:"平齐之利,唯在得到你,宜来长安相间。"本就声名远扬的李德林在周武帝的赞誉下,愈加光芒四射,名声大噪。"授内史上士。自此以后,诏诰格式,及用山东人物,一以委之。"宣政末年,授御正大夫。大象之初,赐爵成安县男。李德林的忠于职守及卓著才能让周武帝激动地说:"我常日唯闻李德林名,及见其与齐朝作诏书移檄,我正谓其是天上人。岂言今日得其驱使,复为我作文书,极为大异。"大臣豆陵毅纥接口逢迎:"臣闻明王圣主,得麒麟凤凰为瑞,是圣德所感,非力能致之。瑞物虽来,不堪使用。如李德林来受驱策,亦陛下圣德感致,有大才用,无所不堪,胜于麒麟凤凰远矣。"[③]君主、朝臣皆大加赞赏,故李德林在北周如沐

---

① (唐)魏徵:《隋书·李德林传》。

② (唐)魏徵:《隋书·李德林传》。

③ 以上均见《隋书·李德林传》。

春风，大受重用。

隋文帝杨坚为相时，又为丞相府属，加仪同大将军。“未几而三方构乱，指授兵略，皆与之参详。军书羽檄，朝夕填委，一日之中，动逾百数。或机速竞发，口授数人，文意百端，不加治点。”进授丞相府从事内郎，“禅代之际，其相国总百揆、九锡殊礼诏策笺表玺书，皆德林之辞也”①。

隋文帝杨坚登基之日，即授内史令，上仪同，进爵为子。到平陈时，因他每赞平陈之计，又授柱国、郡公，并赏赐极多。原本功在社稷、功在天下的李德林理应获得最高殊荣，但他性格耿直，犯颜直谏，多次忤旨，激怒了隋文帝，被问了罪，贬为怀州刺史。开皇十九年(599年)，怏怏不得志的李德林卒于怀州刺史任上，时年61岁，追赠大将军、廉州刺史，谥曰文。有《霸朝集》5卷，文集50卷。

李德林在北齐所撰文集曾勒成80卷，因遭乱亡佚，仅50卷行于世。敕撰《齐史》未成。至隋有集10卷，明代张溥辑录《李怀州集》一卷，今存29篇。入隋之后所作12篇，《全上古三代秦汉三国六朝文》和《全隋文补遗》皆收录。

他在隋创作的诗有《相逢狭路间》《从还京诗》《夏日诗》《入山诗》《咏松树诗》；文有《为文帝襄阳等四郡立佛寺诏》《文帝安边诏》《隋文帝解石孝义等官敕》《隋文帝免常明官爵敕》《隋文帝平陈大赦诏》《隋文帝安边诏》《隋文帝获宝龟大赦诏》《隋文帝免马仲任官爵敕》《隋文帝免三道逆人家口诏》《李敬族墓志》《霸朝杂集序》《天命论》等。

二、李德林的散文创作及特点

李德林的诗歌有5首，其成就不如散文，譬如《隋文帝平陈大赦诏》《隋文帝安边诏》《隋文帝获宝龟大赦诏》《隋文帝免三道逆人家口诏》，尤其是《霸朝杂集序》《天命论》最为著名。

在李德林的创作中，诏敕移檄之类的军国文翰为他赢得了高位与盛名。今观在隋的诏敕文章，辞覈理畅，庄重典雅，体现了他广博的知识及驾驭文字深入浅出的能力。如《隋文帝平陈大赦诏》：

> 门下：朕祗膺宝图，君临宇内，率土之众，忧则在己。自汉氏数穷，三方为敌，晋朝倾覆，四海多虞。诸夏帝王，干戈未戢，江表僭擅，久窃湖海，不宾上国，将三百年。陈叔宝因藉伪基，昏狂纵毒，下人涂炭，控告于我。故

① (唐)魏徵：《隋书·李德林传》。

命将出师，救彼危厄。赖苍昊降福，宗庙神灵，救军运百胜之谋，战士出万死之志。张天罗以介路，历地险其如飞，陆战水攻，往若摧朽。莫府自当建业，麾军誓众，号令始行。候骑数千，已即平定，僭名私署，衔壁顿颡，黜一凶主，诛五邪臣，刑之所及，六人而已。顺明灵而伐罪，为生人而报仇。役不淹时，兵有全国。二旬之内，廓清万里，分命新邦，遍扬朝化。先王文轨之域，昔日冠带之区，荷仁义之举，承宽大之诏。仰拜天休，喜出汤火，死而更生，未足为喻，幽遐荒忽，无不内款。往者每顾东南，独违声教，一隅不遂，深切怀报。妖氛清荡，实慰朕怀，率土欣然，咸同斯庆，心随兆庶，政逮四时。言念猾夏之前，事殊大定之后，方持德化，渐代刑书。因太平之始，开自新之路。可大赦天下。自开皇九年四月十八日昧爽已前，大辟罪已下，已发露未发露，系囚见徒，悉皆原免。①

这篇大赦诏以廓清宇内、忧则在己为使命，历数前朝历史更迭，诸夏帝王干戈未戢，昏君当道，下人涂炭，于是伐之，出师有名。接着，赞扬吾军将士奋勇当前，海内混一。新一朝大赦天下，彰显了新一代君王恩威并重、赏罚分明。文章气势恢弘，雍容典雅，庄重而不凝滞，礼畅而辞意通达，语言平实而又不失简洁，寥寥数语，容纳诸多内容，褒贬之间，恩威尽显。

诸如此类的还有《隋文帝安边诏》《隋文帝获宝龟大赦诏》《隋文帝免三道逆人口诏》等，大都能自然叙述，轻松抓到诏书的要害，运用骈偶之词，驾轻就熟、条分缕析地叙述诸多事实。如“黜一凶主，诛五邪臣，刑之所及，六人而已”，“先王文轨之域，昔日冠带之区，荷仁义之举，承宽大之诏”。语言简洁平实，不以刻意雕琢为工，反而以达意为主。如“仰拜天休，喜出汤火，死而更生，未足为喻，幽遐荒忽，无不内款”，“言念猾夏之前，事殊大定之后，方持德化，渐代刑书，因太平之始，开自新之路。可大赦天下，自开皇九年四月十八日昧爽已前，大辟罪已下，已发露未发露，系囚见徒，悉皆原免”。自然而又富于逻辑，内容广博而不滞奥，有胸怀天下的霸气和王者风范。《隋书·李德林传》称赞其文“文诰之美，时无与二”。

李德林最著名的文章是《霸朝杂集序》和《天命论》。《霸朝杂集序》，是开皇五年(585年)隋文帝命李德林撰录他为相时的文翰，故称为《霸朝杂集》。这篇序文叙写了自古帝王因人成事，有典有据、有理有节地对隋文帝大加赞誉；而于己则感恩、谦恭参乎其间，相互映衬。其文曰：

---

① (唐)许敬宗编，罗国威整理：《日藏弘仁本文馆词林校证》，中华书局2001年版，第356～357页。

窃以阳乌垂曜，微藿倾心，神龙腾举，飞云触石。圣人在上，幽显冥符，故称比屋可封，万物斯睹。臣皇基草创，便豫驱驰，遂得参可封之民，为万物之一，其为嘉庆，固以多也。若夫帝臣王佐，应运挺生，接踵于朝，谅有之矣。而班尔之妙，曲木变容，朱蓝所染，素丝改色。二十二臣，功成尽美；二十八将，效力于时。种德积善，岂皆比于稷、契，计功称伐，非悉类于耿、贾。书契已还，立言立事，质非殆庶，何世无之。

盖上禀睿后，旁资群杰，牧商鄙贱，屠钓幽微，化为侯王，皆由此也。有教无类，童子羞于霸功；见德思齐，狂夫成于圣业。治世多士，亦因此焉。烟雾可依，腾蛇与蛟龙俱远；栖息有所，苍蝇同骐骥之速。因人成事，其功不难。自此而谈，虽非上智，事受命之主，委质为臣，遇高世之才，连官接席，皆可以翊亮天地，流名钟鼎，何必仓颉造书，伊尹制命，公旦操笔，老聃为史，方可叙帝王之事，谈人鬼之谋乎？

至若臣者，本惭宾实，非勋非德，厕轩冕之流，无学无才，处艺文之职。若不逢休运，非遇天恩，光大含弘，博约文礼，万官百辟，才悉兼人，收拙里闾，退仕乡邑，不种东陵之瓜，岂过南阳之掾，安得出入阊阖之间，趋走太微之庭，履天子之阶，侍圣皇之侧，枢机帷幄，沾及荣宠者也！昔岁木行将季，谅闇在辰，火运肇兴，群官总己。有周典八柄之所，大隋纳百揆之日，两朝文翰，臣兼掌之。时溥天之下，三方构乱，军国多务，朝夕填委。簿领纷纭，羽书交错，或速均发弩，或事大滔天，或日有万几，或几有万事。皇帝内明外顺，经营区宇，吐无穷之术，运不测之神，幽赞两仪，财成万类。咨谋台阁，晓喻公卿，训率土之滨，责反常之贼。三军奉律，战胜攻取之方；万国承风，安上治民之道。让受终之礼，报群臣之令，有宪章古昔者矣，有随事作故者矣。千变万化，譬彼悬河；寸阴尺日，不弃光景。大则天壤不遗，小则毫毛无失。

远寻三古，未闻者尽闻；逖听百王，未见者皆见。发言吐论，即成文章，臣染翰操牍，书记而已。昔放勋之化，老人睹而未知；孔丘之言，弟子闻而不达。愚情禀圣，多必乖舛。加以奏阁趋墀，盈怀满袖，手披目阅，堆案积几。心无别虑，笔不暂停，或毕景忘餐，或连宵不寐，以勤补拙，不遑自处。其有词理疏谬，遗漏阙疑，皆天旨训诱，神笔改定。运筹建策，通幽达冥，从命者获安，违命者悉祸。悬测万里，指期来事，常如目见，固乃神知。变大乱而致太平，易可诛而为淳粹，化成道洽，其在人文，尽出圣怀，用成典诰，并非臣意所能至此。伯禹矢谟，成汤陈誓，汉光数行之札，魏武《接要》之书，济时拯物，无以加也。属神器大宝，将迁明德，天道人心，同谟归往。

周静南面，每诏褒扬，在位诸公，各陈本志，玺书表奏，群情赐委。臣寰海之内，忝曰一民，乐推之心，切于黎献，欣然从命，辄不敢辞。比夫潘勖之册魏王，阮籍之劝晋后，道高前世，才谢往人，内手扪心，夙宵惭惕。檄书露板，及以诸文，有臣所作之，有臣润色之。唯是愚思，非奏定者，虽词乖黼藻，而理归霸德，文有可忽，事不可遗。前奉敕旨，集纳麓已还，至于受命文笔，当时制述，条目甚多，今日收撰，略为五卷云尔。

文辞翰博，庄重典雅，辞覈而理畅，颇合文帝的心意。高祖省讫，曰："自古帝王之兴，必有异人辅佐。我昨读霸朝集，方知感应之理。昨宵恨夜长，不能早见公面。必令公贵与国始终。"不但对李德林承诺给予富贵终身，而且追赠其父为恒州刺史。文帝觉得对其父的赏赐不够，不久又对他讲"我本意欲深荣之"，复赠其父定州刺史，安平县公，谥号曰孝。德林袭焉。

李德林少孤，没有字，魏收曾谓：识度天才，必至公辅，吾辄以此字卿。李德林从官之后，就典机密，性慎重，常云古人不言温树，何足称也。虽"少以才学见知，及位望稍高，却颇伤自任，争名之徒，更相僭毁，所以运属兴王，功参佐命，十余年间竟然不徙级"①。正因为有辅佐之志，所以他认为梁士彦及元谐之徒频有逆意，大江之南，抗衡上国，德林乃著《天命论》上隋文帝。文曰：

粤若邃古，玄黄肇辟，帝王神器，历数有归。生其德者天，应其时者命，确乎不变，非人力所能为也。龙图鸟篆，号谥遗迹，疑而难信，缺而未详者，靡得而明焉。其在典文，焕乎缃素，钦明至德，莫盛于唐、虞，贻谋长世，莫过于文、武。大隋神功积于文王，天命显于唐叔。昔邑姜方娠，梦帝谓己："余命而子曰虞，将与之唐，而蕃育其子孙。"及生，有文在其手曰"虞"，遂以命之。成王灭唐而封太叔。又唐叔之封也，箕子曰："其后必大。"《易》曰："崇高富贵，莫大于帝王。"《老子》谓："域内四大，王居一焉。"此则名虞与唐，美兼二圣，将令其后必大，终致唐、虞之美，蕃育子孙，用享无穷之祚……

众星共极，在天成象。夙沙则主虽愚蔽，民尽知归；有苗则始为跛扈，终而大服。汉南诸国，见一面以从殷；河西将军，率五郡以归汉。故能招信顺之助，保太山之安。彼陈国者，盗窃江外，民少一郡，地减半州，遇受命之主，逢太平之日，自可献土衔璧，乞同溥天。乃复养丧家之疹，遵颠覆之轨，

① 以上均见《隋书·李德林传》。

赵趄吴越，仍为匪民。虽时属大道，偃兵舞戚，然国家当混一之运，金陵是殄灭之期，有命不恒，断可知矣。房风之戮，元龟匪遥；孙皓之侯，守株难得。迷而未觉，谅可愍焉。斯故未辩玄天之心，不闻君子之论也……

此篇虽名为“天命论”，但却意在彼，而不在于此。他委婉上谏，希望文帝对梁、元二人的逆意有所觉察。他为国家大计尽心，魏收赐予他的字可谓名副其实。此文雍容典雅，洋洋洒洒，蔚为壮观，满是对文帝所谓的谀笔之辞。如文章开门见山表明：“粤若邃古，玄黄肇辟，帝王神器，历数有归。生其德者天，应其时者命，确乎不变，非人力所能为也”。随后便赞誉文帝，“帝体貌多奇，其面有日月河海，赤龙自通，天角洪大，双上权骨，弯回抱目，口如四字，声若钟鼓，手内有‘王’文，及受九锡。‘王’生文加点，乃为‘主’”。及文帝即位，三方混战，则“一麾以定三方，数旬而清万国。荡涤天壤之速，规摹指画之神，造化以来，弗之闻也”。文中列举有德帝王诛灭种种逆臣贼子之事例，目的是提醒文帝“自古明哲，虑远防微，执一心，持一德，立功坐树，上书削藁，位尊而心逾下，禄厚而志弥约，宠盛思之以惧，道高守之以恭，克念于此，则奸回不至。事乃畏天，岂惟爱礼，谦光满覆，义在知己，吉凶由人，妖不自作”。文章最后以提醒作结，以使文帝有所悟，可谓鞠躬尽瘁矣！[①]

李德林才华横溢，由此可见一斑，实乃隋代不可多得的文章能手。

① 以上均见《隋书·李德林传》。

第七章　江左作家群文学创作研究

隋统一全国后，在地域上消除了南北之隔，南朝的大批文人北来，南北文人汇聚京师，文学也出现了南北混一的现象，这对文学的进一步交流和相互渗透吸收提供了更为有利的条件。

从理论上讲，隋朝文学的融合应比之前任何时期都要更充分，成就也应更高，然而实际上并非如此。由于以关陇军事集团为核心的统治者对山东世族、江南士族的戒备与排挤①，再加之隋代统治时间较短，还来不及等待更多时间的磨合与发展，就在风起云涌的农民起义中倾覆了，因而这三个文学群体各自独立，并没有真正走到一起，也没有为隋代文学的进一步发展做出应有的贡献。而且，它们相互融合的痕迹不太明显，大致保留了各自的主要特征，这一特点在江左作家群中体现得尤为显著，在文风上由南朝的绮靡而变为清丽，较南朝时大有转变。

江左作家群是由南朝后梁入周、隋以及由陈入隋的作家所组成的。江左作家群据史料文献考证，暂厘定32位作家，其中有诗或赋及诗赋兼有者包括江总、姚察、虞世基、虞绰、王胄、许善心、郑公超、明余庆、何妥、岑德润、诸葛颖、庾自直、虞世南、刘斌等14位作家。

---

① 隋文帝统治前期对支持他的山左文人待遇较为优厚，但随着统治地位的进一步巩固，也渐渐表现出有意识的限制与打击。

第一节　虞世基诗歌创作的特点

虞世基，字茂世，会稽余姚（今浙江余姚）人。其父虞荔为陈太子中庶子。虞世基自幼沉静，喜愠不行于色，博学高才，且善草隶。在陈时，徐陵誉称其为“当今潘、陆也”[①]，并将侄女嫁给他。在陈，释褐建安王法曹军事，历祠部殿中二曹郎、太子中舍人，又迁中庶子、散骑常侍、尚书左丞等职。及陈亡入隋，为通直郎，直内史省。曾贫穷无产业，每每替别人写书养亲，总怏怏不平。曾作五言诗以见意，清理悽切，世人以为工，莫不吟咏。不久，拜内史舍人。

及炀帝即位，顾遇弥隆。当时博学有才的秘书监河东柳顾言见之，感叹道“海内当共推此一人，非吾侪所及也”[②]。不久迁内史侍郎。炀帝重其才，亲礼逾厚，让世基专典机密，并与纳言苏威、左翊卫大将军宇文述、黄门侍郎裴矩、御史大夫裴蕴等人共同参掌朝政。辽东之役后，又进位金紫光禄大夫。当时天下大乱，世基知炀帝不可谏止，又因为高颎、张衡等相继诛戮，惧怕祸端及身，“虽居近侍，唯诺取容，不敢忤意”。由于他“貌沉审，言语多合意，是以特见亲爱，朝臣无与为比”。[③] 在江都，宇文化及忤逆杀炀帝，虞世基也一起被害。

虞世基入隋后，大部分时间是在杨广的王府中度过的，所以，唱和、应制的诗歌创作较多，可惜现仅存18首。文章仅存3篇，分别是《章服议》《元德太子哀册文》《左卫大将军、左光禄大夫姚恭公墓志铭》（并序），且成就不如诗歌突出。

一、虞世基的诗歌创作及特点

虞世基在隋代创作的诗歌今存18首，分别为《出塞二首》（和杨素）、《四时白纻歌二首》（和炀帝）、《江都夏》《长安秋》《奉和幸江都应诏诗》《汴水早发应令诗》《秋日赠王中舍诗》《奉和望海诗》《赋昆明池一物得织女石诗》《赋得石诗》《奉和幸太原辇上作应诏诗》《初渡江诗》《零落桐诗》《晚飞鸟诗》《入关诗》《赋得戏燕俱宿诗》。

虞世基在陈亡后入隋，一直在杨广身边，先是晋王杨广的王府学士，及广登

---

① （唐）魏徵：《隋书·虞世基传》。
② （唐）魏徵：《隋书·虞世基传》。
③ （唐）魏徵：《隋书·虞世基传》。

基，又为炀帝近侍，故其诗歌多奉和、应制、唱和之作。这类应酬、应景之诗多为南朝风格，很难体现出个性以及新变。《出塞二首》是他诗作中较好的作品，也是他与杨素的唱和之作。如：

其一

穷秋塞草腓，塞外胡尘飞。
征兵广武至，候骑阴山归。
庙堂千里策，将军百战威。
辕门临玉帐，大旆指金微。
偃朽无勍敌，应变有先机。
衔枚压晓阵，卷甲解朝围。
瀚海波澜静，王庭氛雾晞。
鼓声严朔气，原野曀寒晖。
熏庸震边服，歌吹入京畿。
待拜长平坂，鸣驺入礼闱。

其二

上将三略远，元戎九命尊。
缅怀古人节，思酬明主恩。
山西多勇气，塞北有游魂。
扬桴度陇坂，勒骑上平原。
誓将绝沙漠，悠然去玉门。
轻赍不遑舍，惊策骛戎轩。
懔懔边风急，萧萧征马烦。
雪暗天山道，冰塞交河源。
雾烽暗无色，霜旗冻不翻。
耿介倚长剑，日落风尘昏。

这两首诗极力歌颂杨素的英勇善战、赫赫勋业，用语庄重而典则。譬如第一首中的“庙堂千里策，将军百战威。辕门临玉帐，大旆指金微。偃朽无勍敌，应变有先机。衔枚压晓阵，卷甲解朝围”，第二首中的“山西多勇气，塞北有游魂。扬桴度陇坂，勒骑上平原。誓将绝沙漠，悠然去玉门。轻赍不遑舍，惊策骛戎轩”，均将杨素的大将风神及智勇韬略展现无遗。

虞世基虽未有临阵经验，但也曾随征塞外，故对塞外景色的描写较为出色。如第一首中的“穷秋塞草腓，塞外胡尘飞”，“瀚海波澜静，王庭氛雾晞。鼓声严朔气,原野曀寒晖”;第二首中的“懔懔边风急,萧萧征马烦。雪暗天山道,冰塞交河源。雾烽暗无色,霜旗冻不翻。耿介倚长剑,日落风尘昏”。作者均将塞外穷秋大漠、长河落日的恢弘、空旷、萧瑟以及严峻的苦寒环境描写得颇为贴切与形象。这与南朝单单对景物及宫女的呆板刻画、炫耀辞藻之作相比,有了较大的突破。相较,无论是在思想内容上还是在景物描写上,皆大有进步,况且他的诗作意蕴较深。

这些塞外景色的描写对唐代边塞诗的影响较大。如其中“穷秋塞草腓,塞外胡尘飞”两句,让人想起唐代高适《燕歌行》中的“大漠穷秋塞草腓,孤城落日斗兵稀”两句。虽然高适亲临塞外,具有临阵经验,自然能写出如此真切的塞外风景,但也不能说未受虞世基此诗的影响。再如唐代岑参《白雪歌送武判官归京》中的“瀚海阑干百丈冰,愁云惨淡万里凝”,“风掣红旗冻不翻”,似乎化用了“雪暗天山道,冰塞交河源。雾烽暗无色,霜旗冻不翻”等句。虽然整体形象没有高、岑二诗更加鲜明、具体、生动,在气势奔放、磅礴浑然上也较二人稍逊一筹,但就随军至塞上,并没有临阵体验来讲,也煞费了一番苦心,足见其才思。《隋书》《北史》评价道“博学有高才”。

这两首诗情节完整,结构紧凑,对仗工整,气势也较酣畅,表现了虞世基丰富的想象力及深厚的艺术技巧功底。以这样的诗与身经百战、出生入死、文武兼具者杨素的出塞诗唱和,毕竟不是他的专长。表达细腻、多愁善感、讲究辞藻技巧的修饰,具有南国格调的诗歌,也许才是他的本色。

入隋后,由于环境、心境有巨大变化,犹如庾信、王褒之作,虞世基的诗在内容与情感等方面都有了新的起色。去国怀乡的小诗正是变化后的体现,如《初渡江》《入关》《零落桐》《晚飞乌》等。

初渡江

敛策暂回首,掩涕望江滨。
无复东南气,空随西北云。

入　关

陇云低不散,黄河咽复流。
关山多道里,相接几重愁。

零落桐

零落三秋干,摧残百尺柯。
空余半心在,生意渐无多。

晚飞乌

向日晚飞低，飞飞未得栖。

当为归林远，恒长侵夜啼。

《初渡江》《入关》两首五言诗描写的是陈亡后，国家沦丧，诗人由陈入隋、从南至北长安路途中的心境。《初渡江》开头两句写对江南的无比留恋与不舍，如"回首""掩涕"。诗人不肯前行，但又无可奈何，因为"无复东南气"，只得"空随西北云"。《入关》则情绪低落，满腹愁绪，此时的心情又如诗人眼前的景色"陇云低不散，黄河咽复流"。北方的云层低而厚，连黄河水都呜咽着不肯向前流，表现了作者心情的无比压抑、沉痛。重重的关隘，就像重重的愁绪一般，惆怅之余又添一份前途未卜的担忧，压得诗人愁肠千转百回。这两首诗对仗精工，音韵谐畅，无雕琢粉饰之感。因是亲身经历，写自己的真实所感，故形象逼真，不似刻意为文造情之作。

《零落桐》《晚飞乌》两首诗则是写诗人入隋之初的低落、惆怅及泱泱不平。诗人在新朝宛如零落殆尽的一株梧桐，只剩"半心"，满腔的昂扬之气已渐渐消散。诗人又如晚飞的乌鸦，长时飞翔而未得栖息，因为离属于自己的那片安息之地尚远，常常在半夜里啼叫悲鸣。这两首小诗大概是入隋之初所作。《隋书》本传记载："平无产业，每佣书养亲，泱泱不平，尝为五言诗以见意，世以为工，作者莫不吟咏。"①这也大概是炀帝赞誉他的诗"词清体润"②所属。

这些是虞世基诗作中较好的作品，无论思想内容还艺术是形式都较南朝诗作有较大的转变，但虞世基有些诗还是保留了南朝的风格。譬如与炀帝的唱和之作《江都夏》：

长洲茂苑朝夕池，映日含风结细漪。

坐堂伏槛红莲披，雕轩洞户青蘋吹。

轻幌房烟郁金馥，绮檐花箪桃李枝。

兰苕翡翠但相逐，桂树鸳鸯恒并宿。③

这首与炀帝的唱和之作，在艺术技巧上用力较深，细致精工，最大限度地对江都夏日宫苑进行了描绘。即使刻意雕琢痕迹甚明，诗人对江都景色的描写也力道十足。虽然没较多新意、意境及个性特征，且辞藻繁缛，空间狭小，犹如南朝日薄西山，气象格调皆卑弱，远不能跟炀帝同题之作同日而语，然而，其与南朝轻

① (唐)魏徵：《隋书·虞世基传》。

② (唐)魏徵：《隋书·王胄传》。

③ (宋)郭茂倩编撰，聂世美、仓阳卿校点：《乐府诗集》，上海古籍出版社1998年版，第622页。

艳风格相较，已渐渐转为清丽，且着力于景物描写。

虞世基的悲剧诚然是整个隋朝的悲剧，然而最终还是其最初的人生观与世界观造成的。若他能安于贫困，抱有正直无畏之心；又若他能轻财宝而重兄弟义，也不至于为史志所诟病。他在生命的不同时期的行为变化，既是其欲望的反映，也是他为人为臣原则的变化，更是他价值观和世界观的变化。

但我们不能因人废言，他的才思及优秀作品还是值得肯定的，对后人有着一定的影响。其才思在明代冯梦龙的《智囊全集》中亦有所体现："隋炀幸广陵。既开渠，而舟至宁陵界，每阻水浅。以问虞世基。答曰：'请为铁脚木鹅，长一丈二尺，上流放下，如木鹅住，即是浅处。帝依其言验之，自雍丘至灌口，得一百二十九处。'"此虽为轶事典故，但颇能反映其高超敏捷的才思。

第二节　王胄诗歌创作的特点

王胄与虞世基同样也是王府学士，在文学方面也深受杨广的赏识，杨广曾称其诗歌"气高格远"[①]。但他在政治上郁郁不得志。

王胄，字承基，琅琊临沂（今山东临沂）人。祖父王筠为梁太子詹事，父王祥为陈黄门侍郎。王胄少有逸才，在陈为鄱阳王法曹参军，历太子舍人、东阳王文学。及陈亡入隋，被晋王杨广引为学士。大业初，王胄为著作佐郎，因文词为炀帝所重。当时，王胄与虞绰齐名，且与其同志友善，后进之士皆以二人为准的。之后，又从征辽东，进授朝散大夫。王胄"性疏率不伦，自恃才大，郁郁于薄宦，每负气陵傲，忽略时人。为诸葛颖所嫉，屡谮之于帝"，由于炀帝爱其才而不治罪。后与杨素之子杨玄感交好，及玄感兵败，"与虞绰俱徙边"，遂亡匿潜还江南，被吏部捕诛，时年56岁。所著词赋，多行于世。[②]

王胄在隋代的文学创作多为诗歌，现存完整的有19首，还有1首是残篇，他是江左作家群中现存诗作最多的诗人；其文1篇，即《卧疾闽海简颙法师诗序》。故在此专论其诗歌。

王胄现存的诗歌有《白马篇》《枣下何纂纂二首》《敦煌乐二首》《纪辽东二首》《奉和赐酺诗》《奉和悲秋应令诗》《言反江阳寓目灞涘赠易州陆司马诗》《酬陆常侍诗》《答贺属诗》《别周记室诗》《赋得雁别送周员外戍领表诗》《为寒床妇

① （唐）魏徵：《隋书·王胄传》，

② 以上均见《隋书·王胄传》。

赠父归诗》《雨晴诗》《西园游上才》《燕歌行》《卧疾闽越述净名意诗》(并序)。

王胄为王府学士,故应制、唱和的诗作较多,不多见其个性特点。如《为寒床妇赠夫》,内容质量不高,仍残留着浓厚的南朝宫体诗的遗迹,但文风却由南朝艳丽渐变为清丽。王胄恃才傲物,在仕途上郁郁不得志,所以抒发牢骚及苦闷的诗也比较多。如《赋得雁送别周员外戍岭诗》:

旅雁别衡阳,天寒关路长。
行断由惊箭,声嘶为犯霜。
罹缴无人悯,能鸣反自伤。
何如侣泛泛,刷羽戏方塘。

这是王胄借周员外戍岭的自伤诗。诗中用长途跋涉、天寒路远、千山万水羁旅的大雁,比喻远离衡阳戍驻岭南的周员外,同时也体现了自比身世的感伤。比喻恰切,想象丰富,犹如惊弓之鸟。“何如侣泛泛,刷羽戏方塘”,无限感伤之情溢满字里行间,表达了诗人对自我身世的无奈挣扎。

这是诗人在政治上不得意时所发的牢骚与不平。随着社会环境和自然环境的变化,王胄的诗歌在遣词造句上也有了一些变化,虽然比不上庾信的艺术功力,但在情感上同是国破家亡、沦落他乡,再加上仕途上的不通达,更显落寞和寡欢。诸如此类的诗作还有《别周记室》《酬陆常侍》等。分列如下:

别周记室

五里徘徊鹤,三声断绝猿。
何言俱失路,相对泣离樽。
别意悽无已,当歌寂不喧。
贫交欲有赠,掩涕竟无言。

酬陆常侍

相知四十年,别离万余里。
君留五湖曲,余去三河涘。
寒松君后凋,溺灰余僅死。
何言西北云,复观东南美。
深交不忘故,飞觞敦宴喜。
赠藻发中情,奇音迈流徵。
追惟中岁日,于斯同憩止。
思之宛如昨,倏焉逾二纪。
畴昔多朋好,一旦埋蒿里。

无人莫己知，有恸伤知己。
把臂还相泣，岿然吾与子。
沾襟行自念，哀哉亦已矣。
吾归在漆园，著书试词理。
劳息乃殊致，存亡宁异轨。
大陆不能遵，咄哉情可鄙。

《别周记室》一诗，开头诗人用“徘徊鹤”和“断绝猿”等典型的离群悲戚之物来自喻其郁郁不得志的心境。句中还多用“泣”“悽”“涕”等痛哭流涕、凄凉悲伤的词，内心情感一览无余。整首诗对仗精工，音律和谐，感情真挚。

《别陆常侍》同样是表达一己之情的诗作。对仗工整，一如前诗，譬如“相知四十年，别离万余里。君留五湖曲，余去三河涘”；用典恰当，如“漆园”用庄子自比，仕途不畅，不如归林逍遥自在，“著书试词理”。整首诗体现了诗人极度失意后的悲伤之情。

诗人的晚年更是不幸，如《卧疾闽越述净名意诗》序曰：“余卧疾闽海，弥留旬朔。善友颙法师，劝余以净明妙典调伏身心。力疾粗陈其意，敬简法师云尔。”《隋书·王胄传》亦明确记载，王胄参与杨玄感谋反，及兵败，逃匿江南，这首诗写的是诗人在江南藏匿时的凄凉景状。《卧疾闽越述净名意诗》诗曰：

客行万余里，眇然沧海上。
五岭常炎郁，百越多山瘴。
兼以劳形神，遂此婴疲恙。
桐雷邈已远，砭石良难访。
抱影私自怜，沾襟独惆怅。
毗城有长者，生平夙所尚。
复藉大因缘，勉以深回向。
心路资调伏，于焉念实相。
水沫本难摩，干城空有状。
是生非至理，是我皆虚妄。
求之不可得，谁其受业障。
信矣大医王，兹力诚难量。

诗人叙述了自己从徙边之地千里迢迢、劳顿奔波潜逃回江南，加之江南恶劣的环境，心神疲倦，心力交瘁，从此一病不起。在弥留旬朔期间，本想寻求良医治愈，但已知难访，不由得抱影自怜，独自沾襟惆怅。回想一生，政治抱负的夙愿已难再实现，一切皆为虚妄。这是诗人晚年窘况的真实描写。由于写亲身遭遇，故能突破南朝风格，有血有肉，感情真挚，读来感人。

王胄的诗歌，大多状写自己一生的遭遇及郁闷不平之气。这正是诗人诗风蜕变的一大因素，正如庾信。

王胄的诗歌中除了以上内容，还有两篇描写长安游侠的长篇诗歌，即《白马篇》和《言反江阳寓目灞涘赠易州陆司马》。《白马篇》沿用曹植的旧题，诗中描写少年游侠，意气风发，英勇善战，不畏为国捐躯的英雄气概，也许从侧面反映了王胄内心深处志向远大、干一番事业的真实自我。诗曰：

白马黄金鞍，蹀躞柳城前。
问此何乡客，长安恶少年。
结发从戎事，驰名振朔边。
良弓控繁弱，利剑挥龙泉。
披林扼雕虎，仰手接飞鸢。
前年破沙漠，昔岁取祁连。
折冲摧右校，搴旗殪左贤。
赝弥还谢力，庆忌本推儇。
海外平遐险，来庭识负褰。
三韩劳薄伐，六事指幽燕。
良家选河右，猛将征西山。
浮云屯羽骑，蔽日引长旃。
自矜有余勇，应募忽争先。
王师已得俊，夷首失求全。
鼓行狗玉检，乘胜荡朝鲜。
志勇期功立，宁惮微躯捐。
不羡山河赏，谁希竹素传。

这首诗多处化用前人诗句，如前四句以及“披林扼雕虎，仰手接飞鸢”等化用了曹植同题诗作中的句式，但描写意气风发、武艺高强、具有报国之志的英雄形象，依然鲜活感人！这是作者自比，抒写了自己也像诗中的游侠一样具有雄心报国、为国捐躯的一腔热忱。另外，“不羡山河赏，谁希竹素传”，并非邀功请赏之言，而是心甘情愿、视死如归的豪情壮语。这首诗对仗工整，音律和谐，无堆砌之弊，一气呵成，以意为主，文风气高致远，这也许是隋炀帝赞誉的原因。这样喻志的游侠诗作从闪耀着时代光辉的曹植至南朝的吴均，再至隋代的王胄，都是不可多得的作品。

另外,王胄还有一些写景小诗,颇能表现他的艺术技巧及“气高致远”[①]的特色。譬如《雨晴诗》:

初晴物候凉,夕景照山庄。
残虹低饮涧,新溜上侵塘。
风度禅声远,云开雁路长。

这首五言小诗精巧别致,意境清新,气致高远,对偶精工,音律和谐,无论形式还是意境皆可观。这样的诗作还有残诗《燕歌行》中的一句:“庭草无人随意绿。”可谓精工,似乎眼前景物,不经意间随笔拈来。

唐代刘𫗧的笔记小说《隋唐嘉话》载:“炀帝为《燕歌行》,文人皆和,著作郎王胄独不下帝,帝每衔之。胄竟坐见害,而诵其警句曰‘庭草无人随意绿’,复能作此语耶?”而《隋书·王胄传》已明确记载,王胄因参与杨玄感谋反而获罪见害,而非因炀帝妒其才高。相反,每当王胄被人谏毁,隋炀帝皆因爱其才而不罪。

《隋唐嘉话》为唐人作品,又是笔记野史之类的小说,不可征信。正如鲁迅在《魏晋风度及文章与药及酒之关系》一文中评价曹操时所说:“现在我们再看历史,在历史上的记载和论断有时也是极靠不住的,不能相信的地方很多,因为通常我们晓得,某朝的年代长一点,其中必定好人多;某朝的年代短一点,其中差不多没有好人。为什么呢? 因为年代长了,作史的是本朝人,当然恭维本朝的人物……所以大秦朝,差不多在史的记载上半个好人也没有。曹操在史上大年代也是颇短的,自然也逃不了被后一朝人说坏话的公例。”同样,隋朝也是短命王朝,与秦朝历史相似,都是迅速强盛而又迅速灭亡,为汉、唐提供了由乱而治的深刻教训。“汉承秦制,唐承隋制”,正是以前代为鉴,采取了缓和社会矛盾、富国利民的诸多改革,才创建了至今引以为傲的辉煌盛世。

隋炀帝在继承文帝基业的基础上,进一步发展经济,强化政治,通过开拓疆土、科举选士、开发江南等一系列的政策及措施,使隋代迅速崛起,这些是雄心的炀帝之功绩;只是后期,生活荒淫腐化,无节制地浪费人力、物力,进行三次辽东之战,才导致隋代又迅速在风起涌云的农民起义之中覆亡。所以,隋炀帝并没有那么昏庸,笔记野史记载的多条炀帝的妒忌贤才,尤其在文学上是不属实的。但王胄的高超才情仍可见一斑,其诗歌的一些诗句混入唐诗中也难以分辨,可见已近唐人。

---

① (唐)魏徵:《隋书·王胄传》。

第三节 许善心诗文创作的特点

隋代平陈，大批南朝文士入隋，但由于文帝对南人的排斥和打压，致使他们在政治上大多郁郁不得志，文章创作也寥寥无几。像虞世基、王胄等王府学士无缘参与朝典事务，因此也就很少有诏、敕、奏、表之类的公用文章。

许善心是文帝一朝最受优待的一位由南入北的文士，因此有机会参与政治制度等朝典的制定，但他的活动主要是参与书籍及礼乐的议定等。文帝提倡"斫雕为朴"的文风，看重的是文学的政治实用功能，雕章琢句、玩弄艺术技巧的南方文士自然不受欢迎，这在一定程度上打击了南朝文士创作的积极性。许善心只有一篇《神雀赋》受到文帝的称赞。

一、许善心的诗歌创作及特点

许善心，字务本，高阳北新城(今河北徐水)人。祖父许懋为梁太子中庶子，始平、天门二郡守、散骑常侍。父亲许亨，为梁给事黄门侍郎，在陈历羽林监、太中大夫、卫尉卿，并领大著作。许善心 9 岁而孤，被母亲范氏所鞠养，自幼聪明，有思理，所闻辄能诵记，并多闻默识，被当世所称。家有旧书万余卷，皆遍通涉。15 岁，他曾写书给徐陵，徐陵见而奇之曰："才调极高，此神童也。"在陈时，"起家新安王法曹"，历度支郎中、侍郎、撰史学士等职。陈祯明二年(588 年)，"加通直散骑常侍，聘于隋"。到高祖平陈，拘留不遣。及陈亡，许善心"衰服号哭于西阶之下，借草东向，经过三日"。文帝在朝堂上对众大臣云："我平陈国，唯获此人。既能怀其旧君，即是我诚臣也。"并"敕以本官直门下省"，加以赏赐，"从幸泰山，还受虞部侍郎"。

开皇十六年(596 年)，有神雀降临含章闼，高祖召集百官赐宴，告以此瑞。许善心于座请纸笔，遂作《神雀赋》，高祖甚悦，并曰："今旦召公等人，适述此事，善心于座始知，即能成颂。文不加点，笔不停豪，常闻此言，今见其事。"文帝遂赐帛两百段。[①] 开皇十七年(597 年)，除秘书丞，整理国家图书。当时秘书图籍尚多淆乱，许善心仿照阮孝绪《七录》制作《七林》，对图书分门别类地进行整理，

---

① 以上均见《隋书·许善心传》。

并进行更谬。仁寿元年(601 年),摄黄门侍郎。二年(602 年),加摄太常少卿,与牛弘等议定礼乐,秘书丞、黄门等职如故。

大业元年(605 年),转礼部侍郎。七年(611 年),因上封事忤旨,免官。九年(613 年),摄左翊卫长史,从渡辽,又授建节尉。十年(614 年),又从至怀远镇,加授朝散大夫,突厥围困雁门,又摄亲卫武贲郎将,领江南兵宿卫殿省。炀帝驾幸江都,追叙前勋,授通议大夫,诏还本品,行给事郎。十四年(618 年),宇文化及兵乱谋逆时一并遇害,时年 61 岁。在他遇害时,其母 92 岁,在治丧时没有哭泣,扶着灵柩说"能死国难,我有儿矣"[1],此后卧床不吃饭,10 多天也去世了。

许善心著有《方物志》20 卷、《符瑞记》10 卷、《灵异记》10 卷。其今存的诗歌有《奉和赐诗》《奉和还京师诗》《于太常寺听陈国蔡子元所校正声乐诗》《奉和冬至乾阳殿应诏诗》。

许善心深受文帝的器重与赏识,在隋代活动的时间大部分是在文帝一朝。受文帝的文化政策以及不悦文学等影响,在文帝时期他主要任秘书丞一职,大部分时间是在整体图书及朝庙礼仪等事务,所以诗歌创作不多,且多奉和之作,但与在南朝的诗风有所不同。如颇见其特色的《于太常寺听陈国蔡子元所校正声乐诗》:

维阳成礼乐,治定昔君临。
充庭观树羽,之帝仰摐金。
既因钟石变,将随河海沉。
湛露废还序,承风绝复寻。
衮章无旧迹,韶夏有余音。
泽竭英茎散,人遗忧思深。
悲来未减瑟,泪下正闻琴。
讵似文侯睡,聊同微子吟。
钟奏殊南北,商声异古今。
独有延州听,应知亡国音。

此五言诗庄重典则,用典较多,风格与徐陵、庾信相近,但由于此诗主要抒发一己之情,感情真挚,所以华丽藻饰较少。这一点与王胄相似。他入隋之后,与"后主嗣业,雅尚文词,傍求学艺,焕乎俱集"[2]的时代环境迥异,随着社会环境的变化,诗作的内容以及诗风也在相应地变化。

① (唐)魏徵:《隋书·许善心传》。

② (唐)姚思廉:《陈书·文学传》,中华书局 1972 年版。

二、许善心的散文创作及特点

许善心的散文今存有《奏驳皇后属车乘数》《七庙议》《宇文述役兵议》《对诏问太子朝谒著远游冠》《梁史序传述》《神雀颂》(并序)。其中,《神雀颂》是其代表作。此文虽然歌颂的是神雀,但实际上是借神雀的降临来歌颂文帝的功德。其文曰:

臣闻观象则天,乾元合其德,观法审地,域大表其尊……

粤我皇帝之君临,阐大方,抗太极,负凤邸,据龙图。不言行焉,摄提建指,不肃清焉,喉铃启闭。括地复夏,截海翦商,就望体其尊,登咸昌其会。绵区泱宇,遐至迩安,腾实飞声,直畅傍施。无体之礼,威仪布政之宫,无声之乐,缀兆总章之观。上庠养老,躬问百年,下土字民,心为百姓。月栖日浴,热坂寒门,吹鳞没羽之荒,赤蛇青马之裔,解辫请吏,削衽承风。岂止呼韩北场,频勒狼居之岫,煾慎南境,近表不耐之城。故使天弗爱道,地宁吝宝,川岳展异,幽明效灵。狎素游赪,团膏漱醴,半景青赤,孳历亏盈。足足怀仁,般般扰义,祥祐之来若此,升隆之化如彼。而登封盛典,云亭伫白检之仪,致治成功,柴燎靡玄珪之告。……

昔汉集泰畤之殿,魏下文昌之宫,一见雍丘之祠,三入平东之府,并旁观回瞩,事陋人微,奚足称矣。抑又闻之,不刳胎剖卵,则鸾凤驯鸣;不漉浸焚原,则螭龙盘蜿。是知陛下止杀,故飞走宅心,皇慈好生,而浮潜育德。臣面奉纶綍,垂示休祥,预承嘉宴,不胜藻跃。李虔僻处西土,陆机少长东隅,微臣惭于往贤,逢时盛乎曩代,辄竭庸琐,敢献颂云:

太素式肇,大德资生,功玄不器,道要无名。
质文鼎革,沿习因成,祥图瑞史,赫赫明明。
天保大定,于铄我君,武义乃武,文教惟文。
横塞宇宙,旁凝射、汾,轩物重造,姚风再薰。
焕发王策,昭彰帝道,御地七神,飞天五老。
山祇吐秘,河灵孕宝,黑羽升坛,青鳞伏皁。
丹乌流火,白雉从风,栖阿德劭,鸣岐祚隆。
未如神爵,近贺王宫,五灵何有,百福攸同。
孔图献赤,荀文表白,节节奇音,行行瑞迹。
化玉黼扆,衔环陛戟,上天之命,明神所格。

绥应在旂，伊臣预焉，永缉韦素，方流管弦。

颂歌不足，蹈儛无宣，臣拜稽首，亿万斯年。[①]

这篇文章以四、六字句为主，庄重典雅，华而不缛，语言流畅，紧扣中心，不枝不蔓，一气呵成，气势宏大，所以颇合文帝心意。这是许善心颇见功底的一篇应制之作。

第四节　其他江左作家的文学创作

江左作家群中，除了前文提到的作家之外，颇有盛名的诗文作家还有柳𧦬、虞绰、孔少德以及明余庆等人。

一、柳𧦬的文学创作及特点

柳𧦬是因文采而备受杨广宠爱的王府学士之一，字顾言，襄阳（今湖北襄樊）人。由后梁入隋，在梁曾历著作佐郎、侍中、国子祭酒、吏部尚书等职。入隋，历开府，通直散骑常侍、内史侍郎。炀帝即位后，拜秘书监。大业六年（610 年），从幸江都，病卒，时年 69 岁。著有《晋王北伐记》15 卷，有集 10 卷，行于世。

他曾对杨广的诗歌创作产生了很大的影响。如《隋书・柳𧦬传》载："王（晋王杨广）好文雅，招引才学之士诸葛颖、虞世南、王胄、朱瑒等百余人以充学士。而𧦬为之冠，王以师友处治，每有文什，必令其润色，然后示人。尝朝京师还，作《归藩赋》，命𧦬为序，词甚典丽。初，王属文，为庾信体，及见𧦬已后，文体遂变。仁寿初，引𧦬为东宫学士，加通直散骑常侍，检校洗马。甚见亲侍，每召入卧内，与之宴谑。……言杂诽谐，由是弥为太子所亲狎。以其好内典，令撰《法华玄宗》，为二十卷，奏之。太子览而大悦，赏赐优洽，侪辈莫与为比。"[②]至炀帝即位，"帝退朝之后，便命入阁，言宴讽读，终日而罢。帝每与嫔后对酒，时逢兴会，辄遣命之至，与同榻共席，恩若友朋。帝犹恨不能夜召，于是命匠刻木偶人，施机关，能坐起拜伏。以像于𧦬。帝每在月下对酒，辄令宫人置之于座"[③]。

柳𧦬被炀帝如此宠爱，主要是文学方面的成就。𧦬"少聪敏，解属文，好读

---

① （唐）魏徵：《隋书・许善心传》。
② （唐）魏徵：《隋书・柳𧦬传》。
③ （唐）魏徵：《隋书・柳𧦬传》。

书，所览将万卷”[1]。他在后梁担任的职务也多是与学术文化相关的，加之其人多俊辩，性格诽谐，故作为王府学士及亲侍为对南朝文化颇感兴趣的杨广所宠爱。

柳䛒在隋的诗歌现仅存5首，分别为《奉和晚日扬子江应制诗》《奉和扬子江应教诗》《奉和春日临渭水应令诗》《咏死牛诗》《阳春歌》，其中应制诗有3首。

其诗歌大多讲究艺术技巧，雕词琢句，形式工整，语言精致，内容单调，以供消遣玩乐为主，这些诗歌体现了南朝诗风的特点，乏善可陈。然而有些诗作尚有鉴赏价值。如《咏死牛》诗在内容与情感上读来令人为之动容：

一朝辞绀幰，千里别黄河。

对衣徒下泣，扣角讵闻歌。

此诗对仗工整，音律和谐，以意为主，没有一贯用力的繁辞丽句，雕琢藻饰痕迹也较少。

柳䛒在隋的散文现仅存4篇，即《奏增房中乐钟磬》《与释智顗书》《徐则画像赞》《天台国清寺智者禅师碑文》。赋作《晋王归藩赋序》已不可见，前三篇的风格与他一贯讲究艺术技巧、文辞华丽繁缛大有不同，而多平实、朴素、简洁。最后一篇碑文篇幅较长，讲究对仗，重视辞藻，文风华丽而又典重，体现了他一贯的文风。碑文曰：

臣闻在天成象，穹苍之法存焉，在地成形，区方之均效矣。二仪既尔，三才同然。上圣之姿，为王所以敬教；先觉授道，契会方乃升仙。是故命驾崆峒，纡光善卷，箓图宣业，赤诵弘风。练质九府之间，腾虚六合之内，斯并权宜汲引，暂保逍遥。终覆蔽于苦空，卒邅回于生死。未臻夫不生不灭，无去无来。匪实匪虚，非如非异。常乐我净，凝寂恬愉，不可思议之解脱也。

粤若我大隋皇帝，法讳总持，载融佛日。瑞发净宫，利见法王。应阎浮主，以封唐入绍。叶继高辛，立圣与能。祚隆姬发，自天攸纵。包大德而翼小心，希世膺期；内文明而外柔顺，知微知彰。鉴穷玄览，乃武乃文，能事斯毕。……

昔金龙尊王赞佛功德，宝积长者献盖称扬，范武子声犹在民，臧文仲言垂不朽，矧乎道树胜由，师门福地。而建崇云碣，表际金刚。俾命丝纶，织载辞理。若夫记言记事，史官之成则；散华贯华，法藏之鸿演。敢重述宣，乃作颂曰：

---

① （唐）魏徵：《隋书·柳䛒传》。

龙图画卦，裁萌五典。金轮拯溺，止弘十善。岂若我皇，树功宏缅。
还源本净，归途今显。镜鉴先哲，筌蹄何浅。天造草昧，日月斯升。
高山巨海，或影或澄。虎啸风起，龙跃云兴。至人几渐，养正遵承。
谦尊本裕，师范推膺。只谁允矣，具瞻克胜。熏禅观寂，如冬靖凝。
精义泉涌，如春泮冰。我有匠石，正直从绳。我有津济，舟楫斯凭。
虔临拳拳，悦受兢兢。能资万行，混成一乘。六反震动，十方叹称。
同声相应，信而有徵。至诚感神，道合符契。渊乎智者，波澜靡际。
帝师既沃，天台还憩。于山之阿，于川之澨。沧溟浩瀚，峰崖迢递。
日浴扶桑，月穿丛桂。上踵娄采，傍通禹计。素湍风激，赤城霞曳。
仁智肥遁，山林亏蔽。无言不酬，既符声响。无德不报，有均景象。
初卜庵萝，归诚恋仰。显允光师，久要长往。非皦若昧，镜形如囊。
寺号国清，灵扉潜敞。孰意我师，遽缘安养。龙楼夙记，鹤关无爽。
宸居在昔，哀构祇园。令终如始，师严道尊。揆日方昼，觇星正昏。
置椠崇栋，削屡成垣。岩分莲萼，泉毖桃源。仙窗夏冷，禅室冬温。
玉阶驯豹，金刹栖鹓。风和宝铎，空转珠幡。百谷时秀，万果林繁。
灵芝禅悦，甘露天镈。玉趾案地，净域惊魂。金布贸苑，天宫俨存。
创造之福，胡可胜原。轮奂洞彻，庄严修设。波斯融冶，优填剞劂。
金容月满，玉豪霜洁。象译翻度，龙宫披阅。法嗣诜然，端心障灭。
泰阶既平，王道既清。殊途同致，无虑何营。皇思睿赜，邃达忘情。
有本空净，空常有并。坛戒度重，定慧真精。乾临朗鉴，远供凭诚。
大众香洒，拜阙龛楹。全身座间，严扃网萦。伽叶佛陇，贤劫齐声。
饭僧数溢，瑞我隆平。身田雨润，心树华荣。见在同植，将来共成。
有如悬镜，反照今生。有如圭臬，曾不亏盈。神力自在，游戏香城。
菩提具足，赫赫明明。[①]

这篇碑文不但讲究形式、辞藻，而且颇具内涵，其中对佛理的探讨，体现了柳䛒渊博的学识和较高的文学素养。

二、诸葛颍的诗歌创作及特点

诸葛颍，字汉丹，建康（今江苏南京）人与柳䛒等人同为王府学士，也曾以文

---

① （清）严可均辑：《全隋文》卷十二《天台国清寺智者禅师碑文》。

采获宠。"颍年八岁时,能属文。起家为梁邵陵王参军事,又转记室。侯景之乱,奔齐,待诏文林馆,历太学博士、太子舍人"。入隋,杨广闻其名,引为参军事,之后转记室。及杨广即位,又"迁著作郎,颇为亲幸,出入卧内。帝每赐之曲宴,辄与皇后嫔御连席共榻"。后"从征吐谷浑,加正议大夫"。"颍性偏激",与柳䛒每相争吵,"帝屡责怒之"。之后"从驾北巡,卒于道中"[①]。著有文集20卷[②]、《銮驾北巡集》3卷、《幸江都道里记》1卷、《洛阳古今记》1卷、《马名录》1卷,并行于世。

诸葛颍在隋朝创作的诗歌至今仅存6首,其中奉和应制诗有4首,分别为《奉和御制月夜观星示百僚诗》《奉和方山灵严寺应教诗》《奉和出颍至淮应令诗》《奉和通衢建灯应教诗》;另有《赋得微雨东来应教诗》《春江花月夜》2首。其中,与炀帝的唱和之作《春江花月夜》,颇有韵味。诗曰:

花帆渡柳浦,结缆隐梅洲。
月色含江树,花[③]影覆船楼。

此诗对仗工整,辞藻秀美,以"花帆""柳浦"暗喻春,以"月色""花影"暗喻夜。与炀帝之作相较,此诗更添含蓄之美。

由此可见,诸葛颍的写景诗作,没有南朝繁辞丽典以及过于讲究艺术形式的特点。这是由于隋代诗人的活动范围扩大了,他们或因出使,或因战争,或因巡游等,大多有游历的经验,写景的题材范围由此大大拓展,不再仅仅局限于山水亭阁,而是广泛涉猎江南水榭、大漠风云、异国风物,眼界变得开阔起来。它们也不再像六朝诗作那样格局狭促,只能在辞藻等技巧上下工夫,隋人有着众多颇具意义及价值的内容可尽情抒写。故诸葛颍也在诗歌的意境上用力较勤。

三、虞世南的诗歌创作及特点

虞世南也是王府学士,为虞世基之弟。叔父虞寄,无子,以虞世南继后,故字伯施。"世南沉静寡欲,笃志勤学,少时与兄世基受学于吴郡顾野王,经十余年,精思不倦,或累旬不盥栉。善属文……又同郡沙门智永,善王羲之书,世南

① 以上均见《隋书·诸葛颍传》

② (唐)魏徵:《隋书·诸葛颍传》文集20卷,而《隋书·经籍志》《旧唐书·经籍志》《新唐书·艺文志》均作14卷。此处从《隋书》。

③ 此处据(宋)郭茂倩编《乐府诗集》卷四十七,逯钦立辑校的《先秦汉魏晋南北朝诗》作"张"(中华书局1979年,第678页)。

师焉，妙得其体”，因此声名大著。父亲虞荔去世时，他尚小，哀伤不能自抑。陈文帝表彰虞荔的德行，知道他的两个儿子都非常博学，便派人去虞府慰勉。

陈亡，世南与兄虞世基同入长安，皆以文重名，时人比称之“二陆”。当时杨广为晋王，“闻其名，与秦王俊争相辟书交至，以母老固辞”，杨广派使者追之。大业初年，“累次授秘书郎，迁起居舍人”。当时，其兄世基“当朝贵盛，妻子被服皆拟于王者。世南虽同居，而躬履勤俭，不失素业”。至宇文化及弑逆之际，虞世基为内史侍郎将被诛时，世南抱持大哭，“请以身代，化及不纳，因哀毁骨立”，被时人称颂其义。世南随宇文化及至聊城，又在起义军窦建德部下入黄门侍郎，等窦建德起义政权覆灭，归于唐。其在隋生活28年，所编《北堂书钞》被誉为“唐代四大类书”之一，也善书法。[①] 原有文集30卷，已散佚。民国时期，张寿镛辑为《虞秘监集》4卷，收入《四明丛书》。

虞世南在隋作诗5首，分别为《奉和御制月夜观星示百僚诗》《追从銮舆夕顿戏下应令诗》《奉和幸江都应诏诗》《奉和戏岁燕宫臣诗》《奉和出颍至淮应令诗》。虞世基诗皆为应制奉和之作，南朝诗风保留较多，大都讲究艺术技巧，雕章琢句，辞采华艳，少有情思。入隋之后，诗风一变为清丽。其中写得最好的是《奉和御制月夜观星示百僚诗》：

早秋炎景暮，初弦月彩新。
清风涤暑气，零露净嚣尘。
薄雾销轻縠，鲜云卷夕鳞。
休光灼前曜，瑞彩接重轮。
缘情摛圣藻，并作命徐陈。
宿草诚渝滥，吹嘘偶搢绅。
天文岂易述，徒知仰北辰。

这首诗对仗精工，辞藻华缛，有文辞雕琢过多而情感思想过少之嫌，总给人一种修辞工夫颇深而情感注入太少之感，甚至连南朝文学中特有的雍容自适的气质也不得见。这是因为在南朝陈时，虞世南因仰慕南朝梁文学家徐陵，作文学习徐陵，其文婉约绮丽，颇得徐陵的赏识。入隋之后，由于隋文帝废除了九品中正制，以“志行修谨”和“清平干济”二科举人，以至于形成了“里闾无豪族，井邑无衣冠，人不土著，萃处京畿”[②]之势，南朝门阀士族进仕之阶不再像以前那样顺畅，再加之经济上的措施也使南朝士族失去经济来源，如此一来，他们在政治、

① 以上均见《旧唐书·虞世南传》。
② （唐）杜佑：《通典》卷十四《选举》，中华书局1988年版。

经济上的优势丧失,文学创作大受影响。又因炀帝喜爱江南文学,故他的奉和之作多南朝文风。

入唐之后,遇到明主,其诗风便随之一变,与其书法风格相似,刚柔并重,清丽中透着刚劲。譬如在唐之作《蝉》:

垂緌饮清露,流响出疏桐。
居高声自远,非是藉秋风。

这首诗借咏蝉而明志。明写蝉饮清露,栖高处,声高远,并非凭借秋风,暗寓君子也应像蝉那样因居高而声名远扬,而不是依靠他物。由此可见虞世南托物言志的功夫之深。可惜,在隋其才思并未全部发挥出来。

他入唐时已是花甲之年,唐太宗称其德行、忠直、博学、文词、书翰为"五绝"。这与他晚遇明主有着较大的关联。他的书法刚柔并重,骨力遒劲,与欧阳询、褚遂良、薛稷齐称为"唐初四大家"。其书法代表作品《孔子庙堂碑》,是虞世南69岁时撰文并所书。楷书35行,每行64字,碑额篆书阴文"孔子庙堂碑"6个字。其文记载唐高祖五年,封孔子后裔二十三世孔德伦为褒圣侯以及修缮孔子庙之事。此碑文书法俊朗圆润,字形狭长而显秀丽,横平竖直而笔势舒展,整体呈现出一片平和润雅之象。北宋黄庭坚有诗赞曰:"虞书庙堂贞观刻,千两黄金那购得。"

这正是诗风、书风如人,也足以说明他的作品是随着环境的变化而变化的。其在隋代的文学创作成就不高,亦与环境有着极为密切的关系。

四、虞绰的诗歌创作及特点

虞绰亦是王府学士,字士裕,会稽余姚(今浙江余姚)人。其在隋经历与王胄相似,政治上颇不得意。父虞孝曾,为陈始兴王谘议。虞绰身长八尺,姿仪甚伟,博学多才,善工草隶。陈傅縡见绰词赋,感叹道:"虞郎之文,无以尚也!"在陈,虞绰为太学博士,后迁永阳王记室。及陈亡,晋王杨广引其为学士。

"大业初,转为秘书学士,奉诏与秘书郎虞世南、著作佐郎庾自直等共撰《长洲玉镜》等书十余部。绰所笔削,帝未尝不称善。"之后"从征辽东,帝舍临海顿,见大鸟,异之,诏绰为铭……帝览善之,便命有司勒于海上"。

他"恃才任气,无所降下",曾经与诸葛颍有隙,被谏毁。后虞绰又与杨玄感交好,及玄感兵败,虞绰于是获罪徙且末。后逃亡,潜回江南,隐姓埋名,年余,与人争田相讼,被人识得而告之,于是坐斩江都,时年54岁。所有词赋,皆并行于世。[①] 虞绰今存诗歌一首《于婺州被囚诗》：

穷达虽有命，逋逃诚负累。
背恩已偷生，临危未能死。
得罪既不测，中心怅无已。
厚颜羞朋友，囚心愧妻子。
圣日始东扶，徂年迫西汜。
方违盛明代，永向幽泉里。
况当此春节，物候惊田里。
桃溪日影乱，柳径秋风起。
动植皆顺性，嗟余独沧耻。
投笔不重陈，此情寄知己。

虞绰在获罪徙边之后逃回江南，藏于朋友辛大德家，辛大德因此也一起被吏所执。这就是诗中所谓的“厚颜羞朋友”。这首诗以获罪经历，尽情抒发了身世的凄凉和沉郁的情思。

此诗语言朴素，文思畅达，诸种郁闷悲凉之情倾注于字里行间，既无雕琢藻饰的痕迹，也无堆砌艰涩的典故于其间。诗作与王胄的诗歌脉络相通，都是以自身经历、真挚的情感抒写而成，通顺、质朴、自然，情感浓厚，感人至深。

五、孔德绍诗歌的创作及特点

孔德绍，会稽(今浙江绍兴)人，孔子第三十四代孙。“有清才，官至景城县丞。曾为窦建德称王，署为中书令，事典书檄。”621 年，窦建德败，亦伏诛。[②]

在隋所作诗歌今存 11 首，分别是《南隐游泉山诗》《行经太华诗》《夜宿荒村诗》《王泽灵遭洪水诗》《登白马山护明寺诗》《送舍利宿定晋严诗》《观太常奏新乐诗》《赋得涉江采芙蓉诗》《赋得华亭鹤诗》《送蔡君知入蜀诗二首》。

孔德绍的生活环境与王府学士不同，不再是奉和、应制等迎合之作，而是与自身生活的宫外经历有关的诗作。他跟随窦建德南征北战，历经各种艰难困苦，遍历山泽大川，开阔了视野，丰富了思想情感。故其诗作不再局限于深宫苑囿、春江花月夜之类的单纯咏物范畴，而是加入了独特的思想情感和生活体验。其中，以歌咏山水题材的诗作最具特色。如《行经太华诗》：

---

① 以上均见《隋书·虞绰传》。
② 以上均见《隋书·孔德绍传》。

纷吾世网暇，灵岳展幽寻。
寥廓风尘远，杳冥川谷深。
山昏五里雾，日落二华阴。
疏峰起莲叶，危塞隐桃林。
何必东都外，此处可抽簪。

这首诗作清新自然，无刻意雕琢，也不讲究严格的对偶，既有景物描写，也有情思寄托，明写归隐，却心胸洒脱。他虽隐居“寥廓风尘远，杳冥川谷深。山昏五里雾，日落二华阴”之处，却体现了“达则兼济天下，穷则独善其身”的进退自如的洒脱胸怀。

这样清新自然的诗作在南朝入北的文士中，颇为罕见。这也与他自身的经历有关，诗作主要抒发一己之情思，故无应和、造作之辖制。孔德绍如此清新的佳句颇多，如“临崖俯大壑，披雾仰飞流”(《南隐游泉山诗》)；诗作“秋草思边马，遥枝惊夜禽”(《夜宿荒村诗》)“有雾疑川广，无风见水宽”(《赋得涉江采芙蓉》)……这些诗歌通过描绘自然界的山川大泽的壮阔之美，抒发了羁旅别离之愁和款款深情。如《送蔡君知入蜀诗二首》：

(一)

金陵已去国，铜梁忽背飞。
失路远相送，他乡何日归。

(二)

灵关九折险，蜀道二星遥。
乘槎若有便，希泛广陵潮。

这两首诗篇幅虽小，但蕴含的去国离乡之情却颇为沉痛，只有亲身经历方能赋得。

孔德绍诗作的另一个显著的特点就是诗歌的格律已颇具规模。如《王泽岭遭洪水诗》：

地籁风声急，天津云色愁。
悠然万顷满，俄尔百川浮。
还似金堤溢，翻如碧海流。
惊涛遥起鹭，回岸不分牛。
徒知怀赵景，终是倦阳侯。
木梗诚无托，芦灰岂暇求。

此诗对仗工整，音律和谐，用典恰切，气势恢宏壮观，形象生动传神，语言自然流畅，风格质实素朴，从整首诗来看已具备排律诗的一般特点。总之，孔德绍的诗作，无论在内容与感情上，还是在对仗与格律上，皆接近唐人。而唐人正是沿着这一条道路继续前行的，并将道路越走越宽，诗歌愈作愈美。

第八章 隋代文学的评价

隋代文学既有创新又有不足。它处于汉魏六朝向唐代过渡的阶段，其文学理论本应对文学加以引导，使之找到一条适合自身发展的正确道路——既纠正齐梁文风弊端，使文学具有充实的内容，又总结并继承之前积累的艺术经验，促使南北文学的合流，引导文学走上一条统一且健康的文质并重的轨道，从而使隋代文学过渡并进入新的发展阶段。然而，隋代两次文学理论的提倡，只是用一种偏颇代替另一种偏颇，并没有使南北文学完全合流。

即便如此，隋代也出现了由南入北的颜之推调和南北的文学思想及文学理论，这一思想在其他隋代作家作品中也或多或少地存在。隋代的一些文学作家在南北文学交流中，善于学习，勇于创新，在文学创作的实践中突破陈规，独树一帜。

从整体上讲，隋代文学的实践及其思想上的创新，虽然并未形成大气候，也没有形成整体划一而显著的文学风格及真正切实可行的文学理论，以致引起后代尤其是唐代诸家的批判，但它的突破与创新对后代文学亦有着深远的影响。

第一节 隋代文学的创新

隋代文学是南北文学融合之后的产物，有着自身的特质，尤其是隋代的乐府诗，在文坛上可谓独树一帜。另外，在南北文学进一步交流和融合的过程中，隋代文学思想也有所突破。

一、隋代乐府诗的创新

(一)乐府新曲词调的创作

隋代乐府的创新,首先表现在音乐的革新上,即隋代总结汉魏古乐和清商乐,创造了融合清乐、民间音乐、胡乐的新形态——燕乐。

自江南的吴歌、西曲及西域音乐流传以来,南朝贵族文士便开始以此为基础创制新曲,这个传统使乐府诗不但可以模拟前朝已失传的徒诗,还可以创制新声。南朝的新曲大部分为艳情闺怨之作,如《杨花曲》《独处怨》等,至隋则大变。在隋代统治者的提倡之下,音乐活动大盛,为前代所无法比拟。如炀帝,将文帝时的七部乐扩充为九部乐。另外,他还扶植散乐、西域乐,仿作民曲,举行游艺表演等,并在融合清乐、胡乐以及民间俗乐的基础上促使燕乐产生并发展;新曲的增加以及句式的变化,也成就了燕乐的长足发展。

燕乐是在混合中原、南方以及西域音乐之后产生的一种新的艺术音乐,专供宫廷宴飨。隋代教坊所创制的新曲,至今可考的有58首。隋炀帝还根据民歌创制了一首《江陵女歌》,曾组织三次俗乐及戏弄、杂技大型汇演,促使散乐发展至巅峰。从上可知,隋代的燕乐包含清乐、胡乐以及多种新兴俗乐,大大发展了南朝的清商乐,为唐代燕乐的发展奠定了基础。燕乐在唐代发展为十部乐、法曲、教坊曲、散乐、特殊器乐等,这是在隋代九部乐的基础上发展并丰富的。

汉魏六朝的乐府大都是先有歌谣而后有声律,并从之。至隋,则一改因声造歌与依调填词的套路,在新曲的内容和句式上均有突破和创新。

隋代乐府诗尽管仍取材于民间俗曲和西域音乐,然而与汉魏六朝大不相同,即闺怨艳情题材诗很少,游宴题材诗较多。隋代新创作的乐府诗作,多为四句、八句,如《喜春游歌》《锦石捣流黄》《江都宫乐歌》及《纪辽东》等;而《泛龙舟》《纪辽东》等均为七言。由上可见,隋代乐府新曲,无论在内容上还是在形式上都不同于之前。

隋代从汉魏六朝先有歌谣和声律的套路中跳出,变为因声造歌和依调填词。在曲调上,隋代清商曲辞大为减少,创作者大多为南朝入隋的诗人,北方诗人多拟作横吹曲辞、鼓吹曲辞、相和歌辞及琴曲歌辞等,这些曲辞都善于表现北方刚劲质朴的特色。

(二)乐府题材的拓展

隋代乐府题材主要包括边塞、游侠、闺怨和写景,虽然前三种在南朝乐府中已十分盛行,但在隋代仍有突破和创新。

从汉魏至六朝的和边塞诗在内容上大致包括皇帝巡行北方边疆以对匈奴的防范与警告,因此马也成为边塞行役必备的组成元素,故对战马的歌咏成为主要内容,譬如《骢马》①。而南朝诗作又盛行咏物,将两者相结合,变成了以皇帝游幸避暑为主,人逐渐成为描写的主角。另外,这些诗还大多围绕出征、从军的辛苦等方面展开,至南朝则转变为对边塞景物的描写和对汉代军功的向往。再加上长时间的边塞行役充满苦辛与死亡的威胁,自然引发征人的思乡之情,这便出现了"征怨",并逐渐成为南朝边塞诗的主流。如陈后主的《陇头》:

陇头征戍客,寒多不识春。
惊风起嘶马,苦雾杂飞尘。
投钱积石水,敛辔交河津。
四面夕冰合,万里望佳人。

乐府诗至隋内容大为扩展。隋代的乐府继承了汉魏六朝以上的内容,又多有开拓和突破。如在边塞题材上,隋代诗作有着迥异于之前的激越高昂的气势与立功扬名的豪情壮志。如前面提到的杨素以及虞世基、薛道衡二人的唱和诗等,在描写顺序上大致具有出征原因—边塞风光—班师凯旋—建立功名的共同特征。这与隋代的环境有着极为密切的关系。隋代战事频仍,平梁、平陈、征突厥、征辽东等,连年征战,故比南朝乐府表现了更多的慷慨之气。这也正如刘勰所言:"观其时文,雅好慷慨,良由世积乱离,风衰俗怨,并志深而笔长,故梗概而多气也。"②

另外,隋代一统天下,在隋人心中也有了"大一统"的概念,因此产生了大一统的美学典型,一如"汉代的大一统"。具体表现为汉魏两晋的边塞诗多呈现的是生死无常、人生离乱及超越生死、求仙等消极情感;南朝的边塞诗则多征夫怨

---

① 《骢马》,《乐府诗集》:"一曰《骢马驱》,皆言关塞征役之事。"而南朝诗人中的《骢马》有的并非征役关塞之事。至梁刘孝威《骢马》:"翩翩骢马驱,横行复斜趋。先救辽城危,后拂燕山雾。风伤易水湄,日入陇西树。未得报君恩,联翩终不住。十五官期门,二十屯边徼。犀羁玉镂鞍,宝刀金错鞘。一随骢马驱,分受青蝇吊。且令都护知,愿被将军照。誓使毡衣乡,扫地无遗噍。"人成为主角,而马则退为配角。另外,还有3首也是以人为主角。如梁元帝及陈江总的《骢马》皆以少年从戎、立志报国为主题。可见,边塞军旅由皇帝巡行边疆至梁、陈拟作一变而为以皇帝游幸避暑为主的内容。

② 周振甫:《文心雕龙·时序》,中华书局1986年版,第394页。

妇、儿女情长等，至隋则变为立功塞上、意气风发的积极态度。尤其是隋炀帝和王胄的《纪辽东》，与一般边塞诗不同。两首诗描写的是战事得胜、凯旋班师时意气昂扬的情景。这种风格与南朝边塞诗中的皇帝巡游、咏马、边塞风光以及征怨几种类型迥异。

在游侠[①]题材上，隋唐亦不是六朝的豪客形象，而是立功报国、舍生取义及快意恩仇的少年侠客，如隋炀帝、王胄、辛德源的《白马篇》[②]。立功边塞的内容自隋诗开始增多，这同样与边塞诗产生的时代环境相同，而客观地理环境也造就了人们不同的性格。如《隋书·地理志》载：

> 俗重气侠，好结朋党，其相赴死生，亦出于仁义。故《班志》述其土风，悲歌慷慨，椎剽掘冢，亦自古之所患焉。前谚云"仕官不偶遇冀部"，实弊此也。魏郡，邺都所在，浮巧成俗，雕刻之工，特云精妙，士女被服，咸以奢丽相高，其性所尚习，得京、洛之风矣。语曰："魏郡、清河，天公无奈何!"斯皆轻狡所致。汲郡、河内，得殷之故壤，考之旧说，有纣之余教。汲又卫地，习仲由之勇，故汉之官人，得以便宜从事，其多行杀戮，本以此焉。
>
> 今风俗颇移，皆向于礼矣。长平、上党，人多重农桑，性尤朴直，盖少轻诈。河东、绛郡、文城、临汾、龙泉、西河，土地沃少瘠多，是以伤于俭啬。其俗刚强，亦风气然乎？太原山川重复，实一都之会，本虽后齐别都，人物殷阜，然不甚机巧。俗与上党颇同，人性劲悍，习于戎马。离石、雁门、马邑、定襄、楼烦、涿郡、上谷、渔阳、北平、安乐、辽西，皆连接边郡，习尚与太原同俗，故自古言勇侠者，皆推幽、并云。然涿郡、太原，自前代已来，皆多文雅之士，虽俱曰边郡，然风教不为比也。

由此可见，因为冀州地处北方，农耕收入不足，势必依靠游猎维持生计，甚至是盗贼式的窃掠抢杀，所以隋代的游侠具备习戎马、性刚强和重义气、轻生死的特质。隋初一统天下及隋末大乱的风云际会，为隋代的游侠提供了改变身份的机

---

① 司马迁在《史记·游侠列传》中强调游侠的特征："今游侠，其行虽不轨于正义，然其言必信，其行必果，已诺必诚，不爱其躯，赴士之困厄。"自《史记》和《汉书》之后，正史中就不再为"游侠"立传，而那些豪情逸志就只能通过文字流传下来。魏晋时期，继陶渊明说自己"抚剑独行游"以来，千百年来无数的文人骚客吟咏过游侠。乱世无道重游侠。其实不只是乱世，即使太平盛世，因生活平淡，人们也会向往和怀念那些无拘无束的游侠生涯，故古诗中的游侠诗占有相当大的比重。

② 前面已分析炀帝及王胄的《白马篇》，与梁、陈相较，二人笔下的游侠所历经战事较多，也充分表现了征途的辛劳与游侠的英勇。辛德源的《白马篇》曰："任侠重芳辰，相从竞逐春。金羁络赭汗，紫缕应红尘。宝剑提三尺，雕弓韬六钧。鸣珂蹀细柳，飞盖出宜春。遥见浮光发，悬知上头人。"该诗所述为贵族少年出游，与题目意旨不符，较类似《轻薄篇》，但仍具有南朝贵族少年模仿侠客的遗风。从《隋书·文学传》中可知，王胄与辛德源皆为隋炀帝从臣，故此篇可能是与王胄的唱和之作。

会，如虞庆则、刘权等：

虞庆则，京兆栎阳人也。本姓鱼。其先仕于赫连氏，遂家灵武，代为北边豪杰。父祥，周灵武太守。庆则幼雄毅，性倜傥，身长八尺，有胆气，善鲜卑语，身被重铠，带两鞬，左右驰射，本州豪侠皆敬惮之。初以弋猎为事，中便折节读书，常慕傅介子、班仲升为人。仕周，释褐中外府行参军，稍迁外兵参军事，袭爵沁源县公。宣政元年，授仪同大将军，除并州总管长史。二年，授开府。时稽胡数为反叛，越王盛、内史下大夫高颎讨平之。将班师，颎与盛谋，须文武干略者镇遏之。表请庆则，于是即拜石州总管。甚有威惠，境内清肃，稽胡慕义而归者八千余户。开皇元年，进位大将军，迁内史监、吏部尚书、京兆尹，封彭城郡公，营新都总监。①

刘权，字世略，彭城丰人也。祖轨，齐罗州刺史。权少有侠气，重然诺，藏亡匿死，吏不敢过门。后更折节好学，动循法度。初为州主簿，仕齐，释褐奉朝请、行台郎中。及齐灭，周武帝以为假淮州刺史。高祖受禅，以车骑将军领乡兵。后从晋王广平陈，以功进授开府仪同三司，赐物三千段。……大业五年，从征吐谷浑，权率众出伊吾道，与贼相遇，击走之。逐北至青海，虏获千余口，乘胜至伏俟城。帝复令权过曼头、赤水，置河源郡、积石镇，大开屯田，留镇西境。在边五载，诸羌怀附，贡赋岁入，吐谷浑余烬远遁，道路无壅。征拜司农卿。加位金紫光禄大夫。寻为南海太守。②

由上可见，隋代游侠凭借自身的文武全才，随着隋文帝、隋炀帝南征北战、东征西讨，以自身能力建功立业。相较于汉魏六朝以来的豪侠形象及梁、陈诗人笔下的少年游侠轻身重义、立功报国的形象，成为隋代游侠诗作的新风貌。如隋代诗人李德林的《相逢狭路间》以第一人称描写游侠：

天衢号九经，冠盖恒纵横。
忽逢怀刺客，相寻欲逐名。
我住河阳浦，开门望帝城。
金台远犹出，玉观夜恒明。
筵羞太官膳，酒酿步兵营。
悬床接高士，隔帐授诸生。
流水琴前韵，飞尘歌后轻。
大子难为弟，中子难为兄。

---

① （唐）魏徵：《隋书·虞庆则传》。

② （唐）魏徵：《隋书·刘权传》。

小子轻财利，实见陶朱情。
龙轩照人转，骥马嘘天明。
入门俱有说，至道胜金籝。
出门会亲友，天官奏德星。
大妇训端木，中妇诲刘灵。
小妇南山下，击缶和秦筝。
群宾莫有戏，灯来告绝缨。

在此诗中，李德林描绘了一个豪侠心中的梦想，与南朝专门描写女性的容貌、动作的艳诗相较，这首诗则继承汉魏古诗精神，从儒家“治国、平天下”的角度，写出了一个有远大抱负的贵族的形象，从中亦可窥视当时的社会风气。

隋代乐府中的闺怨诗很少用艳情题材。隋人开始尝试重点吟咏风物，或者抒发情志，这些诗作皆具清新风貌。隋代之前，无论是山水游记、宫廷燕乐，写景的题材很少有人用乐府来表达。至隋则把大量的写景题材的诗放在乐府中，约占隋代乐府的1/4，可谓隋代诗人在燕游写景体裁上的拓展。在描述对象上，写景诗的描写范围大大拓展，如江南水榭、宫廷美景、边塞风光以及异域风情等均可入诗。在感情基调上，隋诗比南诗朝积极乐观，极少有感伤情绪。

南朝乐府大多数本身可以配乐歌唱，极少描写壮丽山水、宫廷或城市风物。如梁武帝与沈约的《四时白纻歌》①，除首句点明季节外，其余全部描写的是宫女美貌及美妙舞姿。自魏至隋，乐府诗从赞颂君主到写景到宴飨，越来越趋向于个人娱乐享受。

隋代乐府诗作除了继承汉魏六朝以上风物的描写之外，还开辟了新的风物景象的描写。如隋炀帝的《泛龙舟》，展现了之前任何帝王都未能享受的盛况。再如辛德源的《霹雳引》：“出地声初奋，乘乾威更作。云衔天笑明，雨带星精落。碎枕神无扰，震楹书自若。侧闻吟白虎，远见舞玄鹤。”此诗细致地描写了打雷下雨刹那间的声与光，颇为新颖。除此之外，还有描写异国风光的《蜀国弦》《敦

---

① 宋郭茂倩在《乐府诗集》卷五六《舞曲歌辞》中引《古今乐录》曰：“沈约云：‘《白纻》五章，敕臣约造。武帝造后两句。’”《四时白纻歌》：“兰叶参差桃半红，飞芳舞縠戏春风。如娇如怨状不同，含笑流眄满堂中。翡翠群飞飞不息，原在云间长比翼。佩服瑶草驻容色，舜日尧年欢无极。”（《春白纻》）“硃光灼烁照佳人，含情送意遥相亲。嫣然宛转乱心神，非子之故欲谁因。翡翠群飞飞不息，原在云间长比翼。佩服瑶草驻容色，舜日尧年欢无极。”（《夏白纻》）“白露欲凝草已黄，金瑺玉柱响洞房。双心一意俱回翔，吐情寄君君莫忘。翡翠群飞飞不息，愿在云间长比翼。佩服瑶草驻容色，舜日尧年欢无极。”（《秋白纻》）“寒闺昼寝罗幌垂，婉容丽心长相知。双去双还誓不移，长袖拂面为君施。翡翠群飞飞不息，愿在云间长比翼。佩服瑶草驻容色，舜日尧年欢无极。”（《冬白纻》）“秦筝齐瑟燕赵女，一朝得意心相许。明月如规方袭予，夜长未央歌《白纻》。翡翠群飞飞不息，愿在云间长比翼。佩服瑶草驻容色，舜日尧年欢无极。”（《夜白纻》）

煌乐》。如卢思道《蜀国弦》曰：

西蜀称天府，由来擅沃饶。
雪浮玉垒夕，日映锦城朝。
南寻九折路，东上七星桥。
琴心若易解，令客岂难要。

王胄《敦煌乐二首》：

（一）

长途望无已，高山断还续。
意欲此念时，气绝不成曲。

（二）

极目眺修途，平原忽超远。
心期在何处，望望崦嵫晚。

南朝梁简文帝、北魏温子升也写过此类诗作。简文帝[①]的诗歌重点描写的是蜀国特有的乐舞与美人，温子升[②]则仅仅提到“敦煌乐”曲名而已，与卢思道相较，均没有写出景色真切、奇异之美。而卢思道则盛赞蜀国物产丰饶、地势险峻、道路曲折。像这样专门写景的作品还有王胄的《西园游上才》[③]以及《枣下何纂纂》[④]：

西园游上才

西园游上才，清夜可徘徊。
月桂临樽上，山云影盖来。
飞花随烛度，疏叶向帷开。
当轩顾应阮，还觉贱邹枚。

枣下何纂纂

柳黄知节变，草绿识春归。
复道含云影，重檐照日辉。
御柳长条翠，宫槐细叶开。

---

① 南朝梁简文帝的《蜀国弦》：“铜梁指斜谷，剑道望中区。通星上分野，作固下为都。雅歌因良守，妙舞自巴渝。阳城嬉乐盛，剑骑郁相趋。五妇行难至，百两好游娱。牲祈望帝祀，酒酹蜀侯诛。江妃纳重聘，卓女爱将雏。停弦时系爪，息吹治唇朱。脱衫湔锦浪，回扇避阳乌。闻君握节返，贱妾下城隅。”

② 温子升的《蜀国弦》：“客从远方来，相随歌且笑。自有敦煌乐，不减安陵调。”

③ 沈约的《咏月》：“月华临静夜，夜静灭氛埃。方晖竟户入，圆影隙中来。”

④ 南朝梁简文帝的《枣下何纂纂》：“垂花临碧涧，结翠依丹巘。非直入游宫，兼期植灵苑。落日芳春暮，游人歌吹晚。弱刺引罗衣，朱实凌还幰。且欢洛浦词，无羡安期远。”

还得闻春曲，便逐鸟声来。

这两首都是专门描写景物的诗作。前一首写月，据沈约的《咏月》诗而得名；后一首写春景，梁简文帝也作了同题诗，但他只是描写游人欣赏枣花之乐，并非实写景色，而王胄的诗作则是借柳枝描写春天来临的美景。

另外，虞世基的《四时白纻歌》二首，虽然用字仍旧华丽，然而全部是对江都城市的景物描写，在内容上向前迈进了一大步。隋代乐府中有十几首和写景燕游有关，而且还不乏新曲。如隋炀帝的《春江花月夜》，诸葛颖也有同题之作，较隋炀帝描写景色更为含蓄。

文学与艺术都是相通的，尤其是在同一历史时空下，隋代的文学与绘画艺术的发展相辅相成，如展子虔的绘画。展子虔（约550～604年），历北周，是现在唯一有画迹可考的隋代著名画家，在中国绘画史上占据着重要位置。展子虔影响最大的是山水画，善于表现自然山水深远的空间感，代表作为《游春图》。他运用圆劲的线条与浓丽的青绿色，描绘了阳春三月在花红树绿、青山碧水的郊野，贵族、仕女骑马泛舟、踏青游春的优美景色。此画已经脱离了仅以山水为人物背景的桎梏，山水景色独立成幅，反映了早期独立山水画的面貌。

隋唐时期，山水画已经逐渐成为绘画中独立、成熟的一派，但引以为证的画作，现今只有隋初山水画家展子虔的这幅《游春图》。这幅画于尺幅之内，描绘了壮丽的山川以及流连其中、乐而忘返的游客。画中展现了水天相接的广阔空间。如青山叠翠，湖水融融，士人有的策马山径，有的驻足湖边，仕女泛舟湖上，微波粼粼，熏风和煦，桃杏绽开，绿草如茵，美不胜收。《宣和画谱》对他的评语为“咫尺有千里趣”[①]。

这正印证了游宴写景题材的作品至隋大变，写景成为主要追求，也成为隋人的共识。另外，隋代的写景题材在乐府诗作中有和艳情题材相交融的情形，这主要以隋炀帝及从臣虞世基、诸葛颖等人的诗作为主。这些诗作虽然也描写宫女歌舞、宫廷风物，然而诗风皆清丽自然。如隋炀帝与诸葛颖的唱和诗《春江花月夜》，相较之前极力讲究繁缛辞藻、艺术技巧的南朝宫体诗，变得自然而又清新明丽，可谓冲破了宫体诗的藩篱，成为隋代乐府诗作的一大特色。

（三）艺术技巧的创新

在隋代大量的边塞诗作中，出现了事实与虚构相交错的情形。南朝的边塞

① 《宣和画谱》卷一，中华书局1985年版，第51页。

诗人大多都没到过边塞，再加上这类诗作大都参考《汉书》等典籍，大量使用汉代的地名、人名等典故，或者通过书籍进行联想，故虚多实少，诗人表达的也仅是对汉代武功事业的向往。然而，隋代战争频繁，诗人大都亲历边塞，故其作品描写得真实、丰富，而且深刻。如从汉代便出现的《饮马长城窟行》，自陆机开始便朝着边塞苦寒方向发展，且多是汉代典故的铺排。诗曰：

驱马陟阴山，山高马不前。
往问阴山候，劲虏在燕然。
戎车无停轨，旌旆屡徂迁。
仰凭积雪岩，俯涉坚冰川。
冬来秋未反，去家邈以绵。
猃狁亮未夷，征人岂徒旋。
末德争先鸣，凶器无两全。
师克薄赏行，军没微躯捐。
将遵甘陈迹，收功单于旃。
振旅劳归士，受爵藁街传。

南朝梁、陈，多拟作此类。一直到北周的王褒，行旅风物几乎占全篇的1/3。如王褒《饮马长城窟行》曰：

北走长安道，征骑每经过。
战垣临八阵，旌门对两和。
屯兵戍陇北，饮马傍城阿。
雪深无复道，冰合不生波。
尘飞连阵聚，沙平骑迹多。
昏昏垅坻月，耿耿雾中河。
羽林犹角牴，将军尚雅歌。
临戎常拔剑，蒙险屡提戈。
秋风鸣马首，薄暮欲如何。

王褒并未到过边塞，“并不一定有过亲身经历，而多半是由于乐府诗的影响”[①]。发展至隋代，隋炀帝的《饮马长城窟行》则由于其本人亲临塞外，感受及风物描写自然具有真实感。

另外，薛道衡和虞世基的诗作大都是这种艺术结构，因为他们二人本是文

① 曹道衡、沈玉成编：《南北朝文学史》，第415页。

士,临阵经验只是随军出征,故作品用力泼墨在塞外风光的描写上,特别是季节带来的风土变换,至于战争凯旋等场面则托付于典故及想象。

因为社会环境不同,人生经历也相异,隋代的乐府打破了之前掉书袋式的写作方式,运用虚实相结合的艺术技巧,寄托诗人建功立业的期许,诗作中功成名就的强烈心愿尤为鲜明深刻。如:

饮至告言旋,功归清庙前。

——隋炀帝《饮马长城窟行》

方就长安邸,来谒建章宫。

——杨素《出塞》

当知霍骠骑,高第起西京。

——薛道衡《出塞》

待任苍龙杰,方当论吹勋。

——何妥《入塞》

待拜长平阪,鸣驺入礼闱。

——虞世基《出塞》

会取淮南地,持作朔方城。

——明余庆《从军行》

由上可知,隋代的乐府诗作,一改汉代边塞诗作实际描写战争的痛苦,再改南朝边塞诗作中想象边塞的绮丽风光,而变为对建功立业的昂扬情志的抒发。至唐代,乐府则集汉、隋的成就,终成盛唐之音。这也得益于隋代乐府诗在篇章结构上融合了感觉转换、虚实交错等方式来表达,在意象的经营上煞费苦心,使意象更加鲜明突出。

(四)乐府风格的新变

隋代的诗歌是以北方风格为主,加以汲取南朝诗歌之特长,两相结合的产物,故承继中有新变。如经过北魏孝文帝的一系列汉化改革以及南人入北,尤其是王褒、庾信等文士入北,北方文学出现了细致婉转的风格。隋代乐府诗的这种继承更为鲜明。如乐府诗题材的承变。隋代乐府诗的题材承继了南朝乐府中边塞军旅和艳情闺怨两大类。边塞诗是对边塞的军事活动、自然景物的描写以及诗人内心情感体验的描摹。艳情诗是对女性以及宫廷生活的精雕细描。这种在描写上讲究词语精致的艺术形式承继自南朝乐府。然而,与汉魏六朝乐府相较,隋代乐府诗有了较多方面的创新。

首先在内容上,边塞乐府中立功扬名的昂扬意气、大漠风光的真实描写以及临阵战场的深刻体验都远胜于南朝人对边塞的想象。自曹植、鲍照之后,借女性形象言志抒怀的诗歌,在南朝乐府诗中难以再寻,然而却在隋代乐府诗中得以延续。尤其是隋代乐府诗引入汉魏六朝中的游宴题材,既承续了贵游文学的传统,也成就了隋代乐府诗的独特色彩。

另外,汉魏乐府"缘事而发"的特征,至六朝已十分罕见,然而在隋代乐府诗中可以寻到。如炀帝、王胄的同题诗《纪辽东》,均记载了隋炀帝征伐高丽的历史事件,可谓继承了汉魏乐府反映时事的现实主义精神。

其次在思想上,隋代乐府中常见的是征战沙场、立功扬名的壮志豪情和游宴赏景的欢娱以及艳情闺怨的相思,再寻不见汉魏六朝乐府中对自我生命短暂的感喟和哀伤生命易逝、羁旅之悲及今昔之叹与怀旧之思。另外,艳情闺怨乐府诗的艳词丽句较南朝大为减少,边塞与闺怨交融的诗歌大概只有一首,即卢思道的《从军行》,更多的是关于战事得胜、凯旋回朝的豪迈内容。这就跳出了南朝雕琢、僻典、艳丽风格的束缚,表现出梗概多气、清丽自然的文学风貌,使隋诗与建安风骨遥遥相望,成为乐府诗史上的另一道风景。而隋诗的这种突破、创新精神,又为初唐的边塞乐府诗所继承,遂成就隋唐数十年边塞乐府的特殊风格。

隋代乐府有着自身独有的特色。由于隋代南北统一以及科举制的设立,建立军功成为士人进阶的捷径之一,因此他们的诗歌充满着立功塞上的高度热情。由于炀帝的喜好,宴游也进入乐府,其风格变得清而不俗、艳而不媚。这大概是因为隋代诗人具有勇于创新、开拓的精神,因此不能否认他们在诗歌题材以及诗风方面的改变及努力。总之,隋代乐府诗风尽显北方立意深远、清刚之气,并开始形成一定的审美风格,即炀帝所提倡的:"气高致远""词清体润""意密理新"[①]。

隋人在乐府上有了更多的创新,所缺的则是气势上的强劲骨力、内容上的忧国忧民、形式上的更为规整、意境上的更为凝练。这些到唐代才有进一步的发展,但有隋一代完成了自身所处阶段的重任。

二、隋代文学思想的创新

隋朝一统南北,文学自然处于过渡阶段,主要表现为南北文学相互吸收,并

---

① (唐)魏徵:《隋书·王胄传》。

随着统一局面的出现而进一步交流和融合，因而出现了颜之推南北调和折中的文学思想及理论。这在隋代虽未达成共识，但出现了不少在文学思想以及文学实践上创新的作家。如极具有创新精神的作家有卢思道、薛道衡、杨素以及隋炀帝杨广。前面几章中已经详细分析过的具体作品，在这里不再重复出现，只作简单论述以及评价。

（一）卢思道的文学思想

北方的作家大多具有仰慕及向南方文学学习的开放心态，并不像由南入北的作家那样故步自封，在文学思想以及实践创作上转变不大。土生土长的北方人卢思道就是其中一位善于学习南方文学之长并取得较高文学成就的作家，如其《从军行》《劳生论》等作品具有合南北两长之特点。《从军行》在内容上反映了闺妇对征人的思念之情，语言清新，情感真挚，句式多对偶，也无太多雕琢之迹，极具有早期七言歌行体的特色。

葛晓音在《八代诗史》一书中对卢思道的诗论述较为细致深入，如她认为《从军行》："全诗一气运行而转折多姿，词意苍凉而深情绵邈，虽无艳语，却自有柔婉轻情的情调隐含在刚健劲逸的气势中。较之庾信和王褒的《燕歌行》将南方的绮词丽语和北方的荒凉景色交互穿插和相加的办法，卢思道这首诗南北风格融合得更为自然，无论是思想境界和艺术水平都大大提高了一步。"①

卢思道的文学创作在隋代，其文较诗更胜一筹。如名篇《劳生论》无论在思想上还是在行文气势上，都堪称隋朝的压卷之作。姜书阁在《骈文史论》中评价道："今存之文，独《劳生论》刺世态之炎凉，慨人生之艰虞，颇多感愤。"又说："卢思道有此一篇，已足高踞有隋一代骈文文坛之魁首。"②

可见，卢思道在文学创作实践上，已经具备隋代文学过渡期的特性，这来源于其思想的开放，也符合文学发展的趋势及规律。

（二）薛道衡文学思想的创新

薛道衡与卢思道同样身为北方作家，也在文学创作上体现了这一进步特点。如他的一些乐府诗多描写爱情，且文辞也较华丽，不脱梁陈遗风，然而可贵的是这些爱情诗却较之梁陈褪去了色情成分，感情更加真切，其诗风清新自然。这就是说他的创作态度较之前的宫体诗人要严肃得多，从其诗作也可清晰看出

① 葛晓音：《八代诗史》，第 252 页。

② 姜书阁：《骈文史论》，人民文学出版社 1986 年版，第 442 页。

宫体诗转变的痕迹。

葛晓音对薛道衡的评价也同样细致公允。譬如她分折薛道衡诗作风格形成缘由时说："薛道衡虽生于北朝，但在北齐就受到好尚轻艳的诗风的影响，加之多次接对南使，后又经年出使陈朝，因此比一般北朝诗人更善于吸收南朝诗歌的艺术技巧。"她还肯定道："他的主要成就就是能在融合南北诗风的基础上创造自己的风格，寻找新巧的构思方式和新颖的艺术形象。尤其乐府，对于当时沿袭旧题旧意的格套有较大的突破。"①

又譬如他的《出塞》二首，作于开皇晚期，此时他已到过边塞，因此诗歌中描写战场的景色较之卢思道的《从军行》具有更多的亲身感受，曹道衡、沈玉成等认为："'绝漠'以下四句，已颇近盛唐边塞诗人之作，形象具体，这和取之于汉乐府和《汉书》而写诗的情况不同。"②这是后人对薛道衡诗歌创作及文学思想创新的赞扬和肯定。

（三）杨素文学思想的创新

杨素是隋代关陇集团中一位颇引人注目的风云人物——武将兼诗人，其诗作可分为幽美和壮美两种风格。他的诗歌创作带有鲜明的刚健雄浑、幽美质直，为南北诗歌交融的杰作。

刘大杰在《中国文学发展史》中评价杨素的诗歌为："他的诗虽也讲求对偶和辞藻，但绝无南方那种脂粉轻薄的气味，处处显出一种质朴的风格，在当日总算是难得的。"③郑振铎也特别推崇他："在北人里，较有才情者还要算是一位不甚以诗人著称的杨素。"他还认为杨素的《赠薛播州》"非齐、梁所得范围"，"殆足以上继嗣宗，下开子昂"。④ 另外，曹道衡、沈玉成对杨素的《山斋独坐赠薛内史》二首分析细致，评价颇高："这两首诗写山中幽静秀丽，极尽刻画之能事，其观察细致，色彩绮丽近于张协和谢朓之作；表现山林寂静气氛，则又近似左思《招隐诗》与郭璞《游仙诗》。"⑤

如果说杨素的《赠薛播州》具有幽美之风，那么其诗作《出塞》则具有壮美之风。该诗是他作于击退突厥侵犯边塞之后，无论是边塞景象，还是诗人情怀，都

① 葛晓音：《八代诗史》，第259页。
② 曹道衡、沈玉成编著：《南北朝文学史》，第466页。
③ 刘大杰：《中国文学发展史》，复旦大学出版社，2006年版，第233页。
④ 郑振铎：《插图本中国文学史》(上)，第288页。
⑤ 曹道衡、沈玉成编著：《南北朝文学史》，第474页。

是真切的。如曹道衡、沈玉成评价:“诗中借鉴了前人许多辞汇和构思,如‘汉虏’句出自鲍照的《拟古》,‘握手’句出自‘苏李诗’,‘慷慨’句则暗用汉乐府《战城南》的‘思子良臣’意,‘水流’句用《陇头吟》意。古人写诗常有这种情况,所贵在‘浑化无迹’,即诗人的感情和才力足以驾驭前人创作的语言素材。”[①]这充分肯定了杨素的才情以及融合南北文学之两长诗作的成功。

(四)杨广文学思想的创新

隋炀帝杨广在历史上可谓功过参半,但在文学创作上,“却是一位绝好的诗人”[②]。

杨广自青年时起就爱好文学,在江南作扬州总管之时,曾置江南文学之士百余人,如柳顾言、诸葛颖、虞世基、虞世南、王胄等为晋王府中学士。他不但爱好文学,而且善于学习,尤其是向江南文士学习。据《隋书》记载,他的诗初学庾信,在接触柳顾言之后接着又学习柳体,“文体遂变”。所以,杨广的文学作品既有北方的刚健质朴,又有南方清新优美,这也是他融合南北文风之两长的结果。

如他的《饮马长城窟行》《云中受突厥主朝宴席赋诗》《白马篇》等都写得气宇轩昂,劲健有力。再如,《云中受突厥主朝宴席赋诗》作于隋代国力最强盛的时期,所以“踌躇满志,口气阔大,为两晋至梁陈三百多年间所未见”[③]。明代陆时雍也曾说:“陈人意气恹恹,将归于尽。隋炀起敝,风骨凝然。”[④]同时,同题之作《白马篇》也比王胄写得更加壮丽,诗中佳句颇多。清代沈德潜赞誉他的“边塞诸作,矫然独异,风气将之候也”[⑤]。这是杨广诗作中壮美的一面。

另外,其清新优美的一面主要体现在乐府诗作中,如《江都夏》写得颇为清新明快,冲淡了宫体格调,仿佛迎面吹来的一股清爽之风。其中最具有代表性的诗作为《春江花月夜》,这首乐府诗“则连宫体格调也没有,完全是一种清新明丽的美”[⑥]。画面感较强,恍惚人在画中,令人赏心悦目。

郑振铎也给予他更高的评价:“他虽是北人,所作却可雄视南士。薛、卢之流,自然更不易与他追踪逐北。”[⑦]这是说杨广的文学成就在南北文学之士中也

---

① 曹道衡、沈玉成编著:《南北朝文学史》,第 475 页。

② 郑振铎:《插图本中国文学史》(上),第 286 页。

③ 曹道衡、沈玉成编著:《南北朝文学史》,第 478 页。

④ (明)陆时雍编:《古诗镜》,丁福保辑:《历代诗话续编·古诗镜》,中华书局 1983 年版,第 1410 页。

⑤ (清)沈德潜选:《古诗源》,中华书局 1963 年版,第 2 页。

⑥ 罗宗强等:《隋唐五代文学史》,高等教育出版社 1990 年版,第 17 页。

⑦ 郑振铎:《插图本中国文学史》(上),第 287 页。

是佼佼者。总之,其文学作品的内容以及风格皆具有融合南北两长之特质。

此外,还有一些作家努力融合南北文风之两长而取得了显著的成绩,在此不再赘述。总之,以上四位代表作家已经显示出隋代文学过渡期的特点,虽然没有其理论著作,但从文学创作以及文学思想上较之前既有创新,也有突破。

第二节　隋代文学理论

隋代文学理论在隋代文学史上的变化最明显的有两次,即隋初隋文帝下诏改革文体与隋末王通的文学主张。其中,前者是统治者利用政治手段强制性地颁布文学主张;后者则是在野的儒家思想者的文学理论主张。这两次都属于北人的文学理论。另外,隋代南人的文学理论主要是由南入北的颜之推调和南北的文学理论,集中体现在其家训的"文章"篇中。颜之推折中调和的文学观符合文学发展的趋势,具有前瞻性,对隋代文学的创作及发展都有方向性的引导。在这三种隋代文学理论批评中,前两种是对齐梁文风的简单否定,后一种则是有选择地将南北文学折中调和。在分析这三种文学理论之前,我们首先应对南朝齐梁文学作一合乎历史实际的评价。

六朝文学又被称"中古文学",是中国古代文学中的一个重要阶段,而齐梁文学总结了从魏晋以来近400年的文学艺术发展中的新经验和新成果,使许多艺术形式及艺术技巧渐趋成熟,初步形成了近体诗的雏形。齐梁文学讲究文学"缘情"的本质,重视华丽的艺术形式,注重运用多样化的表现方法,探讨诗歌的格律。这些都对文学的发展起到了积极的促进作用,尤其是唐代文学的繁荣,很大程度上得益于此。齐梁文学的不良倾向主要表现为:其一,当时大部分作家片面极力追求外在形式,而忽略内容;其二,在艺术形式上偏重辞藻、声律、用典等技巧,忽略了审美意象的整体塑造。同时代的刘勰和钟嵘就曾针对这种现象进行过批评,并提倡"风骨"或"风力"来纠正弊端。他们主张创作以"风骨"为主、"辞采"为辅、质文并重的文质彬彬的文学。[①] 至隋,李谔、王通等人也一直反对齐梁文学,甚至否定了整个六朝文学,乃至追溯到屈原以及其作品《楚辞》,并将其视作产生华靡文风的根源。他们对齐梁文风乃至六朝文学的简单否定,违反了文学自身发展的规律,只能使文学发展走上另一个极端,重新成为经学的附庸。

---

① 参见张少康、刘三富:《中国文学理论批评发展史》(上),北京大学出版社1995年版,第292页。

一、隋文帝重功利的文学观

581年，北周重臣外戚杨坚称帝建隋。589年，隋平陈，至此结束了近300年南北分裂的格局，统一了全国。隋代的统治者为了巩固新政权，从各方面总结了历史教训，其中就包括文化方面的总结和思考。因而文学与政治的关系，便成为亟待解决的问题。

隋代在历史上处于承前启后的过渡阶段，文学自然也承担着继往开来的重任。隋代文学承接六朝余绪，绮靡文风仍有着较大的影响。文学的当务之急就是合南北两长，使之文质并重，在文学实践创作及文学理论上进行总结与创新，但是隋代并没有完成这一历史使命。

随着政权的更迭、社会的变迁，六朝的绮靡文风至隋代愈演愈烈，其弊端愈发明显。如"高祖初统万机，每念斫雕为朴，发号施令，咸去浮华，然时俗词藻，犹多淫丽，故宪台执法，屡飞霜简"①。所以，隋代的统治者出于实际考虑，要求文学配合政教；再加上北方经学发达，又崇尚儒学，对文章要求讲究实用，即为政治服务，他们排斥文学的审美性能，认为一味讲究文学的抒情体物而不直接为政教服务，便是有害。因而其在很大程度上反对南方文学的轻艳之风以及北人热衷学习南朝纤巧的艺术技巧和轻艳的内容，因为这与北方注重的儒家道德观念有别。

在隋文帝提倡文学应为政教服务的号令下，大多人都对绮靡文风进行了较前朝更加激烈的批判。开皇四年(584年)，隋文帝下诏革除华艳文风。这是中国历史上第一次由最高统治者直接倡导的文体改革，其最主要的目的是吸取前朝灭亡的历史教训。隋文帝历经南北对峙时期的南征北战和朝代的频繁更迭，在他看来，前朝之所以亡国，主要归咎于绮靡文风的盛行。前朝国君大臣大多都沉溺于声色犬马、宫廷宴饮及绮靡华艳的文辞享乐中，而这些重辞轻理的绮靡文风难以经世致用，以致荒废国政。这让励精图治、雄心勃勃、意欲有所作为的新王朝的开创者不得不更加警惕，并进行有意识、有目的的抵制。再加上文帝本身不喜文学，崇尚简朴，因而反对奢华，因而质朴成为隋朝极为重要的施政政策。这即是"高祖(隋文帝杨坚)初统万机，每念斫形为朴。发号施令，咸去浮华"②的文化改革的原因。

---

① (唐)魏徵:《隋书·文学传》。

② (唐)魏徵:《隋书·文学传》。

在这种文体改革的影响下，当时出现了一批主张改革的文章。如治书御史李谔的《上高祖革文华书》，主张一切文章皆应以"教化"为本，"诗、书、礼、乐"乃"道义之门"等，把文学作品与一般的应用文、公文、政论文等同，取消了它们之间的差别，否定了文学的审美特性，大肆批判魏晋以降讲究艺术美的文学形式。其文曰：

臣闻古先哲王之化民也，必变其视听，防其嗜欲，塞其邪放之心，示以淳和之路。五教六行为训民之本，《诗》《书》《礼》《易》为道义之门。故能家复孝慈，人知礼让，正俗调风，莫大于此。其有上书献赋，制诔镌铭，皆以褒德序贤，明勋证理。苟非惩劝，义不徒然。降及后代，风教渐落。魏之三祖，更尚文词，忽君人之大道，好雕虫之小艺。下之从上，有同影响，竞骋文华，遂成风俗。江左齐、梁，其弊弥甚，贵贱贤愚，唯务吟咏。遂复遗理存异，寻虚逐微，竞一韵之奇，争一字之巧。连篇累牍，不出月露之形，积案盈箱，唯是风云之状。世俗以此相高，朝廷据兹擢士。禄利之路既开，爱尚之情愈笃。于是闾里童昏，贵游总丱，未窥六甲，先制五言。至如羲皇、舜、禹之典，伊、傅、周、孔之说，不复关心，何尝入耳。以傲诞为清虚，以缘情为勋绩，指儒素为古拙，用词赋为君子。故文笔日繁，其政日乱，良由弃大圣之轨模，构无用以为用也。损本逐末，流遍华壤，递相师祖，久而愈扇。

及大隋受命，圣道聿兴，屏黜轻浮，遏止华伪，自非怀经抱质，志道依仁，不得引预缙绅，参厕缨冕。开皇四年，普诏天下，公私之翰，并宜实录。其年九月，泗州刺史司马幼之文表华艳，付所司治罪。自是公卿大臣，咸知正路，莫不钻仰坟集，弃绝华绮，择先王之令典，行大道于兹世。如闻外州远县，仍踵敝风，选吏举人，未遵典则，至有宗党称孝，乡曲归仁，学必典谟，交不苟合，则摈落私门，不加收齿；其学不稽古，逐俗随时，作轻薄之篇章，结朋党而求誉，则选充吏职，举送天朝。盖由县令、刺史未行风教，犹挟私情，不存公道。臣既忝宪司，职当纠察。若闻风即劾，恐挂网者多，请勒诸司，普加搜访，有如此者，具状送台。①

李谔在《革文华书》中持论偏激，虽然指出了六朝文学片面追求外在形式的弊端，但也忽视了文学作品的思想内容，这是不能正确反映六朝文学的全貌的。其中，他忽视了建安、正始等时期文学的进步意义，还一并否定了陶渊明、谢灵运、鲍照等优秀诗人，他这种以儒家教化为目的的文学观，对六朝文学一概否

① （唐）魏徵：《隋书·李谔传》。

定，显然是偏激的，不符合文学发展规律的。建安、正始时期文学创作的显著特点正是文的觉醒的反映，正是对儒家风教的突破，文学才得以表达真实感情。这是文学自身的发展规律，否定它们就否定了文学的特性。另外，李谔还混淆了文学与非文学的界限，从而也就否定了文学的审美特性，即否定了文学本身。

从文笔之分开始，六朝人极力将文学从大文学中区分开来，在文学观念上前进了一大步，然而李谔则又倒退回去。正因为他不能正确认识文学的特性，所以他也不能正确地区分文学本身的艺术形式与片面追求艺术形式、忽视作品内容的形式主义，完全抹杀了六朝文学在艺术形式上深入细致的探索及重大成就，因而违反了文学发展的规律。

故这次改革注定是失败的，这在这次改革的动机、社会背景以及颁布之后的效果上都有详细的体现。“及大隋受命，圣道聿兴，屏黜轻浮，遏制华伪。自非怀经抱质，志道依仁，不得引预缙绅，参厕缨冕。”接着，隋文帝于“开皇四年，普诏天下，公私文翰，并宜实录”，结果“其年九月，泗州刺史司马幼之文表华艳，付所司治罪。自是公卿大臣，咸知正路，莫不钻仰坟集，弃绝华绮。择先王之令典，行大道于兹世”。[①] 总之，可以说隋初的这项文体改革已经被提到了政治的高度，成为朝廷吏治的一项重要条例，同时也是文帝弃华返朴政策的一个重要部分。

这也是与隋文帝初期弃华返朴政策的整个背景相辅相成的。据《隋书·食货志》记载，隋文帝建国初年，就非常恭俭，连后宫穿的衣服都是洗浣之衣，乘坐的马车也都是破旧的。若不是燕享之事，所食仅一顿肉而已。这是统治者在建国之初图志抑奢之举措的表现。又如《隋书·音乐志》记载，开皇二年(582年)，颜之推上言去胡乐而改用梁乐。隋文帝不从，谓：“梁乐亡国之音，奈何遣我用邪?”开皇九年(589年)，文帝在下诏议定新乐时，专门强调“朕情存古乐，思深雅道，郑卫淫声，鱼龙杂戏，乐府之内，尽以除之”。可见，其意在恢复雅乐。最后，经过多人议定，文帝采纳了何妥以儒家正统思想为正乐标准的所谓“新乐”。在新乐议定之后，文帝又下诏曰：“人间音乐流僻日久，弃其旧体，竞造繁声，浮宕不归，遂以成俗，宜加禁约，务存其本。”可见，隋文帝反对齐梁绮丽文风并非单纯现象，而是将其作为建国之初巩固政权必不可少的一次措施。

这次改革文体的举措显然带有强烈的功利色彩，也是对李谔《上隋高祖革文华书》中的“文笔日繁，其政日乱”这一政治需要的肯定。李谔的理论依据则

---

① 以上均见《隋书·李谔传》。

是："臣闻古先哲王之化民也，必变其视听，防其十余嗜欲，塞其邪放之心，示以淳和之路。……至如羲皇、舜、禹之典，伊、傅、周、孔之说，不复关心，何尝入耳。以傲诞为清虚，以缘情为勋绩，指儒素为古拙，用词赋为君子。故文笔日繁，其政日乱，良由弃大圣之轨模，构无用以为用也。损本逐末，流遍华壤，递相师祖，久而愈扇。"[①]李谔把文学当成政教的工具，从文学与政教的关系来阐释其理论依据。

对李谔而言，他的着眼点在强调文学的政治教化，故忽视了文学自身发展的规律，大肆批评文学的艺术性。其目的就是以此恢复传统儒学的统治地位。他追源溯流，从具有魏晋风骨的魏之"三祖"开始批判，直至齐梁绮丽文风，不加区别地一概加以反对与否定。因为汉末魏始，随着人的觉醒，儒学的正统地位随之动摇。再经过魏晋玄学的冲击以及南北朝佛学的盛行，传统儒学的地位更是每况愈下，大大不如从前。而这正是文的觉醒以及文风日渐绮丽华靡得以发展以致泛滥的前提条件。作为政治家的李谔深感文风绮靡对儒家传统地位的动摇，如人们不再关心"羲皇、舜、禹之典，伊、傅、周、孔之说"，而是"以傲诞为清虚，以缘情为勋绩，指儒素为古拙，用词赋为君子"。李谔的这些认知并非虚夸之言，这也正验证了颜之推之所以作"家训"的某些原因。但他认为魏晋风骨与齐梁绮靡文风没有区别，一概加以否定，这是不恰当的。另外，他利用政治强制手段干预文学，其实并不能真正地解决文风问题，并非只是如朝廷中"公卿大臣，咸知正路，莫不钻仰坟集，弃绝华艳，行大道与兹世"[②]，甚至晋王杨广也不得不配合，更不用说依附在杨广身边的文学之士了。"故当时缀文之士，遂得依而取正焉。"[③]此次改革的成效从隋初庾信、卢思道、薛道衡、李德林、虞世基等人的作品中可以了解。

然而，这只是在统治者周围，即政治中心。在地方各级政府机构中，并未贯彻或者彻底执行中央改革文体的精神，违犯诏令的也不在少数。这在李谔的上书中有记述，如"如闻外州远县，仍踵弊风，选举吏人，未遵典则。至有宗党称孝，乡曲归仁，学必典谟，交不苟合，则摈落私门，不加收齿；其学不稽古，逐俗随时，作轻薄之篇章，结朋党而求誉，则选充吏职，举送天朝。盖由县令刺史，未行风教，犹挟私情，不存公道"[④]。由此可知，文风并非是由统治者自上而下的强制

---

① （唐）魏徵：《隋书·李谔传》。
② （唐）魏徵：《隋书·李谔传》。
③ （唐）魏徵：《隋书·文学传》。
④ （唐）魏徵：《隋书·李谔传》。

命令而能改变的，因其渊源久远，既非较短时期而可更改，也非一纸诏书可强行变革。

李谔这篇“革文华”的文章本身指向的是竞奇争巧的骈体文。“终隋代三十余年，所有‘公私文翰’，始终还是骈俪之体，并未稍有变革，只不过骈体文已被徐、庾做到顶点，也就是带到绝路，此后只能是效颦学步，每况愈下而已。”[①]鉴于此，朝廷加大力度，责令相关部门进行查访。其中，泗州刺史司马幼之因“文表华艳”被治罪，则是明证。这也足以表明隋代统治者革除华文风气的决心。

随着文帝晚年的渐趋骄奢，尤其是隋炀帝本身喜好文学，他不但广收图籍，自晋王时便和江南文人作文笔之会，再加上他还喜好江南冶艳的曲子以及华丽唯美的诗风，身边的群臣便纷纷唱和其游宴享乐之作，故寻求雅正的风气最终消失。直至隋末，王通再次对媚俗享乐的文风提出抨击。

隋文帝革除华文的文化举措以及李谔上书的意义，直接给唐人提供了一个很有价值的教训，即文学有其自身独立的特性和发展规律，利用政治强制性的手段使之为政治服务的途径行不通。

二、王通形而上学的文学观

王通，《隋书》无传，《旧唐书》《新唐书》中的《王绩传》《王勃传》中皆提及，称其为“隋末大儒”，但均极为简略。王通，字仲淹，龙门人，生于隋文帝开皇四年(584 年)，卒于隋炀帝大业十三年(617 年)。他一生未仕，以聚徒讲学为业，死后门人弟子谥称“文中子”。

王通出生于官宦世家，家学渊源深厚，王通之父王隆于隋开皇初年以国子博士待诏龙门，曾向文帝上奏七篇《兴衰要论》，论说六朝之得失，为隋文帝所称道。王通自幼受儒学熏染并从小笃学，颇有文名，有《中说》传世。从其书得知“夫子十五为人师”，可见他少年就精通儒学，学问水平极高，故有“隋末大儒”之称。

据史载，隋文帝仁寿三年(603 年)，他曾“西游长安，见隋文帝，奏太平十二策，尊王道，推霸略、稽今验古”，却未曾受到擢用。后被同乡薛道衡荐举，授以蜀郡司户书佐、蜀王侍郎，但王通本人并不满意，不久“弃官归，以著书讲学为业”。归乡之后，他便潜心研究孔子“六经”，经过一番苦心钻研，自觉很精通，以

① 姜书阁:《骈文史论》，第 441 页。

"圣人"自居，模仿孔子《论语》一书体例，作《中说》[1]，并由其门人弟子整理编撰。另外，他还著有《王氏六级》，或者称《续六经》，但均佚，只存《中说》十卷行于世。

王通的文学观，也是强调文学的政治教化功能，主张以文贯道。譬如，《中说》卷三《事君》篇云："美哉乎，艺也！古君子志于道，据于德，依于仁，而后艺可游也。"[2]但其思想与隋文帝下诏改革华文之风略有不同，即他并不反对诗歌。譬如《中说》卷十《关朗》篇中云："薛收问曰：今之民胡无诗？子曰：诗者，民之情性也，情性能亡乎？非民无诗，职诗者之罪也。"《中说》卷四《事君》篇有云："君子哉，思王也，其文深以典。"此表明他肯定曹植的文章。他的主张与文帝的主张实质上是相差无几的，只不过他贯以圣人自命，以理论引导，而文帝则是凭借政治手段，施以刑法。

王通的文学主张的核心是论文主理，论诗则主政教，论文辞主约、达、典、则，即理寓于文、达政、雅音。

(一)论文主理

王通的"论文主理"主张可见《中说》卷一《王道》篇："德林与吾言终日，言文而不及理，是天下无文也。"又譬如《中说》卷二《天地》篇："学者，博诵云乎哉？必也贯乎道。文者，苟作云乎哉？必也济乎义。"他主张，著文要有助于义，文必言理，学问必须要用道来统贯。也就是说，他主张文以名道，即"明道说"。这与主张文学的政教功能是相通的。

(二)论诗主政

"论诗主政"主张明显是王通文学理论的核心，即主张文学的政教作用。如《中说》卷二《天地》篇引用夫子的话明己主张，诗必须："上明三纲，下达五常，于是征存亡，辩得失；故小人歌之以贡其俗，君子赋之以见其志，圣人采之以观其变。"又譬如《中说》卷三《事君》篇云诗有"四名五志"，其中"四名"为："一曰化，天子所以风天下也；二曰政，蕃臣所以移其俗也；三曰颂，以成功告于神明也；四曰叹，以陈诲立诫于家也。反此四者，或美焉，或勉焉，或伤焉，或恶焉，或诫焉，是谓五志。"他所谓的"四名五志"实际上是局部重复孔子的"诗言志"以及"兴观群怨"的思想。

他并未提及"言志说"抒发个人情感怀抱的积极意义，而仅仅论及诗为传统

---

① 《中说》一书的真伪，罗宗强在《隋唐五代文学思想史》中辨之较详。

② 张沛：《中说译注》，上海古籍出版社2011年版，第72页。以下皆用此书。

道德伦理观念的说教工具而已，比起古代孔子的思想反而落后了许多，较之当世隋炀帝的文学创作实践蕴含的文学思想也更为反动，这是逆潮流的。但他狭隘的文学政教说思想与隋文帝却是一致的。这也从侧面说明隋炀帝的文学创作及文学思想并未推广开来形成气候，而是一己文学才华的呈现而已，反倒是隋文帝具有政治约束力的文化政策影响深远得多。这恐怕也是隋代文学并没有继六朝文学繁华兴盛的原因。

（三）论文辞主约、达、典、则

这个文学主张在其《中说》卷三《事君》篇中有所体现，即："古之文也约以达，今之文也繁以塞。"他指出当时文坛偏向南朝文学唯美的情形，便借此将文辞的特点与文人的品行串联起来，如称颜延之、王俭、任昉"有君子之心焉，其文约与则"等。另外，他还对宋、齐以降的绝大多数诗人持批评否定态度。如《中说》卷二《天子》：

> 文士之行可见。谢灵运小人哉！其文傲，君子则谨。沈休文小人哉！其文冶，君子则典。鲍照、江淹，古之狷者也，其文急以怨。吴筠、孔珪，古之狂者也，其文怪以怒。谢庄、王融，古之纤人也，其文碎。徐陵、庾信，古之夸人也，其文诞。或问孝绰兄弟，子曰："鄙人也，其文淫。"或问湘东王兄弟，子曰："贪人也，其文繁。谢朓，浅人也，其文捷。江总，诡人也，其文虚。皆古之不利人也。"

单独看这段文学主张，他将诗人的人品和文品对应起来，似乎存在某些道理，但实际上他是主张儒家规范的诗歌准则，即温柔敦厚。如他对以上颜延之、王俭、任昉的肯定，不在于他们在文学艺术上取得的成就，而在于其作品风格典雅凝重，符合儒家道德伦理。其他人则与之相反，故批判之。这就是他主张的"谨""典""约""则"的诗歌风格。然而，这三人擅长的则是非文学的一般文章的写作，而在诗歌等文学创作上则成就平平或无所建树。如王俭的诗在《诗品》中列入下品，任昉则"为诗不工，故世称沈诗任笔"，他们的应用文都符合儒家的政教要求，具有典雅的特征。而王通对建安诗人及谢灵运、谢朓、鲍照等优秀诗人却进行否定，这是不公允的。

另外，王通还对文学技巧持轻视乃至否定的态度。如《中说》卷二《天地》篇云：

> 李百药见子而论诗，子不答。伯药退谓薛收曰："吾陈应、刘，下述沈、谢，分四声八病，刚柔清浊，各有端续，音若埙篪，而夫子不应，我其未达

欤?”薛收曰:“吾尝闻夫子之论诗矣,上明三纲,下达五常。于是征存亡,辨得失,故小人歌之以贡其俗,君子赋之以见其志,圣人采之以观其变。今子营营驰骋乎末流,是夫子之所痛也,不答则有由矣。”

从上可见,王通对于六朝诗歌讲究形式技巧加以轻视,至于声律,也只能是末流而已。他还否定李百药追求的“四声八病”、刚柔清浊,而肯定诗歌就是“上明三纲,下达五常”“徵存亡,辨得失”的儒家文学的传统思想。

总之,王通主张传统儒家的文学功利观,即诗文的政治教化功用。但较之孔子的文学观更为狭隘,较之隋文帝、李谔的文学主张,又稍显宽泛,给文学留有一席之地,如对曹植的肯定。但他所肯定的也仅仅是符合传统儒家思想以及审美规范的那一部分而已。

隋代之前,经魏晋六朝诸多人对文学的区分以及文论家文笔之辨的努力,文学的独立性渐趋明晰;同时,“缘情说”的提出,使文学从文史哲不分的混沌状态中独立出来,文学的性质得以明确,开始进入一个崭新的发展阶段。文学发展至南朝,一味讲究不依赖内容的形式技巧以及对文辞的文学审美特性的追求,背离了儒家传统的文学观念,也从此淡化了文学的政教功能。而这种绮靡文风至隋,一开始似乎朝北方文学简约朴实的方向努力,但由于炀帝的喜好及提倡,又返回南朝清丽的风格。这就是此时期王通文学主张提出的背景及原因。

虽有王通经世致用的文学主张,然而文学除了“经国之大业,不朽之盛事”①之外,还具有抒发情致、娱乐人心等功能。然而,王通并没有实际的创作实践与之配合,再加上李谔等欲利用政治手段遏制华丽文风,故使得这两次文风改革的成效甚微。

从以上隋李谔、王通对绮靡文风的批评可知,他们的主要着眼点在于文学与政治之间的关系,即强调文学具有经世致用的功用。这也是处于六朝至唐之间的隋代文学思想的过渡性特征及发展趋势。

隋代的文学理论没能给过渡期的文学进一步发展最终指出一条正确的道路,没能正确反映文学发展的大趋势,既违反了文学自身发展的规律,也没能发挥文学理论对文学创作的指导作用。

虽然这两次文学改革没有取得具体成效,但隋代文学也并没有重蹈梁、陈的覆辙,反而渐透清刚之气,如隋代乐府诗一反南朝的艳词丽句,呈现一派丰富

---

① 魏宏灿校注:《曹丕集校注·典论·论文》,安徽大学出版社2009年版,第313页。

平实的内涵及气象，隋代乐府诗从同题唱和、吟咏风月的模式之中走了出来，正是这类文学给隋代文坛带来了新气象。

这是因为至隋一代，南北文学的融合较之前有了很大的进步。隋代的文学家向南朝文学学习并加以改善，具体体现在诗歌题材的发展、诗歌趋向格律化、诗歌意境的锤炼、语言表现力的追求等方面，最终形成了隋代特有的文学风格。这就是隋炀帝所谓的“气高制远”“词清体润”“意密理新”。这也是隋代的审美标准，特别是“气高制远”已是隋代文学特有的风格。

至此，南北文学的融合已经初具规模，所欠的则是文采与体气的合一以及意境的形成。这要等到唐代才能实现。但隋代的这两次文学改革，为之后唐朝文学的发展提供了极为有价值的历史借鉴，更重要的是在隋代已经出现了像颜之推这样调和南北的文学理论。

三、颜之推调和南北的文学观

颜之推（约531～590年），字介，历后梁、北齐、北周，后入隋。祖籍琅琊临沂（今山东临沂），世代居住建康（今江苏南京），生于士族官宦家庭，世传《周官》《左氏春秋》。他早传家业，12岁听老庄之学，因“虚谈非其所好，还习礼、传”。青年时期随父在江陵，江陵被西魏攻陷后，颜之推被俘，之后一直生活在北朝。在北齐曾官至黄门侍郎，其著作《颜氏家训》(论证部分在附录一)，主要论述的是南北朝时期的作家作品。由于他20岁前后入北朝，主要生活在北方，耳濡目染了诸多北方文学，又因他本是南朝人，自幼受南朝文化思想的影响，故其文学思想就具有以北朝为主而兼南朝色彩的调和特点。他的文学思想及文学理论主要集中在他的《颜氏家训·文章》篇中。如颜之推认为文学作品应以“理致”“气调”为主，用典、辞采等为辅：

> 文章当以理致为心肾，气调为筋骨，事义为皮肤，华丽为冠冕。今世相承，趋本弃末，率多浮艳。辞与理竞，辞胜而理伏；事与才争，事繁而才损。放逸者流宕而忘归，穿凿者补缀而不足。时俗如此，安能独违？但务去泰去甚耳。必有盛才重誉，改革体裁者，实吾所希。

他将文章比作人体的器官，与刘勰在《文心雕龙》中的论述有相似之处。比如刘勰在《附会》篇中言：“情志为神明，事义为骨髓，辞采为肌肤，宫商为声气。”①但

① 周振甫：《文心雕龙今译》，中华书局1986年版，第378页。

颜之推的文学思想与刘勰强调的重点又不相同。颜之推更注重理实与气格，即强调尚理崇实与气质格调。这与北方的文学传统是一致的，重内容与气质，与隋代文学崭露头角的意境与气格不谋而合，比刘勰前进了一大步。他对南朝的浮艳文风进行了批评，但并不彻底，最后呈现出一种妥协的态度。比如"去太去甚"，即不要走极端，实为一种折中态度。又如：

齐世有席毗者，清干之士，官至行台尚书，嗤鄙文学，嘲刘逖云："君辈辞藻，譬若荣华，须臾之玩，非宏才也；岂比吾徒千丈松树，常有风霜，不可凋悴矣！"刘应之曰："既有寒木，又发春华，何如也？"席笑曰："可哉！"

以上皆明显地表现了他调和南北文学的倾向。

颜之推由于世传儒学，故对文学的看法颇受儒学思想的影响。譬如他将文章的渊源追溯为《五经》：

夫文章者，原出《五经》：诏、命、策、檄，生于《书》者也；序、述、论、议，生于《易》者也；歌、咏、赋、颂，生于《诗》者也；祭、祀、哀、诔，生于《礼》者也；书、奏、箴、铭，生于《春秋》者也。朝廷宪章，军旅誓诰，敷显仁义，发明功德，牧民建国，施用多途。至于陶冶性灵，从容讽谏，入其滋味，亦乐事也。行有余力，则可习之。……每尝思之，原其所积，文章之体，标举兴会，发引性灵，使人矜伐，故忽于持操，果于进取。今世文士，此患弥切，一事惬当，一句清巧，神厉九霄，志凌千载，自吟自赏，不觉更有傍人。加以砂砾所伤，惨于矛戟，讽刺之祸，速乎风尘，深宜防虑，以保元吉。

这种论述与刘勰的《宗经》篇也颇为相似，与北朝崇经重质的思想不谋而合。然而，他又能从南朝流行的思想出发，强调文学陶冶性灵、富有滋味的特质，即文学并非只有政教作用，"行有余力，则可习之"。他较之前进步之处在于他把这一类抒写性灵、陶冶情志的有韵之文，如诗赋之类，划归为纯艺术文学的范畴。但他认为最重要的还是以"笔"为主的应用散文一类，如章、表、奏、议等，这明显是受北朝文学思想影响的结果。

另外，他调和南北的文学理论还表现在既重视作家的"天才"，即灵感，又重视作家的人品，即道德修养。前者如：

学问有利钝，文章有巧拙。钝学累功，不妨精熟；拙文研思，终归蚩鄙。但成学士，自足为人。必乏天才，勿强操笔。吾见世人，至无才思，自谓清华，流布丑拙，亦以众矣，江南号为"詅痴符"。

颜之推认为学问与文章不同，学问渊博可为著名学者，然而文章写作则必须要有"天才"，就是作家创作的艺术才能，即作家的创作灵感，若无创作灵感则"勿强操笔”。这个观点南朝梁刘勰在《文心雕龙》的《神思》篇、《养气》篇等都讲过。譬如《神思》篇:“秉心养术,无务苦虑,含章司契,不必劳情。”《养气》篇:“意得则舒怀以命笔,理伏则投笔以卷怀。”

南朝梁萧子显在《南齐书·文学传》中也说过这个观点,如“若夫委自天机,参之史传,应思悱来,勿先构聚”。这就是颜之推提出的文章乃是“标举兴会,发引性灵”的产物,也是他对“天才论”的补充。颜之推的这种观点实际是受南朝文学创作思想影响的最显著的表现。这种文学理论实际已开南宋诗论家严羽的“诗有别材,非关书也;诗有别趣,非关理也”[①]之说的先河。

颜之推在重视创作“天才”的同时,也同样重视作家的操行品德。如在《文章》篇言:

> 然而自古文人,多陷轻薄:屈原露才扬己,显暴君过;宋玉体貌容冶,见遇俳优;东方曼倩,滑稽不雅;司马长卿,窃赀无操;王褒过章《僮约》;扬雄德败《美新》;李陵降辱夷虏;刘歆反覆莽世;傅毅党附权门;班固盗窃父史;赵元叔抗竦过度;冯敬通浮华摈压;马季长佞媚获诮;蔡伯喈同恶受诛;吴质诋忤乡里;曹植悖慢犯法;杜笃乞假无厌;路粹隘狭已甚;陈琳实号粗疏;繁钦性无检格;刘桢屈强输作;王粲率躁见嫌;孔融、祢衡,诞傲致殒;杨修、丁廙,扇动取毙;阮籍无礼败俗;嵇康凌物凶终;傅玄忿斗免官;孙楚矜夸凌上;陆机犯顺履险;潘岳干没取危;颜延年负气摧黜;谢灵运空疏乱纪;王元长凶贼自诒;谢玄晖侮慢见及。凡此诸人,皆其翘秀者,不能悉记,大较如此。至于帝王,亦或未免。自昔天子而有才华者,唯汉武、魏太祖、文帝、明帝、宋孝武帝,皆负世议,非懿德之君也。自子游、子夏、荀况、孟轲、枚乘、贾谊、苏武、张衡、左思之俦,有盛名而免过患者,时复闻之,但其损败居多耳。

由此可知,他对屈原以来至南朝宋的历代文人的品德操行一一进行了尖锐的批评。可见,颜之推对文人品行的要求是必须符合儒家道德标准,并且文品要与人品相一致。这既与他的家学传统有关,也与北方的文学传统密不可分。

颜之推虽然要求文章符合儒家文学传统,然而他对文学的特征也有清晰的认识,对形式的外在之美也很重视。所以,他不满扬雄对辞赋的否定:

> 或问扬雄曰:“吾子少而好赋?”雄曰:“然。童子雕虫篆刻,壮夫不为也。”余窃非之曰:“虞舜歌《南风》之诗,周公作《鸱鸮》之咏,吉甫、史克

① (宋)严羽:《沧浪诗话校释·诗辨》,人民文学出版社1961年版,第26页。

《雅》、《颂》之美者，未闻皆在幼年累德也。”孔子曰：“不学诗，无以言。”“自卫返鲁，乐正，《雅》、《颂》各得其所。”大明孝道，引《诗》证之。扬雄安敢忽之也？若论“诗人之赋丽以则，辞人之赋丽以淫”，但知变之而已，又未知雄自为壮夫何如也？著《剧秦美新》，妄投于阁，周章怖慑，不达天命，童子之为耳。桓谭以胜老子，葛洪以方仲尼，使人叹息。此人直以晓算术，解阴阳，故著《太玄经》，数子为所惑耳；其遗言余行，孙卿、屈原之不及，安敢望大圣之清尘？且《太玄》今竟何用乎？不啻覆酱瓿而已。

颜之推不但不同意扬雄晚年对辞赋的简单否定，而且还将辞赋放在与《诗经》同样的地位，给予了充分肯定。另外，他还以古人体制构架为主，以今人文章的词句音调为辅，调和古今，形成了以实为主、华实并茂的文学理论，这正是他调和南北文风的一种极为重要的表现。譬如：

古人之文，宏才逸气，体度风格，去今实远；但缉缀疏朴，未为密致耳。今世音律谐靡，章句偶对，讳避精详，贤于往昔多矣。宜以古之制裁为本，今之辞调为末，并须两存，不可偏弃也。

从中可以看出，颜之推不仅肯定了南朝的对偶、声律以及用典隶事等文学创作技巧，而且还明确肯定了南朝一些清秀的诗歌。譬如：

何逊诗实为清巧，多形似之言；扬都论者，恨其每病苦辛，饶贫寒气，不及刘孝绰之雍容也。虽然，刘甚忌之，平生诵何诗，常云：“‘蘧车响北阙’，蛩蛩不道车。”又撰《诗苑》，止取何两篇，时人讥其不广。刘孝绰当时既有重名，无所与让；唯服谢朓，常以谢诗置几案间，动静辄讽味。简文爱陶渊明文，亦复如此。江南语曰：“梁有三何，子朗最多。”三何者，逊及思澄、子朗也。子朗信饶清巧。思澄游庐山，每有佳篇，亦为冠绝。

由此不难看出他特别推崇谢朓的诗歌以及陶渊明的诗作，这体现了颜之推卓越文学眼光以及对文学趋势的清醒认识。

在隋生活近十年的颜之推，在调和南北的文学理论方面，不仅对隋代文学的创作及文学思想产生了划时代、前瞻性的影响，而且还对初唐史学家的文学思想有很大的启发，为唐代文学创作及文学思想的发展提供了理论依据。[①]

① 参见张少康、刘三富：《中国文学理论批评发展史》(上)，北京大学出版社 1995 年版，第 278 页。

第三节　隋代文学对唐化文学的影响

隋代文学处于上继南北朝之末，下启唐代之先的过渡阶段。所以，隋代文学既有着过渡期的特征，也有着融合南北文学之两长，下启唐代文学之先声的历史地位及价值。

一、隋代乐府对唐代的影响

隋代文学最大的成就在于诗歌，所以隋代的诗歌对唐宋文学的影响也最大，尤其是乐府诗作，在隋代文坛格外耀眼。

（一）燕乐的形成

中国乃多民族国家，各民族之间的碰撞和融合在各历史阶段交替上演，至隋代，胡乐与汉乐不断交融，催生出了一种新的艺术音乐，即燕乐。它融合了中原音乐、南方音乐以及西域音乐，囊括了清乐、胡乐以及各种新兴俗乐，专供宫廷宴飨之用。

隋初，文帝下令制礼作乐，成立七部乐，炀帝增至九部乐。隋代教坊[①]中的新曲，有据可考的有58首，其中有炀帝根据民歌创制的一首《江陵女歌》。隋炀帝由于自身对散乐的喜爱并加以扶植，使散乐发展至巅峰。在隋代的基础之上，唐太宗将其发展为十部乐，其类型包括教坊曲、民间歌谣以及特殊器乐曲、散曲等，进一步促进了唐代燕乐的发展。

（二）曲子的发展

所谓曲子，是指具备固定曲度，经过配乐、乐工改制，以调系辞的歌谣。与之前因声造歌不同，它不仅有固定的曲式，而且歌辞要配合曲式作调整。至梁武帝时，歌辞才开始有固定模式，如梁武帝改西曲为《江南弄》，陈后主写出歌辞，令乐工谱曲。然而“曲子”这一名称却始于隋代。在《教坊记》中载有隋末王

---

① 俗乐的发展得益于教坊的设置。《隋书·音乐志》明确记载：教坊的设置，始于隋炀帝。设置教坊的目的是集中俗乐以及俗乐的表演。教坊至唐代更加兴盛，尤其是唐玄宗时，达到顶峰。而唐代的教坊与隋代的教坊在内容和功能上并无二致。因此，教坊造就了俗乐的大发展，可以说直接影响了近代曲辞的发展。

令言与其子的一段对话:“其子在家弹琵琶,令言惊问:‘此曲何名?’其子曰:‘内里翻新曲,名《安公子》。’”①

与清商乐相较,这种新曲具有“繁手淫声”“掩抑摧藏”“繁音急切”“铿锵鼓舞”的特点。这是因为来自西域的乐器大部分为鼓、板之类,造成了隋唐音乐讲究节拍。隋唐大量使用乐谱,使曲体规范化,曲子有了以调系辞的特征,虽然与汉魏六朝乐府歌曲大都在同一调名之下,但句式、语辞有着很大的不同。隋唐的曲子的典型形式为因声造歌与依调填词,汉魏六朝的歌曲特点则是采歌谣以披声乐;在题材上,汉魏六朝乐曲多表现士女游乐的内容,至隋则慢慢转变为市井的民间娱乐;在内容上,从之前反映都市或宫廷等上流阶层的娱乐转化为反映广大人民的喜怒哀乐。如隋炀帝的《江都宫乐歌》《喜春游》《锦石捣流黄》等,大都是描写宫女歌妓或妇女闺怨的。至唐,随着大批倡伎歌及风俗歌的产生,曲子的题材内容更加广泛。另外,在句式上,唐代曲子多杂言的特点,也是从隋代乐府演化过来的。譬如,炀帝的《纪辽东》就是七五言参互交杂的曲子。在隋代只为曲,至唐则发展为连章的形式。

总之,隋代乐府发展的融合清乐、民歌以及胡乐而形成的燕乐,为唐代所继承和发展。

(三)命题的扩展

与隋代一样,初唐的古体诗仍多于新体诗,而且初唐有着较多的模拟之作。在新创题名上,隋代新创 15 种,初唐则多达 37 种。尤其是边塞乐府,自隋盛行拟作,初唐拟作的题名更多。譬如南朝多拟汉魏题名《陇头水》《关山月》《折杨柳》《梅花落》等,隋作中不多见,至初唐它们又成为模拟对象。然而,唐人虽拟古题,但内容反映的却是时事。从高适的《燕歌行》、王维的《老将行》,到杜甫的《悲陈陶》、“三吏三别”等,再到唐中后期,白居易、元稹、王建的以时事拟古题,均以此反映社会现实。

隋代由于燕乐形成,乐府新题创作更加广泛,约占隋代乐府的 1/6。至唐,新题的数目远胜于前,根据内容命题的方式也更加灵活。隋代开启了以新题反映时事的传统,如隋炀帝的《纪辽东》等。六朝所创造的新题,内容多为抒发个人遭遇、表达理想等,虽为纪事名篇,但并没有反映时事。唐代则继承了这一传统,尤其是中唐的乐府。

---

① (唐)崔令钦:《教坊记》,中华书局 1959 年版,第 6 页。

(四)内容的开拓

隋代的乐府诗在内容上可分为边塞诗、闺怨诗、游侠诗和游宴写景诗。其中前三种在元朝时颇为盛行,但是,隋人并非一味模仿,而是在继承中有所开拓创新。如隋炀帝、王胄的《纪辽东》是为新创,无论时间(隋代)、地点(辽东),还是内容(征伐辽东)、情感(意兴昂扬),都采用了以事件入诗的写法,突破了南朝"随意取消今古界限而形成的时空错置语调"①,即从"超现实的想象"②回归现实中来,与之前一般边塞诗迥然不同,真正描绘了战争得胜、将士凯旋时意气风发的神情,也真正展现了隋代的时代风格。如炀帝的《纪辽东》二首:

(一)

辽东海北翦长鲸,风云万里清。
方当销锋散马牛,旋师宴镐京。
前歌后舞振军威,饮至解戎衣。
判不徒行万里去,空道五原归。

(二)

秉旄仗节定辽东,俘馘变夷风。
清歌凯捷九都水,归宴洛阳宫。
策功行赏不淹留,全军藉智谋。
讵似南宫复道上,先封雍齿侯。

王胄的《纪辽东》二首:

(一)

辽东浿水事龚行,俯拾信神兵。
欲知振旅旋归乐,为听凯歌声。
十乘元戎才渡辽,扶涉已冰消。
讵似百万临江水,按辔空回镳。

(二)

天威电迈举朝鲜,信次即言旋。
还笑魏家司马懿,迢迢用一年。
鸣銮诏跸发淆潼,合爵及畴庸。
何必丰沛多相识?比屋降尧封。

① 朱立元:《接受美学》,上海人民出版社1989年版,第78页。

② 朱立元:《接受美学》,第84页。

而至初唐，边塞诗创作颇多，且继承了隋代立功塞上的豪情，并将之发扬光大，在初唐一片台阁风气中独树一帜。如骆宾王的《从军行》：

平生一顾重，意气溢三军。
野日分戈影，天星合剑文。
弓弦抱汉月，马足践胡尘。
不求生入塞，唯当死报君。

杨炯的《从军行》：

烽火照西京，心中自不平。
牙璋辞凤阙，铁骑绕龙城。
雪暗凋旗画，风多杂鼓声。
宁为百夫长，胜作一书生。

卢照邻的《结客少年行》：

长安重游侠，洛阳富才雄。
玉剑浮云骑，金鞍明月弓。
斗鸡过渭北，走马向关东。
孙宾遥见待，郭解暗相通。
不受千金爵，谁论万里功。
将军下天上，虏骑入云中。
烽火夜似月，兵气晓成虹。
横行徇知己，负羽远从戎。
龙旌昏朔雾，鸟阵卷寒风。
追奔瀚海咽，战罢阴山空。
归来谢天子，何如马上翁。

盛唐则将边塞乐府诗推向巅峰，仅乐府诗作便有 180 首之多。除了与之前相同的内容之外，还有一类反对战争及抵御外侮的边塞诗作，如杜甫的《兵车行》：

车辚辚，马萧萧，行人弓箭各在腰。
爷娘妻子走相送，尘埃不见咸阳桥。
牵衣顿足拦道哭，哭声直上干云霄。
道旁过者问行人，行人但云点行频。
或从十五北防河，便至四十西营田。
去时里正与裹头，归来头白还戍边。
边庭流血成海水，武皇开边意未已。

君不闻汉家山东二百州，千村万落生荆杞。
纵有健妇把锄犁，禾生陇亩无东西。
况复秦兵耐苦战，被驱不异犬与鸡。
长者虽有问，役夫敢申恨？
且如今年冬，未休关西卒。
县官急索租，租税从何出？
信知生男恶，反是生女好。
生女犹得嫁比邻，生男埋没随百草。
君不见，青海头，古来白骨无人收。
新鬼烦冤旧鬼哭，天阴雨湿声啾啾！

高适的《塞上》：

东出卢龙塞，浩然客思孤。
亭堠列万里，汉兵犹备胡。
边尘涨北溟，虏骑正南驱。
转斗岂长策，和亲非远图。
惟昔李将军，按节出皇都。
总戎扫大漠，一战擒单于。
常怀感激心，愿效纵横谟。
倚剑欲谁语，关河空郁纡。

游侠题材的诗也不例外，隋代开始出现立功塞上的乐府诗作，唐代比隋代增多，这大致与隋唐统一南北、战事频仍以及科举制形成、寒士凭借军功进入社会上层等有着极大的关系。如李白的《侠客行》：

赵客缦胡缨，吴钩霜雪明。
银鞍照白马，飒沓如流星。
十步杀一人，千里不留行。
事了拂衣去，深藏身与名。
闲过信陵饮，脱剑膝前横。
将炙啖朱亥，持觞劝侯嬴。
三杯吐然诺，五岳倒为轻。
眼花耳热后，意气素霓生。
救赵挥金槌，邯郸先震惊。
千秋二壮士，烜赫大梁城。

纵死侠骨香，不惭世上英。

谁能书阁下，白首《太玄经》?

王维的《少年行》(二)：

出身仕汉羽林郎，初随骠骑战渔阳。

孰知不向边庭苦，纵死犹闻侠骨香。

在闺怨题材上，薛道衡的《豫章行》是隋代诗歌中唯一一篇描写闺怨的诗作；至唐，此类题材大增，还另有自创新题的作品出现。前者如王勃的《临高台》：

临高台，高台迢递绝浮埃。

瑶轩绮构何崔嵬，鸾歌凤吹清且哀。

俯瞰长安道，萋萋御沟草。

斜对甘泉路，苍苍茂陵树。

高台四望同，帝乡佳气郁葱葱。

紫阁丹楼纷照耀，璧房锦殿相玲珑。

东弥长乐观，西指未央宫。

赤城映朝日，绿树摇春风。

旗亭百隧开新市，甲第千甍分戚里。

朱轮翠盖不胜春，叠榭层楹相对起。

复有青楼大道中，绣户文窗雕绮栊。

锦衾夜不襞，罗帷昼未空。

歌屏朝掩翠，妆镜晚窥红。

为君安宝髻，蛾眉罢花丛。

尘间狭路黯将暮，云间月色明如素。

鸳鸯池上两两飞，凤凰楼下双双度。

物色正如此，佳期那不顾。

银鞍绣毂盛繁华，可怜今夜宿娼家。

娼家少妇不须颦，东园桃李片时春。

君看旧日高台处，柏梁铜雀生黄尘。

高适的《铜雀妓》：

日暮铜雀迥，秋深玉座清。

萧森松柏望，委郁绮罗情。

君恩不再得，妾舞为谁轻。

刘希夷的《公子行》：

天津桥下阳春水，天津桥上繁华子。
马声回合青云外，人影摇扬绿波里。
绿波清迥玉为砂，青云离披锦作霞。
可怜杨柳伤心树，可怜桃李断肠花。
此日遨游邀美女，此时歌舞入倡家。
倡家美女郁金香，飞来飞去公子傍。
的的珠帘白日映，娥娥玉颜红粉妆。
花际徘徊双蛱蝶，池边顾步两鸳鸯。
倾国倾城汉武帝，为云为雨楚襄王。
古来容光人所羡，况复今日遥相见。
愿作轻罗着细腰，愿为明镜分娇面。
与君相向转相亲，与君双栖共一身。
愿作贞松千岁古，谁论芳槿一朝新。
百年同谢西山日，千秋万古北邙尘。

李商隐的《房中曲》：

蔷薇泣幽素，翠带花钱小。
娇郎痴若云，抱日西帘晓。
枕是龙宫石，割得秋波色。
玉簟失柔肤，但见蒙罗碧。
忆得前年春，未语含悲辛。
归来已不见，锦瑟长于人。
今日涧底松，明日山头檗。
愁到天池翻，相看不相识。

唐代这类诗作不再仅局限于闺怨，涉及题材更广。譬如劳动的苦辛、对自身命运的感叹、情感的选择，甚至宫女的种种不幸等。女人的命运是唐代诗人所钟爱的题材，女性的各种情感运命往往成为唐人歌咏的对象。

在写景题材上，六朝游宴写景诗作大量出现，成为时代特色。然而在乐府中却很少见，充其量也只是描写道上风光或使用“赋题”抒写古辞，如《长安道》《巫山高》等，而且是到了齐、梁时才有的内容。而隋代乐府诗中出现了很多写景游宴之作，还有不少新曲，如隋炀帝的《京洛行》《江都宫乐歌》等。这些尚属于模仿之作，还带着齐梁浮华的痕迹。直到隋炀帝作《春江花月夜》，方才真正描写大自然景物。

总之，唐代继承了隋代的写作题材，并在此基础上另增新篇章。尤其是边塞诗在内容、气格以及意境上等都较隋诗增强，在游侠立功、写景上都比隋代增多。另外，唐代乐府中反映时事之作与抒一己之怀的作品，也较隋代大为增多，且成为唐代乐府的显著特征。

（五）体式的增长

前面已经讲过，隋代乐府诗的篇幅开始增长，这与南朝多用连章法相异。汉魏及北朝乐府中较长的诗作多为叙事篇章，如《孔雀东安南飞》《木兰诗》等，以及极少数的言志诗作，如鲍照的《行路难》等。同时，长篇的抒情之作及边塞之作在南朝也有了发展，如戴嵩的《度关山》、庾信的《燕歌行》等。此时，在抒情之作中可见大量闺阁景物的描写和繁缛的女性特写，在边塞之作中则多见边塞风光及军旅之苦的描写。可见，这与南朝诗赋合流及咏物诗、宫体诗发展相关，但是这两类诗作并不多见。直至隋代创作渐增，尤其是边塞诗，鸿篇巨制屡见不鲜，如《出塞》《从军行》《白马篇》《饮马长城窟行》等皆为长篇的代表。

至唐初，长篇成为常用的体制，如张若虚的《春江花月夜》、骆宾王的《从军行》。尤其是《结客少年行》，在宋、梁就为长篇，至隋篇幅稍短，而至唐代则皆为巨制。与隋代相比，唐代的乐府在言志抒情、游侠边塞等方面都有长篇作品。更有李白的《蜀道难》不拘于形式的自由想象，还有元、白为时事而作的乐府，也多为长篇。如元稹的《捉捕歌》、白居易的《缚戎人》，尤其是白居易的新乐府，更是每首皆为长篇。在句式上，七言、杂言的情形已较为普遍。

与隋代乐府不同，唐代乐府中更加入了与时代息息相关的对时事的关切以及个人情志的奋发，同时，格律也逐渐定型，故唐代乐府较隋代音调更加流转。另外，在词句的化用上，隋诗对唐人有着很大的影响（在具体作家的作品分析中已经论述）。

总之，隋代乐府在乐府史上，承前启后，有着自己的独特风貌和价值意义。

（六）隋炀帝的乐府诗对唐宋文学的影响

隋炀帝在乐府上的贡献有二：其一，依南朝曲而填词；其二，依南朝曲而造新声。前者延续了乐府诗歌，使乐府在有隋一代继续向前不断发展；后者则丰富了乐府史，使之更加多样化。自三国吴韦昭开始，汉魏乐府始有填词，之后，西晋傅玄也尝试过，但未形成风气，一直到梁、陈之世，才以乐府填词为能事。

梁代沈约、梁武帝、简文帝等人都有填词，陈后主、徐陵、江总等人皆为《长相思》填词。填词的妙处在于同一曲调，却有着不同内容，使乐府诗的内容更加充盈多样。如《春江花月夜》乃陈后主所造曲，同时代的诸葛颖和炀帝都曾填词。两人的不同在前面已经详述，在此不再重复。陈后主的原作今不传，当以此推之，应是五言四句体。又如《四时白纻歌》曾为沈约所制，炀帝也填之，如《东宫春》《江都夏》等，无论在句式上，还是在韵律上，两者皆相同。同时代的虞世基还曾有与炀帝唱和的乐府诗，如《长安秋》："露寒台前晓露清，昆明池水秋色明。摇环动佩出曾城，鹍弦奉管奏新声。上林蒲桃合缥缈，甘泉奇树上葱青。玉人当歌理清曲，婕妤恩情断还续。"另外，入隋的薛道衡也在炀帝时期拟作过乐府诗，如前面提到的《昔昔盐》，也为填词之作。

《隋书·音乐志》载："（炀帝）大制艳篇，辞极淫绮。令乐正白明达造新声，创《万岁乐》、《藏钩乐》、《七夕相逢乐》、《投壶乐》、《舞席同心髻》、《玉女行觞》、《神仙留客》、《掷砖续命》、《斗鸡子》、《斗百草》、《泛龙舟》……"但遗憾的是以上诸曲至今仍存的只有《泛龙舟》，即："舳舻千里泛归舟，言旋旧镇下扬州。借问扬州在何处，淮南江北海西头。六辔聊停御百丈，暂罢开山歌棹讴。讵似江东掌间地，独自称言鉴里游。"①

炀帝君臣之大造新声，民间艺人也跟着竞赌异曲，如《踏摇娘》始产生于隋末。《旧唐书·音乐志》载："隋末河内有人，貌恶而嗜酒，常自号郎中，醉归必殴其妻。其妻美色善歌，为怨苦之词。河朔演其曲而被之管弦，因写其夫之容。妻悲诉，每摇顿其身，故号《踏摇娘》。近代优人颇改其制度，非旧旨也。"这就是唐代颇为流行的歌舞戏。唐代语音转化，改称《谈容娘》。唐天宝年间，诗人常非乐就作过一首《谈容娘》："举手整花钿，翻身舞锦筵。马围行处匝，人簇看场圆。歌要齐声和，情教细语传。不知心大小，容得许多怜。"该诗反映了这个歌舞戏演出时的逼真情态、广大的场景和备受观众欢迎的实况，同时也反映了唐人对这首曲子的喜爱。

其中，炀帝的两首《春江花月夜》乐府诗作"置之梁祖、简文诸集中而不能辨的"，"又有'寒鸦飞数点，流水绕孤村'的数语，曾为秦观取入词中，成为'绝妙好辞'。惜全篇已不能有"。② 另外，炀帝的乐府诗《饮马长城窟行》以及古诗《云中受突厥主朝宴席赋诗》等，在气度格局方面却远非南朝君主所能比拟。曹道衡、沈玉成也公允评价道："以前各章中经常提到南朝从谢朓以下开唐音，主要是从

---

① 逯钦立辑校：《先秦汉魏晋南北朝诗》（下），第 2664 页。

② 郑振铎：《插图本中国文学史》（上），第 287 页。

风韵、格律着眼所作的论述;真正在气格上可以作为闳丽壮阔的唐音前奏,还只能是这个昏暴之君的作品。”①

炀帝的乐府诗中描写景物的语言,如《江都夏》“黄梅雨细麦秋横,枫叶萧萧江水平”,《谒方山灵岩寺诗》“平郊送晚日,高峰远落阴”“蝉鸣秋气近,泉吐石溪深”等,与唐初王绩、盛唐王维等山水派的语言风格以及审美情趣有着很大的相似性。

炀帝的诗句还直接被唐人化用入诗。如《江都夏》中“枫叶萧萧江水平”,直接被刘禹锡在《竹枝词》中化为“杨柳青青江水平”;其《饮马长城窟行》中“鸣鼓兴士卒,千乘万骑动”,被白居易化为《长恨歌》中的“九重城阙烟尘生,千乘万骑西南行”。可以说隋代的文学养分直接被唐人所汲取,进而成就大唐之音。

以上是炀帝的诗歌对唐代文学的影响,也是炀帝对中国古代诗歌的突出贡献,其文学地位及历史意义值得肯定。

二、其他对唐宋文学的影响

(一)薛道衡诗歌的影响

薛道衡历北齐、北周入隋,少有令才,在北齐就引起当朝文人的注意。入仕后,担任外交使者之时,其诗作颇为南北称美。入隋后,“世擅文宗,令望攸归”,他写作诗文常常殚精竭虑,这种构思习惯,唐代的王勃与之颇为相似。

由于在隋历居高位,薛道衡又与杨素友善,遂遭隋文帝的猜忌,不欲道衡久知机密,因出检襄州总管。之前他也曾被配发岭南,这些地方皆为远离京都的江南之地,故拟古作七言歌行《豫章行》,借古题抒写幽怀之作。诗作如下:

江南地远接闽瓯,山东英妙屡经游。
前瞻叠障千重阻,却带惊湍万里流。
枫叶朝飞向京洛,文鱼夜过历吴洲。
君行远度茱萸岭,妾住长依明月楼。
楼中愁思不开嚬,始复临窗望早春。
鸳鸯水上萍初合,鸣鹤园中花并新。
空忆常时角枕处,无复前日画眉人。
照骨金环谁用许,见胆明镜自生尘。

① 曹道衡、沈玉成编著:《南北朝文学史》,第478页。

荡子从来好留滞，况复关山远迢递。
当学织女嫁牵牛，莫作姮娥叛夫壻。
偏讶思君无限极，欲罢欲忘还复忆。
愿作王母三青鸟，飞去飞来传消息。
丰城双剑昔曾离，经年累月复相随。
不畏将军成久别，只恐封侯心更移。

这是从汉至唐[①]所有同题之作中最长的一篇诗作，也是隋代诗作唯一一篇描写闺怨的作品。该诗描写的是思妇担心征夫建功立业、功成名就后抛弃自己，作者以代言的身份，既说明了思妇内心的孤独与隐痛，也从侧面说明隋代征夫皆以功名为要务的时代风尚，体现了鲜明的时代特征。

明胡应麟曾说："六朝歌行可入初唐者，卢思道《从军行》，薛道衡《豫章行》，音响格调，咸自停匀，气体风神，尤为焕发。"[②]今人萧涤非也在《汉魏六朝乐府文学史》中说："按七言乐府，鲍照以前，多每句押韵……与五言无异，而气体始畅。然犹时杂硬语，罕用虚字，文句亦不尚排偶也。至道衡此篇，则几于无句不偶，虚字之呼应，尤蝉联而下，如'空忆'、'无复'、'谁用'、'自生'、'从来'、'况复'、'当学'、'莫作'、'不畏'、'只恐'之类，实为七言歌行演进中又一阶段。"[③]

这首《豫章行》中的诗句，还直接被唐人化用。如"妾住长依明月楼"，被初唐的张若虚在其诗《春江花月夜》中化为"何处相思明月楼"；还有，"愿作王母三青鸟，飞来飞去传消息"，被"初唐四杰"之一卢照邻在《长安故意》中化为"独有南山桂花发，飞来飞去袭人裾"。这些诗句有着明显直接化用的痕迹，意境上似乎有着更为惊人的相似，只是在隋人那里初发萌芽，而在唐代则成其气候，也正是唐人不仅摆脱了在拟作或新作中纯粹对语言文字等技巧的追求，而且还用力拓展意境，方成就了盛唐文学。

薛道衡的一些小诗也颇有名气，如《人日思归》："入春才七日，离家已二年。人归落雁后，思发在花前。"其对仗颇为工巧恰切，音律谐畅。就音律来讲，可以说它已启唐人之先了；其内容似乎又蕴含着某种哲理。唐代开元初期的北方诗人王湾曾得到薛道衡此类小诗的启发而作"海日生残夜，江春入旧年"，这是其诗《次北固山下》中十分有名的诗句，其诗的情感与薛道衡亦颇为相似。这也是

---

① 汉末建安时期的曹睿、曹植，西晋傅玄、陆机，至东晋谢灵运、谢惠连，再至南朝梁沈约，一直到唐代李百的同题之作，最长的诗作为"二十八句"系薛道衡创作，其次为陆机、李白的"二十句"。

② （明）胡应麟：《诗薮》，中华书局 1958 年版，第 44 页。

③ 萧涤非著，萧海川辑补：《汉魏六朝乐府文学史》（增补本），人民文学出版社 2011 年版，第 293 页。

唐代小诗多从此开拓思想，写出更为著名的诗篇的缘故之一吧。

另外，薛道衡还有一首排律诗《和许给事善心戏场转韵》，描写的是京洛一代的新春戏，不仅包括俳优、跳丸、禽戏、耍猴等百种杂艺，而且展示了隋代盛时的社会风俗，给隋代之后各代在运用诗歌展示社会风俗人情方面开了先例。就像唐代诗人常非月的诗作《谈容娘》："举手整花钿，翻身舞锦筵。马围行处匝，人压看场圆。歌索齐声和，情教细语传。不知心大小，容得许多怜？"该诗刻画细致入微，反映了戏曲节目演出时的场面以及受民众欢迎的实况。"它启发唐人从反映社会文明及风俗人情的角度发掘新的诗歌题材，也为后人研究当时戏剧的发展提供了第一手资料。"①

薛道衡的诗歌最大的特点就是在融南北两长诗风的基础之上，寻找别样的构思方式和新颖的艺术形象，且又能自创一家风格。这给唐宋文学以及之后的文学带来创作思路上的启发。

（二）其他诗歌对唐代文学的影响

杨素、卢思道等作家对唐宋文学也有一定的影响，如杨素的《赠薛播州十四首》，词气颖拔，风韵秀上，"殆足以上继嗣宗，下开子昂"②。卢思道《从军行》中的"朔方烽火照甘泉，长安飞将出祁连"，还被盛唐高适化为《燕歌行》中的诗句"汉家烟尘在东北，汉将辞家破残贼"。前面已有分析，在此不再赘述。另外，生活于隋末唐初的王绩的诗歌也是"上继嗣宗、渊明，下起王维、李白的"③。

除此之外，仍有一些隋代诗人的诗歌也同样对隋之后的文学具有启示作用。如虞世基的一些诗歌中的诗句直接被唐人化用入诗。其《出塞》中的"穷秋塞草肥，塞外胡尘飞"，直接被高适化为"大漠穷秋塞草腓，孤城落日斗兵稀"；再如"霜旗冻不翻"，被岑参直接化为"风掣红旗冻不翻"入《白雪歌送武判官归京》一诗。其诗《长安秋》中的"昆明池水秋色明"一句被唐代诗人杜甫化为"昆明池水汉时功"直接入《秋兴八首》。

根据隋末民歌《海山记》中记载，隋炀帝在大业三年（616 年）第三次幸江南时所听到的《挽舟者歌》如下：

我兄征辽东，饿死青山下。
今我挽龙舟，又阻隋堤道。

---

① 葛晓音：《八代诗史》，第 262 页。

② 郑振铎：《插图本中国文学史》（上），第 288 页。

③ 郑振铎：《插图本中国文学史》（上），第 295 页。

方今天下饥，路粮无些少。

前去三千程，此身安可保！

寒骨枕荒沙，幽魂泣烟草。

悲损门内妻，望断吾家老。

安得义男儿，悯此无主尸。

引其孤魂回，负其白骨归！

这首诗歌记述了由于旷日持久的战争，隋末人民遭受极大的痛苦，遂爆发了大起义，这就是对隋暴政的控诉，颇悲慨感人！

虽然《海山记》不是成于隋代，但此诗采用第一人称，民歌风味浓厚，很有可能出自隋代民间，而在宋代被采入笔记小说中。这种第一人称的叙述方式，将隋末炀帝征辽东以及御龙舟这两件劳民伤财的事件串联在一起，充分表现了人民群众对隋炀帝及统治者的不满和愤慨，同时也说明当时已经是民不聊生、民怨四起等严重的民生问题。

这种暴露式刻画人物的艺术手法为唐宋以及以后的作家提供了借鉴。最接近的则是杜甫的乐府诗歌，如"三吏三别"等作品。所以，葛晓音也如是说："这首民歌采用主人公自述的口气，在抒情中叙述人物命运，并稍作景物点缀以渲染悲秋气氛，与南北朝乐府民歌和汉乐府的表现方式均有不同，其表现艺术为唐张谓的《代北胄老翁答》以及杜甫、张籍、王建的某些新题乐府提供了更直接借鉴。"①

在隋代诗歌中，还有一首歌颂隋末农民起义军的民谣也很有价值，即《大业长白山谣》：

长白山前知世郎，纯著红罗锦背裆。长矟侵天半，轮刀耀日光。上山吃獐鹿，下山吃牛羊。忽闻官兵至，提刀向前荡。譬如辽东死，斩头何所伤！

这首歌谣生动热情地表达了诗人对农民起义领袖和战斗英雄的赞颂。句式长短不一，字数和句数比较自由，语言精练、质朴而朗朗上口。这对隋代之后的民谣以及口头文学产生深远的影响。此外，在隋末的诗歌汇中，还有一首无名氏的《送别》：

杨柳青青著地垂，杨花漫漫搅天飞。

柳条折尽花飞尽，借问行人归不归？

① 葛晓音：《八代诗史》，第264页。

这首诗也是写隋末之际，王朝三征高句丽，滥用民力，百姓陷入水深火热之中，民不聊生，怨声不断，表达了诗人盼亲人早日归来的强烈愿望。它也许出自文人之手，诗中词句平仄已与七绝相合，而且语言清晰爽朗，“大有唐人七绝风韵”①。明代胡应麟也说：“至此七言绝句音律，始字字谐合，其语亦甚有唐味。右丞‘春草年年绿，王孙归不归’祖之。”②可见，隋代的这首诗直接为唐代诗人所借鉴。

以上三首无名氏的歌曲都展现了人民生活的一面，在某种程度上继承了汉魏乐府“缘事而发”的精神，均或多或少地影响了中唐为时事而作的乐府诗歌的发展。

综观前人对隋代文学的研究，从20世纪初至今，其研究结论可简单地概括为：否定与肯定。笔者认为，它承接南北朝文学，并在此基础上是有所突破的；它宛如地下的暗流缓缓流淌，滋润着唐代以及后代的文学。

① 熊礼汇编著，王文生主编：《隋唐五代文学史》，武汉大学出版社2009年版，第31页。

② （明）胡应麟著：《诗薮》卷六，第104页。

结 语

本书在前人研究的基础上，通过九个部分对隋代文学重新进行了考察和探析，即通过考论相结合的方法对前人未做过的工作进行细致的考证厘定并在此基础上对作家作品进行了重新认识。

首先，对隋代文学的范畴进行了界定，指在隋代生成的所有作品，包括有韵的和无韵的，甚至只言片语。笔者在现存的文献资料范围内，对隋代的作家及作品进行了考证厘定，大致廓清了有隋一代的作家和作品。隋代的三大地域作家群体，如关陇作家大致有105位，山左作家有23位，江左作家有33位，当然也有一些在没有充分的文献资料证明的情况下，笔者凭借着对作家及作品的理解以及自己的知识结构进行了划分。

本书通过对作家及作品的考察得出，所谓隋代的文学即是三大地域群体所创作作品的总汇，但又不是简单追加。在隋代统一全国的时代环境下，南北两地的文人学士得以汇聚一堂，文学在这得天独厚的条件下进行交流和融合，较之前更进一步，这不仅促进了隋代文学的进一步发展，而且使隋代文坛出现了新气象。如隋代文学家对南朝文学有所选择地学习，并结合北方文学的特质，使文学出现清刚之气。在文学创作以及文学思想上又突破前代，并有所创新，如隋代乐府诗的创新。新曲词调在创制、形式、体制的长度、内容的突破等诸多方面都较之前大有创新，并对唐代的乐府诗有着直接的促进作用。另外，至隋已出现像颜之推折中调和南北文学的文学家及文学思想，同时还出现了一批优秀的文学作家及作品，如杨广、杨素、卢思道、薛道衡等，被后世充分肯定及赞扬。

然而，有隋一代并未出现大批的优秀作家，也未形成统一的文学风格。其中个性的作家也是零星、无规律、分散式地点缀在隋代文学的星空，明灭可见。

如关陇作家中的杨广、杨素二人，山左作家中的薛道衡、卢思道、孙万寿，江左作家的文风变化不太显著，文学作品也不甚多，但还是在文风上有所转变，从南朝时的绮靡华丽转变为清丽。部分隋代作家成绩突出、个性鲜明，既与南北文学融合的促进有关，也与作家个人的才力、学习以及亲身经历与真实感受的抒写有关。前者如杨广、杨素二人，其才力与文学艺术的修养可以平分秋色；后者如薛道衡、孙万寿，以个人经历的真挚感情的自然流露谱写了新的篇章，但也无不深受南北文风交流及融合的影响。

总之，隋代文学的整体成就不高，清刚与清丽的文风并未形成大气候，有着主客观等诸多因素。

其一，这与南北文学融合之后隋代文学初步创作有着很大的关系。南北文学融合需要经历很长的过程，也需要很多的创作实践。历史证明从南北时期开始融合，经历隋代、初唐，至少需要100多年的时间，到盛唐才开花结果。故隋代文学处于融合中锋芒初露，还未发展到成熟时期。

其二，与隋代统治者的文化政策以及隋代建立的时间也有着密切的关系。隋文帝杨坚鉴于政治上的考虑，在文化上首倡“斫雕为朴”的文学主张，企图利用政治手段干涉文学。他忽视了文学自身的发展规律以及文学自身的特点，即否定了文学的独立性、文学的美学特质，既未形成与时代文学相应的文学理论，也没能给隋代文学的创作起导向作用。然而，隋代这种以一种极端矫正另一种极端的失败教训，却给唐人留下了宝贵的经验财富。唐代正是吸取隋代以及隋前诸多文学改革的经验，总结出适合本朝文学的创作理论，并指导文学创作健康发展的。

其三，隋代国祚仅仅37年，其作家几乎都是跨越数朝进入隋代的，有些因为年纪较大入隋不久就去世了，如卢思道于开皇六年(586年)卒，颜之推于开皇十年(590年)卒，李德林于开皇十一年(591年)卒，江总于开皇十四年(594年)卒等。隋代开皇九年(598年)统一南北，故这些著名的前朝作家入隋后还未来得及展开文学进一步的交流及创作。有些作家在隋代刚成长起来，还未真正进行文学创作，隋代就灭亡了，而进入唐朝。因此，隋代文学的质量和数量都或多或少地受到不同程度的影响。

另外，需要指出的是，由于隋代文献资料的匮乏，笔者考证的隋代文学的作家及作品，可能并不完整，也未能对隋代的散文和小说对后代文学的影响展开论述。以上这些还有待于今后进一步研究。为了保护隋代文学探讨的完整性，暂且把庾信和颜之推等入隋时间较短、在隋创作不多，但其作品又很重要的这一类作家放在了附录中。除此之外，笔者根据文献史料制作了隋代文学年表，这些与正文相互补充，相互映照，使得对隋代文学的认识更全面、更深入、更深刻。

隋代是中国历史上伟大的朝代之一，也是典型的短命王朝。隋朝的历史地位不可忽视，盛唐的许多制度都是在隋代确立的，唐开国皇帝李渊和隋炀帝还有亲属关系。因此，可以说唐是隋的延伸。同样，隋代的文学上承南北朝文学，下启唐代文学，继往开来，承前启后的过渡意义在整个中国文学史上不容忽视。

先哲有文脉中断谓之亡天下之说。隋代文学从整体上虽没有突出的成就，也没有著名的作家作品，但它具备这一阶段应有的文学特征，它是整个文学史链条中的一环，它的存在是不可忽视的。毕竟至隋一代，南北文学的融合较之前有了很大的进步。隋代的文学家向南朝文学积极学习并加以改进，譬如诗歌题材的发展、诗歌趋向格律化、诗歌意境的锤炼、语言表现力的寻求等，化合为隋代特有的文学风格。这就是隋炀帝所谓的:气高制远、词清体润、意密理新。这也是隋代的审美标准，已不仅仅是技巧的追求，还有格调的讲究，特别是“气高制远”已是隋代文学特有的风格。

隋代文学毕竟在文学风格上有着独特的审美风范，它对前代文学的继承、吸收和变新以及对后代文学的影响，如涓涓溪流悄无声息地滋养着后代的文学艺术，使整个文学长河至此没有断流，并且在此基础上继续向前淙淙流淌，使文学之树常青，文学之花不败。

附录一　庾信与颜之推的散文创作研究

之所以把庾信和颜之推两家放在附录里面，是因为他们二人入隋的时间较短，根据倪璠《庾子山年谱》载，庾信当卒于581年秋冬，即隋灭周半年之后。又据《周书·庾信传》载："卒，隋文帝深悼之，赠本官，加荆淮二州刺史。"言他卒于隋开皇元年（581年）。故庾信是历南朝梁、西魏、北周而又入隋的文学家，在隋时间虽短，但却有作于隋代的作品。据今存《庾子山集》中《周上柱国宿国公河州都督普屯威神道碑》言："以今开皇元年七月某日反葬于河州金城郡之苑川乡。"故可知此碑作于581年秋。

颜之推由梁入北齐、北周，又入隋。隋开皇中，太子杨勇召引为学士，对他甚见礼厚。不久以疾而终，有文30卷、《颜氏家训》20篇。文集亡，《颜氏家训》今存。他的遭际与庾信相似。

第一节　庾信的散文创作研究

庾信，字子山，南阳新野（河南西南）人。祖庾易，北齐徵士，父庾肩吾，南朝梁散骑常侍、中书令。庾信少负才名，聪敏绝伦，博览群书，尤善《春秋左氏传》。15岁，入东宫为太子萧统伴读，19岁为抄撰博士，起家湘东王萧绎的国常侍，后转安南府参军。梁武帝末年爆发"侯景之乱"，庾信为建康令，率兵御敌。建康失陷，被迫逃亡江陵，投奔梁元帝萧绎。元帝三年（554年），他奉命出使西魏。不久，西魏攻克江陵，他又被迫留滞长安，官至骠骑大将军开府仪同三司，又称"庾开府"。由于庾信被强留于长安，不得南归，在北方的生活，使他的思想和创作发生了巨变。

庾信的文学创作，大致以他 42 岁出使西魏为界限分为两个时期：一为在南朝梁时，多为宫体性质，富于辞彩之美，流于轻艳流荡；一为滞留北朝时，多为抒发怀念故国乡土以及感叹身世之作，风格一转为悲凉、苍劲。杜甫在《戏为六绝句》中说“庾信文章老更成，凌云健笔意纵横”。

庾信出使西魏之前的作品留存至今的不多，一般也是宫体诗，至今传诵的诗赋大抵是在北方所作，这些作品无论是思想内容还是艺术风格，都与早年大有不同。庾信到北方之后的诗歌沉郁苍劲，这与他经历战乱以及对北方景物的深刻感受有着密切的关系。如他的诗歌代表作《拟咏怀》27 首，模拟阮籍，借此感叹自己的身世。又如一些小诗很少用典，亲切动人，《寄王琳》《寄徐陵》《重别周尚书二首》等，都很著名。他的散文也颇著名，如抒情小赋《枯树赋》《小园赋》《伤心赋》等，都是世人传诵的名作，最著名的是《哀江南赋》。他的散文集南北之大成，其文风以讲究对仗和用典隶事为特征，虽多为应用文，但都常带有抒情的意味。

《隋书·经籍志》载：“后周开府仪同《庾子集》二十卷。”原本《庾子集》亡佚，今本《庾子山集》以《四部丛刊》影印的明代屠隆本为最早。下文为《周上柱国宿国公河州都督普屯威神道碑》(并序)：

公讳威，字某，河南洛阳人也。旧姓辛，陇西人，基若水之源，纂商丘之胄，邑于大亳，实定其居，封于小辛，乃成其姓。是以三川披发，幸有得见事之机；八卦占爻，辛廖有知人之鉴。佐治以东都上将，魏帝解衣；武贤以西国功臣，汉王推毂。

祖太汗，渭州刺史。考生，河州四面总管、大都督。陇右贵臣，河西鼎族，公侯踵武，岳牧连镳。并得声振长榆，名雄高柳。

公秉灵山岳，诞载星辰，结发嶷然，龆年成德，澄波万顷，建标千仞，锋颖既高，光芒已远。青衿学剑，既为人主所称；童子论兵，即佐中军之策。永熙元年，入仕，蒙授直荡都督。

太祖文皇帝雪旧君之耻，连西伯之功，始裂鸿沟，初登函谷。公擢衣沐发，杖剑辕门，撤洗足而相迎，下宾阶而顾问。自此即居帐内，仍为直寝，授宁远将军、羽林监、白土县开国伯，邑五百户。

大统元年，从迎大驾，进爵为侯，增邑三百户，加冠军将军、散骑常侍，转大都督。公善于用兵，长于抚御，自攻洛阳，定弘农，战河桥，平沙苑，冒刃冲锋，前无横阵。况以弦木六钧，函犀七属，门多悬胄，射必中鞍。山积器械，谷量牛马，军吏计功，司勋赏策。授使持节、银青光禄大夫，进爵为公，增邑八百户。昔者受律赤符，韩信当乎千里；治兵白帝，张飞拟于万人。比迹今日，公之谓也。

五年，授使持节、都督扬州诸军事、扬州刺史。浮于江海，达于淮、泗，篠簜既敷，瑶琨即序。十三年，授车骑大将军、仪同三司，寻迁骠骑大将军开府，仍赐姓普屯，即为官族。入陪武帐，出总戎韬，置府于阳关，张旃于瀚海。故得上书于汉，即用同宗；争长于周，还无异姓。十六年，受鄜州诸军事、鄜州刺史。公频领两牧，风政神明，虎去西河，枭移东郡。河湄瑞气，特表廉平；鄜祀神光，偏明正直。

及乎魏终天禄，周受维新，明命已迁，彝伦或革。周元年，改授大将军、枹罕郡开国公，增邑一千户。军中受诏，非论北伐之兵；大将登坛，无待东归之策。置阵太平，开阴晋之道；连兵广武，纳荥阳之城。校战丹山，移营白壁，莫不勇冠三军，名凌五将。

保定四年，授宁州总管。掌其北门，既为郑国所委；捍其西鄙，无惧秦亭之逼。是以筑平网之城，卫人拱手；戍荥波之泽，梁氏寒心。朝廷与公有内外之亲，令公从戚里之贵，乃以魏文帝女为公夫人。遂得长门之左，别开公主之园；濯龙之傍，更筑王姬之馆。五年，被征入京，拜少司马。期于司武，以公为魏绛；佐于中军，以公为荀首。岂直谓之鹑火，称之缙云而已哉。其年，被使领兵出西凉州奉迎突厥皇后。纪裂繻来，卿为郡逆；称族而行，尊君命也。

天和元年，授柱国，拜大司寇。楚之柱国，方之南火；轩之司寇，譬以西云。总授于公，能官人也。建德二年，授少傅。四年，授宁州总管、都督七州诸军事，即为河州大中正。公之桑梓，本于此地，再为连率，频依衣锦。襄城龙种，更反池台；桂阳仙人，还归乡里。故老亲宾，柑歌相庆，安车驷马，天下荣之。

宣政元年，授上柱国，更加少傅。配于上相，即陪玄扈之图；居于京师，实有圯桥之策。改封宿国公，食邑并前五千五百户。射鸿旧圃，舞鹤余城，既浮酸枣之河，聊对淇园之竹。来朝建章，则天子降席；出游戚里，则群公下阶。是以行满天地，名闻四海。方当光辅五君，参谋七政，天厉弗戒，薨于所居，春秋六十有九。柳庄告殡，倾社稷之臣；郑侨云亡，得诸侯之礼。诏赠某官，谥某公，礼也。以今开皇元年七月某日，反葬于河州金城郡之苑川乡。山行陇底，地入塞原，望积石在缘河，临崆峒而下坂。玄甲黄肠，崎岖亭鄣，及云莫彻，方荣榆沈。若夫树反壤也，封夏屋焉，终须颍川之碑，乃见华阴之碣。

世子仪同永达，孝性有闻，居丧得礼。嗟海变而田成，惧山飞而地绝。勒石墓田，仍铭云尔。

少典之孙，玄王之子，虹贯于月，金承于水。降及于周，公侯复始，风俗气候，山川表里。河连积石，山带崆峒，秦亭北上，汉使西通。金行气壮，地势人雄，稜稜高节，凛凛疏风。祖考藩屏，浊河清渭，两地谟明，双流光贵。水无别色，云无异气，为吏为民，惟怀惟畏。公之嗣世，实秉英灵，降神中岳，回文列星。骞翔凤顾，珠角山庭，臣深义本，子极天经。洛城战阵，河桥旗鼓。箭饮石梁，剑燃铜柱，并丽六纛，俱抽双虎。玉门开郡，阳关置府，再为上台，两为少傅。模范帝师，经纶国步，允袭峻德，钦明审谕。不吝车茵，谁言温树？天道茫昧，年龄倏忽，上将星开，功臣鼎没。九原陵阜，三河甲卒，地险龟林，营危马窟。西州永别，北阙长辞，山张虚盖，野祭空帷。陵原地迥，松路风悲，铭于碣石，勒以贞龟。[①]

这篇碑文的序言以散体为主，亦有四六句相间，长短变化，排偶隔对，然而又不呆板，疏散有致，自然流畅；正文以四言为主，对仗精美，用典贴切，音韵和谐，基本上已全部合律，而又间杂散行，舒缓清畅，仍保持骈俪规制。从中可见其骈文之功力，所谓“盖骈体文至徐、庾而大成，然徐犹嫌板重，不及庾之清畅也”[②]。

在碑文发展史上，庾信是继蔡邕之后，又一位碑文创作大家。庾信的碑文创作中既有继承又有创新。他继承蔡邕的记功颂德繁荣碑文观，在此基础上又将浓郁的悲情融入其中，在形式上将骈体与散体完美结合起来，体现出高超的骈文技巧，大大增加了碑文的文学性。庾信碑文的意向和悲情与其诗赋有着颇多相通之处，因此，只有将这两者相结合才能观其创作的全貌，方能深刻理解他尚悲情、重性灵的文学观。

庾信的这种文学创作观也影响着唐代，正如《四库全书》中所言：“其骈偶之文，则集六朝之大成，而导四杰之先路，自古迄今，屹然为四六宗匠。”这说明，骈文的创作至庾信已至顶点，又可以说他将骈体带到绝路，后人只能效颦学步，即文体定型，创作已趋僵化。综观庾信的碑志，其特征皆“骈文丽事，本借古比

① (北周)庾信撰，(清)倪璠注：《庾子山集注》，中华书局 1980 年版，第 879～891 页。

② 姜书阁：《骈文史论》，人民文学出版社 1986 年版，第 436 页。

今……碑文及铭词常写景物作结，语气宛类词赋，且例必道及封树，几有匡格”[1]。这篇碑文也不例外。正如钱钟书所言“固六朝及初唐通患”[2]。唐代陈子昂等人率先革新，直至韩愈用散体作碑志，方跳出了以骈体作碑志的窠臼，才真正给碑志的写作注入蓬勃生机。

第二节 颜之推的散文创作研究

颜之推是北朝著名的文学家、学者，曾历经南朝梁和北朝北齐、北周以及隋四朝，阅历丰厚，家学渊源，著述丰富。有《颜氏家训》20 篇、小说《冤魂志》3 卷、《证俗文字》5 卷、文集 30 卷。今存《颜氏家训》《冤魂志》《观我生赋》以及诗歌 5 首，其他已亡佚。

一、颜之推及其思想

颜之推生活在南北朝罹难的苦难时代。“侯景之乱”后，北周攻陷江陵，后梁、北齐、北周及隋政权走马灯似地变换更替着。颜之推就生活在这多事之秋，并亲身经历着如此重重的苦难，正如他所说“予一生而三化，备荼苦而蓼辛”[3]。

了解颜之推本人的经历和《颜氏家训》的内容及写作目的，除了《观我生赋》之外，还要先看这部著作的第一篇《序致》篇，它相当于颜之推的“自序”：

> 夫圣贤之书，教人诚孝，慎言检迹，立身扬名，亦已备矣。魏晋已来，所著诸子，理重事复，递相模敩，犹屋下架屋、床上施床耳。吾今所以复为此者，非敢轨物范世也，业已整齐门内，提撕子孙。夫同言而信，信其所亲；同命而行，行其所服。禁童子之暴谑，则师友之诫，不如傅婢之指挥，止凡人之斗阋，则尧舜之道，不如寡妻之诲谕。吾望此书为汝曹之所信，犹贤于傅婢寡妻耳。
>
> 吾家风教，素为整密，昔在龆龀，便蒙诱诲。每从两兄，晓夕温凊，规行矩步，安辞定色，锵锵翼翼，若朝严君焉。赐以优言，问所好尚，励短引长，莫不恳笃。年始九岁，便丁荼蓼，家涂离散，百口索然。慈兄鞠养，苦辛备

① 钱锺书：《管锥编》，第 2377 页。

② 钱锺书：《管锥编》，第 2377 页。

③ (唐)李百药：《北齐书·颜之推传》，中华书局 1972 年版。

至,有仁无威,导示不切。虽读《礼》、《传》,微爱属文,颇为凡人之所陶染。肆欲轻言,不修边幅。年十八九,少知砥砺,习若自然,卒难洗荡。二十已后,大过稀焉。每常心共口敌,性与情竞,夜觉晓非,今悔昨失,自怜无教,以至于斯。追思平昔之指,铭肌镂骨;非徒古书之诫,经目过耳也。故留此二十篇,以为汝曹后车耳。

这篇“自序”开宗明义,指出撰述这部书的目的和意义,他将自己一生的经历和感受归纳总结出来,传授给自己的子孙后代,并以此作为立身处世的鉴诫。这是他撰写《颜氏家训》的目的,即“吾今所以复为此者,非敢轨物范世也,业已整齐门内,提撕子孙”。同时,在这篇“自序”中,他还从自身的成长经历现身说法家庭教育的重要性,从“年始九岁,便丁荼蓼……自怜无教,以至于斯。追思平昔之指,铭肌镂骨;非徒古书之诫,经目过耳也。故留此二十篇,以为汝曹后车耳”。

这部家训训诫子孙后代的语调颇为明显,而且从内容上也堪称家训的典范,作者将百科式的博识分为严整的20篇,欲对子孙后代进行全方位训诫。如其各篇篇名:《序致》《教子》《兄弟》《后娶》《治家》《风操》《慕贤》《勉学》《文章》《名实》《涉务》《省事》《止足》《诫兵》《养生》《归心》《书证》《音辞》《杂艺》以及《终制》。这是他以亲身体验作为教材,随时随地、点滴之间的记录。

这部家训的出现,也是时代使然。在魏晋南北朝时期,随着儒学的沦丧、人的觉醒和家族意识的逐渐强化,明哲保身、立身处世的家诫家训之属的著作明显增加,出现了家训家诫创作的第一个高峰。当时有文献可考的家诫家训至少有80多篇,而且时代的痕迹颇为明显。如嵇康的《家诫》、王昶的《诫兄子及子书》,西晋羊祜的《诫子书》以及东晋陶渊明的《与子俨等疏》《命子诗》,至南北朝宋颜延之的《庭诰文》、南齐徐勉的《诫子书》、王僧虔的《诫子书》,北朝北魏杨椿的《诫子书》、北齐魏收的《枕中篇》等。这些士大夫的家训在政局动荡频仍的魏晋南北朝大量出现是必然的,更多地带着社会及时代的痕迹,是时代的产物。颜氏的这部家训正集中体现了这个特征。

(一)南朝士族社会的悲惨结局

从某种意义上讲,“侯景之乱”和江陵的陷落,实际是江南士族社会衰败没落的历史性标志事件。正如颜之推在《观我生赋》中所说的在“侯景之乱”后,“畴百家之或在,覆五宗而翦焉”,其自注“中原冠带,随晋渡江者百家。故江东有《百谱》。至是在都者覆灭略尽”[①]。

在建康发展起来的本地土著大姓和跟从晋室南逃的衣冠士族过着整日不为事务而以清谈为主的安逸清闲生活，因一场“侯景之乱”遭到了毁灭性打击，这些整日贪图安逸、肤脆骨柔的江南贵族们，开始从建康四散奔突。本地的土著士族则回家乡避难，如吴郡吴县的陆襄、陆琼，会稽余姚的虞荔、虞寄兄弟等。大多数都在江陵找到了安身之地，即“侯景之乱，梁元帝为荆州刺史，朝士多往归之”[②]。但天不遂人愿，惊魂未定，刚安顿不久的避难之所，却又遭西魏攻陷，这次对江南士族的打击可谓是致命性的，不仅导致江南士族社会的没落，更导致了南朝文化的没落。因为南朝文化的担负者正是这些清闲的江南贵族。另外，梁元帝在江陵被包围，一把火烧光了 14 多万卷古今图书。由此也可以看出南朝统治者对文化的重视，也从侧面说明了南朝文学繁盛的一个原因，同时也说明南朝文化的封闭性和狭隘思想观念。

江陵的陷落，致使梁朝百官以及士民多被挟持到长安，10 多万人沦为奴婢。当时作为政府散骑侍郎的颜之推实际上过着囚徒的生活。江陵陷落的后果，正如他在《观我生赋》中所感叹的“民百万而囚虏，书千两而烟炀。溥天之下，斯文丧尽”。这对世习儒家经典、一身不仕二主的颜氏来讲，简直是心灵、道德上的煎熬。听说北齐遣送南朝之士还南，他又冒险夜里奔齐，但此时南朝已改朝换代变为陈姓。他在《观我生赋》中自注“至邺，便值陈兴而梁灭，故不得还南”。在这一句看似漫不经心的小注中，深深隐藏着他无限的伤痛及悲慨的追忆。至此，他南归的唯一一希望光也破灭了，这种破灭不仅仅是他一个人的，而是众多北虏渴望南归的江南士族梦想的破灭。

江陵陷落之后，虽大部分南朝士族北虏，但仍有一些留在江南，然而此时南留的与之前士族已不可同日而语。支撑陈朝的多是土著豪族势力，终究不能与真正担负着江南文化的清族相提并论。这正如唐人撰写的《陈书·儒林传序》中所言“高祖(陈武帝)创业开基，承前代离乱，衣冠殄尽，寇贼未宁”[③]。北齐崔赡南使陈，陈朝能与他应对的南人已经几乎没有了。“赡经热病，面多瘢痕，然雍容可观，辞韵温雅。南人大相钦服。陈舍人刘师知见而心醉，乃言：‘常侍(崔赡)前朝通好之日何意不来？今日谁相对扬者！’”[④]当初，注重门阀的南朝使者

① (唐)李百药:《北齐书·颜之推传》。
② (唐)李延寿:《南史·萧引传》。
③ (唐)姚思廉:《陈书·儒林传序》。
④ (唐)李延寿:《北史·崔赡传》。

以及接待使者的官员，不但门第高贵、学识渊博，还是注重仪表风神的士族大姓中的佼佼者。这也足以说明侯景之乱和江陵陷落给江南士族社会造成的极大创伤。

（二）颜之推的政治生涯

在政治上，颜之推却是积极地选择站在强势一边的，这也许是他在宦海沉浮中总结出来的生存之道。

北齐贵族中追逐南朝文化的文雅风潮可谓是最显著的一个时代。北齐社会本是汉人和鲜卑人的复合体，武帝高欢起初是致力于两者的调和，但文宣帝对汉族中的贵族表现出反感及不满，尤其是对汉族中依旧保持贵族生活方式的汉人极为排斥。如他将北海郡的名族王昕从尚书贬为庶民就是一个明证。他说王昕“好门户，恶人身”，还在摘贬谪的诏书中说“伪赏宾郎之味，好咏轻薄之篇。自谓模拟伧楚，曲尽风制”[①]。这是讽刺王昕热心追逐南朝士族生活。这件事实质上说明汉人文官与鲜卑武人之间的对立根深蒂固。

颜之推在文宣帝八年(557 年)时进入北齐。起初任奉朝请、赵州功曹参军等一系列不起眼的官职。直到后主武平四年(573 年)文林馆设立，方才施展才华。其中，萧放、晋陵王长恭、萧悫、颜之推为文林馆的最初成员。文林馆本是由文学爱好者组成的私人性的团体。颜之推与萧放通过鼓动当权宦官邓长颙和当朝宰相祖珽，才促使文林馆设立。掌事文林馆事务之一的就是颜之推。起初，颜之推欲将文林馆放在政治圈子之外。此时，祖珽成为后主时期当朝尚书仆射，被目为汉人文官中的最高领袖。但文林馆正是通过祖珽上奏而设立的，这便意味着这个文学集团附带着深层的政治性质，也就是说这是针对鲜卑武人的对抗而成立的。

在两派势力的对抗中，作为汉人领袖的祖珽一派被代表鲜卑武人的韩凤一派所击败，汉人文官一派的崔季舒等六人被韩凤置于死地。在“崔季舒事件”中，颜之推也差点受牵连，这个时候他就发生了改变。“崔季舒等将谏也，之推取急还宅，故不连署。及召集谏人，之推亦被唤入，勘无其名，方得免祸。”[②]如此抽身而退，不但免祸，颜之推而且不久便晋升到显赫清贵的黄门侍郎一职。这与他之前与宦官邓之颙的关系有着不可分割的联系。

北周灭齐，武帝带着北齐有名望的十八朝士回到长安，颜之推当然也在列。

---

① (唐)李延寿:《王昕·崔赡传》。

② (唐)李百药:《北齐书·颜之推传》。

然而，颜之推在北周并未被委任重要官阶，因为他只是一介文人。因此，他为不能在政治上有所作为而痛苦，就如在《观我生赋》末尾所感叹的那样："……委明珠而乐贱，辞白璧以安贫。尧舜不能荣其素朴，桀纣无以污其清尘。此穷何由而至，兹辱安所自臻。"①在北周蹉跎岁月，重儒家思想的他简直是煎熬度日。此时与卢思道、阳休之的同题之作《听鸣蝉篇》②就是这时的心理反映。

颜之推在北齐政治上的表现，无非有两种解释：其一，他本想退出政界，过清闲的生活，但这种方式在南朝已经结束；其二，北方不同于南朝，一种积极入世的精神状态支撑着整个北朝社会，正如他在《颜氏家训·终制》篇中所说："北方政教严切，全无隐退者。"尤其是流亡士族要想在北方立身安命，势必要采取一定的政治手腕，而且势必要积极地参与政治，就如他在《诫兵》篇中所言："入帷幄之中，参庙堂之上，不能为主画规，以谋社稷，君子所耻也。"这也是在北周攻打北齐时，颜之推建议后主逃往陈时的态度，即做官之人就要为主尽心尽力，而不是像南朝的清贵士大夫们那样，身在高位却不营事务，这也是对南朝士族阶层的批判。如他在《颜氏家训·涉务》篇中所说："士君子之处世，贵能有益于物耳，不徒高谈虚论，左琴右书，以费人君禄位也。"

但是一个流亡北朝的士族既然想有所作为，但又不能像南朝社会那样凭借门阀高低获得官阶，所以就只能另寻出路。这就如他在《颜氏家训·勉学》篇中所说："多见士大夫耻涉农商，羞务工伎，射则不能穿札，笔则才记姓名。饱食醉酒，忽忽无事，以此销日，以此终年。或因家世余绪，得一阶半级，便自为足，全忘修学。"这番话透露了他只有终身致力于学问，方才安身立命。

他历经南北社会，亲身体会到南北社会的差异，故意识到学问的绝对价值。南朝的灭亡正因为清贵清谈误国，而北朝那种积极入世精神方才是社会向前发展所需要的，故他批判没有实务能力，缺乏对社会、对政治关心的清贵们。他的这种依靠学问积极入世的态度，正是隋唐科举制度之下做官的崭新姿态。如他在学问上训诫后人并希望后人能继承、发展，这从《颜氏家训》的《书证》《音辞》

① (唐)李百药：《北齐书·颜之推传》。

② (唐)魏徵：《隋书·卢思道传》："周武帝平齐，授仪同三司，追赴长安，与同辈阳休之等数人作《听蝉鸣篇》。"《和阳纳言听鸣蝉》："听秋蝉，秋蝉非一处。细柳高飞夕，长杨明月曙。历乱起秋声，参差揽人虑。单吟如转箫，群噪学调笙。风飘流曼响，多含继绝声。垂阴自有乐，饮露独为清。短緌何足贵，薄羽不差轻。螗螂翳下偏难见，翡翠竿头绝易惊。容止由来桂林苑，无事淹留南斗城。城中帝皇里，金张及许史。权势热如汤，意气喧城市。剑影奔星落，马色浮云起。鼎俎陈龙凤，金石谐宫徵。关中满季心，关西饶孔子。讵用虞公立国臣，谁爱韩王游说士？红颜宿昔同春花，素鬓俄顷变秋草。中肠自有极，那堪教作转轮车。"

等篇可以明显看出。这也是他的后人颜氏一族在唐代比在六朝更加兴盛、更加辉煌的原因，如颜师古、颜真卿等名人辈出。这也是他把做学问当家业来看待，从而变成一种崭新的入世之道，应对新的社会及时代。

（三）颜之推的学识和思想

颜之推是历经数次亡国，甚至几度置身生命危险的乱世之人。所以，他总结出一条永恒的价值规律：在乱世中，家国、财产等一切荣华富贵皆为过眼云烟，不可终享，更不可依靠。唯有自己，唯有读书才是唯一的支撑。如他在《颜氏家训·勉学》篇中说："夫明《六经》之指，涉百家之书，纵不能增益德行，敦厉风俗，犹为一艺，得以自资。父兄不可常依，乡国不可常保。一旦流离，无人庇荫，当自求诸身耳。谚曰：'积财千万，不如薄伎在身。'伎之易习而可贵者，无过读书。"

他目睹了南朝全盛时的清贵们，因离乱被挟持到北方，又因没有较高的、真正的学养而沦落为奴的残酷现实。魏晋时期，《老子》《庄子》《周易》并称"三玄"。在南朝佛教全盛时期，梁武帝及简文帝依然热衷讲玄，甚至亲自讲义，学徒超千余人。爱好玄学的梁元帝甚至招收学生自设讲筵。以《周礼》《左传》学问为家业的颜之推，批判了以何晏、王弼为首的玄学之流，并自认为玄学的本质"直取其清谈雅论，剖玄析微，宾主往复，娱心悦耳，非济世成俗之要也"[1]。即玄学乃是直观性游戏而已，应加以排斥和指责，他认为学问最重要的就是"济世成俗之要"。这里暂且不论颜氏对玄学的评价正确与否，至少他如此思考在当世是符合社会实际的。

在当时，不仅是以儒家思想为重的颜之推对玄学进行批判，而且还有一些有识之士对玄学逃避现实、不营事务也深虑或批评。如梁代文学家何敬容针对萧纲大讲《老子》《庄子》，慨叹道："昔晋代丧乱，颇由祖尚玄虚，胡贼殄覆中夏。今东宫复袭此，殆非人事。其将为戎乎？"[2]还有，"山中宰相"陶弘景也早就预见了梁的灭亡，他在诗里如是说："夷甫任散诞，平叔坐空谈。不意昭阳殿，化作单于宫。"历史证明："大同末，人士竞谈玄理，不习武事。至是，(侯)景果居昭阳殿。"[3]这就是颜之推所说的"有学艺者，触地而安。自慌乱已来，诸见俘虏。虽百世小人，知读《论语》、《孝经》者，尚为人师；虽千载冠冕，不晓书记者，莫不耕

① 《颜氏家训·勉学》。

② (唐)姚思廉：《梁书·何敬容传》。

③ (唐)姚思廉：《梁书·侯景传》。

田养马。以此观之，安可不自勉耶？若能常保数百卷书，千载终不为小人也”[①]。

颜氏所说的读书和做学问，主要是指儒家经典，至于杂艺只是“可以兼明，不可专业”，“消愁释愦，时可为之”。[②] 在对待真正的学问上，颜氏的态度是极度讲究、严密的。如《颜氏家训》《书证》《音辞》等篇中都对此有论述，这也是颜氏对南朝梁代“口耳之学”的一种反思。他还告诫家人不要盲目、完全照搬、固守圣贤的教诲，“空守章句，但诵师言，施之世务，殆无一可”[③]，强调更加灵活而广泛地学习史学、文学等的必要性。他针对《孝经》开首三个字“仲尼曰”竟作了长达两页纸的冗长的痛心的批判，这也与他批判玄学的宗旨一样，即希望人们不要浪费时光，而要“当博览机要，以济功业”[④]。他极力主张恢复儒学，积极入世，也并不否定在日常生活中兼修佛教，这就是他变通的哲学。就如他告诫子孙们：“汝曹若观俗计，树立门户，不弃妻子，未能出家；但当兼修戒行，留心诵读，以为来世津梁，人身难得，勿虚过也。”[⑤]这也是一个江南流亡士族经历南北四朝所总结出的圆通哲学。

二、《颜氏家训》的内容及思想

历来诸家对《颜氏家训》的成书年代存有疑义，对此本书首先在此剖析证论。

《颜氏家训》共 20 篇，署名为“北齐黄门侍郎颜之推撰”，但前人对此书的成书年代颇多疑问。《颜氏家训·风操》说：“今日天下大同。”《终制》说：“今虽混一，家道罄穷。”实际上在说隋代统一中国，天下统一。另有，《颜氏家训·序致》曰：“圣贤之书，教人诚孝。”《勉学》又云：“不忘诚谏。”《省事》云：“贾诚以求位。”《养生》云：“行诚孝而见贼。”《归心》云：“诚孝在心。”“诚臣殉主而弃亲”等句中的“诚”字，实际上是避讳隋文帝杨坚之父杨忠的“忠”字。再有《书证》说：“‘赢股肱’，郑注云：‘谓肘衣出其臂胫。’今书皆作擐甲之擐。国子博士萧该云：‘擐当作捋，音宣，擐是穿著之名，非出臂之义。’案《字林》，萧读是，徐爰音患，非也。”“国子博士”是萧该入隋之后所封的官职。《勉学》云：“孟劳者，鲁之宝刀

① 《颜氏家训·勉学》。
② 《颜氏家训·杂艺》。
③ 《颜氏家训·勉学》。
④ 《颜氏家训·勉学》。
⑤ 《颜氏家训·归心》。

名。"亦见《广雅》。《书证》引《广雅》云:"马薤,荔也。"《广雅》云:"晷柱挂景。"而隋代深谙文字学的秘书学士曹宪在给《广雅》作注时却将《广雅》改名为《博雅》,是为避讳隋炀帝杨广的"广"字。除此之外,《书证》云:"开皇二年,长安民掘得秦时铁称权,旁有铜涂镌铭二所。"这里明确记载是隋代开皇二年发生的事情。

综上所述,《颜氏家训》这部著作应完成于隋,成书时间大致在隋文帝平陈之后,炀帝即位之前的这段时间。

既然成书时间在隋代,并且在这部著作中的20篇中,大部分在隋代有内容增补,甚至有的整篇都在隋代完成。按照惯例作者成书时间应署"隋代内史颜之推撰",为何署名却是"北齐黄门侍郎①颜之推撰"呢?

东汉时设侍中,俸禄为二千石,隶属少府,其职为侍从皇帝左右、赞导众事、顾问应答,皇帝外出,负责侍从参乘。晋称门下省。门下省本为皇帝侍从机构,南北朝时权力逐渐扩大,北朝时权力更大,政出门下,成为中央政权机构的重心。

这样看来,黄门侍郎一职可谓显要之职。颜之推历经南北四朝,官职更替频繁,而其中黄门侍郎之职最为清显。此官职至隋代依然重要,乃须"人门兼美"者担任。所以,在北齐为黄门侍郎乃是他一生所任官职中最为津津称道的,其在作品中一再提起"忝黄散于官谤""吾近为黄门郎"②。再者,后人也大都追认其署,如唐代编撰的《隋书·音乐志》中,记载他上言用梁乐时曰"开皇二年,齐黄门侍郎颜之推上言云云",宋代陈振孙的《直斋书录解题》中亦云"稽圣赋三卷,北齐黄门侍郎琅琊颜之推撰"等,其他史学家、目录学家也大都如此称呼他。

除之前所叙述的读书、做学问之外,《颜氏家训》还有哪些更深层的精神实质呢?

(一)对南朝社会的尖锐批判

南朝社会达到鼎盛在梁代,尤其是梁武帝治世的五十年,不但社会太平,而且文化也迎来了纯熟时代。无论文体的辨析、总集的编纂、文学理论体系的建

---

① 黄门侍郎又称"黄门郎",秦代初置,乃皇帝近侍之臣,可传达皇帝的诏令,汉代以后沿用此官职。秦汉时代,皇家宫门多为黄色,故称"黄门"。东汉时始设为专官,又称给事黄门侍郎。《后汉书·百官志》曰:"黄门侍郎,六百石。本注曰:无员。掌侍从左右,给事中,关通中外。及诸王朝见殿上,引王就座。"又《后汉书·献帝纪》:"初令侍中,给事黄门侍郎员各六人。"隋唐时代,黄门侍郎隶属门下省,成为门下省的副官。与中书省同掌机要,共议国事,并负责审查诏令,签署奏章等。《旧唐书·职官志》云:"秦汉初,至侍中,曾无台省之名。至晋,始置门下省。南北朝皆因之。龙朔改为东台,光宅改为鸾台,神龙复。"

② 《颜氏家训·止足》。

立还是新的文学思潮的兴起等诸方面，都可谓文学在梁代发展到了一个高峰。

所谓"于时江左承平，政宽人慢"[①]梁末，颓废、倦怠的气氛也愈加浓厚，"及乎耄年，委事群幸。然朱异之徒，作威作福，挟朋树党，政以贿成，服冕乘轩，由其掌握。是以朝经混乱，赏罚无章。'小人道长'，抑此之谓也"[②]。这里的"小人"则是指与士族相对立的寒族。

《梁书》凡56卷，其中26卷的后论署名"陈吏部尚书姚察曰"。历仕梁、陈二世的姚察，真正地触及到了江南士族社会的腐朽核心。如"魏正始及晋之中朝，时俗尚于玄虚，贵为放诞。尚书丞郎以上，簿领文案，不复经怀，皆成于令史。逮乎江左，此道弥扇。惟卞壶以台阁之务，颇欲综理，阮孚谓之曰：'卿常无闲暇，不乃劳乎？'宋世王敬弘身居端右，未尝省牒。风流相尚，其流遂远。望白署空，是称清贵，恪勤匪懈，终滞鄙俗。是使朝经废于上，职事隳于下。小人道长，抑此之由，呜呼！伤风败俗，曾莫之悟。永嘉不竞，戎马生郊，宜其然矣。何国礼之识治，见讥薄俗，惜哉"[③]。这段后论针对当时社会风气及时代特点展开了激烈的批判。

社会最高层的权贵们一味热衷于对文学、哲学及风流的追逐，而不问政务。像梁代何敬容（国礼）那样恪尽职守的官员为少数，然而可笑的是，他还被当世的清贵们看不起。"敬容久处台阁，详悉旧事。且聪明识治，勤于簿领，诘朝理事，日旰不休。自晋宋以来，宰相皆文义自逸，敬容独勤庶务，为世所嗤鄙。"[④]这就出现了代替他们的务实的寒士以及庶人出身的寒族官僚，但在门阀制度下的南北朝时期，这些寒族被士族以家门低贱视为"幸臣"，更有甚者被蔑称为"小人"。

对这样的社会现象颜之推认识得更清楚，如《涉务》篇尖锐地批判的："吾见世中文学之士，品藻古今，若指诸掌，及有试用，多无所堪。居承平之世，不知有丧乱之祸；处庙堂之下，不知有战陈之急；保俸禄之资，不知有耕稼之苦；肆吏民之上，不知有劳役之勤，故难可以应世经务也。晋朝南渡，优借士族。故江南冠带有才干者，擢为（尚书）令、仆（射）已下，尚书郎、中书舍人已上，典章机要。"[⑤]接着叙写一般的清贵们："其余文义之士，多迂诞浮华，不涉世务；纤微过失，又

---

① （唐）李百药：《北齐书·萧祗传》。

② 《梁书·武帝纪》。

③ 《梁书·何敬容传》。

④ 《梁书·何敬容传》。

⑤ 《颜氏家训·涉务》。

惜行捶楚，所以处于清高。盖护其短也。”而寒官则是：“至于台阁令史，主书、监帅，诸王签省，并晓习吏用，济办时须。纵有小人之态，皆可鞭杖肃督，故多见委使。盖用其长也。”[①]这里颜氏虽也用了“小人”的称呼，但至少肯定了寒士进入政治官场的事实，并且肯定了他们的政务能力。这就是颜氏语“人每不自量，举世怨梁武帝父子爱小人而疏士大夫，此亦眼不能见其睫耳”[②]。

弱不禁风而又清蔑一切的梁朝清贵们日渐成为社会的寄生虫：“梁士大夫，皆尚褒衣博带，大冠高履，出则车舆，入则扶侍。郊郭之内，无乘马者。周弘正位宣城王所爱，给一果下马，常服御之，举朝以为放达。至乃尚书郎乘马，则纠劾之。及侯景之乱，肤脆骨柔，不堪行步；体羸气弱，不耐寒暑。坐死仓猝者，往往而然。”[③]这也是“侯景之乱”出现的原因之一。“是时，梁兴四十七年，境内无事，公卿在位，及闾里大夫莫见兵甲。贼至卒迫，公私骇震。”[④]南北称美的著名诗人庾信就是如此。据说建康令庾信一看到侯景的军队戴着铁面具，自己立即弃军落荒而逃了。如是这般，南朝又怎能幸免于北军铁蹄的蹂躏？在颜之推眼里，该是一番怎样的哀其不幸又怒其不争的极度愤慨。可见，颜氏对当时南朝社会的评判是尖锐而不遗余力的。

（二）一个流亡士族的精神实录

从颜之推本传中已知，他的祖籍为琅琊（今山东临沂）人。他的九世祖颜含在东晋陪同元帝司马睿渡江来到江南，后晋升为光禄勋。颜含有三个儿子：颜髦、颜谦、颜约。从颜之推的五世孙颜真卿的《颜氏家庙碑》[⑤]可知，颜之推的直系祖为颜髦，再从颜髦历经几世直到南朝齐代的颜见远，颜见远在齐末仕齐和帝。不久，萧衍篡位建梁，颜见远绝食数日，郁愤而死。南北朝时期，清贵中因王朝更迭殉节者是很少的，殉节者大都在庶族当中。梁武帝萧衍听到死讯，感叹道：“我自应天从人，何预天下士大夫事，而颜见远乃至于此。”[⑥]颜之推之父颜协起家于湘东王萧绎的常侍兼记室。大同五年（539 年），颜协 42 岁，死于江陵。他的一生正如史书所载“感家门事义，不求显达，恒辞征辟，游于蕃府而已”[⑦]。

---

① 《颜氏家训·涉务》。

② 《颜氏家训·涉务》。

③ 《颜氏家训·涉务》。

④ 《南史·羊侃传》。

⑤ 王昶辑：《金石萃编》卷一〇一，中国书店 1985 年版。

⑥ 《梁书·颜协传》。

⑦ 《梁书·颜协传》。

其中“家门事义”乃指颜见远殉节之事。从颜之推父亲到颜之推，颜氏在南朝政界再没有出现显赫的人物。

从他的《观我生赋》自注中可知，他的祖先曾住建康的长干。据《建康实录》记载：“其长干是里巷名，江左谓山陇之间曰干，建康南五里，有山陇，其间平地，民庶杂居。”①这里与秦淮河以北的高贵士族的大宅迥然有别，且颜氏家族一直承传着颜含的教诲：“汝家书生门户，世无富贵。自今仕宦不可过二千石，婚姻勿贪势家。”②在南朝门阀社会，利用婚姻攀附富贵权势，在士族当中本也是平常之事，但这一条路子也被家训所告诫。可见，颜氏一家恪守家训的传统一直影响着颜氏的一代又一代，直至颜之推，“吾家风教，素为整密，昔在龆龀，便蒙诱诲”③。他在9岁时失去父亲，由哥哥鞠养成人，“虽读《礼》、《传》，微爱属文，颇为凡人之所陶染。肆欲轻言，不修边幅。年十八九，少知砥砺，习若自然，卒难洗荡”④。这是颜之推反省十八九岁时，他出入于湘东王萧绎的文学集团，过着与其他清贵们同样浮薄的生活，至今感到羞愧。但是他在20岁左右的时候，历经“侯景之乱”已幡然醒悟。之后历经南北朝四代，他更加清醒地认清了南朝社会走向灭亡的腐朽。因此，他能在《颜氏家训》中对江南清贵们作尖锐辛辣的批判。同时，这部“家训”实际上就是一个江南士族流亡的精神实录。⑤

（三）直面北朝社会的深刻体验

从江南迁移到北方的颜之推虽然没有充分融入当下的社会，但看惯了王朝的更替，历经了南北四朝的他，已敢于直面北朝社会。

其一，他感叹北方的自立。“江东妇女，略无交游。其婚姻之家，或十数年间未相识者，惟以信命赠遗，致殷勤焉。邺下风俗，专以妇持门户。争讼曲直，造请逢迎，车乘填街衢，绮罗盈府寺。代子求官，为夫诉屈。此乃恒、代之遗风乎！”⑥北方妇女在社会上处于主导地位且如此活跃，他在南方没有见过。

其二，论南北风俗的优劣。“南间贫素，皆事外饰，车乘衣服，必贵整齐，家人妻子，不免饥寒。河北人事，多由内政，绮罗金翠，不可废阙，羸马悴奴，仅充

---

① （唐）许嵩著，张忱石点校：《建康实录》（上），中华书局1986年版。

② 《颜氏家训·止足》。

③ 《颜氏家训·序致》。

④ 《颜氏家训·序致》。

⑤ 参见［日］吉川忠夫著，王启发译：《六朝精神史研究》，江苏人民出版社2010年版，第209页。

⑥ 《颜氏家训·治家》。

而已，倡和之礼，或尔汝之。”[1]这是他在北方看到的与南方的又一处不同，既惊讶又充满对江南人虚饰生活的不满。在“侯景之乱”之前，他周围就是整日讲究优雅“皆事外饰”“必贵整齐”的清贵一族，他们在极力追求优雅与虚饰的同时，也失去了务实和本真。这也是江南招致悲惨结局的原因之一。

他更尊重勤勉和节俭务实的北方风俗，这在家训中有关农业的言论中可窥一斑。“生民之本，要当稼穑而食，桑麻以衣。蔬果之蓄，园场之所产；鸡豚之善，埘圈之所生。爰及栋宇器械，樵苏脂烛，莫非种殖之物也。至能守其业者，闭门而为生之具以足，但家无盐井耳。今北土风俗，率能躬俭节用，以赡衣食。江南奢侈，多不逮焉。”[2]这种认知在《涉务》篇也曾表露过：“古人欲知稼穑之艰难，斯盖贵谷务本之道也。夫食为民天，民非食不生矣。三日不粒，父子不能相存。耕种之，茠鉏之，刈获之，载积之，打拂之，簸扬之，凡几涉手而入仓廪，安可轻农事而贵末业哉？”[3]

可见，他对与农业相结合的北方生活是持认同态度的，这也是建立在他对江南社会深刻反省的基础之上的。在《涉务》篇，他如此总结：“江南朝士，因晋中兴，南渡江，卒为羁旅。至今八九世，未有力田，悉资俸禄而食耳。假令有者，皆信僮仆为之，未尝目观起一墢土，耘一株苗，不知几月当下，几月当收，安识世间余务乎？”[4]这是颜之推对江南游离于农业而只靠俸禄生活的清贵们的批判，其实也是对不知稼穑之苦的文学之士的批判。南朝社会是由侨姓望族和土著大族组成的，侨姓自然没有田地，即使有田地的土著也只是将一切委托给童仆，本身完全缺乏对农事的关心。这也是颜之推对在悠闲中度日的江南士族的生存方式的一种疑虑。

北方采取以农耕为主的生存方式，同时家族意识也较南方强烈。所以，颜之推看到了在此基础上家族形态的南北差异。在南方，一般家族存在着分家，父母还在时就进行财产分割，这是南方社会常见的现象。如南朝宋周朗在上书中讲道：“今士大夫以下，父母在而兄弟异计，十家而七矣。庶人父子殊产，亦八家而五矣。凡甚者，乃危亡不相知，饥寒不相恤。又嫉谤谗害，其间不可称数。”[5]然而，北方恰好相反，“北土重同姓，谓之骨肉。有远来相投者，莫不竭力

① 《颜氏家训・治家》。
② 《颜氏家训・治家》。
③ 《颜氏家训・涉务》。
④ 《颜氏家训・涉务》。
⑤ （南朝宋）沈约：《宋书・周朗传》，中华书局1974年版。

营赡。若不至者,以为不义,不为乡里所容"[①]。北方的宗族意识强,相互扶持、团结的观念比南方社会强得多。北方人在南方居住久了,也会沾染上这种习俗。如北魏的裴植任州刺史时,"虽自州送禄奉母,及赡诸弟,而各别资财,同居异爨,一门数灶。盖亦染江南之俗也"[②]。两种不同的生存方式在颜之推看来,北方的更具有魅力和积极作用。

深谙世事的颜之推,深知游离农业及土地的恶果,甚至他认为江南士族的浮薄之气就是根植于对土地以及农业的游离。

三、《颜氏家训》在唐代之前家训中的地位

家训,又称为"庭训""庭诰""家诫""家道""家约""家规""家风""家法"或"家范"等,它属于家庭或者家族内部的教育,是一个家庭或一个家族中父祖辈基于一定的知识或者经验,利用口头以及书面等形式垂训子孙后代立身治家处世之言。它随着家庭的发展而不断丰富、完善。从已知的资料可知,中国的家训,大约萌芽于五帝时代,而产生于西周,成型于两汉,至隋唐趋于成熟,宋元时期达到繁荣,至明清达到鼎盛并日趋衰落。

(一)《颜氏家训》之前的家训及特点

家训的内容是随着社会经济、政治、文化的发展而不断充实的。古代的家训就其广度、深度讲,经历了由个别至一般、由贫乏至丰富、从分散至系统以及从浅表至深层的发展变化过程。

早在3000多年的西周时,周公就曾诫子伯禽修德养性,勿以位高而傲人,务必礼贤下士等,开创了我国古代家训的先河。先秦时期,家训常常以语录体形式保存于史书、子书或者文集等一些只言片语或单篇文章中,其内容往往是个别人物或者就某一事件发表的言论,较为简单。此时的家训以先秦儒家经典为源,通过孔子、孟子等为代表的儒家圣贤的对话,反映他们所设计的社会理想以及伦理道德标准、行为准则。这也直接成为两汉家训的价值标准。

至两汉时期,家训数量增多,大概有30多篇,也开始出现了教子家书以及训女书文。其中,比较著名的有汉高祖刘邦的《手敕太子书》、刘向的《戒子歆书》、东方朔的《诫子书》、马援的《诫兄子马严马敦书》、班昭的《女诫》、郑玄的《诫子

① (南朝宋)沈约:《宋书·懿传》。
② (北齐)魏收:《魏书·裴植传》。

益恩书》以及蔡邕的《女训》等。两汉的家训，较以前家训的形式趋于定型，且在内容上有所拓展。此时期的家训多依据儒家经典治家作人的语录，在阐释中体现自身的见解及看法。这种家训在当时是较为普遍的。如刘向在《戒子歆书》里引用《春秋》中的“郤克救鲁魏”的典型故事，教育儿子戒骄戒躁。郑玄在《诫子益恩书》中结合自身的经历，鼓励其子努力学习“六艺”。总之，两汉时期的家训大都是将儒家经典视为格言、信条、准则的。这反映了当时中华传统文化形成时期的特征。

家训发展至魏晋南北朝以及隋唐，就基本上已经成熟。魏晋南北朝的家训，无论在数量上还是著述家训的观念以及意识上都比两汉时期有了质的飞跃。此时期的家训据文献可考的大致有80多篇，其中著名的有王修的《诫子书》、诸葛亮的《诫子书》、向郎的《诫子遗书》、嵇康的《家诫》、羊祜的《诫子书》、陶渊明的《与子俨等疏》、颜延之的《庭诰文》、徐勉的《诫子书》、王僧虔的《诫子书》、杨椿的《诫子书》、魏收的《枕中篇》以及颜之推的《颜氏家训》等。这时期，家训大量涌现，形成家训史上的第一个高峰。

魏晋南北朝是历史上一个动荡的乱世时期。从汉末战乱开始，三国纷争，继之西晋的“八王之乱”，东晋的南迁以及东晋王敦、桓玄等人的作乱，南方宋、齐、梁、陈几个朝代的更迭战争，北方十六国的混战以及北魏、北齐、北周等朝代频繁的更迭战争，再加之南北之间的攻伐。在长达300多年中，战乱和分裂充斥了这段历史时期。在此期间的每个阶段，各自具有特殊的社会时代背景，因此也出现了不同阶段不同目的的家训。如三国时期，诸葛亮的《诫子书》《诫外甥书》勉励后人通过读书、治学以成才，最终成就伟业。这是三国鼎立时期，渴望人才建功立业的英雄主义精神的体现。又如两晋南北朝时期，学术氛围浓厚，尤其是帝王对文学的偏爱和提倡，更加剧了南朝士大夫对家族子弟读书、治学的教育及培养。当时整个社会崇尚玄学，王僧虔就在《诫子书》里重点向儿子传授习玄的诸种经验。颜之推的《颜氏家训》更是如此。对儒家经典的阐释成为一种弊端，即“魏、晋以来，所著诸子，理重事复，递相模学，犹屋下架屋，床上施床耳”[①]。这种治经治学的方式是不能真正地传授儒家思想的，世代重儒的颜氏看到这一弊端，于是另辟蹊径，即利用家训的方式来传承儒学思想。这就是颜之推撰写家训的社会背景之一。

这时期家训的时代特征就是更多地反映了人的觉醒和文学的觉醒，即宣扬

---

① 《颜氏家训·序致》。

了在社会中建立起的人生哲学以及处世哲学，也宣扬了儒家文化所崇尚的理想人格以及文化信念，鼓励家族子弟按照时代的价值标准进行自我完善，勤奋好学，立志成才。也就是说，这时期的家训，从先秦两汉以来的遵循儒家经典教育转变为以儒家文化价值观念为轴心，以现实的社会体制和其文化内涵作为主要内容。所以，魏晋南北朝及隋唐时期的家训更具有广阔的文化意蕴以及文化现实感。这也标志着这时期的人们已进入了自觉的家庭文化建设阶段。这一阶段的家训，最能反映其文化内容的典型之作，就是被誉为“古今家训，以此为祖”的颜之推的《颜氏家训》了。

(二)《颜氏家训》与之前家训的异同

颜之推的这部家训与之前家训有着共同之处，而又超越于其他之上，有着不同于以往家训的非凡之处。

1.《颜氏家训》与之前家训的相同之处

颜氏的这部家训以及之前的家训，从某种意义上讲，都属于中国传统的家训范畴，都是个人与社会对接的普遍的模式，依旧是“修身—齐家—治国—平天下”。

中国传统的家训是在传统社会中形成以及繁盛起来的有关教子治家的诸种训诫，是以某一社会时代占主导地位的文化内容作为教育内容的一种家庭教育形式。就其内容来讲不外乎五大门类，即修身养性、勉学、经世应务、家庭以及家政。这些都是家训的重要内容，其社会意义则是按照传统的以儒家文化为轴心的社会文化要求，使作为社会的一个组成部分的家庭合乎专制社会礼法的要求，尽力做到使家庭成员按照更加合理的行为规范以及伦理道德标准积极处世，从而使家庭稳定、家族和睦。

因此，中国传统家训，作为社会意识形态不可分割的部分，也深入到家庭社会意识形态之中，它的内容始终超越不了中国传统的社会意识形态的主题。直至清末，传统家训方才发生了革命性的变化。

2.《颜氏家训》与之前家训的不同之处

南北朝时期，战乱频仍，朝代更迭，门阀士族急剧衰落。凭借文化起家而又担任着文化重任的士族，为保持家族门第长盛不衰，渴望家族人才辈出、兴旺发达，都自觉地注重对家族子弟的教育训诫。正如国学大师钱穆在《国史大纲》中所说：“当门第传统共同理想所希望于门第中人，上自贤父兄，下至佳子弟，不外两大要目：一则希望其能具孝友之内行，一则希望其能有经籍文史学业之修养，此两种希望并合为当时共同之家教。其前一项之表现，则成为家风，后一项之表现，则成为家学。”在社会动荡、家国不保的乱世，唯有文化传家方才是全身保家的唯一颠扑不灭的真理。一些仕宦从自身总结的经验出发，把处世之道以及家世之学利用家训的方式传授给家族子弟，期望保宗兴族，不辱先人。这就是这一时期家训大量涌现的时代背景以及直接的现实原因。

另外，《颜氏家训》的独特之处，还在于颜之推自身家族的历史渊源、社会背景以及特殊的个人经历，这些都成为《颜氏家训》内容空前丰富、思想观念多元以及情感特征凸显的直接因素。

自周公开中国传统的家训之后，历代仕宦之家都不乏家训、家诫之类的范例及诗文。但从整体上看，这些家训大都局限于某些方面，并没有形成完整而又系统的理论体系。而《颜氏家训》这部家训则全面反映了传统文化蓬勃发展的诸种景象，同时，也更加具体地反映了中国文化在那一时期的多元化及开放式发展的体貌。这更是颜之推对亲身经历的人生之厄以及南北生活体验的总结。

颜之推的《颜氏家训》代表了南北文化及文学融合的成果。中国文学历经有隋一代、唐初阶段，达到巅峰。这也是南北文学融合开花结果的见证。

附录二　隋代文学年表

本年表主要参考书目：《中国历史纪年表》《魏书》《周书》《北齐书》《陈书》《隋书》《旧唐书》《新唐书》《资治通鉴》《南北朝文学史》《南北朝文学编年史》《东晋南北朝学术编年》《先秦汉魏晋南北朝诗》《全上古三代秦汉三国六朝文》《全隋文补遗》《全唐诗》《全唐文》《全唐诗误收诗考》《全唐诗续拾》《高僧传》《续高僧传》《隋唐佛教史稿》等。

公元	年号	甲子	文　学
581年	开皇元年	辛丑	庾信作《周上柱国宿国公河州都督普屯威神道碑》。是年69岁，卒。卢思道作《隋檄陈文》《为高仆射与司马消难书》《祭漅湖文》，又作《春夕经行留侯墓诗》。释彦琮25岁，与陆彦师、薛道衡、刘善经、孙万寿等撰《内典文会集》。萧大圜卒。梁简文帝子撰《梁旧事》30卷，《寓记》3卷，《士丧仪注》5卷，《要诀》2卷，文集20卷。释慧远59岁被诏至京师。彦琮与文士薛道衡、陆彦师等共修《内典文会集》。王延为朝廷所钦重。道教大兴于时。卢思道47岁。李德林50岁。颜之推50岁。薛道衡24岁。刘焯38岁。牛弘37岁。许善心24岁。杨广13岁。
582年	开皇二年	壬寅	辛德源归隐林虑山，作《幽居赋》。刘臻56岁，进位仪同三司，随左仆射高颎伐陈典文翰，进爵为伯，皇太子杨勇引其为学士。卢思道48岁，以母丁忧，上表请解职。薛道衡43岁，因事免官。明克让为太子内舍人，转率更令，进爵为侯。魏澹出为行台礼部侍郎，寻为散骑常侍，聘陈主使，还除太子舍人。陆爽以太子内直监迁太子洗马。何妥为国子博士、通直散骑常侍。萧该拜国子博士。许善心25岁。薛道衡43岁。卢思道48岁。李德林51岁。颜之推51岁。柳顾言41岁。刘臻56岁。

续表

公元	帝王	甲子	文　学
583 年	开皇三年	癸卯	陆德明作《经典释文》30 卷。卢思道 49 岁，作《劳生论》。刘焯 40 岁，与著作郎王劭同修国史，兼参议律历，仍直门下省，以待顾问。刘炫“伪造书百余卷，题为《连山易》《鲁春秋》等，录上送官，取赏而去，后有人讼之，经赦免死，坐除名，归于家”。辛德源自南宁从军还，与修国史。每于务隙撰《集注春秋三传》30 卷，注扬子《法言》23 卷。隋文帝下诏每年的正月、五月、九月，从八日至十五日，京师住寺院均令行道，行道日不得杀。高颎舍住宅立真寂寺。杨广在蕃，时任总河北，延请彦琮入高第，令住内堂，讲解《光明经》《胜鬘》《般若》等经。释彦琮 27 岁，作《辩教论》二十五条，斥老子化胡之说，明道教之妖妄。又撰《通极论》，不信因果，破世诸儒；又撰《通学论》，遍师孔释，劝诱世人，令知内外。释明赡受敕住大兴善寺翻译佛经。李德林 52 岁。颜之推 52 岁。柳顾言 42 岁。许善心 26 岁。杨广 15 岁。
584 年	开皇四年	甲辰	卢思道、薛道衡、颜之推、魏澹、刘臻、李若、萧该、辛德源等八人会于陆爽家，商议音韵，后陆爽子法言据以作《切韵》。魏澹自开皇三年使陈还，除太子舍人，废太子杨勇深礼遇之，屡加优锡，令注《庾信集》，复撰《笑苑》《词林集》，世称其博物。薛道衡《老氏碑》约作于本年前后。释志念著《迦延杂心论》《广钞》各 9 卷，盛行于世。王通出生。刘臻 58 岁。刘焯 41 岁。牛弘 40 岁。卢思道 50 岁。李德林 50 岁。颜之推 54 岁。薛道衡 45 岁。柳顾言 43 岁。许善心 27 岁。杨广 16 岁。萧圆肃卒，时年 46 岁。
585 年	开皇五年	乙巳	李德林 55 岁，受令撰录作相时文翰，勒成 5 卷，谓之《霸朝杂集》。薛道衡 46 岁，以去年十一月奉命使陈。是年初，在陈；作《人日思归》；自陈归，建言平陈。魏澹奉隋文帝命，别作《魏书》而成，未几卒，时年 65 岁。刘焯 42 岁，复入京，与杨素、牛弘、苏威、元善、萧该、何妥、房晖远、崔崇德、崔赜等于国子共论古今滞义。颜之推 55 岁。卢思道 51 岁。柳顾言 44 岁。许善心 28 岁。牛弘 41 岁。杨广 17 岁。王通 2 岁。

续表

公元	帝王	甲子	文学
586 年	开皇六年	丙午	招提寺沙门僧合成 60 卷《大集经》。长安大兴善寺沙门灵藏卒，时年 68 岁。刘焯 43 岁，与刘炫考定石经文字。陆琼卒，时年 50 岁。颜之推 56 岁。卢思道 52 岁，卒。薛道衡 47 岁。柳顾言 45 岁。许善心 29 岁。牛弘 42 岁。杨广 18 岁。王通 3 岁。
587 年	开皇七年	丁未	刘焯 44 岁，因释奠，与刘炫二人论义，深挫诸儒，咸怀妒恨，遂为飞章所谤，除名为民。于是优游乡里，专以教授著述为务，孜孜不倦。孙万寿在滕王瓒幕为文学。释慧藏 66 岁，文帝征请入京，谒帝承明，讲《金刚般若论》等。李德林 57 岁。颜之推 57 岁。薛道衡 48 岁。柳顾言 46 岁。牛弘 43 岁。许善心 30 岁。杨广 19 岁。王通 4 岁。
588 年	开皇八年	戊申	薛道衡 49 岁，任淮南道行台尚书吏部，兼掌文翰。释昙延卒，时年 73 岁。昙延从蒲州僧妙听涅槃，后又从他师听华严、大论、十地、地持、佛性、宝性等诸部，撰《涅槃义疏》15 卷，《宝性》《胜鬘》及《仁王》等多部。颜之推 58 岁。薛道衡 49 岁。柳顾言 47 岁。刘焯 45 岁。牛弘 44 岁。许善心 31 岁。杨广 20 岁。王通 5 岁。
589 年	开皇九年	己酉	江总 71 岁，作《鲁广达墓志铭》并题诗赞之。许善心 32 岁，在长安，闻陈亡，衰服号哭于西阶之下三日。隋文帝授通直散骑常侍，赐衣一袭。善心哭尽哀，垂涕再拜受诏。晋王杨广引虞绰、王胄、庾自直为学士。潘徽为吴州博士。姚察入长安，为秘书丞，受诏撰梁、陈二代史书。天竺沙门那连提黎耶舍卒，前后所译经凡 15 部，80 余卷。牛弘 45 岁，受诏改定雅乐，自作乐府歌词，撰定圆丘五帝凯乐，并议乐事。牛弘上奏，又论六十律不可行。孙万寿因衣冠不整，配防江南，作《远戍江南赠京邑知友》诗。颜之推 59 岁。柳顾言 48 岁。刘焯 46 岁。杨广 21 岁。王通6 岁。

续表

公元	帝王	甲子	文 学
590 年	开皇十年	庚戌	颜之推 60 岁。其《颜氏家训》疑作于是年。不久,颜之推卒。杨坚作《宴秦孝王于并州作诗》。潘徽为秦王杨俊学士,作《述思赋》《万字文》及《韵纂》。江总 72 岁。刘臻 64 岁。薛道衡 57 岁。柳顾言 49 岁。刘焯 47 岁。牛弘 46 岁。陈叔宝 38 岁。许善心 33 岁。杨广 22 岁。王通 7 岁。
591 年	开皇十一年	辛亥	隋文帝为蜀王秀立胜光寺,诏沙门昙迁徒众居之。召沙门道尼入京。南天竺沙门达摩笈多至京师,敕令翻译,住兴善寺。李德林卒,时年 61 岁。《隋书·经籍志》著录有集 10 卷。陆爽卒,时年 53 岁。陆法言父与太子祚庶子宇文恺等撰《东宫典记》70 卷。辛延之卒,撰《坟典》1 部,《六官》1 部、《祝文》1 部、《新礼》1 部、《五经异义》1 部、并行于世。释智𫖮 60 岁,作《将赴晋王昭求四愿》。释洪遵与天竺僧共译梵文。释真观作《愁赋》。江总 73 岁。刘臻 65 岁。薛道衡 52 岁。柳顾言 50 岁。刘焯 48 岁。牛弘 47 岁。陈叔宝 39 岁。许善心 34 岁。杨广 23 岁。王通 8 岁。
592 年	开皇十二年	壬子	江总 74 岁,作《秋日游昆明湖》诗。薛道衡 53 岁,作《秋日游昆明湖》诗。元行恭作《秋日游昆明湖诗》,又作《过古宅诗》。六月二十四日,释慧远卒,时年 70 岁。曾撰《华严》《地持》《涅槃》等疏,并《大乘义章》14 卷。薛道衡制碑文,虞世基书写,于氏镌刻,时号“三绝”。释童真受敕于大兴寺对翻梵本。刘臻 66 岁。柳顾言 51 岁。刘焯 49 岁。陈叔宝 40 岁。许善心 35 岁。杨广 24 岁。王通 9 岁。
593 年	开皇十三年	癸丑	江总 75 岁,本年春得许南还,作《下山楚庙诗》《于长安归还扬州九月九日行薇山亭赋韵》诗。隋文帝敕令儒林郎侯白撰《旌异记》20 卷。又有晋府祭酒徐同卿撰《通命论》2 卷,翻经学士刘凭撰《内外旁通比较法》1 卷。邺中沙门慧可卒,时年 107 岁。刘臻 67 岁。薛道衡 54 岁。柳顾言 52 岁。刘焯 50 岁。牛弘 49 岁。陈叔宝 41 岁。许善心 36 岁。杨广 25 岁。王通 10 岁。

续表

公元	帝王	甲子	文　学
594 年	开皇十四年	甲寅	十月，陈叔宝随文帝等洛阳邙山，侍饮赋诗曰："日月光天德，山河壮帝居。太平无以报，愿上东封书。"并表请封禅。散骑侍郎王劭呈进《皇隋灵感志》。隋文帝喜好占卜吉凶之类的小技艺。王劭前后几次上书，述说文帝登基受命时出现的诸多吉祥征兆，又探听采集了谶纬、歌谣之类的词句，摘录了佛经语录，撰成《皇隋灵感志》30 卷，奏呈给文帝。文帝大喜，赏赐王劭优厚。三阶教信行卒，年 55 岁。撰《三阶集录》等 40 余卷。江总卒于江都，时年 76 岁，作《南还寻草市宅诗》。何妥作《乐部曹观乐诗》。柳顾言 53 岁。刘焯 51 岁。牛弘 50 岁。陈叔宝 42 岁。许善心 37 岁。杨广 26 岁。王通 11 岁。
595 年	开皇十五年	乙卯	柳顾言 54 岁，与诸葛颍诸人当时已为晋王杨广学士。隋文帝敕释彦琮撰《众经法式》10 卷，约束僧尼。又有著作郎王劭撰《灵异记》20 卷。二月，晋王杨广遣使迎智颛至扬州禅众寺，上所著《净名义疏》。九月辞归天台。北天竺阇那崛多于大兴善寺译《佛本行经》等 33 部。翻经学士费长房等笔受。刘臻 69 岁。薛道衡 56 岁。刘焯 52 岁。牛弘 51 岁。陈叔宝 43 岁。许善心 36 岁。杨广 27 岁。王通 12 岁。
596 年	开皇十六年	丙辰	许善心 39 岁，作《神雀颂》。何妥卒。撰《周易讲疏》13 卷、《孝经义疏》3 卷、《庄子义疏》4 卷及与沈重等撰《三十六科鬼神感应等大义》9 卷、《封禅书》1 卷、文集 10 卷，并行于世。释童真受诏为涅槃众主。释宝袭受敕补为大论众主于通法寺，四时讲化，方远总集。刘臻 70 岁。薛道衡 57 岁。柳顾言 57 岁。刘焯 53 岁。牛弘 52 岁。陈叔宝 44 岁。杨广 28 岁。王通 13 岁。
597 年	开皇十七年	丁巳	许善心 40 岁，除秘书丞，于时秘藏图籍尚多淆乱，善心仿阮孝绪《七录》更制《七林》，各为总叙，冠于篇首。又于部录之下，区分其类例焉。又奏追李文博、陆从典等学者十许人，正定经史错谬。潘徽入晋王杨广幕为学士。正月，宝贵揣开皇以来新所译经奏上。帝亲制序。翻经学士费长房进《开皇三宝录》15 卷。费长房先为沙门，周武沙汰反俗。隋兴入预译经。

续表

公元	帝王	甲子	文　学
			十一月二十二日,天台山国清寺释智𫖮卒,时年67岁,撰书有《摩诃止观》《法华文句》《法华玄义》等20余种。襄州龙泉寺慧哲卒,时年59岁。讲三论、涅槃,号为象王哲。释僧粲67岁,受敕为二十五众第一摩诃衍匠,著《十种大乘论》,又著《十地论》2卷。文帝敕立五众,慧迁为十地众主,处宝光寺。刘臻71岁。柳顾言58岁。刘焯54岁。牛弘52岁。陈叔宝45岁。杨广29岁。王通14岁。
598年	开皇十八年	戊午	杨素伐突厥归,作《出塞》二首,薛道衡、虞世基俱有和作。刘臻卒,时年72岁。薛道衡59岁。柳顾言57岁。刘焯55岁。牛弘54岁。陈叔宝46岁。许善心41岁。杨广30岁。王通15岁。
599年	开皇十九年	己未	杨素《山斋独坐赠薛内史》(二首)当作于时。薛道衡有《敬酬杨仆射山斋独坐》诗。释智炬住止京都日严寺,著《中论疏》等。杨都奉诚寺大律都沙门智文卒,时年91岁,著有《律义疏》12卷,《羯磨疏》4卷、《菩萨戒疏》2卷。蒋州奉诚寺道成卒,时年68岁,为智文弟子,讲《十诵律》《菩萨戒》《大品》《法华》诸经律等140余遍,住《律大本》《羯磨》诸经疏36卷。薛道衡60岁。柳顾言58岁。刘焯56岁。牛弘55岁。陈叔宝47岁。许善心42岁。杨广31岁。王通16岁。
600年	开皇二十年	庚申	刘焯57岁,与刘炫为废太子杨勇所召,及至,隋文帝命事蜀王杨秀,刘焯、刘炫迁延不往,蜀王大怒,遣人枷送于蜀,配之军防,其后典校书籍。"王以罪废,焯又与诸儒修定礼律,除云骑尉","炫因拟屈原《卜居》,为《筮涂》以自寄。及蜀王废,与诸儒修定《五礼》,授旅骑尉"。杨素作《赠薛内史》诗。薛道衡作《重酬杨仆射山序》诗。杜正玄举秀才,尚书试方略,正玄应对如响,下笔成章。天竺沙门阇那崛多卒,时年78岁。翻译37部,176卷,即《佛本行集经》等。十一月,隋文帝立晋王杨广为皇太子。杨广时年32岁。薛道衡61岁。柳顾言59岁。牛弘56岁。陈叔宝48岁。许善心43岁。王通17岁。

续表

公元	帝王	甲子	文 学
601年	仁寿元年	辛酉	柳顾言60岁，为东宫学士，加通直散骑常侍，检校洗马。许善心44岁，摄黄门侍郎。诸葛颍为药藏监。孙万寿为豫章王长史。薛道衡62岁。刘焯58岁。牛弘57岁。陈叔宝49岁。杨广33岁。王通18岁。
602年	仁寿二年	壬戌	柳顾言61岁，好内典，太子杨广令撰《法华玄宗》20卷，奏之。刘焯59岁，与刘炫回都修定《五礼》及律。刘炫上言学校不宜省员，又作《抚夷论》，以为辽东不可伐。敕请兴善寺大德与翻经沙门及大学士等更撰《众经目录》5卷。彦琮据达摩笈多见闻，撰《大隋西国传》10篇。玄奘法师生于缑氏之陈堡谷，姓陈名祎。楮亮作《左屯卫大将军周孝范碑铭(并序)》。许善心45岁，加摄太常少卿，与牛弘等议定礼乐。汉王杨谅远迎志念法师。薛道衡63岁。牛弘58岁。陈叔宝50岁。杨广34岁。王通19岁。
603年	仁寿三年	癸亥	崔澹卒，时年72岁。事迹虽入《文学传》，然已无作品流传。王通20岁，西游长安，陈济世之道，献太平二十策，为朝臣所阻，作东征之歌而归。于是自此，王通在河、汾之间授徒讲学，弟子很多。隋唐之际的著名文人学者，多从其游。之后，朝廷多次征召他，皆不来。薛道衡64岁，为襄州总管。王频时为汉王杨谅谘议参军。尹式为汉王杨谅记室。柳顾言62岁。刘焯60岁。牛弘59岁。陈叔宝51岁。许善心46岁。杨广35岁。
604年	仁寿四年	甲子	杨素以平汉王杨谅功，隋炀帝遣素弟杨约赍手诏劳之，素上表陈谢。素从帝至洛阳，帝以素领营东京大监，拜其子万石，仁行，姪挺皆仪同三司，赍物五万段，绮罗千匹。汉王谅之妓妾20人，又作《赠薛番州》诗。薛道衡65岁，转番州刺史，作《入郴州诗》。潘徽奉诏与著作郎陆从典、太常博士楮亮、欧阳询等助越公杨素撰《魏书》，后以素卒而止。陈后主陈叔宝卒于洛阳，时年52岁。柳顾言63岁，拜秘书监，封汉南县公。

续表

公元	帝王	甲子	文学
			刘焯61岁,迁太学博士,俄以疾去职。牛弘60岁,引刘炫修律令。时立格以为州县佐史,三年而代之;九品以上官之妻不得再醮,刘炫著论驳之,牛弘从炫。后除太学博士,以位卑去职。许善心47岁,出为岩州刺史,因汉王谅反,不之官。王颇在汉王杨谅败后将奔突厥,至山中,径路断绝,自杀。年54岁。著有《五经大义》30卷,文集10卷。诸葛颖迁著作郎,甚见亲倖。王贞为齐王杨暕宾客。王胄从刘方击林邑,以功授帅都督。尹式因汉王杨谅败而自杀。王延卒。
605年	大业元年	乙丑	薛道衡66岁,年末上表求致仕。隋炀帝作诗赐牛弘,其同被赐者,至于文词赞扬,无如弘美。时年牛弘61岁。许善心48岁,转礼部侍郎,奏荐儒者徐文远为国子博士,包恺、陆德明、褚徽、鲁世达之辈并加品秩,授为学官。正月二十二日,相州演空寺释灵裕卒,时年88岁。撰《十地疏》《华严疏》《涅槃疏》《大集疏》《四分律疏》《大乘义章》等,又撰《安民》《陶神》《劝信释宗》《因果》等论以及《僧尼制》《译经体式》《寺诰》《佛法东行记》《齐世三宝记》《寺破报应记》《光师十弟子》等50余种。长安延兴寺通幽卒,时年57岁。洛阳慧日寺法论卒,时年78岁。是年建立大禅定寺,敕童真为道场主。柳顾言64岁。刘焯62岁。杨广37岁。王通22岁。
606年	大业二年	丙寅	三月,释慧觉从江都入京,卒于泗州之宿预县,53岁。虞世南为碑文,虞世基为铭文。七月,杨素卒。十月,征天下散乐。起初,北齐高纬之世有山车、鱼龙等戏,称为散乐。北周宣帝时,郑译上奏征之。及高祖隋文帝受禅,牛弘定乐,皆遣散之。隋炀帝以启民可汗将入朝,欲以富乐夸之,太常少卿裴蕴希旨,奏括天下前世乐家子弟皆为乐户,六品之下至庶人有擅长音乐的皆直太常。炀帝从之。于是四方散乐大集东京,课京兆、河南制其衣,锦彩为空。炀帝多制艳篇,命令乐正白明达造新声播之,音极哀怨。薛道衡67岁,是年至长安,上《高祖文皇帝颂》。

续表

公元	帝王	甲子	文　学
			隋炀帝览之不悦，顾谓苏威曰："道衡致美先朝，此《鱼藻》之义也。"拜司隶大夫，将置之罪。太子杨昭薨。许善心 49 岁，为宇文述所谮，左迁给事郎，降品二等。孙万寿为齐王文学。因诸王多被夷灭，因谢病免。释彦琮为东都作颂。释无碍受诏入洛阳，于四方馆刊定佛法。京都慧日寺慧觉卒，时年 53 岁。讲大论、大品、涅槃、华严等 20 余部，遍数甚多。长安日严寺智矩卒，时年 72 岁。舒州皖公山沙门僧璨卒，禅宗尊为三祖。柳顾言 65 岁。刘焯 63 岁。牛弘 62 岁。杨广 38 岁。王通 23 岁。
607 年	大业三年	丁卯	正月，诏天下州郡七日行道，总度千僧，制发愿文。正月九日，释智脱卒，时年 67 岁。虞世南作碑文。三月，隋炀帝自洛阳还长安，"赐天下大酺，因为五言诗，诏王胄等和之"。八月，巡幸榆林，作《云中受突厥主朝宴席赋诗》。八月，炀帝至金河，幸启民可汗帐。车驾发榆林，甲士 50 余万，旌旗辎重，千里不绝。命令宇文恺等造观风行殿，容纳百人，离合为之，下施轮轴。又作行城，周两千步，以布衣板，楼橹悉备。胡人惊以为神。炀帝幸启民可汗庐帐，启民可汗捧觞上寿，王侯以下袒割帐前，没有人敢仰视。炀帝大悦，赋诗曰："呼韩顿颡至，屠耆接踵来。何如汉天子，空上单于台。"皇后也幸义成公主帐，赐予甚厚。十二月六日，释昙迁卒，时年 66 岁。复得《摄论》于南，而传《摄论》于北。精研《华严》《十地》《维摩》《楞伽》《地持》《起信》，撰《已是非论》《华严明难品玄解》《摄论疏》10 卷以及九识、四明等章，《楞伽》《起信》《唯识》《如实》等疏。薛道衡 68 岁。柳顾言 66 岁。刘焯 64 岁。牛弘 63 岁。许善心 50 岁。杨广 39 岁。王通 24 岁。
608 年	大业四年	戊辰	长安大兴善寺沙门洪遵卒，时年 79 岁。撰《大纯钞》5 卷。许善心 51 岁，作《方物志》，上之。薛道衡 69 岁。柳顾言 67 岁。刘焯 65 岁。牛弘 64 岁。杨广 40 岁。王通 25 岁。王绩作《三月三日赋》。

续表

公元	帝王	甲子	文　学
609 年	大业五年	己巳	薛道衡卒，时年 70 岁。诸葛颍从隋炀帝征吐谷浑，加正议大夫。释智聚卒，时年 72 岁。虞世南作碑文。释慧海卒，秘书学士王濬作碑文。长安郊南逸僧普安卒，时年 80 岁。长安宝刹寺净愿卒，时年 60 岁。撰《舍利弗毗昙疏》10 卷。是年，炀帝西巡张掖时，便创作了《饮马长城窟行》。柳顾言 68 岁。薛道衡 70 岁，卒。刘焯 66 岁。牛弘 65 岁。许善心 52 岁。杨广 41 岁。王通 26 岁。
610 年	大业六年	庚午	正月，各蕃来朝，炀帝令在端门举行各种文艺表演给他们观看。角抵大戏于端门街，天下奇伎异艺毕集，参加演奏乐器的有 18000 多人，从早至晚，整整一个月才结束，花费巨万钱财，帝数微服往观之。以后每年照例举行。把散乐艺人安置在太常寺内，设置博士弟子以便互相传授技艺，乐工达到 3 万多人。虞世基、虞世南分别作《奉和幸江都应诏诗》。释普明受诏入大禅定道场，止十八夏，名预上班。释慧乘受诏入东都，于四方馆作大主讲。七月二十四日，东都上林园翻经馆释彦琮卒，时年 54 岁，撰《唱导法》《沙门名义论》《福田论》《僧官论》《慈悲论》《默语论》《辩教论》等 20 余种。又著《辩正论》，以垂翻译之事，述八备以正古今翻译之失。时又有沙门明撰《翻经法式》10 卷。九江庐山大林寺智锴卒，时年 78 岁。曾讲《涅槃》《法华》《十通律》等。柳顾言卒，时年 69 岁。刘焯卒，时年 67 岁。牛弘卒，时年 66 岁。许善心 53 岁。杨广 42 岁，王通 27 岁。
611 年	大业七年	辛未	十二月，于时辽东战士及魄运者填咽于道，昼夜不绝，苦役者始揭竿而起。《杂曲歌辞》中《长白山歌》当作于时。许善心 54 岁，从隋炀帝至涿郡，隋炀帝方自御戎以东讨，善心上封事忤旨，被免官。后复征为守给事郎。杭州天竺寺真观卒，时年 74 岁。撰《诸导文》20 卷，诗赋碑集 30 余卷，又造藏经 3000 余卷。杨广 43 岁。王通 28 岁。
612 年	大业八年	任申	隋炀帝 44 岁，作《泛龙舟》《纪辽东》二首及《白马篇》诸诗，又作《伐辽东诏书》。辽东之败，诸将皆委罪于仲文。帝怒之，因病卒。存《侍宴东宫应令诗》《答醮王诗》。是年，乙支文德作《遗于仲文诗》。王胄作《纪辽东》。诸葛颖卒，时年 66 岁。杨广 44 岁。王通 29 岁。

续表

公元	帝王	甲 子	文学
613 年	大业九年	癸酉	李密作《淮阳感秋》诗。虞绰作《于婺州被囚诗》,时年 54 岁。许善心 56 岁,摄左翊卫长史,从渡辽,授建节尉。炀帝尝言及高祖受命之符,因问鬼神之事,敕善心与崔祖璿撰《灵异记》10 卷。善心又欲续成父志,作梁史。虞绰与杨玄感厚,有告焯以禁内兵书借杨玄感者,遂被徙且末,至长安,绰逃亡,潜渡江,游东阳,后为人所执,斩于江都。王胄坐与杨玄感交,徙边。胄亡匿,潜还江南,为吏所捕,诛死,时年 56 岁。长安大兴善寺僧粲卒,时年 85 岁,曾撰《十种大乘论》《十地论》等。杨广 45 岁。王通 30 岁。
614 年	大业十年	甲戌	民歌《炀帝幸江南时闻民歌》盛行。刘炫卒,时年 68 岁。许善心 57 岁,从炀帝至怀远镇,加授朝散大夫。彭城崇圣寺靖嵩卒,时年 78 岁。撰《摄论疏》9 卷、《杂心论疏》5 卷,又撰《九识三藏》《三聚戒》《二生死》等。襄阳智润卒,时年 75 岁。杨广 46 岁。王通 31 岁。
615 年	大业 十一年	乙亥	正月,炀帝增加秘书省官员 120 人。杨广为扬州总管时,就设置土府学士 100 人,从事文章、经术、地理、兵、农、医、卜、释、道以至鹰狗、赌博等都编撰新书,皆精神博洽,凡 17000 余卷。当时,西京嘉则殿藏书有 37 万卷,隋炀帝命秘书监柳顾言等编选,除去其中重复不精之书,凡 3700 余卷,藏于东都的修文殿,另外,又抄写 50 套副本,分别藏于西京与东京的宫、省官府之中。大宴百僚。突厥、新罗、靺鞨、毕大辞、河咄、传越、乌那曷、波臘吐火罗、俱虑建、忽论、诃多、沛汗、龟兹、疎勒……遣使朝贡。是月,大会蛮夷,设鱼龙曼延之乐,颁赐各有差。十月,隋炀帝巡东都,作五言诗令美人咏,时年 47 岁。褚亮作《隋车骑将军庄元始碑铭并序》《隋右骁卫将军上官政碑铭》。许善心摄左亲卫武贲郎将,领江南宿卫殿省。

续表

公元	帝王	甲子	文　学
616 年	大业十二年	丙子	三月，在西苑设宴招待群臣。炀帝命学士收集古代 72 个关于水的故事，用木刻制出来，其中还有妓船、酒船，木制的人物能自动，能发出乐曲的声音。七月，炀帝驾临江都，命令杨侗留守东都，杀死进谏者任宗、崔民象、王爱仁。炀帝写诗留别给宫人道："我梦江南好，征辽亦偶然。"许善心 59 岁。驾幸江都，追叙前勋，授通议大夫，诏还本品，行给事郎。荆州龙泉寺罗云卒，时年 75 岁。杨广 48 岁。王通 33 岁。
617 年	大业十三年、义宁元年	丁丑	李密作《招道士徐鸿客书》。萧铣作《报董景珍书》。祖君彦作《为李密与高祖书》《为李密檄洛州文》《为李密与袁子干书》。杨广 49 岁，作《幸江都作诗》，奉和者有虞世南、虞世基兄弟。释无碍入京住庄严寺。王通卒，时年 34 岁，代表作为《中说》。王绩作《解六合丞还》。炀帝杨广卒，在位 13 年，度僧 6200 人，修故经 612 藏，29172 部，治故像 101000 区，新造像 3850 区，造二禅定并立别寺 10 所。
618 年	大业十四年义宁二年	戊寅	许善心 61 岁，与虞世基为宇文化及所杀。庾自直为宇文化及所挟北上，自直愤激而卒。

参考文献

一、中文文献

(西汉)司马迁:《史记》,中华书局 1959 年版。

(东汉)班固:《汉书》,中华书局 1962 年版。

(南朝宋)范晔:《后汉书》,中华书局 1965 年版。

(晋)陈寿:《三国志》,中华书局 1959 年版。

(唐)房玄龄等:《晋书》,中华书局 1974 年版。

(南朝宋) 沈约:《宋书》,中华书局 1974 年版。

(南朝梁)萧子显:《南齐书》,中华书局 1972 年版。

(唐)姚思廉:《梁书》,中华书局 1973 年版。

(唐)姚思廉:《陈书》,中华书局 1972 年版。

(北齐)魏收:《魏书》,中华书局 1974 年版。

(唐)李百药:《北齐书》,中华书局 1972 年版。

(唐)令狐德棻:《周书》,中华书局 1971 年版。

(唐)魏徵:《隋书》,中华书局 1973 年版。

(唐)李延寿:《南史》,中华书局 1975 年版。

(唐)李延寿:《北史》,中华书局 1974 年版。

(后晋)刘昫:《旧唐书》,中华书局 1997 年版。

(宋)欧阳修:《新唐书》,中华书局 1997 年版。

(元)脱脱:《宋史》,中华书局 1972 年版。

(宋)司马光著,胡三省注:《资治通鉴》,中华书局 1956 年版。

(南朝梁)慧皎:《高僧传》,中华书局 1992 年版。

(隋)卢思道著，祝尚书校注:《卢思道集校注》，巴蜀书社2001年版。

(隋)王通著，张沛注:《中说译注》，上海古籍出版社2011年版。

(隋)萧吉著，钱杭点校，阮元辑:《五行大义》，江苏古籍出版社1988年版。

(隋)虞世南:《北堂书钞》，天津古籍出版社1988年影印本。

(南朝梁)萧统编，(唐)李善等著:《六臣注〈文选〉》，中华书局1977年影印《四部丛刊》本。

(唐)道宣:《续高僧传》，上海书店1989年版。

(唐)刘知几著，张振珮笺注:《史通笺注》，贵州人民出版社1985年版。

(唐)杜佑:《通典》，中华书局1988年版。

(唐)欧阳询等:《艺文类聚》，上海古籍出版社1999年版。

(唐)段成式:《酉阳杂俎》，中华书局1981年版。

(唐)王绩著，韩理洲点校:《王无功文集》，上海古籍出版社1987年版。

(宋)严羽:《沧浪诗话》，人民文学出版社1961年版。

(宋)黄庭坚:《山谷诗集注》，上海古籍出版社2003年版。

(宋)郭茂倩:《乐府诗集》，中华书局1979年版。

(宋)晁公武:《郡斋读书志》，商务印书馆1935～1936年版。

(宋)陈振孙:《直斋书录解题》，上海古籍出版社1987年版。

(宋)洪迈:《容斋随笔》，中华书局2005年版。

(明)张溥著，殷孟伦注:《汉魏六朝百三家集题辞注》，人民出版社1981年版。

(明)胡应麟:《诗薮》，中华书局1958年版。

(明)陆时雍编:《古诗镜》，商务印书馆1934～1935年版。

(明)王世贞:《艺苑卮言》，凤凰出版社2009年版。

(明)陆时雍著，丁福保辑:《历代诗话续编》，中华书局1983年版。

(清)严可均辑:《全上古三代秦汉三国六朝文》，中华书局1979年版。

(清)冯班:《钝吟杂录》，中华书局1985年版。

(清)王夫之等:《清诗话》，上海古籍出版社1978年版。

(清)王士祯著，胡云翼编:《古诗选》，中华书局1940年版。

(清)沈德潜选:《古诗源》，中华书局1963年版。

(清)吴乔述:《围炉诗话》，中华书局1985年版。

(清)刘熙载:《艺概》，上海古籍出版社1978年版。

(清)彭定求等编，中华书局编辑部校点:《全唐诗》，中华书局1960年版。

(清)董诰等编:《全唐文》,中华书局 1983 年版。

(清)马国翰:《玉函山房辑佚书》,上海古籍出版社 1990 年版。

(清)赵翼著,王叔民校证:《廿二史札记校证》,中华书局 2005 年版。

(清)永瑢等:《四库全书总目》,中华书局 1956 年版。

撰人未详:《宣和画谱》影印本,中华书局 1985 年版。

逯钦立辑:《先秦汉魏晋南北朝诗》,中华书局 1983 年版。

王承略、刘心明主编:《二十五史艺文经籍志考补萃编》,清华大学出版社 2013 年版。

邓经元编:《隋书人名索引》,中华书局 1979 年版。

李正奋:《隋代艺文志辑证》,稿本,湖北图书馆馆藏。

李正奋:《隋代艺文考》,北图抄本,国家图书馆馆藏。

韩理洲辑校编年:《全隋文补遗》,三秦出版社 2004 年版。

汤用彤:《隋唐佛教史稿》,中华书局 1982 年版。

钱锺书:《管锥编》,三联书店 2007 年版。

陈寅恪:《隋唐制度渊源论稿》,三联书社 2001 年版。

唐长孺:《魏晋南北朝史论丛》,三联书店 1978 年版。

周一良:《魏晋南北朝史论集》,北京大学出版社 1997 年版。

殷宪主编:《北朝史研究》,商务印书馆 2005 年版。

岑仲勉:《隋唐史》,中华书局 1982 年版。

罗宗强等:《隋唐五代文学史》,高等教育出版社 1990 年版。

周祖谟编:《隋唐五代文学史》,福建人民出版社 1958 年版。

熊礼汇编:《隋唐五代文学史》,武汉大学出版社 2009 年版。

罗宗强:《隋唐五代文学思想史》,中华书局 1996 年版。

陶敏、李一飞:《隋唐五代文学史料学》,中华书局 2001 年版。

王运熙、杨明:《隋唐五代文学批评史》,上海古籍出版社 1996 年版。

傅璇宗主编:《唐代文学研究年鉴 2006》,广西师范大学出版社 1984 年版。

张燕瑾、吕薇芬主编:《20 世纪中国文学研究·隋唐文学研究》,北京出版社 2001 年版。

侯忠义:《隋唐小说研究》,浙江古籍出版社 1997 年版。

李剑国:《唐前志怪小说史》,天津教育出版社 2005 年版。

谢无量编:《中国大文学史》,中州古籍出版社 1992 年版。

郑振铎:《插图本文学史》,北京出版社 1999 年版。

刘汝霖:《东晋南北朝学术编年》,华东师范大学出版社 2010 年版。

曹道衡、刘跃进:《南北朝文学编年史》,人民文学出版社 2000 年版。

曹道衡、沈玉成:《南北朝文学史》,人民文学出版社 1993 年版。

曹道衡、沈玉成:《中国文学家大辞典·先秦汉魏晋南北朝卷》,中华书局 1996 年版。

周祖谟等:《中国文学家大辞典·唐五代卷》,中华书局 1992 年版。

陈尚君辑校:《全唐诗补编》,中华书局 2001 年版。

陈尚君:《唐代文学丛考》,中国社会科学出版社 1997 年版。

王利器:《颜氏家训集解》,中华书局 1993 年版。

曹道衡:《中古文学史论文集》,人民文学出版社 1986 年版。

曹道衡:《南朝文学与北朝文学比较研究》,江苏古籍出版社 1999 年版。

吴先宁:《北朝文学特质与文学进程》,东方出版社 1997 年版。

周建江:《北朝文学史》,中国社会科学出版社 1997 年版。

吴先宁:《北朝文学研究》,(台北)文津出版社 1993 年版。

程章灿:《魏晋南北朝赋史》,江苏古籍出版社 2001 年版。

姜书阁:《骈文史论》,人民文学出版社 1986 年版。

陆侃如、冯沅君:《中国诗史》,山东大学出版社 2009 年版。

罗根泽:《乐府文学史》,东方出版社 1996 年版。

葛晓音:《八代诗史》,中华书局 2008 年版。

萧涤非、萧海川辑补:《汉魏六朝乐府文学史》(增补本),人民文学出版社 2011 年版。

王钟陵:《中国中古诗歌史》,人民出版社 2005 年版。

刘师培:《中古文学史讲义》,上海古籍出版社 2000 年版。

罗新、叶炜:《新出汉魏南北朝墓志疏证》,中华书局 2005 年版。

李泽厚:《美学三书》,天津社会科学院出版社 2003 年版。

张少康、刘三富:《中国文学理论批评发展史》,北京大学出版社 1995 年版。

徐复观:《中国文学精神》,上海书店出版社 2004 年版。

郭预衡:《中国散文史》,上海古籍出版社 2011 年版。

二、海外文献

[日]松浦崇编:《隋诗索引》,福冈大学中国文学会 1993 年版。

[日]兴膳宏、川合康三:《隋书经籍志详考》,汲古书院 1995 年版。

[日]小林正美著,王皓月译:《中国的道教》,齐鲁书社 2010 年版。

[日]谷川道雄著,李济沧译:《隋唐帝国形成史》,上海古籍出版社 2004 年版。

[日]内山知也著,益西拉姆译:《隋唐小说研究》,复旦大学出版社 2010 年版。

[日]大庭修主编:《中日文化交流史大系》,浙江人民出版社 1996 年版。

[日]宫琦市定著,韩昇、刘建英译:《九品官人法研究:科举前史》,中华书局 2008 年版。

[日]吉川忠夫著,王启发译:《六朝精神史研究》,江苏人民出版社 2010 年版。

[英] 崔瑞德编,中国社会科学历史研究所西方汉学课题组译:《剑桥中国隋唐史》,中国社会科学出版社 1990 年版。

[美]勒内・韦勒克、奥斯汀・沃伦著,刘象愚等译:《文学理论》,江苏教育出版社 2005 年版。

[美]宇文所安主编:《剑桥中国文学史》,三联书店 2013 年版。

三、硕博论文

史创新:《隋诗简论》,苏州大学硕士学位论文,1998 年。

宋文涛:《隋代的文教与文学》,复旦大学博士学位论文,2002 年。

朱世业:《隋代文学的变迁及其特征》,西南师范大学硕士学位论文,2005 年。

于英丽:《隋代诗歌研究》,福建师范大学博士学位论文,2006 年。

李建国:《隋代文学研究》,武汉大学博士学位论文,2006 年。

高学德:《隋代战争诗研究》,兰州大学硕士学位论文,2007 年。

唐会霞:《汉乐府接受史论》(汉代—隋代),山西师范大学博士学位论文,2007 年。

庄新霞:《汉魏六朝女性著述考论》,山东大学博士学位论文,2007 年。

田媛:《隋暨初唐类书编纂与文学》,北京大学博士学位论文,2008 年。

赵宏:《隋代诗歌研究》:上海师范大学硕士学位论文,2009 年。

焦海民:《牛弘研究——隋唐士学位论文族文学个案研究》,西北大学硕士学位论文,2009 年。

四、期刊论文

汪之明:《隋代文学是北朝文学的尾声还是唐代文学的先驱?》,《文学评论》1963 年第 1 期。

倪其心:《隋代的诗歌》,《文史知识》1982 年第 1 期。

宋景昌、王增文:《试论隋代诗歌的成就》,《商丘师专学报》1987 年第 4 期。

吴功正:《隋代文炀二帝、南北二方得文学审美特征比较》,《齐鲁学刊》2001 年第 4 期。

李建国:《论隋代的文化整合与文学交流》,《三峡大学学报》2008 年第 4 期。

于英丽:《儒学的繁盛与隋代的文学观念》,《信阳师范学院学报》2009 年第 6 期。

于英丽:《佛教兴盛对隋代诗歌的影响》,《滨州学院学报》2009 年第 2 期。

袁敏:《隋代文宗薛道衡生平事迹考辨》,《唐都学刊》2010 年第 1 期。

木斋:《论隋代初唐的燕乐歌诗研究》,《吉林师范大学学报》2010 年第 4 期。

赵目珍:《试论隋代的诗文风气革新》,《华中师范大学研究生学报》2011 年第 1 期。

杨金梅:《文学视野中的隋代诗歌》,《社会科学研究》2011 年第 1 期。

李秀华:《隋代诗文对汉译佛经之容摄》,《东疆学刊》2011 年第 2 期。

蒋振华、邓超:《隋代道教文学创作倾向的仙圣合一和神仙意象化》,《中国文学研究》2011 年第 2 期。